진주성 승전기

- 김시민 장군과 3천 병사, 백성이 지켜낸 역사

진주성 승전기
- 김시민 장군과 3천 병사, 백성이 지켜낸 역사

유복환 지음

신아출판사

책을 내면서

또 한 분의 충무공을 아십니까? 바다에 이순신 장군이 있었다면, 육지에는 김시민 장군이 있었습니다. 임진왜란, 나라가 불타고 백성의 삶이 무너져 내리던 참혹한 전쟁 속에서, 조선의 심장을 뛰게 한 불멸의 승리가 있었습니다. 바다에서는 이순신 장군의 한산도대첩, 육지에서는 김시민 장군이 지휘한 진주성대첩이었습니다.

김시민 장군과 3천여 병사들, 그리고 성안의 백성들은 물러서지 않았습니다. 무려 3만에 달하는 일본군을 맞아 싸운 끝에 기적 같은 승리를 일궈냈습니다. 그날 이후 조선 백성들은 "우리가 싸워 이길 수 있다."라는 믿음을 가졌습니다.

이순신 장군이 바다에서 23전 23승의 불멸의 전과를 세웠듯, 김시민 장군 역시 육지에서 수십 번의 전투를 연승하며 다섯 개의 성을 되찾았습니다. 그럼에도 역사의 조명은 그를 충분히 비추지 못했습니다.

저자는 진주성 성안 동네인 본성동(本城洞), 집 앞엔 남강이 흐르고 촉석루가 보이는 곳에서 태어났습니다. 성벽은 시간의 이끼를 덮은 채 말없이 그날을 기억하고 있고, 저자도 그 역사 속에서 자라났습니다.

매년 10월 진주에서는 유등 축제가 열립니다. 임진왜란 당시 성 밖과 연락을 위해 남강에 띄운 등불은 조선의 끈질긴 생명력과 충혼을 상징합니다. 3천이 3만을 맞아 승리한 그날의 기적은 지금도 진주 시민들의 마음속에 살아 숨 쉽니다. 김시민 장군의 기일이 다가오면, 사람들은 다시 남강 강가로 모입니다. 어둠이 내리면 등을 띄우고, 조용히 손을 모읍니다.

이 책은 단순히 전투 기록이 아닙니다. 절망이 나라를 뒤덮었을 때, 한 사람과 한 성이 어떻게 기적 같은 승리를 만들었는지 그날의 숨결을 따라갑니다. 김시민 장군의 성장과 전술, 결단, 그리고 무엇이 성과 백성을 지켜낼 수 있었는지를, 이 책은 묻고 또 기록합니다.

또한 나라에 위기가 닥쳤을 때 무엇이 우리를 지킬 수 있는지를 묻습니다. 마지막 장을 덮을 때, 이 이야기가 단순한 과거의 일이 아니라, 오늘의 질문임을 알게 될 것입니다. 읽는 동안, 여러분도 그날 진주성의 성벽 위에 함께 서 있기를 바랍니다.

차
례

004   책을 내면서

1부 유비무환

012   판관 김시민
019   피난민
024   목사 이경
032   산음 행
038   경상우병사 김성일
047   초유사
052   의병장 곽재우
057   산음 선비 유이영
065   화약장 허운
073   초유 활동
081   흩어진 민심
085   체포령
091   세 사람의 만남
100   유비유환(有備有患)
106   호남의 관문

2부 수성장 김시민

- 116　홍의장군(紅衣將軍)
- 120　왜장 나가오카 다다오키
- 125　첫 전투
- 132　훈련원 참군 박석무
- 135　고성 현령 김현
- 143　이순신 장군
- 151　왜총
- 157　승자총통
- 161　선제공격
- 167　사천성 전투
- 172　고성, 창원, 진해성 탈환
- 177　거창 전투
- 187　수성장 김시민
- 194　부실한 해자(垓子)
- 200　현자총통
- 204　대장장이 장뚝쇠
- 208　곤양 군수 이광악
- 212　왜장 코헤이타
- 218　동생 김시약
- 222　도요토미 히데요시
- 225　전투의 서막
- 231　최종 점검
- 237　대나무숲
- 241　경상우병사 유숭인
- 245　전멸

3부 진주성 전투

(1일 차 전투)

　　252　말티고개

　　258　풍물의 북소리

　　265　임연대

(2일 차 전투)

　　270　허허실실

　　275　삼만 대군

　　280　진주성의 함성

　　286　모쿠소

　　293　의병 출현

　　299　피리 소리

(3일 차 전투)

　　306　연합 전술

　　314　흑인 장수 다구치

　　321　장창부대

　　326　강궁

　　330　의병장 최강과 이달

　　334　포로로 잡힌 아이들

(4일 차 전투)

344   항복 권유

351   산대

360   저격수

365   열수투하부대와 투석부대

372   야습

379   복병장 정유경

(5일 차 전투)

388   도착한 화살

393   토성(土城)

403   위장철수

411   탈주한 아이

(6일 차 전투)

418   북문의 위기

428   북문 수성장 최덕량

438   총성

443   몰려오는 적

448   유등(流燈)

457   에필로그

460   인물색인

1부

유비무환

판관 김시민

 무르익은 봄기운이 성 밖 들녘을 감싸고 있었다. 논 위로 쏟아지는 아침 햇살은 물결에 부딪혀 금빛으로 일렁였고, 풋풋한 흙 내음이 바람에 실려 왔다. 물찬 논두렁을 오가는 농부들의 손놀림은 분주하였다. 망루 위에 선 김시민(金時敏)은 평온한 들판을 내려다보며, 가슴 밑바닥에 조용한 불안이 꿈틀대고 있음을 느꼈다.
 '이 평온이, 지속되길 바라지만...'
 그는 말끝을 흐리며 들판에서 시선을 거두었다.
 "전장의 그림자가..."
 며칠 전, 왜군이 부산에 상륙했다는 소식이 날아들었다. 경상감사는 급히 동래성으로 향했고, 병환 중인 목사를 대신해 진주성의 방비는 김시민에게 맡겨졌다.
 '동래성이 왜적의 공세를 막아낼 수 있을까...'
 훈련원 판관 시절, 그는 외적 침입에 대비해 수성 전술과 개혁안을 제안했지만 무시되었다. 사람들은 전쟁의 가능성을 믿지 않았다. 조선은 평화가 당연한 나라였고, 전쟁은 괜한 불안을 부추기는 자의 헛된 말이라 여겼다.

'올 것이, 오고야 말았다.'

김시민은 평온한 봄날의 들판을 오래도록 눈에 담았다.

성안 백성들은 수백 리 떨어진 부산포의 전란을 남의 일인 양 여겼다. 성 안팎의 사람들은 평소처럼 농사짓고, 성문을 드나들며 평온한 일상을 이어갔다.

"섬나라 왜놈이야 바다에선 날뛸지 몰라도, 육지에선 맥을 못 출게요."

"바닷가에 성이 여럿 있으니, 어찌 함부로 넘보겠소."

김시민은 망루에서 내려와 병사들을 격려하며 천천히 걸음을 옮겼다. 그의 발걸음이 닿는 곳마다 성안의 공기가 달라졌다. 짙은 눈썹 아래 맑고 단단한 눈빛, 구릿빛으로 그을린 얼굴은 햇살을 받아 더욱 선연하였다. 다부진 어깨와 강건한 근육이 느껴지는 팔은 멀리서도 무인의 기운을 뿜어냈다. 김시민은 정갈히 다듬은 수염을 미풍에 날리며 성문 쪽으로 향했다. 성문을 지키던 병사들은 일제히 머리를 숙였다. 김시민은 병사들에게 따뜻하게 말을 건네고, 성문을 출입하는 백성들에게도 스스럼없이 인사를 나누었다.

그때, 성문 근처에서 날카로운 비명이 터져 나왔다. 여인과 어린아이가 탄 소달구지가 전복되어 두 사람은 수레 아래에 깔려 있었다. 겁에 질린 소는 거친 숨을 몰아쉬며 날뛰고 있었고, 사람들은 경악하며 주춤거릴 뿐, 누구 하나 나서지 못했다.

"어떡해요!"

"누가 좀 도와줘요!"

군중 속에서 다급한 외침이 터져 나왔다.

"병사들! 수레를 들어 올린다!"

김시민의 목소리는 엄하고도 침착했다. 병사들은 신속하게 달려와 김시민과 함께 수레를 들어 올렸다. 무거운 수레가 조금씩 들리자, 김시민은 몸을 숙여 아이와 여인을 살폈다. 아이는 겁에 질린 채 울음을 삼키고 있었고, 여인은 아픔을 견디며 아이를 꼭 끌어안고 있었다.

"아이를 나에게 주시오."

그는 아이를 조심스럽게 받아 안았다. 여인도 몸을 기어 수레 밖으로 빠져나왔다.

"괜찮소? 다친 곳은 없소?"

김시민은 아이를 품에 안고 여인을 향해 물었다. 여인은 하얗게 질린 얼굴로 겨우 고개를 끄덕였다. 아이는 그의 품에서 서서히 진정을 찾았다. 김시민은 아이의 등을 토닥인 후, 여인에게 넘겨주었다.

여인은 눈물을 훔치며 고개 숙여 감사했다. 김시민은 흥분한 소의 고삐를 잡고 천천히 등을 쓰다듬었다. 소는 거친 숨을 가다듬고 안정을 되찾았다. 김시민은 쓰러진 수레를 살폈다.

"수레를 세우고, 바퀴를 고쳐주어라."

병사들에게 지시한 후, 그는 성벽 위로 걸음을 옮겼다. 그의 뒷모습을 바라보며 사람들은 속삭였다.

"판관님 아니었으면… 큰일날 뻔했어."

"몸이 열 개라도 모자라시겠어."

"병환 중인 목사님 대신하여, 모든 걸 도맡고 계시니…"

백성들의 시선 속에 김시민의 뒷모습은 성곽 너머로 사라졌다.

성문 쪽에서 다급한 말발굽 소리가 울려 퍼졌다. 뿌연 먼지가 피어오르며, 성을 향해 달려오는 군마 한 필이 모습을 드러냈다. 성문 위에서 군사가 소리쳤다.

"이눌 영장(領將)이시다!"

곧 말이 멈추고, 김시민을 발견한 이눌은 단숨에 뛰어 올라가 머리를 조아렸다.

"부산진성과 동래성이 한 시진(時辰)[1]만에 차례로 무너졌습니다."

김시민은 눈을 크게 떴다.

"한 시진이라니… 적의 군사가 얼마나 되기에."

---

[1] 2시간을 의미: 조선 시대 하루 24시간은 12 시진임

"십만이 넘는 대군이라고 합니다. 우리가 가진 무기로는… 신식 화승총을 막을 수 없다고 하였습니다."

김시민은 짧게 신음을 삼켰다. '조선은 너무 오래 전쟁을 잊고 살았다.' 김시민이 물었다.

"함께 간 병사들은 어찌 되었는가? 감사께서는…?"

이눌은 숨을 고르며 대답했다.

"감사께서는 밀양성으로 가셨습니다."

"밀양?"

"동래성으로 가는 도중에 성의 함락 소식을 들으시고, 군을 돌려 밀양성으로 향하셨습니다. 저는 급히 소식을 전하라는 명을 받고 홀로 달려왔습니다."

잠시 침묵이 흐른 뒤, 이눌이 다시 입을 열었다.

"오는 길에 들으니, 김해성도 곧 함락될 기세라 합니다."

"김해성까지?"

김시민은 놀라 중얼거렸다.

"진주성과 김해는… 기병으로 하룻길이다."

그는 서늘한 기운이 등줄기를 타고 흐르는 것을 느꼈다.

"왜군은 지금 어디쯤 있느냐?"

"적의 공격은 한 방면이 아니라, 여러 갈래로 나뉘어 북상 중이라 하였습니다."

김시민은 마음에 걸리는 게 있었다. 진주성의 성벽은 얼마 전 확장 공사를 하였으나, 공사는 서둘러 마무리되었고 지킬 병력은 턱없이 부족했다.

"성 주부[2]를 불러라."

김시민은 성벽을 걸으며 생각에 잠겼다.

'남은 병사는 고작 칠백... 천오백 군사 중 감사께서 정예병 팔백을 이끌고 나가셨으니, 성을 지킬 인원은 천도 안 된다...'

잠시 후, 각진 얼굴과 지혜로워 보이는 눈빛을 가진 성수경이 달려왔다. 김시민은 성 주부와 이눌을 데리고 성곽 전체를 돌아보았다. 성수경이 입을 열었다.

"애초에 조정은 왜구가 수전(水戰)에 능하므로 육지에서 막는 게 상책이라 하여, 각지에 성을 수리하거나 보강하라고 지침을 내렸습니다. 이에 감사께서 친히 진주로 내려와 성 증축을 지휘하셨고요. 천혜의 요새인 진주성을 그대로 두지 않고, 왜 증축을 결정하였는지... 이해가 안 됩니다."

김시민은 묵묵히 듣기만 하였다. 이눌도 참아왔던 불만을 억누르지 못한 채 입을 열었다.

"평지와 맞닿은 동문 쪽에 겨우 삼 장 높이의 성벽으로 성을 늘렸으니, 허술한 방어선만 늘린 셈입니다."

---

2) 주부(主簿)는 종6품 직책으로 행정을 담당한다

성수경은 이마를 찌푸리며 말을 이었다.

"조정에서 갑자기 공사를 중단하라고 하여, 급히 마무리만 안 했어도…"

김시민도 내심 아쉬움을 지울 수가 없었다. 성수경은 목소리를 높였다.

"애당초 진주성을 헐어 증축한 일도 문제지만, 공사를 서둘러 마무리한 건 더 큰 문제였습니다."

이눌은 묵묵히 생각에 잠긴 김시민을 보며 말을 보탰다.

"머릿속에 먹물만 가득한 문신들 때문이지요. 쳐들어오지도 않을 왜적 때문에 백성의 원망을 사는 일을 왜 하느냐고 반대했으니… 성벽은 급히 이었고, 해자(垓子)[3]도 겨우 모양만 갖추고 마무리하지 않았습니까."

성수경은 생각할수록 어이가 없었다.

"성벽이 다 굳기 전에 마무리되어, 장마철이나 폭우가 내릴 때 적이 온다면… 무너질 수도 있습니다."

김시민은 성벽 너머의 들판을 바라보며 혼잣말처럼 말했다.

"나지 않을 거라던 전쟁은 나고야 말았다. 이제라도 성을 보강해야 하리라."

그 앞에 선 두 사람은 고개를 끄덕였다. 눈앞의 들판은 여전히 평온했지만, 밀어닥칠 폭풍이 가까이 느껴졌다.

---

3) 적의 침입을 막기 위해 성곽이나 건물 주위에 둘러싼 도랑이나 못

피난민

 성문을 지키던 군관(軍官) 윤사복이 급히 달려와 김시민에게 보고했다.
 "피난민 행렬이 끝없이 몰려옵니다."
 "진주성으로 오려는 자들이냐?"
 김시민의 물음에 윤사복은 어깨를 움츠리며 말했다.
 "아마도... 대부분 지리산 깊은 곳으로 가려고 할 겁니다."
 김시민의 눈썹이 꿈틀거렸다.
 "성보다 산속이 더 안전하다는 건가?"
 윤사복이 대답을 망설이자, 이눌이 조심스레 말했다.
 "부산진성과 동래성이 허망하게 무너졌습니다. 성이 백성을 보호해 줄 거라는 믿음을 저버린 이들이 많은 듯합니다."
 김시민은 침묵으로 고개만 끄덕였다. 그는 성루를 향해 발걸음을 옮기며 성수경에게 지시했다.

"목사님께 보고를 올리게. 전황이 궁금하실 게야. 나는 피난민들을 살피러 가겠네."

성루에 오른 김시민의 눈에, 먼 들녘을 물결처럼 넘실대며 이어지는 피난 행렬이 들어왔다. 마치 거대한 연체동물처럼 느릿느릿 꿈틀대며 오고 있었다. 김시민은 성루에서 내려와 말을 타고 성문을 나섰다. 이눌과 윤사복도 뒤따랐다.

전란을 피해 고향을 등진 백성들의 모습은 참혹했다. 남정네들은 등에 짐을 진 채 허리를 굽혔고, 여인들은 젖먹이를 업고 양손엔 아이들을 매달다시피 걸려서 오고 있었다. 어린 것들은 울 힘조차 남지 않았는지 축 늘어진 채 어미 등에 업혀 있었고, 노인들은 허리를 깊이 숙인 채 발을 떼기도 힘겨워했다. 김시민은 그 광경을 바라보며 가슴이 저렸다.

'나라가 제대로 전쟁을 대비하지 못하니, 그 대가를 백성들이 치르고 있구나.'

갑작스레 다가온 기마병에 피난민들이 놀라 멈칫했다. 김시민이 다가가 물었다.

"어디서 오는 길이오?"

장정 하나가 가족을 등 뒤로 감추듯 거두며 대답했다.

"다대포에서 왔습니더."

"어린아이들까지 데리고, 어찌 이 먼 길을?"

장정은 깊은 탄식을 흘리며 고개를 저었다.

"왜놈들이 집마다 불을 질러버렸십니더. 우찌하겠습니꺼... 떠날 수밖에."

곁에 서 있던 다른 장정들도 차례로 말을 보탰다.

"남자들은 보는 대로 목을 치고, 내장을 꺼내 죽인다 합니다. 여인들은 겁탈한 뒤 가슴을 도려내고, 아이들은 노예로 끌고 간다 하니..."

"그들은 사람이 아입니더. 악귀요, 짐승이라예. 조선 사람 씨를 말리라고 하는지, 닥치는 대로 죽입니더."

김시민의 눈이 파르르 떨렸다. 이눌은 침을 꿀꺽 삼킨 뒤 조심스레 물었다.

"무장하지 않은 백성들까지... 참살한단 말이오?"

다대포 출신의 장정이 고개를 끄덕였다.

"동래성 군사들은 몰살당했다카고, 왜군은 성안 백성 오천 명을 모조리 목을 베었다 합니더."

그는 몸을 떨며 말을 이었다.

"몰래 숨어... 왜놈 노예 상인이 새끼로 목을 묶은 후 여럿을 줄줄이 옭아매 몰고 가는 걸 보았는데... 잘 걷지 못하면 몽둥이로 두들겨 팼습니더. 비명이 들리고... 지옥의 옥졸이 죄인 다루는 모습이 그와 같지 싶습니더."

윤사복은 얼굴을 찌푸리며 혀를 찼다.

"인두겁을 쓴 짐승들… 참으로 무도한 놈들이다."

김시민은 피난민을 향해 외쳤다.

"모두 성안으로 들어가시오!"

백성들은 서로를 바라보며 망설였다. 그때, 행렬 속 한 백성이 낮은 목소리로 말했다.

"성으로 갈 사람들은 남으시소. 저는 지리산이 보이는 데까지 가 볼랍니더."

윤사복이 우렁찬 목소리로 피난민들을 향해 외쳤다.

"진주성은 난공불락의 요새요! 두려워 말고 들어오시오!"

그러자 한 장정이 힘없는 목소리로 맞받았다.

"왜군은 야차와도 같습니다. 우리 군사가 감당할 수 있는 상대가 아이라예. 성은 놈들의 표적이 될 터이니, 피하는 게 상책입니더."

김시민은 장정들을 보고 외쳤다.

"조선 백성이 왜적의 칼날에 죽고

아이들은 노예로 끌려가며,

부녀자가 죽거나 아니면 적의 노리개가 되는 데도

산속에 숨기만 하여서 되겠소!

강요는 안 하겠소만, 진주성 군사가 되어

함께 나라를 구하는 게 어떻겠소!"

장정들은 고개를 숙여 대답을 피했다. 윤사복이 뻣뻣한 수염을 세우며 꾸짖으려 하자, 김시민이 조용히 손을 들어 제지했다.

"지친 백성들이다. 먼저 배부터 채워주게. 가마솥을 걸고 죽을 끓여 나누어주게. 남을지 떠날지는 그들 뜻대로 하게 하라."

이눌이 당황하는 윤사복 대신 앞으로 나서서 큰 소리로 외쳤다.

"그동안 굶주렸을 텐데, 일단 성안으로 들어와서 허기부터 채우시오!"

그 외침은 들판 너머까지 울려 퍼졌다.

목사 이경

성수경이 말을 몰아 달려왔다.
"목사님께서 급히 뵙자 하십니다."
김시민은 근심 어린 눈빛으로 조심스레 물었다.
"병환이 악화하기라도 하셨는가?"
"등창은 여전하신 데다, 목덜미에 종기까지 나서... 고통이 심하신 듯합니다."

김시민이 관저로 들어서자, 병색이 완연한 이경이 신음을 흘리며 시중드는 관비(官婢)를 불렀다.
"일으켜 다오."
이경은 이를 악물고 고통을 견디며, 김시민 쪽으로 고개를 돌렸다.
"몸은 좀 어떠십니까?"

"나라가 큰 변을 당했는데, 병상이라니... 이보다 불행한 사람이 어디 있겠나."

말을 잇던 이경은 고통스레 기침을 쏟아냈다. 자리끼[1]를 들이켰지만, 이내 기침과 함께 물을 뿜어내고 말았다. 관비가 엉망이 된 이불을 조심스럽게 걷었다.

"부산포에서 이곳까지는 지척이야. 우리도 조치를 취해야 하네."

"무슨 말씀이신지..."

"아직도 돌아가는 사정을 모르겠나? 부산진성과 동래성이 얼마나 버텼는지 알지 않는가. 반나절도 못 버텼다네."

김시민은 존경심을 품고 있던 이경을 자극하지 않으려 침착히 입을 열었다.

"진주성은 다릅니다. 천혜의 요새로..."

이경은 손을 내저으며 말을 끊었다.

"그건 옛말일세. 동쪽 성벽을 무리하게 확장하면서 방어선은 약해졌고, 해자조차 제대로 완성되지 않았어. 왜군이 동문을 뚫고 들이닥치면... 허망하게 끝날 걸세."

김시민은 딱히 할 말을 찾지 못했다. 이경은 가쁜 숨을 몰아쉬며 말을 이었다.

"두 성이 그렇게도 쉽게 무너졌다는 건, 성벽 높이 따위가 별 의

---

[1] 밤에 마시려고 머리맡에 두는 물

미 없다는 뜻일세. 성안 백성들, 모두 몰살당했다고 들었네. 병사들은 싸우다 죽는다지만, 백성들이 무슨 죄인가. 성만 믿고 있다가…"

"그래도 싸워보지도 않고 성을 비우는 건…"

이경은 고개를 들어 김시민을 똑바로 보았다.

"성을 비워야, 백성들도 헛된 희망을 거두지. 일시 몸을 피하고, 후일을 기약하는 게, 지금 우리가 할 수 있는 최선이야."

김시민은 병색 짙은 목사의 얼굴을 바라보며 안타까움을 감추지 못했다.

"왜적이 언제 들이닥칠지 모르니, 일각이 급하네."

잠시 무거운 침묵이 흘렀다. 이윽고 김시민이 단호히 입을 열었다.

"적이 들이닥치면 남문과 서문은 견고하니, 병력을 동문과 북문에 집중하겠습니다. 만 명이 온다 해도, 승산이 있습니다. 성을 버리고 어디서 나라를 지키겠습니까."

이경은 가슴을 쥐어뜯는 듯한 눈빛으로 김시민을 바라보았다.

"자네의 고집은 익히 알지만… 이번엔 다르네. 성안 백성들의 생사가 걸린 일이야."

"하지만… 진주성을 내어주면 경상우도의 모든 고을이 무너지고, 이어서 호남도 넘어갈 것입니다. 그렇게 되면 어디에서 백성들이 목숨을 부지하겠습니까?"

이경은 더 말을 잇지 못하고 손을 저으며 말했다.

"그만 나가게."

경상감사 김수는 일본군이 밀양성에 접근하자 황급히 밀양을 떠나 영산(현 창녕 지역)으로 몸을 옮겼다. 밀양성이 무너졌다는 소식을 듣자, 다시 초

지도 1: 경상감사 김수의 이동로

계(현 합천 지역)로 옮겼고, 그곳에서 보낸 파발마2)가 진주성 문을 넘어 들어왔다.

이경은 김시민을 불렀다. 김시민은 무슨 이야기인지 짐작했다. 목사 관저로 향하면서 마음을 다잡았다.

탕약 냄새가 배어 있는 방안, 빛 한 줌도 고요했다. 이경은 침실 한편에 기대앉아 있었다. 김시민은 예를 갖춰 인사를 올린 뒤, 조심스레 그러나 분명한 어조로 말을 꺼냈다.

"만 명의 적이 몰려온다 해도, 진주성을 쉽게 넘을 수 없습니다. 성을 버리는 일은... 절대로 안 됩니다."

---

2) 조선 시대에 급하게 공문서나 군사 정보를 전달하던 역참에서 사용된 말

이경은 무겁게 숨을 토했다.

"도대체 그 고집... 밀양 부사는 성을 불태우고 달아났고, 김해 부사는 밤중에 도주했다고 하네. 김해성을 구원하러 나선 병마사도 도망쳐버렸다더군."

김시민은 잠시 할 말을 찾지 못했다. 이경은 눈을 치켜뜨며 말을 이었다.

"한시가 급하네. 자네도 알지 않나. 내가 왜 백성에게 헛된 희망을 주지 말라 했는지... 왜적의 기세는 기름먹인 종이에 불을 붙인 듯하네. 정면으로 맞서면... 그건, 달걀로 바위 치는 일이야. 그들도 전선이 길어지면 허점이 생기고, 오래 전투를 치르면 지치게 될 것이네. 우리는 그 틈을 파고들어야 하네."

김시민은 성을 비우자는 목사의 말을 따를 수가 없었다.

"병마사로 김성일 부제학이 내려오고 있다고 들었습니다. 신임 병마사의 군사 지휘를 기다리는 게 도리입니다."

이경의 눈에 분노와 실망이 일었다.

"김성일? 그자가 누군지 잊었는가. 세상 물정 모르는 자 아닌가. 왜군이 침략하지 않을 거라며 조정을 설득했던 자야! 허튼소리로 전쟁 준비를 막았어. 아마 지금쯤 주상께서 노여움에 사약을 내리셨을 거야. 왕명을 받은 금부도사가 약사발을 들고 뒤쫓고 있을 것인데... 죽은 자를 기다리자는 건가?"

김시민의 눈동자엔 흔들림이 없었다.

"조정이 저를 이곳에 보낸 건, 바로 오늘 같은 날을 위함입니다. 미력이나마 왜적을 막아야 합니다."

이경은 자리에서 벌떡 일어나려 했으나, 지친 육신이 허락하지 않았다. 대신 허공을 향해 주먹을 휘두르며 소리쳤다.

"자네와 이순신 같은 무장을 삼남에 보내어 전쟁에 대비하고자 한 일을, 가장 앞장서서 반대한 자가 누구였나? 바로 김성일이야! 이 성도... 그자가 아니었더라면, 지금보다 훨씬 단단했을 걸세."

이경은 분노를 삭이며 문서를 내밀었다.

"감사의 명이 내려왔네. 모든 수령은 관아를 비우고, 백성과 군사를 이끌고 피하라는 내용이네."

김시민은 문서를 받아 펼쳤다. 관인의 붉은 인장이 선명했다. 문서를 읽는 손끝이 떨렸다.

"근일 들어 적의 침입으로
도내 여러 성이 함락되었으며,
적의 기세가 날로 기승을 부리고 있다.
현재의 형세로는 섣불리 대응하면,
우리 백성들과 군사의 피해가 막대할 것이 자명하다.
각 고을의 수령들은 쓸데없는 희생을 피하고,
군사와 백성을 이끌고 안전한 곳으로 피하여 후일을 도모하라.
이는 불가피한 조치이니, 모두 깊이 이해하고 따르기를 바란다.
경상감사 김수."

이경은 김시민의 안색을 살피며 말했다.

"감사도 나와 같은 뜻일세. 죄라면 전쟁을 막지 못한 조정과 우리 관리들에게 있는 것이지, 백성에게 무슨 죄가 있겠나. 지금 중요한 건... 백성과 군사를 모두 살려 후일을 도모하는 일이네."

"감사께서 명하신 건, 성도 없고 방비도 허술한 관아들에 대한 지시입니다. 진주성은 다릅니다."

이경은 깊은 한숨을 내쉬었다.

"그렇다면... 왜 이곳 진주성까지 굳이 문서를 보냈겠는가?"

김시민은 성을 비우라는 감사의 말을 받아들일 수 없었다.

"성을 버리면, 경상우도와 호남이 왜적의 손에 들어갑니다. 그들은 백성들을 보이는 대로 죽이고, 아이들은 노예로 삼는다고 했습니다."

이경의 숨이 거칠어졌다.

"그래서... 군사와 백성들을 데리고 성을 비우자는 게야. 다음을 기약하자는 것이고."

"감사께서는 혼자 도망하기에 민망하니, 피하라고 명을 내렸을 겁니다."

"자네는 관리가 되어... 목사의 말도, 감사의 명도 거부하겠다는 건가?"

이경은 안타까운 눈으로 김시민을 바라보며 말했다.

"나는 눈도 흐리고, 서 있을 힘조차 없는 병든 몸이야. 적이 진주성을 노리면, 이 몸으로 어찌 성 방어를 지휘할 수 있겠나."

김시민은 말했다.

"목사님은 병환이 깊으시니 수성장 임무를 맡으실 수 없음을 잘 압니다. 목사님은 지리산 자락 산음(현 산청)으로 몸을 옮기시고, 저는 남아 이 성을 지키겠습니다."

이경은 한숨과 함께 울컥한 탄식을 뱉었다.

"나는 떠나고, 자네 혼자 남는단 말인가? 그럼 나는... 비겁한 자로 남게 되는 게 아닌가."

이경의 말끝이 떨렸다. 갑작스레 격한 기침이 터져 나왔다.

"으읏...!"

그는 고통스러운 표정으로 목뒤 쪽을 부여잡으며 쓰러졌다. 피 섞인 고름이 등창에서 터져 나와 옷자락을 적셨다.

김시민이 외쳤다.

"의원! 어서 의원을 불러라!"

이경은 숨을 헐떡이다, 겨우 입을 열었다.

"내 목숨도 중하지만... 그보다... 진주성의 백성과 병사들은 살려야 하네."

그 말을 끝으로 이경은 다시 눈을 감았다. 의원이 달려와 맥을 짚었다.

"안정을 취하셔야 합니다."

김시민은 깊은 한숨을 내쉬고, 조용히 몸을 돌려 관저에서 나왔다.

산음 행

그날 밤, 이경이 다시금 김시민을 찾았다. 방 안은 촛불 하나가 깜빡이며 어둠을 밀어내고 있었다. 김시민이 들어서자, 이경은 물기 어린 눈으로 그를 바라보았다.

"시간이 급하네."

이경의 목소리는 젖은 옷처럼 눅눅했다.

"늦게 떠나면 산음으로 가는 길이 막힐 거야. 그러니... 나를 무사히 데려다주게. 자네가 다시 돌아와 진주성에서 죽겠다면... 말리진 않겠네."

김시민이 입을 떼려 하자, 이경은 고개를 저으며 말을 틀어막았다.

"내 욕심이 지나쳤네. 자네는 무인이 아닌가. 한시라도 성을 이탈하는 일은 자네 생애에 지울 수 없는 상처가 될 거야. 그 짐을 지게 하다니... 그건 도리가 아니네."

이경은 눈을 감더니, 숨이 가빠졌다.
"내가 심신이 약해져서, 자네에게 몹쓸 말을 했구먼. 그만 가보게. 눈이 자꾸 감겨서… 더는 말할 기운도 없네."

김시민은 방을 나서며, 가슴 깊이 북받치는 감정이 차올랐다.
'목사님은 나를 자식처럼 아껴주신 분이다. 어찌 외면할 수 있겠는가. 더구나 감사가 성을 비우라고 명하기까지 했는데…'
관저를 나온 그는 밤하늘을 올려다보았다. 달빛이 지붕 위로 흘러내리고 있었다.
'목사님을 산음까지 모실 동안 성을 누구에게 맡기면 좋을까.'
김시민은 성 주부를 떠올렸다. 그는 성을 증축할 때 행정과 물자 조달에 수완을 발휘했고, 병사들의 신망도 두터웠다. 냉철한 판단, 빠른 실행력, 그가 적임자였다. 김시민은 마음속으로 되뇌었다.
'성을 버리는 게 아니다. 잠시… 떠나있는 거다.'

김시민은 성수경과 군관들을 소집했다.
"아무래도 목사님을 산음에 모셔다드려야겠다."
군관 윤사복이 거친 목소리로 물었다.
"감사께서 성을 비우라고 하셨다는 말… 사실입니까?"
김시민은 그의 눈빛을 정면으로 받았다.
"그렇다. 더구나 목사님이 병상에서 적을 맞는다는 건, 차마 견디기 어려우실 것이다. 지리산 기슭 암자에라도 모셔야 하겠다."

성 주부가 조심스레 입을 열었다.

"지금 성을 비우면... 조정에서 문책이 있지 않겠습니까?"

군관 이눌이 어깨를 으쓱하며 끼어들었다.

"감사가 성을 비우라고 명하지 않았습니까?"

김시민은 군관들을 둘러보며 낮고 단단한 음성으로 말했다.

"너무 걱정하지 말라. 목사님을 안전히 모신 뒤, 말을 달려 바로 돌아오겠다."

이눌이 말했다.

"왜군의 본대가 현풍(현 대구 지역) 방향으로 북상하고 있으니, 다녀오실 여유는 충분합니다."

성수경이 물었다.

"몇 명의 병사를 데리고 가시겠습니까? 이 군관도 함께 가는 게 좋겠습니다."

김시민은 고개를 저었다.

"이 군관은 따로 할 일이 있다. 병력은 최대한 보존해야 한다. 가마꾼과 호위 기병 오십이면 충분하다."

김시민은 성수경에게 지시했다.

"내일부터 성문 여는 시간을 줄여라. 진시(辰時: 오전 8시경)부터 유시(酉時: 오후 6시경)까지만 여는 것이 좋겠다."

성수경이 조심스레 물었다.

"언제 출발하시겠습니까? 백성들의 불안을 줄이려면... 밤에 나서는 편이 좋겠습니다."

"아니다. 몰래 떠날 생각은 없다. 날 밝는 대로 성을 나서겠다."

그는 군관들을 향해 당부했다.

"지금의 사정을 군사들과 백성들에게 숨김없이 알리도록 하라. 성 주부가 방을 붙여라."

성수경은 비장한 목소리로 대답했다.

"돌아오실 동안, 방어 태세를 더욱 단단히 하겠습니다."

김시민은 고개를 끄덕였다.

김시민은 군관 이눌만 남기고 모두 돌려보냈다.

"성을 지켜내려면, 적의 움직임을 사전에 아는 것이 중요하네. 왜군의 본대가 북상 중으로 진주성과 멀어졌다고 해도, 부산과 김해에 남은 왜군의 동향을 정확히 알아야 하네."

이눌의 눈이 빛났다.

"지당하신 말씀입니다. 척후 부대를 구성하여 적의 움직임을 살피는 일이 필요하다고 봅니다."

"그래서 말인데, 자네를 척후 부대장으로 임명하고자 하네. 기민한 병사 예순을 가려 세 개조로 나누게."

이눌은 숨을 깊이 들이마시며 말했다.

"최선을 다하겠습니다. 각 조의 임무는 어떻게 정하실지요?"

김시민은 이미 가슴 속에 그려놓은 구상을 꺼냈다.

"첫 번째 조는 왜군이 점령한 부산과 김해에서 군사 증원, 병력 이동 등 주요 동향을 탐지하는 역할을 해야 하네. 적 가까이에서 은밀히 움직여야 하니, 노련하고 감각이 빠른 병사들로 채우게."

"알겠습니다. 경험이 풍부한 노련한 병사들을 선발하여 임무 수행에 차질이 없게 하겠습니다."

김시민은 지도를 가리키며 말했다.

"두 번째 조는 부산과 김해에서 진주성으로 이어지는 주요 이동 경로를 감시하도록 하게. 적이 성을 향해 움직이는 낌새가 보이면, 실시간으로 보고하도록 하게."

"주요 지점에 병사들을 배치하고, 상황 발생 시 신속히 보고할 수 있게 하겠습니다."

김시민은 고개를 끄덕이며 말을 이었다.

"세 번째 조는 예비 척후조로 두고자 하네. 긴급 상황이나 특수 임무 발생 시, 즉각 투입되어 정보를 수집하거나 다른 조를 지원하게 될 걸세."

"명심하겠습니다. 예비 조가 언제든 출동할 수 있도록 준비를 갖추겠습니다."

김시민은 지도를 덮었다.

"보고는 최대한 신속하게 해야 하네. 왜군이 진주성을 향해 움직이는 기미가 보이면, 곧장 산음으로 파발마를 보내야 하네."

이눌의 눈빛이 단단해졌다.

"목숨을 걸고 임무를 완수하겠습니다."

"곧바로 부대를 편성하고, 임무를 시작하게. 모두의 생명이 걸린 일이니, 한 치의 소홀함도 있어선 안 되네."

이눌은 결의에 찬 목소리로 대답했다.

"명심하겠습니다."

날이 밝자 김시민은 목사를 호위하여 성문을 나섰다. 기병 오십 기가 앞뒤로 가마를 에워싸며 행렬을 꾸렸다. 그는 말고삐를 쥐고 성루를 올려다보았다. 성루 위 성수경은 눈을 맞추며 단정히 인사했다. 그는 손을 들어 답했다. 김시민이 명령하자 행렬은 움직이기 시작했다.

경상우병사 김성일

그 시각, 경상우도 병마절도사로 임명된 김성일(金誠一)은 자신의 입이 부른 재앙과 마주하고 있었다. 임진년 1592년 4월, 김성일은 경상우도 병영이 있는 창원으로 부임하는 길에 올랐다.

창원까지는 머나먼 천 리 길이었다. 병마우후가 이끄는 군사들이 태평소를 불며 큰길을 따라 행진하자, 길가의 사람들은 걸음을 멈추고 구경했다. 김성일은 말을 오래 타고 가는 게 불편했다. 병마절도사의 깃발을 앞세우고 신임 병마사를 호위하며 내려가는 행렬에 가마를 탄다는 것은 모양새가 아니었다. 인적이 드문 길목에서는 가마에 올라, 말과 가마를 번갈아 타며 길을 이어갔다.

김성일은 숱은 많지 않으나 길게 늘어진 수염을 쓸어내리며 생각에 잠겼다.

'장차 대제학이 되어 조선의 학문을 이끌어야 할 내가... 변방의 군사를 지휘하라니.'

속이 타들어 가, 낮게 혼잣말이 새어 나왔다.

"어째서 하필 나를…"

마음속에서 답이 울렸다.

'품계를 올려 병마사로 임명하였으나, 실상은 나를 천 리 밖으로 내쫓은 셈이다.'

왕의 마음을 헤아려보려는 생각이 이어졌다.

'왕은 전쟁 대비를 하며, 반대하는 나를 멀리 내보낸 것이리라. 하지만 전쟁 준비는 유비유환(有備有患)인데 어찌 입 닫고 있겠는가. 동원된 백성들이 불만을 가져 민심이 떠나면, 도리어 화(禍)가 되는 건 당연한 이치가 아닌가.'

그는 한숨을 쉬며 주변을 둘러보았다. 들판엔 푸른 기운이 맴돌고, 봄볕에 풀들이 잔물결을 그리며 바람에 일렁였다.

'이 강산에 어찌 전란이 일어나겠는가. 왜국 땅을 다녀온 지도 벌써 해가 지났다.'

김성일은 힘든 일본 사신 길을 마치고 귀국한 이후의 일들이 주마등처럼 스쳤다. 정사(正使) 황윤길은 부산에 도착하자마자 '전쟁이 임박했다'라는 글을 조정에 올렸다. 한양은 뒤숭숭했고, 도성 사람들은 봇짐을 싸기 시작했다. 어전에서는 사신단을 맞이한 주상이 가장 궁금한 점을 바로 물었다.

"눈으로 직접 보니 어떠하였는가? 왜인이 참으로 전쟁을 일으킬 기세였는가?"

사신단의 수장인 황윤길이 곧바로 아뢰었다.

"신(臣)은 반드시 전쟁이 일어날 것으로 사료되옵니다."

임금은 걱정이 가득하여 한숨을 쉬며 되물었다.

"정사(正使)는 왜인이 전쟁을 일으킬 징조를 눈으로 보았는가?"

"그러하옵니다. 곳곳에 전쟁을 준비하는 기운을 느낄 수 있었습니다."

임금은 나에게도 확인하였다.

"부사(副使)도 그리 보았느냐?"

나는 황윤길이 조정과 임금을 겁주려는 주장이 못마땅했다.

"신은 윤길이 본 바를 도무지 보지 못하였사옵니다. 지나친 주장으로 민심을 흔드는바, 이는 매우 잘못입니다."

백관들은 나의 말에 술렁였다. 임금은 당황하여 우리 두 사람을 번갈아 바라보았다.

"어찌 정사와 부사의 말이 이리도 다른가?"

황윤길은 눈을 치켜뜨고 나를 노려보았다. 그러고는 곧바로 아뢰었다.

"성일의 말은 그릇되었습니다. 왜인은 필시 조선을 침공할 것입니다. 하루속히 대비에 서두르소서!"

나는 분노를 드러내며 맞섰다.

"윤길의 말은 터무니없습니다. 그릇된 주장으로 민심을 동요시키고 있습니다."

 일본의 동정을 살피려 보낸 사신단의 정사(正使)는 전쟁이 난다고 하고 부사(副使)는 전쟁이 없다 하니, 백관들은 탄식을 금할 수가 없었다. 임금은 전쟁을 일으킨다고 소문이 난 풍신수길(도요토미 히데요시)이 궁금했다.

 "수길(秀吉)은 어떻게 생겼던가?"

 황윤길이 아뢰었다.

 "눈빛이 반짝반짝하여 담력과 지략이 있는 사람으로 보였습니다. 일본 전 국토를 자신의 말발굽 아래 두었으니, 필시 나쁜 마음을 품고 조선을 넘볼 만한 자입니다."

 임금이 나에게 고개를 돌렸고, 나는 한 치의 망설임도 없이 반박했다.

 "그의 눈은 쥐와 같으니, 족히 두려워할 위인이 못 됩니다. 원숭이 생김새를 가진 자가 어찌 조선에 쳐들어올 수 있겠습니까? 헛된 주장에 현혹되지 마소서!"

 조정 백관들이 고개를 갸우뚱거리며 술렁이던 소리가 귓전에 들리는 듯하다. 사신단으로 동행했던 서장관 허성도 무장 황진도 황윤길의 의견에 동조했지만, 모두 내 말을 더 신임했다. 김성일은 가래침을 길가 풀숲으로 뱉었다.

 '전쟁이라는 게 그렇게 쉽게 나는 게 아니지. 그 험한 바다를 수만

군사가 배 타고 넘어온다? 말도 안 되는 일이지. 만에 하나, 윤길의 말이 받아들여졌다면...?'

김성일은 코웃음을 날렸다.

'임금은 전국적으로 전쟁에 대비하라고 하시지 않겠는가. 그리되면, 누가 이 일을 지휘하겠는가. 윤길의 말을 지지하는 서인들이 앞장서지 않겠는가? 정여립 옥사 때처럼 우리 동인들은 그들이 정국을 좌우지하는 걸 지켜보아야만 한단 말이다.'

그때였다. 수풀 속에서 꿩 한 마리가 푸드덕 날아올랐다. 김성일은 움찔했다. 행렬을 인솔하던 병마우후가 심기가 어지러워 보이는 신임 병마사를 위로했다.

"영감, 정3품 부제학에서 종2품 병마절도사로 승진한 인사입니다. 영감을 병조판서에 올리려는 주상의 뜻인 듯합니다."

김성일은 병마우후의 말에 다소 기분이 느긋해졌다. 그는 하늘을 올려다보았다. 하늘은 푸르고 맑았다. 전쟁이 다가오고 있다는 낌새는, 어디에도 없었다.

신임 경상우도 병마절도사 부임 행렬이 경상도 감영이 있는 상주에 이르렀다. 김성일은 가슴이 설레었다. 퇴계 선생 문하에서 함께 배운 동문, 경상감사 김수의 환대를 기대했기 때문이다. 김수는 과거에 일찍 급제하여 조정에 먼저 나아갔지만, 어디까지나 후배였기에 예를 갖춰 김성일을 대했다.

감영 앞에 이르자 판관이 황망히 뛰어나와 인사하였다.
 "감사께서는 관외 출타 중이신가?"
 김성일의 물음에 판관은 곧장 대답하지 않고, 객사로 안내하였다.
 "감사는 무슨 일로 출타 중이오?"
 재차 묻자, 그제야 판관은 말문을 열었다.
 "진주성 증축 공사를 감독하러 내려가셨는데... 방금 급보가 도착했습니다. 왜적이 수만 대군을 이끌고 쳐들어왔다고 합니다."
 김성일의 눈이 커졌다.
 "수만이라고 했소? 정녕 왜적이 바다를 건넜단 말이오?"
 "부산진성과 동래성이 추풍낙엽처럼 무너졌다고 했습니다."
 김성일은 그 자리에 주저앉을 듯 무릎이 꺾였다. 임금의 진노가 머릿속을 울려, 몸이 저절로 떨렸다.
 '김성일을 당장 잡아들여라! 그자가 왜적은 쳐들어오지 않을 것이라 장담하였기에 오늘, 이 참변을 맞았다. 역사에 죄를 지은 자다. 쳐 죽여도 벌이 가볍도다!'
 한양에서 금부도사가 달려와 자기를 체포해 갈 모습을 그리자, 김성일은 머리를 세차게 저었다. 그는 땅이 꺼지도록 한숨을 내쉬었다.
 '난들 어찌 확신할 수 있었겠는가. 다만 온 나라가 놀라고 민심이 요동칠까 두려웠을 뿐이다. 주상 또한, 그 말을 듣고 싶어 하지 않

으셨는가...'

판관이 나간 뒤, 객사에 홀로 남은 김성일은 일본 사신행차를 마치고 돌아온 날을 떠올렸다. 궁궐 문 앞에서 신료들이 반갑다며 몰려들었고, 유성룡도 손을 잡으며 말했다.

"만 리 바닷길에 노고가 많았소. 황윤길이 올린 장계로 민심이 술렁이고 있소이다."

"그자는 겁이 많고 옹졸한 자요. 준전시 상태를 만들어 서인이 정국을 틀어쥐려는 술수일 뿐이오."

궁궐에 들어서니 동부승지가 조헌의 상소가 올라왔다고 전했다.

"조헌은 마치 왜국의 사정을 본 듯이 썼습니다. 황윤길이 부산에 도착한 후 서로 연락한 것이 아닌지 의심됩니다."

김성일은 목소리를 높였다.

"왜적이 반드시 조선을 침범할 것이라는 서인의 주장은... 그들이 세력을 잃었으니, 다시 일어서려는 술책에 불과하오."

김성일은 숨이 막혀 옴을 느꼈다.

'그런데 전쟁이 터졌다. 대군을 이끌고 바다를 건너다니... 불가능한 일이 벌어진 거다.'

김성일은 주먹으로 가슴을 쳤다.

'현소(玄蘇)가 전쟁을 경고했을 때, 왜 나는 그 말을 외면했는가...'

반성과 후회가 밀려왔다. 사신단이 귀국한 지 한 달 뒤, 일본에서 보낸 사신단이 한양에 도착했다. 그들이 올린 서신은 가히 충격적이었다.

"정명가도(征明假道). 명나라를 정벌할 터이니, 조선은 길을 내라."

임금의 명으로 김성일은 일본 사신, 대마도 도주(島主) 현소를 비밀리에 접견했다. 현소는 은근히 말했다.

"풍신수길은 중국과 전쟁을 벌이려 합니다. 조선이 먼저 명나라에 일본과 화평을 주선하면, 조선과 일본은 전쟁의 고통을 덜 수 있을 것입니다."

"소국이 대국을 공격한다는 것은 대의에 어긋나는 일이오."

그러자 현소는 웃음을 거두고, 노골적인 협박을 내뱉었다.

"옛날 고려는 원나라 군대를 인도해 일본을 공격했습니다. 일본은 그 원한을 갚고자 합니다."

그때라도 일본의 본심을 알았으니, 임금에게 본격적으로 전쟁 준비를 해야 한다고 말씀드려야 했다. 김성일은 머리를 감쌌다.

'아뢰고 싶었지만 그럴 수 없었다. 조정 대신들도, 향촌의 선비들도 황윤길은 풍신수길에 겁먹은 자라 조롱하고, 나는 담대하고 조선이 낸 인물이라고 칭송하였는데, 내가 어찌…'

밤새 뜬눈으로 잠을 이루지 못한 김성일은, 날이 밝자 병마우후를 불렀다.

"밥을 먹는 대로 임지로 떠나세. 한시가 급하오."

그는 죽음을 직감했다. 곧 금부도사가 내려올 것이고, 체포되어 참형당할 것이다. 유성룡이 나선들, 임금의 진노 앞에 무슨 소용이 있으랴.

"나는 왜적의 침략을 경고했건만, 김성일과 정승은 내 우려를 비웃었다. 이 모든 재앙은 그들 탓이다."

김성일의 머릿속에 두 글자가 떠올랐다. 자진(自盡).

'임금께 용서를 구하는 글을 남기고 스스로 죽어야 자손이라도 살릴 수 있지 않을까.'

그 순간, 풀숲에서 꿩 한 마리가 푸드덕 날아올랐다. 군사들은 활로 잡아야 했는데 놓쳤다고 아쉬워했다. 그 광경을 보던 김성일은 마음을 바꾸었다.

'자결이 무슨 의미가 있단 말인가. 그건 머리만 박고 숨는 꿩의 어리석음과 같은 것이리라.'

그는 마음을 고쳐먹었다.

'이왕 죽을 바엔, 전장에서 죽겠다. 그게 선비다운 마지막 모습이다. 그러려면... 금부도사가 당도하기 전에, 먼저 적을 마주해야 한다."

김성일은 경상우병사의 지휘 본부인 창원을 향해 발길을 재촉했다.

초유사

　김성일과 그의 일행은 경상 우병영을 불과 삼십 리 앞둔 웅천(熊川: 현 진해 지역)에 도착했다. 관아에 들어서니, 수령과 군사들은 이미 달아나 텅 비어 있었다. 정적이 감도는 동헌은 허망할 만큼 적막했다. 김성일은 동헌 마루에 올라 접이의자에 몸을 기대며 땀을 식히고 있었다.
　바로 순간이었다. 갑작스레 관아 마당으로 일본군 다섯이 불쑥 들어섰다. 그들은 관아가 비어 있을 거라 여긴 듯했으나, 뜻밖에도 조선의 군사들이 눈앞에 있었다. 양측은 동시에 놀랐고, 일순간 숨을 삼켰다.
　김성일은 군관을 향해 외쳤다.
　"적을 쏴라!"
　군관들이 재빠르게 활시위를 당겼고, 날아간 화살들이 적을 꿰뚫었다. 두 명의 왜군이 비명을 지르며 쓰러지자, 나머지 셋은 혼비백산해 뒤로 물러났다. 김성일이 군사들을 돌아보며 소리쳤다.
"모두 죽여라!"
 군사들이 활을 재어 일제히 발사하자 순식간에 다섯의 적이 모두 쓰러졌다. 조선군은 혹시나 인근에 더 많은 왜군이 숨어있는 것은 아닌지 두려웠지만, 사방을 살펴도 적은 더 나타나지 않았다. 김성일은 죽은 적의 머리를 수습하게 하고, 기병을 뽑아 급히 한양으로 보냈다. 그리고 유성룡에게도 짧은 편지를 써 보냈다.
 "일어나지 않을 거라 하였던 전쟁이 일어났으니 살기를 바라지 않소. 하지만 적을 하나라도 더 벨 수 있게 소임을 다하게 해주시오."

 적의 수급을 궤에 넣고 있던 그때, 말발굽 소리가 들렸다. 숨이 찬 모습으로 말을 탄 이는 전 경상우병사 조대곤이었다. 그는 관아로 들어와 말에서 내렸다.
 "이제야 도착하셨구려. 더 이상 가서는 아니 되오. 경상 우병영은 이미 왜적에게 점령당했고 병력은 흩어졌소. 의미가 없지만 직을 교체하라는 어명이 내려졌으니, 인장과 군사 명부를 인계하겠소."
 조대곤은 마치 짐을 털어버리듯 도장과 군사 명부를 동헌 마루에 올려놓고 돌아섰다. 도망치듯 다시 말에 오르려 하자, 김성일이 그를 불러 세웠다.
 "병영을 버리고 도망쳐 어찌 살기를 바랍니까. 차라리 왜적 손에 죽더라도 함께 죽읍시다. 그러면 이름이라도 남게 될 것이오."

조대곤은 이미 넋이 빠져 김성일의 말이 귀에 들어오지 않았다. 칠십을 넘긴 몸으로 김해에서부터 패주해 온 그는, 한숨을 쉬며 말했다.

"장수가 적을 피해 달아났으니 참형감이지요. 허나, 중과부적인 걸 어떡하겠소."

그때, 조대곤의 마부가 말의 고삐를 당기며 소리쳤다.

"적이 언제 닥칠지 모릅니다. 인계를 받았으면 어서 길을 비켜주십시오."

김성일의 눈에 불꽃이 튀었다.

"이런 건방진 놈을 보았나! 어디라고 끼어들어 이래라저래라 하는 게야. 저놈의 목을 당장 베어라!"

군관이 칼을 뽑아 마부의 목을 쳤다. 피가 솟구치고, 시체가 땅에 쓰러졌다. 조대곤은 벌벌 떨었다. 김성일은 그를 향해 추상같은 표정으로 말했다.

"영공이 간다고 해도 어디로 갈 수 있겠소? 차라리 적과 싸우며 죽는 것이 부끄럽지 않은 일입니다."

조대곤은 엉거주춤 말에서 내렸다. 경상우후가 다가와 조심스럽게 입을 열었다.

"왜적의 본대가 척후군을 찾아 이곳으로 향하고 있을 것입니다. 더는 머물 곳이 못 됩니다."

김성일은 속으로 중얼거렸다.

'병영이 무너졌으니 이제 어찌하여야 하나? 이 군사로 적과 맞서자고 하면 누가 나를 따르겠는가.'

경상우후가 김성일의 생각을 헤아려 말했다.

"병마사께서는 왕을 구하는 근왕군의 일원이 되어야 할 것입니다."

김성일은 정신이 번쩍 들었다.

'그래, 주상 전하를 뵙고, 전쟁터에서 죽을 기회를 달라고 매달려야 한다. 수급을 보냈으니, 혹시 노여움을 조금은 풀어주시지 않을까.'

김성일은 자리에서 벌떡 일어났다.

"한양으로 올라가자."

김성일 일행이 북쪽으로 방향을 잡아 올라가는 길에 결국 금부도사와 맞닥뜨렸다. 땅에 엎드린 그 앞에서 금부도사는 임금의 교지를 읽어 내렸다. 병마사의 직책은 파면되었고, 그는 이제 죄인의 몸으로 한양에 압송될 처지였다. 김천에 이르렀을 때, 경상감사 김수가 그곳에 머무르고 있었다. 김성일이 포박된 채 끌려오는 것을 본 김수는 손을 부여잡고 통곡했다. 죄인의 몸으로 오래 머무를 수가 없었다. 금부도사는 북쪽을 향해 길을 재촉했다.

충청도 직산(현 천안 지역)에 이르렀을 무렵, 김성일은 조정에서 보낸 선전관을 마주했다. 유성룡의 탄원에 힘입어, 그는 경상우도 초유사가 되어 지은 죄를 씻으라는 임금의 어명을 가지고 왔다. 초유사(招諭使)는 난리가 터졌을 때 각 지역을 돌며 군사를 모집하는 벼슬이다. 경악과 감동이 뒤섞인 마음으로 그는 교지를 받아 들었다. 눈물이 앞을 가렸다.

"신(臣)은 죄가 만 번 죽어도 마땅하오나, 하늘 같은 은혜로 다시 사는 기회를 주셨습니다. 명을 받들고 뜨거운 눈물을 흘립니다. 신은 하늘을 우러러 맹세코, 이 목숨 다하도록 왜적과 싸우겠습니다."

김성일은 다시 남쪽으로 향했다. 죄를 짓고 끌려가던 길이, 이제는 다시 싸우기 위한 길로 바뀌었다. 김성일의 눈빛에는 결의가 서려 있었다.

의병장 곽재우

 그즈음 경상도 의령 사는 곽재우(郭再祐)는 왜군이 조선을 침범했다는 소식을 들은 순간 피가 끓었다. 굳건한 턱선에는 분노의 기운이 서렸다.
 "왜놈들이 기어이!"
 부산에 상륙한 왜군이 순식간에 부산진성과 동래성을 무너뜨렸다는 소문은 들불처럼 번졌다. 백성들은 산 깊은 곳으로 몸을 피했고, 의령의 현감은 도주한 지 오래였다. 관아에는 군사 한 명 남지 않았다. 곽재우는 분노했다.
 "평생 나라의 녹을 받아먹은 자들이, 나라의 위기에 제 한 몸부터 보전하려 도망치다니!"
 곽재우는 남명(南冥) 조식(曺植)의 제자였다. 스승의 가르침 아래 학문과 충의를 배웠고, 병법에도 눈을 틔워 중국 역대 명장의 전략을 정리한 『장감(將鑑)』을 곁에 두고 읽었다. 그의 집은 부친이 의주 목사를 역임하는 등, 명문가 출신으로 지역 유림의 존경을 받았다.

곽재우는 뜻있는 자들과 모여 의병을 일으키기로 결심했다. 그가 직접 쓴 격문이 산천에 울려 퍼졌다.

"의령 사람 곽재우,

경상우도 장정에게 고하오!

바다 건너 섬나라 오랑캐가 침략해,

나라가 참혹하게 짓밟히고 있소.

나는 비록 벼슬도 없고 녹도 받지 않았으나,

나라가 위태로우니 어찌 앉아서 구경만 하겠소?

수령과 장수들이 관아를 버리고 도망쳤다 하니,

이런 자들은 보는 대로 목을 베어야 마땅하오.

우리마저 손을 놓는다면 부모 처자는

잔학무도한 왜놈들에게 죽거나 끌려가 노예가 될 것이오.

혹시 우리가 잡힌다면 왜놈들의 강요로

조선 군사의 탄환과 화살받이 신세가 되기 십상이오.

그렇게 사느니 차라리 이 곽재우와 함께 싸웁시다!

의령만 해도 싸울 수 있는 자가 수백이오.

뜻을 모아 고을을 지켜냅시다!

조상과 탯줄이 묻힌 이 산천이 왜적들에게 유린당하는 참상에

견딜 수가 없어 호소하는 바이오."

격문은 의령과 인근 고을 곳곳에 붙었다. 곽재우의 집 앞 정자나

무에 큰 기가 걸리고, 마을엔 징 소리가 종일 울려 퍼졌다. 사람들은 격문을 읽고 속속 모여들었다.

임진년 4월 22일, 곽재우는 마침내 의병부대를 창설했다. 의병부대를 위해 부유했던 자신의 전 재산은 물론, 가족의 의복까지 내놓았다. 하지만 의병들을 먹이고 무장시키기에는 턱없이 부족했다. 결국 곽재우는 인근에 버려진 관아 창고를 접수해 군량과 병기를 충당했다.

의령은 남쪽과 동쪽이 강으로 막히고, 북쪽은 산으로 둘러싸여 천연의 요새였다. 일본군은 주력이 북진함에 따라 경상도에 남은 병력은 물자 수탈과 보급에 집중하고 있었다. 곽재우는 그 허점을 꿰뚫었다.

그는 강을 따라 움직이며 왜군 보급선을 노렸다. 붉은 비단으로 만든 철릭[1]을 입고, 갓끈을 바짝 조이고 항상 선두에 섰다. 의병들은 북을 울리고 날라리라 불리는 태평소를 불며 당당하게 행진했다. 왜군이 배에서 내려 육지에 오르면 산이나 숲속에 군사를 숨겨두고 수천의 병사가 도사리고 있는 듯 태평소를 불고 북을 치며 떠들게 하여 적을 기만했다. 때로는 강가에 매복하여 왜군의 수송선을 기습했다.

일본군들은 신출귀몰한 전술을 펼치는 곽재우를 보고 하늘에서 내려온 붉은 옷의 장군(天降紅衣將軍)이 나타났다고 소리치며 두려움

---

1) 주로 무관들이 입는 외출복

에 질렸다. 곽재우 의병부대는 남강과 낙동강을 따라 의령은 물론 창녕, 현풍까지 넓은 지역을 돌며 기민하게 타격했고, 크고 작은 전투에서 연전연승을 거두었다.

곽재우는 진주성이 비었다는 소문을 듣고 의병장 심대승에게 말했다.

"진주목사가 성을 버렸다는 소문이네. 왜놈들이 닥치기 전에 우리가 먼저 병장기와 군량미를 확보하는 게 좋겠네."

곽재우는 심대승에게 오백의 의병을 내어주었다. 심대승은 군사를 이끌고 진주로 향하며 먼저 척후를 앞세웠다.

진주성을 십 리 앞둔 지점에서 척후병이 돌아왔다. 그는 말에서 내려 심대승에게 보고했다.

"성이 비어 있지 않습니다. 성벽 위 군사들이 창검을 들고 지키고 있고, 경계가 매우 삼엄합니다."

심대승은 눈을 부릅뜨며 말했다.

"목사가 성을 버렸다는 말은 거짓이었단 말인가?"

"목사가 떠난 건 사실이나, 성을 버린 건 아니랍니다."

심대승은 목소리를 높이며 물었다.

"무슨 소리를 하는 게냐? 수성장인 목사가 난리 통에 성을 비웠으며 버린 거지, 아니라는 건 무슨 해괴한 말이냐?"

"그게…"

척후병은 더듬거리며 답했다.

"목사가 죽을병이 들어 수성장 노릇을 못 하게 되어… 판관이 산음에 모셔다드리고 곧 돌아온다고…"

심대승은 수염을 부르르 떨며 고함을 쳤다.

"죽을병이 들었다 해서 성을 비우는 수령이 어디 있단 말이냐! 목사에 판관까지 아주 모조리 도주한 것이구먼."

"그게 아니랍니다. 진주성은 판관에게 매일 파발을 보내 왜군의 동태와 진주성 상황을 보고하고 있다고 했습니다."

"매일 연락을 취한다고? 성을 버렸다면 그럴 필요가 없을 텐데…"

심대승이 혼잣말처럼 내뱉자, 척후병이 말을 더했다.

"진주성에서 한 명의 군사도 도주한 자가 없답니다."

"한 명의 군사도?"

심대승이 물었다.

"진주성에 군사가 얼마나 되는지 알아봤느냐?"

"천 명이 조금 안 된다고 했습니다."

"군사가 천 명이라… 이대로 진주성으로 들어가면 아군끼리 충돌할 우려가 있다. 성을 잘 지키고 있다면, 우리가 나설 일이 아니다."

심대승은 의병들에게 명령을 내렸다.

"의령으로 돌아간다!"

의병들은 대오를 정비해 진주성에서 멀어졌다.

산음 선비 유이영

　진주성은 일본군의 동향을 주시하고 있었다. 부산과 김해에서 진주성으로 이어지는 길목마다 이십 리 간격으로 척후군을 배치하여, 왜적의 움직임을 면밀히 살폈다. 진주성은 날마다 성의 상황과 왜군의 동향을 빠짐없이 김시민에게 전했다.
　척후 부대장 이눌은 말을 달려 산음(현 산청)에 도착하자, 곧장 김시민을 찾아뵈었다.
　"수고가 많다. 왜군의 동태는 어떤가?"
　"주력부대는 진주성과 더욱 멀어졌습니다. 현풍을 거쳐 경상우도와 좌도를 가로지르며 한양을 향해 북상 중입니다. 진주성은 왜군의 위협이 없어 보이나, 인근 고을들은 수령들이 앞다퉈 도망치고, 백성들마저 흩어져 무인지경이 되었습니다."
　이눌은 의병 소식을 전했다.
　"의령에서 유생 곽재우가 거병했습니다. 수십 명으로 시작한 군세가 순식간에 천 명에 이르렀다고 합니다."

"곽재우라... 그가 누구이기에?"

"남명 조식 선생의 외손녀와 혼인하였고, 선생께서도 애제자로 아끼셨다고 전해집니다."

곽재우의 이야기는 김시민의 마음을 흔들었다. 자신이 아직 진주성에서 나와 있는 현실이 뼈아프게 느껴졌다.

"성 판관에게 병사들이 동요하지 않게 훈련을 게을리하지 말라고 전해라. 또한 성벽에 깃발을 촘촘히 세우고, 병사 한 명당 허수아비를 만들어 병력이 많은 것처럼 위장하도록 전하라."

김시민은 이경에게 상황을 보고했다.
"왜군이 진주성에서 멀어졌습니다."
이경은 힘겹게 고개를 끄덕였다.
"성이 안전하다니 다행일세. 역시 내가 죽을 곳은 그곳일세."
그는 김시민을 바라보며 말을 이었다.
"내 병세가 호전되는 대로, 나도 함께 돌아가고 싶네."
김시민은 고개를 끄덕였다.

김시민은 산음에 들릴 기회가 있으면 꼭 하고 싶은 일이 있었다. 평소 존경하는 남명 조식 선생의 흔적을 찾아보는 일이었다. 그는 선생의 묘소를 찾아 절을 올렸다. 선친의 모습이 아련히 떠올랐다.

사헌부와 사간원에서 강직한 언관으로 이름을 떨친 아버지는 남명 선생의 단성소(丹城疏)를 자주 읊조리며 어린 아들에게 기개를 가르쳤다.

"...전하의 국사(國事)는 그릇되었고, 인심은 이미 떠났습니다... 신은 임금의 녹만 헛되이 받아먹는 무위한 신하가 되기를 원치 않습니다..."

단성소에는 선생의 통찰과 두려움 없는 충언이 고스란히 담겨 있었다. 조선의 방비가 얼마나 허술한지, 그 허점을 외적이 노릴 것이라는 경고도 있었다.

"재물로 사람을 쓰니 장수가 부족하고 성엔 군졸조차 없으니, 외적이 무인지경을 넘나드는 것이 어찌 이상하다 하겠습니까?"

김시민은 산천재(山天齋)로 발길을 옮겼다. 남명선생이 말년을 보내며 제자를 가르친 곳이다. 지리산 자락에 포근히 안긴 산천재는 소박하고도 기품이 있었다. 바람이 능선을 타고 내려와 뺨을 스치고, 산새들의 청명한 지저귐이 귀를 맑게 했다.

산천재 건물 안에서는 아이들의 글 읽는 소리가 낭랑하게 울려 퍼졌다. 전란 중에도 글공부를 게을리하지 않는 아이들의 모습이 마치 꿈속 한 장면처럼 다가왔다. 김시민은 문틈으로 살짝 안을 들여다보다가, 아이들을 가르치던 이와 눈이 마주쳤다. 머쓱해져 매화나무 옆으로 피신하듯 물러섰다. 얼마 후, 흰 도포 차림의 단정한 선비가 마당으로 걸어 나와 인사를 건넸다.

"진주성에서 오신 분이시지요."

"판관 김시민이라 하오."

"저는 산천재를 지키고 있는 유이영(柳伊營)이라 합니다."

그의 목소리는 맑고 차분했다. 지혜가 깃든 눈빛과 잘 다듬은 검은 수염이 인품을 드러냈다.

"혹여 학동들에게 방해가 되지는 않았는지…"

"글짓기 과제를 내주었으니 스스로 열심일 겁니다."

김시민은 조심스레 물었다.

"남명 선생은 언제 이곳에 오셔서 제자들을 가르치셨습니까?"

"삼십여 년 전, 지리산 천왕봉이 보이는 이곳에 산천재를 지으시고 제자들을 가르치셨습니다."

김시민은 눈을 들어 산천재를 품고 있는 지리산을 바라보았다. 고요한 자태에서 웅혼한 기운이 뻗어 나오는 듯했다.

"선생께서는 제자들에게 무엇을 중히 여기라고 가르치셨습니까?"

"경(敬)과 의(義)를 근본으로 삼으라 하셨습니다. 학문은 책 속에만 머무는 게 아니라, 삶에서 실천해야 한다는 게 선생의 가르침이었습니다."

김시민은 고개를 크게 끄덕였다. 유이영은 말을 이었다.

"선생께서는 왜적의 침입을 오래전부터 염려하셨습니다. 제자들에게 병법을 익히게 하고, 나라가 위기에 빠지면 선비도 나서야 한다고 가르치셨지요. 글만 읽는 선비가 아니라, 고을과 백성을 지킬 사람이어야 한다고 하셨습니다."

김시민은 감탄했다.

"곽재우 같은 제자가 의병장이 된 건, 결코 우연이 아니군요. 선생은 어떻게 왜구의 침략을 정확히 내다보셨을까요?"

"을묘년에 왜구의 만행을 목격하신 이후, 조정의 방비는 허술하고 무능한 자들이 군을 이끄는 현실을 탄식하셨습니다. '이대로라면 반드시 다시 쳐들어올 것이다.' 하셨지요."

김시민은 훈련원 판관 시절, 외적에 대비해 수성 전술을 고안하던 그 일이 남명 선생의 뜻과 맞닿아 있음을 느꼈다. 두 사람은 산천재 주변을 천천히 걸으며 문답을 이어갔다.

김시민은 진주성이 왜군의 위협으로부터 멀어졌으니, 며칠 더 산음에 머물기로 했다. 그는 목사의 병세가 호전되기를 기다리는 동안, 마음을 가라앉히려 산천재를 찾았다. 전란의 소용돌이 속에서도 산음의 지리산 자락은 고요했고, 그 속에서 유이영은 말벗이 되어 주었다. 유이영은 그를 반갑게 맞이하며 전란 중에 귀한 지리산 작설차를 내왔다. 그는 찻잔을 내밀며 말했다.

"판관께서는 숯불 구덩이에 빠진 백성을 구할 분입니다."

김시민은 얼굴을 붉히며 고개를 숙였다. 쓴웃음을 머금은 채 자조 섞인 말이 나왔다.

"성을 버리고 온 무인이 어찌 백성을 구한다고 말씀하십니까. 부끄럽습니다."

유이영은 고요히 웃었다. 그의 목소리는 담담하면서도 따뜻했다.

"사람은 누구나 실수를 합니다. 밭을 일구는 농부들도 '소뿔을 바로 잡으려다 소를 죽일 수도 있다.'라고 종종 말하지요. 교각살우(矯角殺牛)라 하여, 작은 것에 얽매이면 큰일을 망칠 수 있다는 경계지요."

목사에 대한 의리로 자기 생각을 굽히고 함께 온 김시민의 선택을, 그는 헤아리고 있었다. 그의 말은 특별한 것이 없었으나, 김시민의 가슴 깊은 곳을 건드렸다. 산음으로 오는 길 내내 그의 마음을 짓누르던 번민들이 정리되는 느낌이었다.

"대의(大義)를 위해서는… 윗사람의 뜻을 거역할 용기도 필요하겠지요. 하지만, 쉽지 않은 일입니다."

유이영은 찻잔의 맑은 향기를 깊이 들이마셨다. 잠시 후, 눈빛을 빛내며 입을 열었다.

"판관께 어울리는 선생님의 시 한 수가 생각났습니다. 들려드려도 되겠습니까?"

김시민은 조심스럽게 찻잔을 들어 올리며 고개를 끄덕였다.

"사십 년 세월의 온몸에 찌든 때를(全身四十年前累)

천 섬들이 넘실대는 맑은 물에 씻으리라 (千斛淸淵洗盡休)
오장육부 깊은 곳에 티끌이 생겨난다면 (塵土倘能生五內)
당장 배를 갈라 물에 띄워 흘러 보내리. (直今刳腹付歸流)"

김시민은 등골을 타고 내려오는 전율을 느꼈다. 시 속에 서린 결연한 기개가 그를 강하게 휘감았다.
"이 시는 '욕천(浴川)'이라 하여, 선생께서 지리산 계곡에서 미역을 감으시며 지으신 시입니다. 철저한 자기 성찰과 곧은 정신을 엿볼 수 있습니다."
김시민은 자리를 고쳐 앉으며 옷깃을 여몄다.
"고항지사(高亢之士)... 굽히지 않고 아첨하지 않는 선비. 이 고귀한 정신이 있었기에 죽음을 각오하고 단성소를 올릴 수 있었겠지요."

바로 그때, 산바람이 일었다. 능선을 넘어온 바람이 대숲을 스치며 맑은 소리를 냈다. 푸르른 이파리들이 부딪히며 만들어낸 음률에 김시민은 탄성을 내었다.
"바람에 부딪히는 대나무 소리... 참으로 듣기 좋습니다."
유이영은 찻잔을 입에서 떼며 조용히 말했다.
"을묘왜변 때 왜군이 대나무를 베어 방패를 만들고, 사다리를 엮어 성벽을 넘었다는 이야기를 들었습니다."
김시민이 눈을 크게 떴다.

"진주성 주변에도 대숲이 많은데... 문제가 되겠습니다."

유이영은 찻잔을 들어 입술을 축인 뒤 부드럽게 말했다.

"진주성 인근의 대나무를 불태워 화근을 미리 없애는 일도 생각할 수 있겠습니다. 하지만 대나무는 백성들의 소중한 재산이니, 백성을 아끼시는 판관께는 어려운 결정일 것입니다."

김시민은 고개를 끄덕였다. 유이영은 차의 향을 잠시 음미한 뒤 말을 이었다.

"진주성 주변에 있는 대숲을 다 태운다 해도, 왜적이 대나무를 못 구하겠습니까. 백성의 원망을 사면, 성을 지키기가 고단해질 겁니다."

산천재를 나서며 김시민은 바람에 흔들리는 대나무 숲을 오래 지켜보았다. 잎사귀들이 부딪히는 소리가 귓가에 맑게 울렸다. 그는 유이영이 해준 말을 곱씹어 보았다.

화약장 허윤

척후 부대장 이눌이 급히 산음에 와서, 김시민에게 보고했다.

"신임 경상우병사가 금부도사에게 압송되던 길에, 임금의 사면을 받고 초유사로 임명되어 남하 중이라 합니다."

"초유사가 되어 다시 내려온다고?"

김시민은 짧게 탄식했다. 전쟁은 없을 것이라며 성 축성을 중단시킨 김성일. 그를 맞이해야 한다고 생각하니, 마음이 무거웠다.

"더 큰 일이 있습니다. 이일 장군이 상주에서 패하였고, 신립 장군마저 탄금대에서 참패했다고 합니다."

여진 정벌에서 전공을 세운 장수들이 연달아 무너졌다니, 믿기 어려운 일이었다.

'부산진과 동래가 허망하게 함락되었다 해도 문경새재에서 막아 내리라 믿었건만...... 이젠 도성도 안심할 수 없다.'

전쟁의 양상이 이 지경이 되니, 김시민은 가슴속 오래 묵힌 그 일이 떠올랐다.

여진과의 전쟁이 끝난 후, 김시민은 무과에 응시했다. 그는 무과에 전체 4등으로 급제하여 단숨에 종6품 훈련원 주부가 되었고, 능력을 인정받아 1년 만에 종5품 판관으로 승진했다. 실전에서 여진족과 맞서 싸우며 깨달은 경험은 그를 개혁의 길로 이끌었다.

훈련원이 궁궐을 지키는 겸사복과 내금위의 병기와 훈련 검열을 시행할 때, 김시민은 경악했다. 병기는 장부와 맞지 않고, 관리 상태는 엉망이었다. 날이 무덥다거나 춥다는 핑계로 정기 훈련을 빼먹었다.

'이 지경이라면 도성 밖의 상황은 어떠하겠는가. 이런 상태라면 북방의 여진이든, 남쪽 왜적이든, 혹은 동시에 쳐들어오면 조선은 속절없이 무너질 것이다.'

김시민은 실질적인 훈련원 책임자인 정3품 도정(都正)에게 개혁안을 제출했다. 내용은 간결하되, 핵심 안을 담았다.

첫째, 병기 보관 및 관리 체계의 전면 정비.

둘째, 사계절 정기 훈련의 의무화 및 훈련 점검 권한 강화.

셋째, 삼남 지역 성의 지형에 맞춘 방어 전술 개발과 장창부대의 창설.

"삼남 지역의 성은 북방과 달리 평지에 있어 방어가 어렵습니다. 해자를 건설하고, 화포와 총통, 활, 장창부대를 활용해 각 단계에서 적을 차단하는 전술 훈련이 시급합니다."

훈련원 도정은 고개를 저었다.

"군사 개혁이라니? 신임 병조판서께서 싫어하실 게다."

"양병천일 용재일시(養兵天一 庸才一時)입니다. 병사는 천일을 길러 하루를 대비하는 법입니다."

"조선 개국 이래 유지해 온 방어 전술과 훈련을 전부 바꾸자는 건데… 이게 어디 만만한 일인가."

김시민은 피를 토하는 심정으로 청했다.

"부디 개혁안을 신임 병조판서에게 올릴 훈련원 개황 보고서에 첨부해 주십시오."

며칠 후, 훈련원 지사(知事)를 겸한 병조판서가 훈련원을 방문했다. 김시민은 기회를 틈타 오랫동안 품어온 개혁안을 조심스럽게 언급했다. 그러나 병조판서의 반응은 냉담했다.

"그대가 바꾸고자 하는 제도는 모두 세종과 성종 대왕께서 세우신 것이네. 이를 뜯어고치자 하니 불충이 아닌가."

김시민은 눈을 들어 그를 바라보았다. 믿기지 않는 말이었다.

"선왕의 제도라 하여도, 시대가 달라졌으면 고쳐야 마땅하지 않겠습니까."

병조판서는 냉소를 머금고 말했다.

"요즘 훈련원에 천지를 모르고 나대는 자가 있다 들었네. 자네를 두고 하는 말인 듯하네. 겸사복장과 내금위장이 자네를 주목하고 있으니, 몸조심이나 하게."

김시민은 분노가 치밀어 오르는 것을 느꼈다. 그러나 감정을 억누르며 낮게 말했다.

"어찌 제가 실정을 모르고 날뛰는 자이겠습니까. 백성들이 안심하고 생업에 임하려면 나라의 국방이 튼튼해야 하겠기에 개혁안을 올리는 게 아니겠습니까."

병조판서는 코웃음을 쳤다.

"백성을 걱정하는 자가 삼남 일대의 성들을 손보라고 하는가. 민심이 얼마나 흉흉해지겠는가."

김시민은 부서에 돌아와서도 생각할수록 병조판서의 말에 분이 풀리지 않았다. 그는 쓰고 있던 사모(紗帽)를 벗어 발로 밟으며 소리쳤다.

"나라를 위해 계책을 내어도 듣지 않는데, 어찌 녹만 받고 자리를 지키겠는가!"

훈련원 동료들이 말렸으나 김시민은 듣지 않고 곧장 사직서를 내었다. 그날, 훈련원의 하늘은 비가 곧 내릴 듯 검은 구름이 덮고 있었다. 김시민은 이경의 처소로 향하는 길을 걸으며 생각에 잠겼.

'그때 개혁안이 받아들여졌더라면...'

김시민은 곧장 이경을 찾아 전황을 보고했다.
"한양이 적의 위협을 받는다니……."
이경의 눈가가 붉어졌다.
"주상과 조정은 어디로 피하시겠는가? 설마 왜놈들에게 항복하고 나라를 내주려는 건 아니겠지?"
김시민은 힘주어 고개를 저었다.
"조정이 도성을 포기하는 일은 없을 것입니다."
"이대로 조선의 운명은 다하는 것인가……"
목사의 눈에서 눈물이 흘렀다. 김시민은 가슴 깊은 곳까지 답답해졌다.
"김성일 병마사가 사면되고 초유사로 임명되어, 곧 진주성에 도착할 것입니다. 그보다 앞서 서둘러 복귀해야 합니다."
"내 병세가 다시 도져… 먼 거리를 갈 수 있을지…"
이경의 얼굴은 창백했고, 숨결조차 가늘었다.

김시민은 통인을 불러 물었다.
"약초 캐러 산에 올랐다는 의원은 아직 돌아오지 않았는가?"
"조금 전 산에서 내려왔다고 들었습니다. 곧 도착할 겁니다."
바로 그때 문밖에서 소리가 났다.
"의원이 도착했습니다!"
김시민이 마당으로 나서자, 문간에 선 사내를 보고 눈이 커졌다.

"자네는... 군기시 화약장(火藥匠)이 아닌가."

의원이라 불린 사내도 놀란 듯 김시민을 바라보았다.

"판관님이 아니십니까? 염초를 비축하고 총통 제작을 독려하시던 모습이 눈에 선합니다."

"지금은 진주 판관이 되었다네."

의원은 웃으며 받아쳤다.

"소식은 들었습니다. 판관님은 어디를 가셔도 판관이시네요. 군기시에 오시기 전에 훈련원 판관이셨고... 자리를 옮길 때마다 한 품계씩 올랐으면 지금쯤 진주 목의 종5품 판관이 아니라 정3품 목사를 하셔야 하는데..."

"실없는 소리 말게. 그런데 자네는 어찌 의원이 되었는가?"

"화약을 만드는 일과 약을 짓는 일은 다를 게 없습니다."

"군기시에 있을 때 자네가 불발탄에 다친 군사를 치료하는 걸 보았네만, 어찌 의원까지 될 생각을 했나?"

사내는 웃으며 답했다.

"어의(御醫) 허준이 저랑 같은 양천 허씨입니다."

김시민은 화약장 허윤의 농담에 웃으며 두 손을 맞잡았다.

"그런데 어찌 이곳 산골까지 오게 되었는가?"

"군기시 도제조로 모신 정언신 대감이 역적으로 몰려 유배 가시는 것도 보았고, 판관님도 옥중의 그분을 찾아뵌 일로 조정에 밉보이셨고... 저도 벼슬길이 허망하게 느껴졌습니다. 고향으로 돌아와 살기로 했지요."

"그동안 자네도 많은 일이 있었구먼. 산에서 구한 약초로, 부디 목사님의 병을 고쳐주게."

허윤은 조심스레 진료를 시작했다. 한참 후, 김시민이 그를 데리고 밖으로 나왔다.
"목사님의 병은 어떠한가?"
허윤은 고개를 저으며 말했다.
"목의 종기도 깊지만, 등창은 이미 장부(臟腑)로 번졌습니다. 화타가 살아온다 해도, 살리기 어렵습니다."
"손쓸 도리가 없단 말인가?"
"쇠무릎 풀을 달여 드리면 고통은 덜어드릴 수 있습니다. 하지만... 며칠 넘기기 어려우실 겁니다."
김시민은 고개를 떨어뜨리며 한숨을 내쉬었다.

진주성으로 떠나기에 앞서, 김시민은 다시 산천재를 찾았다. 유이영에게 작별을 고하기 위해서였다. 유이영은 조용히 그를 배웅하며 말했다.
"이제는 진주성에서 왜적을 막아야 하니, 산음에 들르시긴 어렵겠습니다."
김시민은 유이영을 보며 마음속에 있는 말을 꺼냈다.

"생각보다… 적이 강합니다. 솔직히… 걱정입니다."

"저 같아도 걱정이 되겠습니다."

유이영은 맑은 눈빛으로 그를 바라보았다.

"남명 선생께서 돌아가시던 날, 저의 아버님은 곁을 지킨 제자였습니다. 그날, 선생께서는 마지막 유언으로 '공부는 익숙함을 귀하게 여기는 것'이라 하시며, '익숙하면 잡생각이 들지 않고 집중할 수 있어 성취를 이루게 된다.'고 하셨지요."

유이영은 담담하게 말했다.

"선생께서 남긴 '익숙함을 귀하게 여기라'는 말씀… 지금 우리 군사들에게 필요합니다. 왜군을 만나면 싸워보지도 않고 두려움에 떠는 군사들… 익숙함으로 달라질 수 있다고 생각합니다. 군사들이 무기를 다루는 데 익숙하게 되고, 왜군과 상대하는 일이 익숙하게 되면 마당을 쓸고 장작을 패듯 불안감이나 두려움 없이 전투에 집중할 수 있게 될 것입니다."

김시민은 유생이 말하는 군사의 일이 귀에 들어오지 않았다. 그의 마음은 한시라도 빨리 진주성으로 돌아가고 싶을 뿐이었다.

초유 활동

 김성일이 김천에서 출발하여 거창으로 향할 즈음, 일본군은 이미 경상도의 중심을 가르며 북상하고 있었다. 경상좌도와 우도는 서로 연락이 끊겼고, 마을의 수령들은 모두 달아났으며 백성들은 뿔뿔이 흩어졌다. 길가마다 초가가 텅 비어 있고, 개 짖는 소리조차 들리지 않았다. 황망한 풍경 속, 김성일은 북쪽 하늘을 우러러 부르짖었다.
 "입을 잘못 놀려 나라를 위태롭게 한 죄가 만 번 죽어도 마땅하거늘, 하늘 같은 은혜로 주상께서 다시 기회를 내려주셨다. 이대로 역사의 죄인으로 끝날 수는 없다. 하늘이 속죄의 길을 내어주신 것이니, 이 기회를 허비하지 않겠다."

 거창에 당도한 김성일은 곧바로 붓을 들었다. 경상우도의 선비와 장정들에게 전할 초유문을 쓰기 위함이었다. 그는 먹을 갈며 마음을 가다듬고, 결의를 되뇌었다.

'신은 싸움터에서 죽고자 하였습니다. 하지만 초유(招諭)의 명을 받았으니, 함부로 죽을 수도 없게 되었습니다. 백성의 충성과 의로움을 일깨워 그 힘으로 나라를 구할 수 있다면, 모진 목숨을 보전하고자 합니다.'

김성일은 붓에 먹을 듬뿍 묻혀, 혼신의 기력을 모아 종이 위에 쏟아냈다.

"경상우도의 의기 있는 장정들은 들어라!
임금은 위태롭고, 종묘사직은 무너질 지경이며
백성은 뿔뿔이 흩어져 죽어가고 있다.
이런 때에 목숨만을 부지하겠다고 숨는 것이
사람으로서 도리에 맞는 일인가?"

김성일은 잠시 숨을 가다듬었다. 마음속의 불덩이 같은 외침이 글마다 스며 나오고 있었다.

"경상우도는 예로부터 충신과 효자가 끊이지 않은 고장이며,
남명 조식 선생의 도학이 뿌리 깊은 곳이다.
그런데 어찌하여 섬나라 오랑캐의 침략을 당하고도
구차하게 목숨만 부지하려 한단 말인가?
왜구에게 항복한다면 패륜 무도한 자가 될 것이고,
오랑캐의 종이 되지 않으면 섬나라 왜구의 칼날에
모두 죽을 것이니, 하늘에서 떳떳이 조상을 뵐 수 있겠는가?"

글씨의 먹물이 마르기를 기다리며, 김성일은 벅찬 가슴을 누르며

다시 붓을 들었다.
"흩어진 장정들과 군사들이여!
살고자 도망쳤다 하나, 끝내 죽음을 면할 수 있겠는가?
어차피 피할 수 없는 죽음이라면,
나라를 위해 분연히 일어나는 것이 마땅하다.
왜적의 기세가 등등하나, 마음을 모아 싸운다면
하늘도 반드시 도우실 것이다.
쇠스랑과 죽창이라도 무기가 된다.
성공하면 나라의 수치를 씻을 것이요,
실패하더라도 의로운 넋으로 후세에 남으리라.
모두가 일어나, 나라를 위한 의로운 병사가 되자!"
그는 마지막 줄을 쓰고 붓을 놓았다. 손끝이 떨리고 등에 식은땀이 배어났다. 마치 사나운 꿈에서 막 깨어난 듯, 그의 숨은 고르지 못했다.

거창을 떠나 함양으로 향하는 길, 김성일의 눈에 들어온 것은 산으로 피신하려는 백성들의 행렬이었다. 짐을 머리에 이고 등에 지며, 노소를 가리지 않고 깊은 산중으로 향하고 있었다. 그는 이 모든 참화가 자신의 혀끝에서 비롯되었다는 자책감에 말없이 고개를 숙였다.

함양에 도착하자, 관아 마당에서 익숙한 두 인물이 그를 기다리고 있었다. 이로와 조종도였다. 이로는 김성일보다는 여섯 살 아래였지만 진사시에 같은 해 합격하여 동방 급제한 벗이고 성균관에도 같이 다녔던 사이였다. 조종도는 김성일보다 한 살 위로 안동 부근에서 벼슬을 하여 김성일과 유성룡 등 퇴계 문하생들과 친하게 지냈다. 조종도는 정여립 난에 휘말려 동문인 최영경과 함께 국문을 받고 옥살이를 하였다. 김성일이 부제학으로 있을 때 무고하게 연루되어 옥사(獄死)한 최영경을 위해 힘써 명예를 회복시킨 일이 있어, 남명 선생 제자인 조종도와 이로는 김성일을 각별히 여겼다.

김성일은 마치 천군만마를 얻은 듯 두 사람의 손을 맞잡으며 말했다.

"하늘이 공들을 내게 보내주었소. 초유문은 읽어 보았겠지요? 의병들은 좀 모였소?"

이로는 조심스레 입을 열었다.

"먼 길 고생 많았습니다. 우선 안으로 드시지요. 물부터 드시고 발부터 쉬이 놓으셔야지요."

김성일은 고개를 끄덕이며 말을 이었다.

"함양은 김종직 선생이 고을 수령으로 봉직하셨던 곳이며, 김굉필, 정여창 선생 같은 성현들이 공부하신 땅이오. 무슨 좋은 소식이 있소?"

이로가 난처해하며 답을 했다.

"한양에서 급히 내려온 지 얼마 되지 않아, 이 일대의 상황은 저희도 아직 자세히 알지 못합니다. 다만 방에 붙은 초유사의 글은 보았습니다만….”

"아무런 응답이 없었던 게요?"

이로는 고개를 숙였다. 조종도가 대신 입을 열었다.

"왜적이 들이닥친 후, 군사들은 뿔뿔이 흩어져 산속에 숨었고, 백성들도 쫓기는 짐승처럼 숨어 지냅니다. 설득할 방도도, 의병으로 나서는 이도 없는 형편입니다."

조종도는 깊은 한숨을 내쉬며 말을 이었다.

"병사(兵使)와 수사(水使), 각 고을의 수령들은 적이 오기도 전에 무기를 불태우고 달아났습니다. 병기와 군량은 이미 자취를 감추었고, 창고의 곡식은 수령이 직접 불사르거나 백성들이 앞다투어 가져가 버렸습니다. 군기와 식량이 모두 사라진 지금, 설사 의병이 모인다 해도 이내 흩어질 수밖에 없는 실정입니다."

김성일은 낙망하여 말없이 긴 숨을 토해냈다. 세 사람의 머리 위로 무너져 가는 나라의 하늘이 점점 어두워지고 있었다.

다음 날 아침, 이로가 의령에 보낸 하인이 돌아와 그곳 사정을 전했다.

"곽 서방님이 의병장이 되었습니다. 군사만 해도 천 명이 넘는다고 합니다. 붉은 옷을 입고 적진을 드나들면서 나는 듯이 치고 달린다고 합니다. 적이 탄환과 화살을 쏘아대어도 맞출 수가 없고, 이길 싸움만 하여 다치거나 죽는 군사가 거의 없다고 합니다."

이로는 눈을 크게 뜨며 되물었다.

"곽재우가 창의(倡義)했다 하였느냐? 과연 남명 선생의 제자요, 내 사위답구나."

"곽 서방님뿐만이 아닙니다. 정인홍 선생, 김면 선생 등 남명 선생 제자의 여러분이 고을마다 의병을 일으켰다고 합니다."

이로는 기쁨을 참지 못하고 곧장 김성일에게 달려갔다. 반가운 소식을 전하는 목소리가 다소 들떴다.

"의령의 곽재우를 비롯하여, 고령의 김면, 합천의 정인홍이 의병을 일으켰다 합니다. 남명 선생의 제자들이 앞장서고 있습니다."

김성일은 얼굴에 화색이 돌며 말했다.

"참으로 다행이오. 남명 선생의 가르침이 어떠하였기에 그 많은 제자가 나라를 위해 칼을 들었단 말이오?"

이로는 가슴 벅차하며 대답했다.

"남명 선생께선 배우기만 하고 실천하지 않으면 그것은 허망한 지식에 지나지 않는다고 하셨습니다. 왜적이 반드시 쳐들어올 것이니 제자들 각자가 고장을 지켜야 한다고 하시며, 몸소 병서도 가르치셨지요. 곽재우는 물론, 김면, 정인홍도 군사 일에 문외한이 아닙니다."

김성일은 감탄을 멈추지 못했다.

"그래, 곽재우는 어떤 인물이오?"

이로는 자부심이 담긴 어조로 말했다.

"곽재우는 의령은 물론 경상우도 전체에 영향력을 갖고 있습니다. 그의 고조부는 김굉필 선생의 친한 벗으로 김종직 선생의 문인이었고, 증조부는 현감, 부친은 의주 목사를 하는 등 명문가 출신입니다. 왜적이 침입했다는 소식을 듣자 곧바로 재산을 풀고, 창고를 열어 곡식을 내어 의병을 모집하였습니다. 수하에 장사(壯士)들이 상당히 많다고 합니다. 제 서녀(庶女)가 그의 후실로 들어가 있으니, 저의 사위이기도 합니다."

김성일은 놀란 눈으로 되물었다.

"그런 인연이 있었소? 곽 의병장은 무슨 벼슬을 하였소?"

"본래 과거에 장원으로 급제했으나, 불운하게도 답안 내용이 문제가 되어 합격이 취소되었습니다."

김성일은 생각나는 일이 있었다.

"허면, 혹 그 시험이 당 태종의 활쏘기를 논하는 문제였던…?"

이로는 고개를 끄덕였다.

"그렇습니다. 곽재우는 '정관의 치(貞觀之治)'는 문무를 겸비한 성군의 덕이라 하며, 조선 국왕 또한 무를 익혀야 백성을 온전히 다스릴 수 있다 답하였지요. 글이 날카롭고 정론이라 평가받았으나, 주상께선 그것이 자신을 겨냥한 조롱이라 여기시어…"

김성일은 천천히 고개를 끄덕였다. 방계 자손으로 왕위를 계승하신 주상께서 자신에 대한 평가에 민감하다는 걸 그는 익히 알고 있었다.

"그런 일이 있었구려. 그런데 그 많은 병기와 군량은 어찌 마련했단 말이오?"

이로는 눈빛을 반짝이며 답했다.

"곽재우의 집은 본래 의령에서 제일 넉넉한 살림이었습니다. 자기 재산을 모두 내놓았으나, 군사가 천명에 이르러 물자가 부족하여 수령들이 버리고 간 관아의 창고를 수색하여 무기와 군량을 마련했다고 들었습니다. 또한 왜적을 피해 강에 버려진 세곡선의 곡식을 건져 병사들을 먹였다고 합니다."

김성일은 잠시 말을 잇지 못하다 혀를 찼다.

"버려진 창고라고 하나, 허락 없이 관의 물자를 손댔다면 도적으로 몰릴 수도 있소. 공의 사위는 이 일로 곤경에 빠질 수도 있겠소."

"그러니 초유사께서 곽 대장을 각별히 아껴주시고, 조정에 오해가 생기지 않도록 도와주셔야 합니다."

흩어진 민심

　김성일은 함양 일대의 부로(父老)와 유생들을 모아, 나라가 위기에 빠진 이때 의병을 일으켜줄 것을 호소하고자 하였다. 조종도와 이로는, 이들이 피신한 산속까지 찾아가 간청하며 설득에 나섰다. 그러나 돌아온 반응은 싸늘하였다.
　"김성일이 무슨 면목으로 의병을 운운한단 말이오? 전쟁은 없을 거라며 조정의 대비를 막아섰던 자가 바로 그가 아니오!"
　"그런 자가 초유사라니, 산에서 내려오려고 마음먹은 장정들도 다시 골짜기로 숨어들게 생겼소."
　또 다른 유생이 뱉듯이 말하고 쩍쩍 소리가 나도록 입맛을 다셨다. 조종도와 이로는 끈질기게 설득했다.
　"나라에서 초유사 임무를 맡겼습니다. 관리가 부르면 응하긴 해야 하지 않겠습니까?"

조종도와 이로의 간절한 설득 끝에 함양의 유지들이 마지못해 관아에 모였다. 김성일은 냉랭한 시선을 받으며 차분히 입을 열었다.

"사람은 누구나 죽습니다. 한 번 죽을 목숨이라면 나라를 위해 의롭게 죽는 것이 값진 일 아닙니까? 약한 군사라도 충의가 북받치면 강한 적을 물리칠 수 있습니다. 모두 힘을 보태어 나라를 구합시다!"

좌중은 여전히 침묵하였다. 이윽고 한 유생이 나직이 입을 열었다.

"하지만 백성들의 마음은 이미 관(官)을 떠난 지 오래입니다. 수령의 횡포와 과중한 부역, 가혹한 형벌에 고통받은 백성들은 왜국은 세금도 부역도 없다는 소문이 돌면서, 오히려 왜적을 따르고자 합니다. 도적질과 방화를 일삼는 자 중엔, 머리 깎고 왜국 복장을 한 조선 백성도 있다고 합니다."

다른 유생도 씁쓸한 표정으로 말했다.

"초유사께서 말씀하신 대로 일어난다 해도, 지금 도내에 남은 장수가 누가 있습니까? 모두 다 도망가 버렸습니다. 장정들이 모인들 누구의 지휘를 받아 왜적과 맞서겠습니까? 초유사께서 장수가 되시겠습니까?"

뒤편에 앉아 있던 늙은 유생이 비웃듯 말했다.

"글만 읽으신 분이 어찌 장수를 하시겠나?"

김성일의 얼굴이 붉게 상기되었다. 나라가 임명한 초유사를 공경

하는 기색이 전혀 없자, 이로가 나섰다.

"최영경 수어당 선생의 억울한 죽음을 바로잡은 분이 바로 초유사이십니다."

그 말에 유생들의 눈빛이 바뀌었다.

"그게 사실이오?"

조종도가 침착하게 대답했다.

"제가 수어당과 함께 옥에 갇혔던 사람입니다. 수어당이 역적의 누명을 쓰고 모진 매를 맞아 죽었으나, 부제학이던 김공께서 임금께 간곡히 호소하여 누명을 벗기셨습니다."

그제야 유생들의 태도가 누그러졌다. 남명 선생의 제자 최수어당의 억울한 죽음은 경상우도 선비들에게 민감한 문제였다. 김성일은 분위기가 다소 누그러지자, 다시금 간곡히 호소했다.

"지금 나라가 기댈 곳은 여러분들과 같은 선비들의 의로운 결단입니다. 부디 마음을 모아 주십시오."

조종도와 이로는 초유사의 말에 고개를 크게 끄덕이며 부로와 유생들의 동조를 구했다. 마침내 고을 선비들은 통문(通文)을 돌려 의병을 일으키기로 결의하였다. 조종도와 이로는 즉석에서 의병을 일으키는 격문을 짓기로 하였고, 이로가 먼저 붓을 들었다.

"경상우도의 장정들이여!

죽음을 누가 원하랴.

그러나 사느니만 못한 삶이라면

차라리 의롭게 죽는 것이 낫지 않은가.
오랑캐의 발밑에 엎드려 사느니,
왜적을 물리쳐서 나라의 치욕을 씻자.
죽는다 해도 이름은 청사(靑史)에 남을 것이니,
의로운 장정들이여, 궐기하라!"
 조종도가 문장을 다듬어, 더욱 가슴을 울리는 격문으로 완성하였다. 선비들은 격문을 한 부씩 필사하여 품에 넣고 돌아갔다.

체포령

 함양 관아의 향리가 급히 달려와 김성일을 찾았다. 거친 숨을 몰아쉬며 펼쳐 보인 것은 한 장의 격문이었다.
 "도내 곳곳에 곽재우가 쓴 격문이 붙었습니다. 함양에서도 발견되어, 이렇게 가져왔습니다."
 김성일은 방(榜)을 펼쳤다. 먹선이 굵고 단호하게 살아 있는 글씨였다. 격문은 경상감사 김수(金睟)의 열 가지 죄목을 열거한 뒤, 그 목을 베어 임금께 바쳐야 한다고 선언하고 있었다. 마지막 문장은 살기마저 서려 있었다.
 "너는 지금 살아 숨 쉬고 있으나, 실은 이미 죽은 목숨이다.
 신하 된 자의 도리를 조금이라도 아는 이라면,
 너의 장수로 하여금 네 목을 베게 하여
 임금과 백성 앞에 사죄토록 하라.
 그리 아니하면 내가 친히 그 목을 베어

하늘과 사람의 분노를 씻을 것이니, 명심하라."

김성일은 손끝이 떨림을 느꼈다. 격문의 기세는 칼날처럼 날카로웠고, 붓끝의 분노는 종이를 뚫고 나오는 듯하였다.

곧이어, 함양 관아에 경상감사의 공문이 도착했다. 곽재우를 역적으로 규정하고, 보는 즉시 체포하라는 명이었다. 곽재우는 의병을 일으키면서 관아와 성을 버린 감사와 수령들의 책임을 물어 목을 베어야 한다고 비난했다. 김수에게도 편지를 보내 싸우지 않고 도망간 죄를 책망하고, 목을 벨 거라고 서슬 퍼런 경고를 하였다. 김수는 크게 격노했다. 그는 조정에 장계를 올려 곽재우가 군사를 일으킨 일이 도적이자 반역의 소행으로 보고하고, 체포령을 내렸다.

이로가 조심스레 입을 열었다.

"곽재우는 용맹하고 기백은 있으나, 말이 지나칠 때가 많습니다. 하지만 그가 의병을 일으킨 이래, 왜적과 싸워 매번 승리하였습니다. 이런 위급한 때를 당하여, 충정을 가진 사람을 잘 다루어 써야지 벌을 주면 어떻게 의병을 모으겠습니까?"

조종도 거들었다.

"왜적은 그를 천강홍의장군(天降紅衣將軍)이라 부른다고 합니다. 백성에겐 용기를, 왜적에겐 공포를 안기는 이름입니다. 곽재우를 체포하면, 그의 휘하 천여 명의 의병은 모두 산속으로 흩어질 것입니다."

 김성일 역시 같은 생각이었다. 비록 언행은 과격하나, 고을의 수령과 장수는 물론 글을 읽은 선비 대부분이 제 한 몸과 식솔만 생각하여 도주한 자들이 판치는 난세에 나라를 위해 칼을 든 자이다. 그를 꾸짖는 것은 겨우 살아나는 의병의 불씨에 물을 끼얹는 격이다.

 '지금 나의 일은 그를 다그칠 게 아니라 격려하고 북돋우어, 왜적과 싸우는데 힘을 다하도록 해야 한다.'

 김성일은 곽재우를 직접 만나 타이르기로 결심했다. 초유사의 인장을 찍은 문서를 보내어, 진주로 가는 길목인 산음(현 산청) 단성현에서 만나자고 통보하였다.

 김성일은 함양을 떠나 진주성을 향해 길을 나섰다. 이로와 조종도도 따라나섰다. 산음 가는 길에 진주 목사가 화제에 올랐다.

 "진주 목사가 산음에 숨어있다지요?"

 "병이 위중하다고 들었습니다. 판관이 곁을 지키고 있다고 합니다."

 김성일은 혀를 찼다.

 "목사와 판관이 성을 버렸다면 군사들과 백성들은 뿔뿔이 흩어졌을 게 아니오. 주인 없는 빈 성에 왜적이 들이닥치면 어찌하려고..."

 김성일은 곧바로 군관을 불러 지시했다.

 "산음에 도피한 목사에게 전하라. 내가 단성현을 거쳐 진주성에

간다고 말하고, 즉시 단성 관아로 나와 나를 맞이하라고 전해라."

곽재우는 초유사가 보낸 공첩(公貼)을 받아 들고, 즉시 부장들을 불러 모았다.
"초유사 김성일이 김수와의 다툼을 중재하겠다고 한다. 그의 말을 믿을 수 있겠는가?"
부장 박필이 허공에 주먹을 휘두르며 말했다.
"그의 허언 탓에 우리 강토가 제대로 대비도 하지 못한 채 짓밟히고 말았소. 더구나 그자와 김수는 동문이고 같은 당색(黨色)이라 하니, 팔이 안으로 굽지 않고 배기겠소?"
심대승이 차분히 나섰다.
"김수가 우리를 도적으로 몰아 체포령까지 내린 이상, 우리는 관군마저 적으로 돌리게 된 셈이오. 이대로는 왜적과 맞서기 어렵소. 대장께서 김성일을 만나 담판을 짓는 게 낫겠소. 초유사란 자리는 본디 의병을 장려하라는 임금의 뜻을 받드는 직책이니, 섣불리 우리를 처단하진 않을 거요."
곽재우가 고개를 끄덕였다.
"장인이 따로 편지를 보내왔고, 초유사 곁에 장인과 조종도 선배도 함께한다 하니, 아예 무시하기는 어려운 일이네."
그러자 박필이 눈을 가늘게 뜨며 경계심을 내비쳤다.
"몹쓸 꾀일 수도 있습니다. 덫을 놓아 대장을 유인해 잡으려는..."

곽재우는 눈을 부라리며 목소리를 높였다.

"의병을 모으는 초유사란 자가 나를 만나자마자 목을 치진 못할 것이다. 만에 하나 그가 나를 해하려 든다면, 내가 먼저 그의 목을 벨 것이다. 그는 이미 나라에 죽을죄를 지은 자니, 내가 처단해도 하늘이 꾸짖지 않을 것이다."

곽재우의 말에, 심대승은 등골이 서늘해졌다. 그는 잠시 숨을 골랐다가 말하였다.

"대장 말대로 만나자마자 해하려 들지는 않을 거요. 만약 김수와 이미 내통이 되어 대장을 압송하려고 가두기라도 하면, 우리가 대장을 탈옥시키고 의병을 해산하여 모두 산으로 숨어버립시다."

이로는 김성일보다 먼저 단성 관아에 도착해 곽재우를 기다렸다. 곽재우는 흰 무명 두루마기를 걸치고, 건장한 의병 부장 셋을 이끌고 단성 관아로 들어섰다. 풍채는 늠름하고 눈빛은 강렬했다. 이로는 반가움에 두 손을 내밀며 그의 손을 잡았다.

"장하네. 하늘에서 스승님도 대견해하실 것이야."

곽재우는 공손히 예를 갖춘 뒤 물었다.

"초유사가 과연 김수와의 일을, 의리에 따라 바로잡아 주실 수 있겠습니까?"

이로는 고개를 끄덕이며 대답했다. 그러고는 억울하게 죽은 최영경의 일을 김성일이 풀어주었다는 사실도 들려주었다. 곽재우는 의심스러운 얼굴로 물었다.

"초유사가 우리 수어당 형님을 어찌 안답니까?"

이로는 천천히 사연을 풀어놓았다.

"김공이 부제학 시절, 수어당의 누명이 정철의 모함임을 밝혀 임금께 아뢰었고, 마침내 신원(伸寃)을 이루어내셨다."

곽재우는 이로의 말을 듣고 비로소 김성일에 대한 반감이 엷어졌다.

세 사람의 만남

 김성일이 단성 관아에 당도하니 곽재우가 기다리고 있었다. 그의 풍채를 보는 순간, 김성일은 가슴속으로 감탄을 삼켰다. 이목구비는 큼직하고 뚜렷하며, 짙은 눈썹 아래 번뜩이는 눈빛에는 기개가 서려 있었다. 우람한 체구에서는 단단하고도 거친 강인함이 배어 나왔다.
 '조선에도 이런 인물이 있었구나!' 김성일은 속으로 감탄하며 입을 열었다.
 "곽 대장의 의병이 왜선 세 척을 침몰시키고, 다른 날에는 열한 척을 기습하여 적을 격파했다는 소문이 산천을 울리고 있소. 참으로 장하오."
 곽재우는 굳은 얼굴로 다소 무뚝뚝하게 답했다.
 "해야 할 일을 했을 뿐이외다."
 김성일은 그의 거친 말투에도 내색하지 않고 부드럽게 말했다.

"제대로 된 군사 훈련도 받지 못했을 의병들이, 천하무적이라던 왜적을 상대로 이겼다니, 믿기지 않아 그러오."

"우리 부대는 지형을 이용하여, 이길 수 있는 싸움만을 골라 싸웠을 뿐이외다."

그의 말에 김성일의 눈빛이 빛났다.

"좀 더 자세히 들려주시오."

곽재우는 잠시 대꾸하지 않았다. 곁에 있던 이로가 눈짓을 하자, 마지못해 말을 이었다.

"의령은 낙동강과 남강이 만나는 곳이요. 왜적이 물자를 실어 북쪽으로 보낼 때, 반드시 그 물길을 지나야 하오. 우리는 적의 보급선이 강폭이 좁은 곳을 지날 때 양쪽 강가에 매복하여 공격했소이다."

"곽 대장 휘하에 군사는 몇이나 되오?"

"천 명쯤 됩니다."

"그처럼 많은 병력을 모으다니, 놀라운 일이오. 곽 대장은 어찌 그토록 병법에도 능통하시오?"

곽재우는 건조하게 답했다.

"일본에 안 가보고도… 왜적이 침략할 거라고 예견하셨던 스승님에게 병법을 배웠고, 병서도 즐겨 읽었소. 전란이 나면 각자 고을을 지켜야 한다는 가르침에 따라, 정인홍, 김면 선배를 비롯해 스승님의 제자 수십 명이 지금 각지에서 의병장이 되어 싸우고 있소이다."

그의 말에 은근한 가시가 서려 있었지만, 김성일은 모르는 체하며 말했다.
"나 또한 남명 선생을 예전부터 존경해 왔소."

김성일은 잠시 곽재우를 바라보다가, 조심스레 본론을 꺼냈다.
"경상감사가... 곽 대장에게 체포령을 내렸소."
곽재우는 콧방귀를 끼며 날을 세웠다.
"왜적이 침입하자 제일 먼저 도망친 자가 바로 김수요. 그로 인해 경상도의 모든 장수가 싸워보지도 않고 성을 버렸소. 그의 죄를 물어 극형에 처해도 민심을 달래기에 부족할 거외다."
김성일은 나직이 말했다.
"그렇다 해도, 관찰사를 참형에 처하라니, 너무 지나친 것이 아니요?"
곽재우는 눈을 치켜떴다.
"김수는 임금도, 백성도 저버린 자요. 나는 그에게 자결을 권했고, 그의 부장들에게는 즉각 김수의 목을 베어 함께 도망간 죄를 씻으라고 했소이다."
김성일은 정면으로 꾸짖지 못하고 마음속으로 계산했다.
'곽재우 부대는 천여 명... 김수도 그를 피해 도망칠 정도다. 지금은 타이르고, 구슬려야 한다.'
김성일은 마른침을 삼키고 곽재우에게 말했다.

"곽 대장, 백성이 관리를 처단하라고 격문을 돌리는 행위는 역모로 보일 수 있소. 또한 관청의 곡식과 병기를 허락 없이 가져간 것은 도적이나, 전란을 틈탄 반란 세력으로 의심을 살 일이오."

곽재우는 분노를 드러내며 반발했다.

"도망가는 관리를 보며 침묵하는 것이 충(忠)이오? 김수는 의병들이 빈 관아의 식량과 병장기를 챙기니 도둑이라 몰았소. 누구의 허락을 받으란 말입니까, 다들 도망갔는데!"

곁에서 지켜보던 이로와 조종도는 그의 거센 목소리에 당황하며 급히 나섰다.

"곽 대장은 왜군과 싸워야지, 관군과 맞서서는 아니 되오."

곽재우는 멈추지 않고, 마음속 울분을 토해냈다.

"왜적이 온다는 말만 들어도 성을 버리고 도망치는 세상이 되었소. 장수는 도주하는 것을 최선의 병법으로 삼고, 수령은 성(城)을 자신의 무덤으로 여기고 있소이다. 군법이 살아 있었다면, 성을 버린 자는 즉시 처형당했을 것이고, 오늘날같이 무너지는 일도 없었을 것이오."

김성일은 그 말이 옳음을 알면서도, 대놓고 맞장구를 칠 수는 없는 노릇이었다.

"하지만 임금이 세운 관리를, 어찌 백성이 처형한단 말이오."

곽재우는 물러서지 않았다.

"백성이 있어야 임금도 있는 법이외다."

"어허, 불충스러운 말은 삼가시오."

잠시 침묵이 흘렀다. 김성일은 이내 감정을 다잡고 애써 부드러운 어조로 말했다.

"내가 어찌 곽 대장의 충정을 모르겠소. 잘못하다간 곽 대장이 위험하니까 하는 말이오."

곽재우는 한숨을 내쉬며 고개를 들었다.

"우리 부대를 의심하여 벌을 주고자 한다면, 군사들을 해산시키고 산에 숨어버리면 그만이외다."

이로가 급히 나섰다.

"감사가 곽 대장을 체포하겠다는 장계를 조정에 올렸소. 초유사께서는 그걸 막으려고 장계를 올리려 하시는 중이오. 곽 대장이 계속 감사를 처형해야 한다고 주장하면, 뜻을 이루기 어렵소."

곽재우는 장인의 말에 그제야 마음을 조금 누그러뜨렸다.

김성일은 조정에 보낼 장계를 곽재우가 보는 앞에서 작성했다. 곽재우가 김수의 주장과는 달리 가산을 털어 의병을 일으키고, 왜적을 상대로 연전연승한 사실을 담았다. 김성일은 동시에 관청과 민가의 식량과 병장기를 사용할 수 있도록 하는 증명서도 써서 수결(手決)을 해주었다. 곽재우는 그 문서를 받아 들고 맺혔던 응어리가 풀리는 듯했다.

이후 증명서를 깃대에 걸어 모두가 볼 수 있도록 하자, 더는 누구도 곽재우 부대를 도적이라 비난하지 못했다. 오히려 조정이 인정한 의병장이라는 소식은 장정들의 발길을 부대로 향하게 했다. 이름을 들어 믿을 수 있는 이웃의 의병장, 곽재우를 따라 고향 가까이에서 부모와 처자를 지키며 싸우려는 사람들이 늘어갔다. 더욱 강성해진 곽재우 부대는 왜적과 맞서 싸울 때마다 이겼고, 승리한 소식은 의병의 숫자를 하루가 다르게 늘렸다.

문밖에서 통인(通引)의 외침이 들렸다.
"진주 판관이 도착했습니다."
김성일이 짧게 소리쳤다.
"들라 하라!"
곧 문이 열리고, 푸른빛이 도는 철릭을 입은 사내가 방 안으로 들어섰다. 그가 들어서자, 진중한 기세가 방 안을 가득 채웠다. 넓은 어깨에 단단한 상체, 눈빛은 맑고도 날카로워 사리 판단에 능할 듯했다. 곽재우가 일어서자, 당당한 풍채로 두 사람이 나란히 선 모습은 마치 전장의 장수들이 서로를 가늠하는 듯했다.
곽재우가 먼저 입을 열었다.
"병든 목사를 대신해 일을 공평무사하게 처리한다는 소문이 의령까지 들리더이다. 오늘에서야 그 주인공을 보는구려."
김시민이 공손히 고개를 숙이며 답했다.
"저야말로 곽 대장님을 뵙고 싶었습니다. 왜적이 들이닥치자 창의하신 그 용기, 존경스럽습니다."

곽재우는 겸손함 속에도 단단한 기개가 엿보이는 김시민의 모습에 호감을 느꼈다. 그 순간, 김성일의 목소리가 날을 세우며 방 안을 갈랐다.

"목사는 오지 않고, 어찌 판관이 대신 왔는가?"

김시민은 조용히 자리에 앉아, 낮은 목소리로 답했다.

"목사님께선 병세가 깊어 고생하시다, 어젯밤 끝내 눈을 감으셨습니다."

방 안에 묵직한 정적이 흘렀다. 김성일의 얼굴에 한줄기 놀라움이 스쳤지만, 이내 눈빛은 차가워졌다.

"판관은 어찌하여 목사와 함께 성을 비웠는가? 어찌 성을 버리고 떠난단 말인가?"

김시민은 입을 굳게 다물고, 말문을 열지 못했다. 그러자 곽재우가 나섰다.

"목사의 병이 위중하니, 모시는 판관의 처지에서 어찌 그 명을 거스르겠소? 더구나 감사의 공문까지 내려와 성을 떠나란 명까지 받았으니, 비난할 사정은 아닌 듯하오이다."

김시민은 얼굴이 붉게 물들었다. 곽재우는 말을 이었다.

"진주성이 비었다기에 확인해 보니, 판관은 병든 목사를 따라 잠시 떠났을 뿐, 성은 여전히 방비 되고 있더이다. 오해였소이다."

김성일은 곽재우의 말을 귓등으로 흘리며 호통쳤다.

"목사와 판관이 성을 버렸으니, 군사들과 백성들은 모두 흩어졌을 게 아닌가? 이를 어떻게 바로잡을 셈인가?"

김시민은 굳게 입을 다물었다. 답답함을 참지 못한 곽재우가 다시 나섰다.

"판관이 계속 연락을 취하며 성의 안위를 살폈습니다. 군사 한 명 달아나지 않았다는 건, 판관의 신망이 깊다는 증거 아니겠소이까."

김성일의 눈빛이 그제야 조금 누그러졌다. 그는 김시민에게 말했다.

"목사의 장례는 산음 현에 맡기고, 그대는 나와 함께 진주성으로 가세."

김시민이 고개를 깊이 숙이며 낮은 목소리로 청했다.

"목사님은 제게 부친과 같은 분입니다. 송구스러운 청이지만, 하루만 말미를 주십시오. 마지막 가시는 길만은 제가 끝까지 모셔드리고자 합니다."

김성일은 혀를 차며 말을 던졌다.

"참으로 한심하고 답답하구먼. 지금 나라 꼴이 어떠한지 모르시오? 곽 대장 말이 사실이라면 다행이지만, 성을 지켜야 할 수성장이 병들었다 하여 함께 자리를 비운다는 건 어불성설이오. 만일 이틈을 타 왜적이 들이닥쳤다면, 누가 책임을 질 것이오?"

그 말에 김시민은 고개를 숙인 채 아무 말도 하지 않았다. 곽재우가 단호하게 나섰다.

"판관에게 말미를 주시지요. 진주성은 제가 직접 모시고 가겠소이다. 기병 오십을 대기시켜 두었으니, 지금 곧 출발하겠습니다."

곽재우는 단성 입구에 대기해 두었던 기병들을 관아로 불렀다. 정연히 늘어선 기병들이 김성일을 앞뒤로 호위하자, 위엄 있는 행렬이 형성되었고, 그들은 진주성을 향해 길을 나섰다.

유비유환(有備有患)

 김성일과 곽재우의 의병 부대가 진주성에 당도하자, 성의 경계는 긴장으로 팽팽하였다. 성루마다 깃발이 나부끼고, 성벽 위 군사들은 성벽 아래를 굽어보며 경계를 늦추지 않았다. 그 모습이 마치 수천의 군사가 방비하는 듯 위엄이 서려 있었다.
 주부 성수경이 성문 밖까지 나와 이들을 맞았다. 성수경은 초유사 일행에게 진주성 현황을 보고했다.
 "현재 성내 군사는 칠백 명 남짓이며, 오십 명은 판관이 이끌고 병환 중인 수성장을 호위하여 산음으로 갔습니다."
 김성일은 무심코 중얼거렸다.
 "성을 비운 목사가 수성장은 무슨…"
 성수경은 차분히 보고를 이었다. 백 리 밖까지 정찰대를 내보내 왜군의 동태를 살피고 있으며, 판관과도 하루에 한 번씩 연락을 이어가고 있다고 했다. 김성일은 그의 안내를 받아 성을 둘러보며 방비 태세를 살폈다. 성벽을 따라 동쪽으로 발걸음을 옮기던 중, 그의 시야에 해자가 보였다.

"이토록 얕은 해자로 성을 지킬 수 있겠는가?"

성수경이 낯빛을 다소 굳히며 답했다.

"본래는 깊고 넓게 팔 계획이었으나, 도중에 중단했습니다."

곁에 서 있던 이로가 물었다.

"어찌하여 그리되었단 말이오?"

성수경은 성의 증축 과정에 대해 차분히 설명하였다.

"진주성은 본래 천험의 지세를 지녀 난공불락으로 여겨졌습니다. 하지만, 성이 협소하여 군사와 백성을 넉넉히 수용할 수 없다는 이유로, 감사께서 성의 동쪽을 넓히고 성벽을 증축하라 명하셨습니다."

이로가 혀를 찼다.

"동쪽 평지에 성을 늘려 쌓으면 자연히 취약지가 늘 것인데…"

성수경은 낮은 목소리로 말했다.

"목사와 판관도 이를 우려하여 극력 반대했지만… 감사께서 친히 오셔서 공사를 지휘하며 강행하셨습니다."

김성일은 김수의 성품을 잘 아는 터라 탄식했다.

"감사가 고집이 센 편이지."

성수경이 덧붙였다.

"동쪽 성벽을 보완하려 해자를 깊이 팔 계획이었으나, 조정에서 백성의 고달픔만 더한다며 반대해 중단하고 말았습니다."

김성일은 가볍게 헛기침하며 말했다.

"조정에서 시작을 못 하게 한 것이겠지, 어찌 중간에 멈추라고 했겠나. 하다가 그만두면 안 한 것만 못할 터인데…"

성수경이 조심스레 말을 이었다.

"실은 축성 도중 조정으로부터 중지하라는 명령이 내려와서 판관과 제가 목사와 감사를 찾아가 간청을 드렸습니다. 그 덕에 해자는 급히 마무리하고, 성벽은 겨우 이어 쌓을 수 있었습니다."

조종도가 성벽 너머로 해자를 바라보며 말했다.

"왜적이 진주성을 친다면 필시 동문 쪽을 공략할 텐데… 함락은 시간문제로 보입니다. 이경 목사도 그 사실을 알기에, 성을 버리고 달아난 것이겠지요."

성수경이 급히 나서서 변명했다.

"목사께선 도망치신 게 아닙니다. 감사의 명을 거스를 수 없어 백성 앞에서 떳떳이 성을 떠났고, 떠나고자 하는 백성들은 가도록 하라 명하셨습니다."

김성일은 말없이 하늘을 올려다보았다. 마음 깊은 곳에서 분노가 밀려왔다.

'김수는 자기만 도망치면 될 것을, 수령들까지 전부 성을 버리라니… 그게 나라를 지키는 도리란 말인가.'

이로는 성벽 아래를 내려다보았다. 무너질 것만 같은 성, 불완전

한 방비, 마음 깊은 곳에 죄책감이 무겁게 내려앉았다. 이로의 머릿속에 임금께 올린 상소의 구절이 되살아났다.

"우리 고을 의령의 정암진 나루 앞의 강은 아무리 장사라도 뛰어넘을 수 없거늘, 하물며 왜적이 어찌 큰 바다를 건너 이 땅을 침범하오리까. 전쟁에 대비한다며 성을 쌓는 것은 백성만 괴롭히는 헛된 일이니, 당장 중지해야 합니다."

이로는 김성일을 부여잡고 통곡하며 말했다.

"내 잘못이오! 전쟁을 대비하여 성을 수축하는 건 백성들만 괴롭히는 일이라고 주상께 상소를 올렸는데... 진주성이 함락된다면, 모두 내 탓이오."

김성일은 그를 붙들고 어깨를 감싸며 달랬다.

"공이 무슨 죄가 있겠소. 이 모든 죄는, 전쟁은 절대로 일어나지 않으리라 장담했던 나에게 있소."

김성일의 머릿속에도 예전 일이 떠올랐다. 홍문관 부제학 시절, 그는 젊은 학사들을 이끌고 어전에서 외쳤다.

"무리한 축성은 민심을 해치고 백성을 괴롭힙니다! 속히 중지하소서! 성이 있다고 한들, 백성의 마음이 흩어지면 누가 그 성을 지키겠습니까."

그날의 말이 칼끝처럼 되돌아와 그의 가슴을 찔렀다. 조종도가 두 사람을 위로했다.

"지나간 일을 탓한들, 무엇이 달라지겠소. 앞으로 해야 할 일만 생각합시다."

세 사람은 묵묵히 촉석루에 올랐다. 유유히 흐르는 남강 물결을 바라보던 김성일은, 성수경에게 들은 끔찍한 소식을 일행에게 전했다.

"주상께서... 도성을 버리시고 몽진을 떠나셨답니다. 한양은 이미 적의 손에 떨어졌고, 나라가 망하게 되었소."

그는 더 이상 말을 잇지 못하고 고개를 떨어뜨렸다. 조종도와 이로도 말없이 눈가를 훔쳤다. 김성일은 하늘을 올려다보며 소리쳤다.

"전하, 신이 죽을죄를 지었사옵니다!"

김성일이 강을 바라보며 슬픔과 통분함을 견디지 못하자, 이로가 그의 손을 덥석 붙잡았다.

"우린 이미 역사에 씻지 못할 큰 죄를 지었소. 왜군이 진주성을 공격하면 막을 방도는 없을 것이오. 속죄하려면... 이 강물에 몸을 던지는 수밖에 없소!"

이로가 당장이라도 강물에 몸을 던지려고 하자, 조종도가 그를 세차게 붙잡았다.

"경솔하게 굴지 마시오!"

김성일도 이로의 도포 자락을 움켜쥐며 떨리는 목소리로 말했다.

"공의 마음을 어찌 모르겠소. 나 또한 전쟁 소식을 들었을 때 자결하려 하였소. 허나, 죽는다고 속죄가 되겠소? 군사를 모아 한 명의 왜적이라도 더 죽이는 것, 그것이 참된 속죄요. 나는 전장에서 죽겠소. 그것이 신하로서 마지막 도리요."

이로는 김성일을 부여안고 통한의 눈물을 쏟았다. 조종도 또한 뜨거운 눈시울을 훔치며 말했다.

"죽음은 쉬운 길이오. 초유사는 군사를 모아 이 땅에 들어온 한 명의 왜적이라도 더 죽여야 하는 사명이 있소. 우리 세 사람 힘을 모읍시다."

호남의 관문

김시민은 이경 목사의 장례를 마치자마자, 기병 부대를 이끌고 진주성을 향해 나섰다. 길목마다 전란을 피해 지리산 깊은 곳으로 향하는 피난민 행렬이 이어졌다. 짐을 이고 아이를 안은 노인과 부녀자들, 엄마 치마를 잡고 걷는 아이들의 모습이 눈에 밟혔다. 김시민은 그들 곁을 지날 때마다 가슴이 먹먹했다. 관군이 제 역할을 다하지 못해, 백성들이 삶의 터전을 등지고 산속으로 내몰린 현실은 지울 수 없는 아픔이었다.

산음 협곡의 골짜기를 가로지르는 좁다란 나무다리 앞, 피난민의 발길이 멈춰 있었다. 낡고 삐걱대는 다리 앞에서 얼굴에 공포가 가득한 채로 모여 있었다. 아래로 내려가자니 물살이 거세고, 다리를 건너자니 언제 무너질지 알 수 없었다. 김시민은 말에서 내려 병사들을 향해 외쳤다.

"다리가 위태롭다. 계곡 양편 나무에 밧줄을 묶어 물살에 휩쓸리지 않게 길을 만들어라."

병사들은 망설임 없이 물로 뛰어들었다. 밧줄이 나무에 단단히 매어지자, 한 병사가 외쳤다.

"어르신들 먼저 건너십시오! 우리가 돕겠습니다!"

병사들은 노인을 부축하고, 아이들을 품에 안아 물을 건넜다.

모두가 무사히 강을 건넌 뒤, 피난민들은 깊이 머리 숙여 감사를 표했다. 김시민은 병사들과 함께 말을 끌고 계곡을 건너며, 조용히 손을 흔들었다.

그날 오후, 김시민의 군대가 진주성에 도착했다. 누각과 성벽 위로 깃발이 나부꼈고, 군사들은 무기를 흔들며 환호했다. 오랜 기다림 끝에 돌아온 판관의 귀환은 백성과 군사 모두에게 안도와 희망을 가져다주었다.

김성일은 성문에서 들려오는 함성에 자리에서 일어났다. 판관이 성에 들었다는 보고를 듣자, 촉석루로 부르며, 곽재우 또한 함께 불러들였다. 김시민이 촉석루에 오르자, 김성일은 반갑게 맞이했다.

"이제 판관이 돌아오니, 진주성도 제 자리를 찾는 듯하오."

김성일은 어렵게 두 사람에게 말을 꺼냈다.

"나의 그릇된 보고로 나라가 이 지경에 이르렀소. 목숨을 내놓아야 해결될 일이라면 진작 남강에 몸을 던졌을 것이오. 하지만 나는 전장에서 싸우다 죽고 싶소. 그것이 내 유일한 속죄의 길이요."

그의 눈가에 잔잔히 물기가 돌았다. 그러자 곽재우가 걸걸한 목소리로 말했다.

"초유사의 말씀이 맞소이다. 이미 수많은 군사와 백성들이 졸지에 도륙당했거늘, 어찌 목숨 하나로 퉁을 치겠소. 살아서 왜적의 피를 씻고 나서 죽어도 늦지 않소이다."

김시민은 그 말을 듣고 쓴웃음을 지었다.

이때, 성 주부와 군관들이 급히 달려와 전라좌수사 이순신의 승전 소식을 전했다. 옥포, 합포, 적진포에서 연전연승을 거두었다는 기쁜 소식이었다.

"옥포 해전에서 적선 서른 척을 격침하였습니다. 우리 쪽은 가벼운 부상자만 있는 압승이었다고 합니다."

"합포, 적진포 해전에서도 연승을 거두었다고 합니다. 수십 척의 적선을 깨뜨려 왜놈 수군을 전멸시켰으나, 우리 수군의 피해는 미미하다고 합니다."

진주성의 세 사람은 오랜만에 짓눌린 가슴이 뚫리는 기분이었다. 김성일은 얼굴색을 바로 하고 말했다.

"진주성은 경상우도의 요충지이며 호남으로 들어가는 관문이오. 여기를 지키지 못하면 경상우도의 여러 고을이 흙더미처럼 무너질 것이오. 호남도 이어서 짓밟힐 것이오."

김시민도 같은 생각이었다.

"가을이면 왜적은 식량을 확보하려 반드시 호남을 넘볼 것입니다. 이순신의 수군이 바다를 지키고 있다 하나, 진주성이 무너지면 전라도 가는 길이 열려, 전라좌수영이 있는 여수가 적의 손에 들어가게 됩니다. 그렇게 되면, 수군은 바다 위에 떠도는 신세가 될 것입니다."

곽재우는 두 사람을 바라보며 힘주어 말했다.

"왜군이 전라도를 넘보려면, 의령, 남원 구간과 진주를 거치는 길이 있소이다. 의령 길목은 내가 지킬 터이니, 판관과 초유사께서는 진주성을 사수해 주시길 바라오. 왜군이 진주성을 점령하면 경상우도의 의병들도 의지할 데가 없어질 것이외다."

김성일은 천천히 고개를 끄덕이며 말했다.

"진주성은 호남의 보장(保障)[1]이니, 진주성이 없으면 호남이 없게 될 것이오. 호남이 없게 되면 나라가 어찌 버티겠소."

세 사람은 진주성이 곧 나라의 운명을 가른다는 데 뜻을 같이했다.

그날 밤, 김시민은 성벽을 돌면서 생각했다.

'크지도 않은 성의 성벽에 드문드문 군사가 배치되어서는 성을 지킬 수가 없다. 진주성 주변의 장정들을 격동시켜야 하리라.'

---

1) 보장(保障)은 중국 춘추시대 『좌전(左傳)』에서 '국경 성루'의 의미로 사용되어, 국경이나 백성을 보호한다는 의미로 쓰였다.

김시민은 붓을 들어 단숨에 격문을 써 내려갔다. 먹을 듬뿍 찍은 붓끝이 종이 위를 달리기 시작하자, 글자마다 뜨거운 의지가 서렸다.

"섬나라 왜구에게 항복해 개돼지처럼 사는 것이
어찌 죽는 것보다 낫겠는가.
나라를 배반하고 오랑캐에게 복종하는 삶이
어찌 편안할 수 있겠는가.
부모와 형제, 처자가 왜적의 칼날에 죽고
아이들은 노예로 끌려가며,
부녀자가 저들의 노리개가 되는 데도
쥐새끼처럼 숨기만 하여서 되겠는가.
사람이 태어날 곳은 정하지 못하나,
죽을 곳은 선택할 수 있다.
진주성 군사가 되어 함께 나라를 구하자!"

며칠 지나지 않아, 격문을 보고 이백여 명의 장정이 진주성으로 모여들었다. 김성일은 놀라 입을 다물지 못했다.

"옛말에 복숭아와 자두나무는 말이 없지만 그 아래로 저절로 길이 난다고 했소. 판관으로서 백성에게 베푼 덕이 가져온 결과요. 하지만 왜적을 상대하기에, 충분한 군사 충원은 어려워 보이니 그게 걱정이오"

김시민은 결연히 말했다.

"병력을 최대한 충원하고 죽을 각오로 왜적과 맞선다면, 어찌 군사의 숫자로 승패를 판단할 수 있겠습니까?"

김성일은 말없이 고개를 끄덕였다. 시간이 흐를수록, 김성일은 크고 작은 일을 김시민과 의논했다.

진주성에 군사가 조금 모이자, 사방에서 병력을 요구하는 손길이 쏟아졌다. 병마절도사, 수군절도사, 감사... 누구랄 것 없이 모두 손을 내밀었다. 군관 윤사복은 가래침을 뱉었다.

"왜군에게 겁을 먹고 도망 다니던 자들이, 이제 와 군사를 받아 무얼 하겠다는 게야."

경상감사 김수는 근왕병을 명분으로 진주성 병력을 모두 내놓으라고 명했다.

"전라, 충청, 경상 삼도 군사들이 근왕군이 되어 온양에 집결하여 일거에 왜적을 섬멸하기로 했다. 전라와 충청은 왜군들에게 피해를 보지 않아 병력이 온전하여 수만을 헤아린다. 경상좌도는 온전한 군사가 없고, 경상우도는 진주성에만 군사가 남아있다. 진주성의 모든 군사를 근왕군에 편입하라."

곽재우는 목소리를 높이며 분개했다.

"도망 다니기 바쁘던 자가 이제 와 군사를 달라니! 이건 필시 전라와 충청 감사가 군사를 이끌고 공을 세우는 틈에 끼어 조정에 목숨을 구하려는 수작이오."

김시민도 조용하지만 단호하게 말을 이었다.

"진주성은 경상우도의 마지막 보루입니다. 지금 병력을 내주면 진주성도, 호남도 위험해집니다. 이 요구는 받아들이기 어렵습니다."

김성일은 생각에 잠겼다. 잠시 후, 김시민을 바라보며 물었다.

"진주성 병사들 상황은 어떻게 되오?"

"활과 창에 능한 정예 병력 사백, 훈련이 덜 된 보충병 육백, 합하여 천 정도입니다."

"감사가 근왕병을 모은다는 명분이 있으니, 훈련 안 된 병사 삼백을 보내는 건 어떻겠소?"

김시민은 잠시 침묵하다가, 조심스레 의견을 내놓았다.

"훈련 안 된 병사를 보내면… 전쟁터에서 아까운 목숨을 쉽게 잃을 겁니다. 차라리 정병 삼백을 보내고, 남은 군사는 단련하여 정병으로 만드는 게 어떻겠습니까?"

김성일은 고심 끝에 결단을 내렸다.

"마음을 다시 먹었소. 전라 충청의 군사가 수만 명이라는데 경상 감사의 군사 삼백이 그들에게 무슨 도움이 되겠소. 우리는 진주성을 지키는 데 집중합시다. 다만 근왕병의 명분이 있으니, 정병 오십을 선발하여 보냅시다. 훗날 문제가 되면 내가 책임지겠소."

며칠 후, 곽재우가 의령으로 돌아가기 전, 김성일은 조종도를 따로 불렀다.

"의령군수를 맡아주시오. 곽 대장 곁에서 그가 선을 넘지 않도록 살펴주시오."

2부

수성장 김시민

홍의장군(紅衣將軍)

 승려 출신으로 풍신수길(도요토미 히데요시)의 측근이 되어 다이묘(大名: 지방의 영주)의 지위까지 오른 왜장 안코쿠지 에케이(安國寺惠瓊)는 오만한 확신에 차 있었다. 그는 자신을 전라감사라 칭하며, 이천오백의 병력을 이끌고 전라도 침공에 나섰다.
 그는 출병하기 전에, 관군과 백성들을 협박하고 회유하는 통지문을 보냈다.
 "손을 들어 환영하는 자는 살 것이고, 항거하는 자는 죽으리라"
 위협이 담긴 통지문은 경상우도의 함안, 의령, 삼가, 단성, 산음, 함양을 비롯해, 남원과 전주 등 전라도 각 고을에까지 보냈다.
 군관 이눌은 척후를 통해 이 소식을 입수하고, 김시민과 초유사 김성일에게 보고했다. 통지문을 읽은 김성일은 당혹감을 감추지 못했다.
 "왜적이... 군대가 지나갈 곳을 스스로 알리는 격이 아닌가. 무얼 믿고 이리도 대담한가?"

이눌이 대답을 주저하자, 김시민이 나섰다.

"두 가지 이유가 있을 것입니다. 하나는 조선 군사들이 왜군만 보면 도망쳤으니, 이번에도 항복하거나 도주해 길 내어주기를 바라는 것이고, 또 하나는 그간 점령지에서 감사를 자칭하고 군수와 현령을 세워 관곡을 나눠주며 백성을 꾀었으니, 자신들이 환영받으리라 착각하는 것입니다."

김성일은 깊은 한숨을 내쉬었다. 그는 왜군이 가는 길목인 의령을 손으로 짚으며 곽재우를 떠올렸다. 곽재우 의병 부대가 반드시 이들을 막아주길 기대했다. 마침, 진주성에 도착한 가덕진 첨사(加德僉使)[1] 전응린과 십여 명의 군사를 곽재우 부대에 합류시켰다.

안코쿠지의 군대는 창녕을 지나 낙동강과 남강이 만나는 의령의 기강(岐江)에 이르렀다. 그는 척후조를 정암진 인근으로 보내어 도하 지점을 알리는 푯말을 세우게 했다. 그날 밤, 곽재우는 몰래 푯말의 위치를 늪지대로 옮겨 놓았다. 그리고 갈대밭에 의병을 매복시켰다.

바람이 갈대를 쓰다듬고 달빛이 강물 위에 길을 내릴 때, 일본군 선발부대가 푯말을 따라 늪지로 들어섰다.

---

1) 가덕진(加德鎭)은 조선시대 가덕도(현 부산 강서구)에 왜구 방어를 위해 설치한 수군영으로 종3품 무인 첨절제사(僉節制使: 첨사)가 지휘했다.

"철벅... 철벅..."

진흙이 발을 삼켰다. 진창에 무릎까지 빠진 왜군 병사들은 발을 빼려 안간힘을 썼고, 줄지어 선 병력의 대열은 삽시간에 흐트러졌다. 서로를 부축하고, 끄집어내려는 움직임이 혼란을 불렀다.

"공격하라!"

곽재우의 외침을 따라, 어둠 속에서 화살이 비처럼 쏟아졌다. 피가 튀고 외마디 비명이 이어졌다. 왜군들은 어디서 공격이 오는지조차 분간할 수 없었다. 갈대만 여전히 바람에 흔들리고, 그 안에 숨은 적은 모습을 드러내지 않았다. 결국, 왜군 선봉대는 함성과 화살이 뒤섞인 지옥 속에서 제대로 저항도 못 한 채 몰살당했다.

분노한 안코쿠지는 열여덟 척의 배에 군사를 태워 직접 강을 건너려 했다. 곽재우는 이미 다음 전술을 준비하고 있었다. 그는 강가 언덕에 병력을 매복시키고, 스스로 미끼가 되어 붉은 옷을 입고 왜적 앞에 모습을 드러냈다. 그는 사전에 여러 장수들에게도 똑같은 붉은 옷을 입히고 말을 태워 흩어지게 하였다.

"홍의장군이다! 저자를 잡아라!"

안코쿠지의 외침에 배에서 내린 왜군은 붉은 옷을 입은 곽재우를 향해 달려들었다. 곽재우는 왜군이 상륙한 것을 확인하고, 숲 쪽으로 후퇴했다. 왜군들은 기세를 올리며 곽재우 뒤쫓았다. 그 순간, 곳곳에서 태평소가 울려 퍼지고, 길목마다 여러 명의 붉은 옷을 입은 장수가 나타났다.

"홍의장군이다!"

여기저기서 외침이 터졌고, 왜군은 갈피를 못 잡은 채 흩어져 붉은 옷을 입은 장수들을 쫓았다. 곧이어 매복해 있던 의병이 일제히 공격을 감행했다. 숲에서 쏟아지는 화살에 왜군은 혼란에 빠져 무너졌다. 일본군은 곽재우 부대의 함정에 빠져 대다수 죽고 남은 군사들은 흩어졌다.

안코쿠지는 육지에 올라간 병사들을 내버려두고, 배를 타고 강을 올랐다. 의병부대가 배를 향해 불화살로 공격하자 일본군의 배 여러 척이 불길에 휩싸였다. 안코쿠지는 간신히 배를 몰아 건너편 강기슭으로 향했으나, 그곳엔 더 큰 함정이 기다리고 있었다. 수심이 얕은 곳에는 곽재우가 미리 박아둔 말뚝이 있었다.

일본군 배는 말뚝 사이에 걸려 움직이지 못했고, 의병은 강기슭에서 급습을 감행했다. 수많은 왜군이 배에서 죽고, 배를 버리고 도망치던 왜군은 강변을 따라 성주 방면으로 달아났다. 곽재우는 그들을 끝까지 추격했다. 왜군들은 안코쿠지만 겨우 목숨을 건졌을 뿐, 대부분이 살아 돌아갈 수 없었다.

왜장 나가오카 다다오키

 부산과 김해 주둔군 총대장 나가오카 다다오키(長岡忠興)는 안코쿠지의 패전소식을 전해 듣자, 미간의 검은 사마귀가 꿈틀거렸다.
 "또 토병(土兵)인가! 제대로 훈련도 못 받은 토병들 때문에 번번이…"
 그는 이순신의 수군이 서해를 막고, 곽재우 같은 의병이 보급선을 교란하는 현실에 분노를 삼켰다. 무엇보다도 전라도 진출이 좌절되고, 조선 정벌 총사령관 한양의 우키타 히데이에(宇喜多秀家)에게 보낼 보급물자가 끊긴 것은 도요토미 히데요시의 분노로 이어질 수 있는 치명적 결과였다. 나가오카는 자리에서 일어나 서성이며 중얼거렸다.
 "보급물자를 기다리는 우키타님의 화가 머리끝까지 솟구쳤으리라. 그는 양부(養父)인 태합(太閤)[1]에게 필시 이 사태를 알릴 것이다.

---

1) 임진왜란을 일으킨 토요토미 히데요시(풍신수길)는 천황을 보좌하여 정무를 총괄하는 관백직을 양자인 도요토미 히데쓰구에게 물려준 뒤 태합을 칭하였다

태합께서 이쪽의 사정을 모르고 나에게 책임을 물어 할복을 지시한다면..."

공포가 그의 등줄기를 타고 흐르자, 그는 곧 결단을 내렸다.

"경상도에 남은 적의 주력이 진주성에 있고, 필시 토병들은 무기와 물자를 진주성에서 얻을 것이다. 진주성을 공격하여, 토병들의 뿌리를 치겠다는 계획을 태합에게 미리 보고해야 내가 산다."

나가오카는 곧 서신을 작성했다.

"장수가 도망가거나 전사하면 전쟁은 끝나야 하는데,
조선은 관군이 패퇴했음에도
토병이 곳곳에서 출현하니 당황스럽습니다.
처음에는 얕잡아 보았으나
예상외로 우리에게 골칫거리입니다.
지역의 지리를 잘 아는 이점을 가지고,
기습 공격하는 전술로 큰 피해를 줍니다.
조선의 토병은 파리 떼와 같습니다.
아무리 잡고 쫓아내어도 계속해서 달려듭니다.
각지에 숨어 창졸간에 출현하는 폭도들을 잡으려면
이들의 근거지로 보이는 진주성을 무너뜨려야 합니다.
그러면 토병들은 목이 잘린 지네처럼
저절로 말라비틀어질 것입니다."

나가오카는 진주성을 점령했다는 소식을 하루속히 태합에게 전하리라 결심했다. 그는 일본군 장수들을 집결시켜 작전회의를 열었다.

"진주성을 함락시키면 경상도 지역에서 귀찮게 구는 토병들은 겁에 질려 스스로 흩어질 것이오."

나가오카 부대의 선봉장 이쿠다 우베에(生田右兵衛)가 나섰다.

"성 하나를 허무는데 많은 군사를 수고롭게 할 필요가 있겠습니까. 기병 100기면 충분합니다. 우리 기병이 성 앞에 모습을 드러내기만 하면, 조선 군사들은 꼬리를 내리고 성문을 비워둔 채 도망치기 바쁠 겁니다."

나가오카는 기뻐하며 말했다.

"좋다. 기병 100기를 맡기겠다. 진주성을 점령하라."

이쿠다는 기병 100기를 이끌고 김해에서 출발하여 진주성을 향해 질주했다. 그는 기병의 기세만으로도 진주성을 차지할 수 있을 거라 확신했다. 그러나 진주성에 다다른 순간, 그의 얼굴이 굳어졌다. 눈 앞에 펼쳐진 것은 커다란 강과 그 너머 하늘을 등지고 선 성이었다. 장맛비에 불어난 강은 거칠고 넓어, 말로 건너기에는 어렵게 보였다.

이쿠다는 말고삐를 잡은 채, 고개를 들어 진주성을 올려다보았다. 하늘을 배경으로 솟은 성벽은 거대한 절벽 위에 세워졌고, 성벽 위엔 병사들이 묵묵히 자신들을 내려다보고 있었다. 그는 탄식했다.

"이 성은... 생각보다 견고하군."

정예 기병으로 하여금 강을 건너려 해보았으나, 거친 강물은 모든 시도를 거부했다. 이쿠다는 초조해졌다. 강의 상류로 기병을 보내 도하 가능한 곳을 찾아보게 했지만, 돌아온 건 고개를 젓는 보고뿐이었다. 주변 지형도 익숙하지 않아 무리하게 우회하여 성에 접근하기도 어려웠다. 이쿠다는 생각했다.

'쉬운 성이 아니다. 이 성을 함락시키려면 근처 성부터 점령하여 고립시켜야 한다. 적어도 만 명의 군사가 필요하고, 강물이 불어나는 장마철도 피해야 한다.'

그는 병사들의 시선을 외면한 채, 짧게 명령했다.

"철수한다!"

성 위 군사들은 특별한 반응을 보이지 않았지만, 이쿠다는 마치 조롱을 듣는 것 같았다.

진주성 남쪽 누각 촉석루에서 남강 건너를 바라보던 병사들이 소리쳤다.

"왜적이다! 말을 타고 성을 향해 접근하고 있다!"

진주성 군사들은 무장한 왜군의 기병을 보고 눈빛이 흔들렸다. 그때, 김시민이 누각에 올랐다.

"동요하지 마라."

그는 단호하게 말했다.

"강이 이 성을 지키고 있다."

김시민은 강 건너 왜군 기병들을 보며 말했다.

"우린 저들이 무엇을 하려는지, 지켜보기만 하면 된다."

왜군 기병들은 강가에 멈춰 서서, 갈팡질팡했다. 몇 차례 말을 몰아 강에 들어갔지만, 번번이 물살에 밀려 돌아왔다. 강 건너 기병들이 결국 철수하는 모습을 보고, 한 병사가 한숨을 내쉬며 말했다.

"식겁했다…"

첫 전투

척후 부대장 이눌이 왜군의 동정을 보고했다.

"왜군 기병대가 진주성을 완전히 벗어났습니다."

다음날, 이눌은 비보를 알렸다.

"왜적 기병대의 위협에, 함안이 성문을 열었습니다."

김성일은 말없이 눈을 감았다. 진주성에 온 지 한 달, 아직 왜적과 제대로 싸워보지도 못한 채 시간만 흘렀다. 자신의 죄를 조금이라도 씻을 기회를 얻지 못해 속은 타들어 갔다. 그러던 차에 성에 접근한 일본군을 보니 투지가 끓어올랐다. 김성일은 인근 고을에 파발을 띄웠다.

김성일은 전갈을 받고 달려온 인근 고을의 수령들과 판관, 군관들을 촉석루에 불러들였다.

"여기서 불과 70리 떨어진 함안이 왜적의 손에 들어갔소. 감사가 군수를 근왕(勤王)의 명분으로 불러내자, 빈 성에 왜적이 들이닥쳤소. 남해는…"

김성일은 지도를 가리키며 말을 이었다.

"현령이 경상 우수사가 불러 바다로 나간 사이, 왜적이 빈 고을을 점령할 것을 미리 겁먹어 전라 좌수사 이순신이 창고를 다 불태우니, 고을 백성과 군사들이 모두 흩어졌다고 하오."

김시민은 초유사가 이순신을 은근히 비난하는 말을 듣고 귀를 의심했다.

'왜적에게 식량을 넘기지 않으려 창고를 불태운 것, 그것이 어찌 비난받을 일인가. 병법의 기초 아닌가.'

장수들과 군관들의 얼굴에도 당혹이 스쳤다. 김성일은 눈치를 채고 곧 말머리를 돌렸다.

"지금 남은 고을은 진주, 거창, 안음, 함양, 산음, 단성, 사천, 곤양, 하동, 합천, 삼가 정도요. 그마저도 백성들이 모두 깊은 산중으로 들어가 대개 빈 성이오."

김성일은 무겁게 숨을 들이켰다. 그리고 마침내 마음속에 품은 생각을 꺼내었다.

"함안은 진주성을 노리는 적의 발판이오. 군세가 많지 않으니, 적의 기세를 꺾어놓을 필요가 있소."

촉석루 회의장에는 무거운 정적이 감돌았다. 수령들은 서로의 얼굴만 살폈다. 침묵을 깨고, 김시민이 나섰다.

"지금 진주성의 정병은 고작 삼백 오십. 병사들은 제대로 활을 쏠 줄 모르는 자들이 대부분입니다. 자칫 적을 자극하면 부산과 김해의 왜군이 진주로 몰려올 수 있습니다."

그의 말에 성수경도 거들었다.

"병사들이 대부분 새로 충원되어, 아직 제대로 된 전력이 아닙니다. 성을 비웠다가 자칫 왜놈들이 급습한다면, 창졸간에 성을 잃을 수도 있습니다."

김성일은 물러서지 않았다.

"적은 기병 백기 남짓이라고 했소. 지금이 기회요. 함안에서 적이 병력을 보충하면 그땐 늦소. 선제공격이 최선의 방어가 될 수 있소."

사천 현감 정득열이 김성일의 말에 힘을 실었다.

"기습작전을 펼친다면 승산이 있습니다."

김성일의 얼굴에 화색이 돌았다.

"내 생각이 바로 그거요. 나도 병서(兵書)를 조금 읽었소. 쉽게 이길 수 있는 적에게 승리하라고 했고, 기습으로 승리를 얻으라 했소. 지금 상황에 해당하는 말이오."

김시민은 더 말하지 않았다. 수령들 앞에서 초유사와 의견 대립을 보일 필요가 없다고 느꼈다. 대신 수령들을 향해 조용히 입을 열었다.

"함안의 많지 않은 적을 상대하기는, 진주성 군사들만으로도 충분합니다. 고을을 오래 비우면 그 틈을 왜적이 노릴 수 있습니다. 속히 돌아가시는 게 좋겠습니다."

정득열은 고개를 끄덕이며 말했다.

"그 말이 옳습니다. 나도... 사천이 걱정되는 참이었소."

회의를 마치고, 윤사복이 김시민을 따라 나오며 투덜대었다.

"오는 적을 막기도 벅찬데, 어찌 먼저 찾아가 싸우란 말입니까."

이눌도 구시렁거렸다.

"장마에 활이 눅눅해져 당기기도 어려운 형편인데..."

김시민은 두 군관을 바라보며 부드럽게 다독였다.

"적의 군세가 위협적이지 않으니, 왜적을 이길 수 있다는 걸 군사들에게 보여주는 기회일 수도 있네. 이번 전투를 활용하여, 왜적에 대한 공포심부터 떨쳐버려야 하네."

성수경이 물었다.

"군사를 얼마나 출동시켜야 할까요?"

"기병 백, 날랜 보병 이백, 총 삼백 정도면 되겠네."

"삼백으로 충분하겠습니까?"

김시민은 고개를 끄덕였다.

"이번 전투의 관건은 숫자가 아니라 속도네. 성에 남는 병사는 훈련과 방어에 집중시키게."

그날 밤, 김시민은 쉽게 잠들지 못했다. 그는 방안의 불을 끄고, 창가에 앉아 칼을 뽑았다. 손으로 칼날을 천천히 훑으며 마음을 가다듬었다.

'가볍게 여겨선 안 되지만, 두려워할 필요도 없다.'

그날 밤, 꿈자리가 사나웠다. 사천왕처럼 흉포한 네 야차가 칼과 화승총을 들고 사납게 달려들었다. 셋은 베었으나 마지막 야차가 쏜 탄환에 투구가 날아가고, 얼굴은 피범벅이 되었다. 김시민은 어둠 속에서 허우적대다 잠에서 깼다. 이불을 다시 덮으며 혼잣말을 뱉었다.

"내가 이럴진대, 병사들은 오죽하겠나."

그는 조용히 눈을 감고 숨을 고르며, 마음을 다잡았다.

다음 날 새벽, 안개가 옅게 깔린 성문 앞. 김시민은 군사들 앞에 말을 타고 섰다. 투구 아래 울리는 목소리가 새벽 공기를 가르며 힘차게 퍼졌다.

"병사들은 들어라!"

모두의 시선이 그를 향했다.

"왜적은 우리 땅 깊숙이 쳐들어와 전선을 길게 했으니,

많은 병력을 후방에 두기 어렵다.

이런 왜적의 약점을 파고들어야 한다.

주 전선이 아닌 경상우도에서 승리하여

적의 힘을 와해하고 승기를 잡아야 한다."

김시민은 고삐를 쥔 손에 힘을 주며 말을 이었다.

"나는 모든 힘을 다하여, 이 싸움에 임할 것이다.

그대들도, 나와 함께 싸우겠는가!"

병사들은 활과 총통을 들고 함성을 질렀다.

"함께 싸우겠습니다!"

군사들은 함성을 지르며 진주성을 출발했다.

하루 종일 행군한 끝에, 김시민과 병사들은 저녁 무렵 함안 땅에 이르렀다. 오후부터 내리기 시작한 장맛비는 해 질 무렵 폭우로 바뀌었고, 그들이 함안에 도착할 즈음엔 전신이 흠뻑 젖어 있었다.

일본군은 성안에서 웅크리고 있었다. 조선군은 바로 공격하지 않고 성 밖 평지에 진을 쳤다. 김시민은 왜군 기병의 돌발 출격을 대비해 매복을 배치했고, 군사들은 북과 꽹과리를 울리며 적을 도발했다. 윤사복은 말 위에 올라 성문 앞으로 달려가 외쳤다.

"섬나라 오랑캐 놈들아!

성문을 열고 당당하게 겨뤄보자!"

함안성은 성문을 굳게 닫은 채 아무런 반응을 보이지 않았다. 한 치 앞도 안 보이는 어둠 속에서도, 병사들은 북과 꽹과리를 더 세차게 울렸다.

그날 밤, 적은 어둠을 틈타 조용히 성을 빠져나갔다. 이튿날 아침,

성문이 삐걱거리며 열렸다. 성안에 남은 백성들이 김시민 일행을 맞았다. 함안은 그렇게 피 한 방울 흘리지 않고 조선의 품으로 돌아왔다.

훈련원 참군 박석무

 고성(固城)이 왜군의 수중에 떨어졌다는 비보가 전해졌다. 고성 현령이 성을 비웠다는 첩보를 입수한 왜군이, 밤사이 함안을 빠져나와 별다른 저항 없이 성을 접수한 것이다. 고성은 사천과 진주에 인접한 지점. 이곳이 교두보가 되면, 왜군은 진주성의 성문 앞까지 반나절이면 도달할 수 있었다.
 김시민은 군관들을 소집했다.
 "고성을 반드시 되찾아야 하네."
 그날 김시민은 군사들과 함께 팔십 리를 행군해 고성으로 향했다. 고성 십 리 앞, 군사들을 잠시 쉬게 하던 때였다. 훈련원 장수라는 무인이 장정 이십여 명을 거느리고 김시민을 찾는다고 했다.
 "훈련원에서 판관님과 함께 근무했다는 박석무라 하였습니다."
 김시민은 자리에서 벌떡 일어났다. 과연 훈련원에 근무하던 시절 자신의 직속 부하였던 종7품 참군(參軍) 박석무였다. 박석무는 무릎을 꿇고 옛 상관에게 예를 올렸다. 김시민은 그를 일으켜 세워 두 손을 덥석 잡았다.

"이게 꿈이냐 생시냐! 이 난세에 군사들을 제대로 훈련할 인물이 간절했는데… 어찌 하늘의 뜻이 아니겠는가."

박석무도 감정에 북받치는 목소리로 말했다.

"7년 전 그때, 판관님의 개혁안이 받아들여졌다면, 전쟁 양상이 많이 달랐을텐데… 생각할수록 아쉽습니다."

박석무의 말에 김시민은 쓴웃음을 지었다. 그는 박석무에게 어떻게 해서 여기까지 오게 되었는지 물었다.

"임금이 도성을 비우고 몽진을 떠나시자, 훈련원 식구들도 모두 흩어졌습니다. 저도 고성에 계신 어머님이 걱정되어 내려왔습니다. 전란 통에 동생은 왜놈들 손에 죽어, 어머니는 친척 집으로 모셨습니다. 저는 왜적을 한 놈이라도 더 죽여 동생과 백성들의 원수를 갚으려고 장정들과 함께하고 있습니다."

김시민은 박석무의 두 손을 마주 잡았다.

"진주성으로 오시게. 어머니와 함께 지낼 집을 마련해주겠네. 지금 우리에겐 박 참군 같이 용기와 뜻이 있는 이가 절실하네."

김시민의 군대는 훈련원 소속 무인과 장정 이십여 명이 합세하면서 한층 기세가 올랐다. 고성에 도착하자마자, 김시민은 병사들 앞에 섰다.

"우리가 이곳에 온 이유는 오직 하나,
우리 땅을 되찾기 위함이다!
우리가 마음을 모아 함께 싸운다면
반드시 이길 수 있다!
함께 싸우자!"
그의 말에 병사들은 무기를 높이 들고 소리를 질렀다.
"함께 싸우자!"
조선군이 진을 펼쳐 성벽을 향해 진군하자, 성 위의 일본군은 조총을 콩 볶듯 쏘아댔다. 배반한 백성을 시켜 활을 마구 쏘게 하니 조선군이 가까이 접근하기에 어려웠다. 조총의 탄환은 멀리 날아오지 못했으나, 화살은 날카롭게 조선군 진 앞까지 날아들었다. 화살을 보고 병사 하나가 소리쳤다.
"이건 조선 화살이잖아! 왜놈한테 붙은 놈들이 쏘는 건가?"
분노와 허탈이 섞인 외침은 순식간에 병사들의 가슴을 짓눌렀다.
고성 현령 김현(金絢)은 임진왜란 이전부터 형벌이 가혹해 백성들의 원성을 사던 자였다. 그가 경상 우수사 원균의 명에 따라 바다로 나간 사이, 고성은 왜군에게 함락되었고, 수령에게 등을 돌린 백성들은 오히려 왜군을 환영하며 그들을 돕기에 이르렀다.

고성 현령 김현

 김시민이 전장에 나가 있는 동안, 고성 현령 김현과 가배량(현 거제 지역) 권관(權管) 주대청은 군사 수십 명을 이끌고 진주성에 들어왔다. 김성일은 하늘의 도움이라 여겼다. 도망쳤던 이들이 스스로 돌아와 힘을 보탠다는 사실만으로도 뜻이 깊었다. 그는 김현을 진주성 수성장에 임명하고, 주대청에게도 함께 성을 지키라 명했다.
 이 소식을 들은 이로가 급히 김성일을 찾아왔다.
 "같은 종5품인데 진주성을 속속들이 아는 판관이 수성장을 맡는 것이 마땅하지 않겠습니까? 백성과 군사들의 신임도 두터운 사람입니다."
 김성일은 고개를 천천히 저었다.
 "판관은 유능하나 부임한 지 고작 1년, 김현은 고성에서 7년을 다스렸소. 연공서열을 어기는 인사는 관가에서 금기이니, 지금은 그를 임명하는 것이 순리요."

"지금은 비상시기입니다. 백성과 군사들이 따르는 이에게 맡겨야 성이 안전합니다."

김성일은 또다시 고개를 저었다.

"김현은 고을을 다스린 경륜이 있소. 판관은 그를 잘 보좌하면 될 것이고, 김현에게도 공을 세울 기회를 주는 것이 조정의 뜻에도 부합하오."

그 무렵, 김시민은 성 밖에서 왜군과 대치 중이었다. 결전을 벌이지도 못한 채 시간만 흘러가자, 진주성이 걱정되었다.

'왜적들이 진주성을 기습하여 덮친다면, 정예 병력이 빠진 성이 버티기 어려울 것이다.'

그는 전황을 곧바로 김성일에게 보고했고, 김성일은 회군을 명했다. 군관 윤사복이 투덜거렸다.

"사흘 밤낮을 고생했건만, 싸움도 못 해보고 돌아오다니 허탈하구먼."

이눌이 빙긋이 웃으며 말했다.

"군사를 한 명도 잃지 않고 함안을 되찾았고, 장수와 군사도 얻었으니, 이보다 더 이로운 싸움이 어디 있겠는가."

회군 길에 오른 병사들은 서로 농을 주고받았다.

"왜군들이 겁먹고 함안을 비웠을 땐 속이 다 시원했지. 그놈들도 무적은 아닌 게야."

"왜놈들이 겁을 먹긴... 배반한 놈들이 고성군수가 빠져나간 걸 알려줘서 그런 거지. 고성 쪽이 전략적 가치가 더 높으니, 빈 성을 차지하러 간 거야."

"왜놈들의 총이 대단하다더니, 발밑에도 닿지 못하더군. 오히려 우리 활이 훨씬 멀리 날아가지 않았나."

승전의 기쁨은 오래가지 못했다. 길을 따라 이어진 마을마다 시신이 널려 있었고, 까마귀 떼가 하늘을 검게 뒤덮었다. 초목으로 연명하다 숨진 이들, 팔다리가 끊기고 내장이 터진 채 방치된 시신들, 들판은 죽음의 냄새로 가득했다. 군사들은 차마 눈 뜨고 보기 어려운 광경 앞에 가슴을 치며 울분을 터뜨렸다.

어느 마을에 이르자, 거리엔 인기척 하나 없었고, 집마다 문이 반쯤 열린 채 적막감만 감돌았다. 불탄 흔적이 남은 집 마루 아래서 어린아이가 얼굴을 내밀었다. 김시민은 말에서 내려 비상식량을 꺼내 들고 조심스레 다가갔다.

"배고프지? 어른들은 어디 계시니?"

그러자, 갓난아이를 품에 안은 여인이 힘없이 마루 밑에서 기어나왔다. 아이는 김시민이 내민 주먹밥을 받아 들며 눈을 반짝였다. 여인도 떨리는 손으로 주먹밥을 받아 들었고, 먹는 아이를 지켜보며 눈물을 떨어뜨렸다. 김시민은 뼛속 깊이 사무치는 아픔을 느꼈다. 전쟁이 마을을 삼키고, 사람들의 삶을 쓸어간 모습 앞에서 그는 말없이 고개를 숙였다.

해가 지기 전, 김시민과 병사들은 진주성에 도착했다. 성문 앞엔 김성일이 직접 나와 그들을 맞았다.
"진주성을 위협하던 함안을 되찾았으니, 크나큰 공을 세웠소."
김시민은 김성일의 치하에 답했다.
"왜군을 직접 상대해 본 것은 병사들에게 큰 자산이 되었습니다. 앞으로 더 강하게 훈련하여 진주를 지키고, 주변 고을도 하나씩 되찾겠습니다."

진주성 안에서는 불안한 기운이 돌고 있었다. 박석무는 김현이 수성장이 되었다는 소식에 미간을 찌푸리며 말했다.
"김현은 민심을 크게 잃어, 난리 통에 백성들이 죽이려고까지 한 자요. 그런 이가 진주 목사가 되었다니, 통탄할 일이오."
윤사복도 주먹을 불끈 쥐며 거들었다.
"이런 말도 안 되는 인사가 어디에 있습니까? 초유사는 무슨 생각인지 모르겠습니다."
성수경이 손을 들어 이들을 막았다.
"그만들 합시다. 판관께서 이런 말 들으면 마음 아프시겠소. 어디까지나 임시 조치이고, 초유사도 조정의 허락을 받아야 할 터이니, 당분간은 지켜봅시다."

김시민은 박석무와 군관들을 한자리에 불러 모았다. 함안 출정의 성과를 되짚고 교훈을 나누며, 전술 보완점을 찾기 위함이었다. 이눌이 먼저 입을 열었다.

"경상도에 남은 왜군은 북진한 본대와는 다소 차이가 있는 듯합니다. 예비부대라서 그런지 소문처럼 강하지는 않아 보였습니다."

김시민이 고개를 끄덕였다.

"나도 그렇게 느꼈네. 하지만 방심은 금물이야. 왜국은 오랜 내전을 겪은 나라로 실전경험이 풍부하여, 정예병이나 예비 병력의 수준 차가 그리 크지 않을 걸세."

박석무가 의견을 내놓았다.

"왜총의 사거리가 생각보다 짧았습니다. 멀리서 싸우면 우리가 유리할 수 있겠습니다."

"좋은 관찰이네. 조선군이 왜총을 두려워하는 건 그 위력이지. 하지만 사거리 밖에선 무용지물이야. 군사들에게 이를 철저히 알려 두려움을 없애주게."

"명심하겠습니다!"

김시민의 시선이 윤사복에게 옮겨졌다.

"윤 군관은 무엇을 보았나?"

"왜군이 총은 사용했지만, 화포는 단 한 번도 쏘지 않았습니다. 왜군은 화포가 없는 건지… 그 점이 이상했습니다."

김시민은 생각을 정리하며 말했다.

"아무래도 그들의 주된 무기는 왜총인 듯하네. 부산에서 한양까지 스무날이 걸렸네. 왜군이 빠른 기동을 앞세우고자 하면, 조선의 진창길에 무거운 화포를 끌고 다닐 수가 없을 거네."

이눌이 무거운 표정으로 말을 이었다.

"고성 전투에서, 왜군에게 협력한 조선 백성들을 보며 마음이 무거웠습니다. 병사들 또한 활을 당기는 걸 망설였습니다."

김시민의 얼굴에 비통함이 어렸다.

"배반한 백성들이 생기고 그들이 전투에 투입되니… 심리적으로 대비책이 있어야 할 것이네."

윤사복은 이눌을 향해 엄지를 치켜세우며 말했다.

"이번 전투에서 이 군관의 공이 컸습니다. 척후조가 아니었다면 함안을 빠져나간 왜적의 동선을 파악하지 못해, 고성으로 재빨리 움직일 수 없었을 겁니다."

김시민과 군관들은 밤늦게까지 향후 전술을 보완하기 위한 의견을 서로 나누었다. 피로가 몰려오는 시간이었지만, 대화는 진중하고도 뜨거웠다.

모두가 돌아간 뒤, 김시민은 홀로 성루에 올랐다. 구름에 가려 흐릿한 달이 희미한 빛을 비추고 있었다.

'진주성에 전투가 벌어지면… 신임 수성장이나 초유사가 직접 군사를 지휘하실 건가? 군사 일에 경험이 없는 분들인데…'

김시민은 구름에 가린 달을 올려다보며 한숨을 지었다.

다음 날 아침, 성문 바깥에서 거센 아우성이 들렸다. 김시민이 고개를 들자, 윤사복이 숨을 몰아쉬며 성루 계단을 뛰어올랐다.

"성문 밖에 밤새 대기하던 피난민들이 성안으로 들이지 않자, 큰 소란이 벌어졌습니다. 이른 아침에 수성장이 성문을 시찰하다가 갑작스레 성문을 열지 말라고 지시해서 그런 사달이 났습니다."

"무슨 이유라더냐?"

"저희도 영문을 모르겠습니다. 판관님이 나서주셔야 하겠습니다."

김시민은 곧장 촉석루로 향했다. 강바람이 성벽을 스쳤다. 그곳에는 수성장 김현과 초유사 김성일이 함께 있었다. 김현은 김시민의 발걸음을 보자 짐작한 듯 말했다.

"피난민 중에 간자(間者)가 섞여 있을 수도 있소. 성을 보전하려면 더는 들일 수 없소."

김시민은 어처구니가 없었다.

"피난민들을 성 밖에 두는 것은 왜적의 노략질 대상으로 내모는 것과 같습니다. 우리는 백성을 지켜야 할 책무가 있습니다."

김현은 얼굴을 찌푸리며 반박했다.

"나 역시 백성을 위해 판단한 거요. 만약 간자들이 들어와 성안에서 내응한다면, 그 피해는 성안 백성 전체가 떠안아야 하오."

김시민의 목소리가 높아졌다.

"그렇다고 백성들을 적의 칼 아래 그대로 두자는 말입니까? 그들 중 많은 이들이 가족을 잃고 왜적에게 원한을 품고 있습니다. 이들을 군사로 충원하면 큰 힘이 될 수 있습니다."

두 사람 사이에 팽팽한 긴장이 감돌았다. 김현은 한층 날 선 목소리로 쏘아붙였다.

"피난민 중에 왜군의 간자가 섞여 있다는 의심을 떨칠 수가 없소. 고성에서도 배반한 백성들 때문에 큰 낭패를 겪었소."

"첩자의 존재는 경계해야 하나 피난민을 배신자로 간주하면… 우리는 백성들의 마음을 잃게 됩니다."

김성일이 중재에 나섰다.

"양쪽 모두 일리가 있소. 피난민을 들이되, 철저히 조사하고, 의심스러운 이는 격리하면 어떻겠소?"

김시민의 얼굴에 화색이 돌았다.

"그리하겠습니다. 의심스러운 자는 조사하여, 격리 조치하겠습니다."

김성일은 고개를 끄덕이며, 김현을 향해 말했다.

"수성장의 우려도 타당하고, 판관의 생각도 틀린 말은 아니오. 서로의 입장을 절충합시다."

김현은 여전히 불편한 표정이었으나, 고개를 끄덕일 수밖에 없었다. 강바람이 다시 성벽을 스쳤다. 성 밖은 여전히 백성들의 웅성임이 그치지 않았다.

이순신 장군

　김시민은 전라 좌수사 이순신이 총상을 입었다는 소식을 들었다. 옥포, 합포, 적진포, 그리고 사천 앞바다까지... 조선 수군은 연승을 이어가고 있었다. 그 승전의 끝자락에 전해진 한 줄의 전갈은 그의 가슴을 내려앉게 했다.
　"이순신 장군이... 사천 해전에서 어깨에 총탄을 맞으셨습니다."
　김시민의 마음은 무겁게 짓눌렸다.
　'어깨라니... 장수에게는 가장 치명적인 부상이다. 과연 의원 중에 총상을 제대로 치료해 본 자가 있을까? 화약장 허윤이라면... 조선에서 장군을 고칠 수 있는 거의 유일한 인물일지도 모른다.'
　김시민은 결심했다. 허윤을 데리고 직접 전라좌수영이 있는 여수로 가기로. 그는 즉시 성 주부와 군관들을 불렀다.
　"이순신 장군이 중상을 입었다. 그를 잃으면 바다를 잃는 거나 다름없다. 허윤은 군기시 시절부터 총통군 오발 사고를 치료한 경험이 있다. 반드시 좌수사의 상태를 그가 살펴야 한다. 나 또한 왜군과 싸운 그의 경험에서 얻어야 할 정보가 있다."

군관들은 고개를 끄덕였다.

"염려 마십시오. 다녀오시는 동안, 저희가 성을 잘 방비하겠습니다."

성 주부가 조심스레 물었다.

"기병 삼십 기를 데려가는 것이 어떻겠습니까?"

김시민은 고개를 저었다.

"진주에서 여수까지는 왜군의 발이 닿지 않은 길이다. 오히려 병력을 동원하면 눈에 띌 뿐이다. 허윤과 단둘이 조용히 다녀오겠다."

그는 이눌을 돌아보며 명령했다.

"척후조를 강화하라. 긴급 상황 시 곧바로 연락이 닿아야 한다."

김시민은 김성일과 수성장 김현에게 보고했다. 김현은 손을 휘저었다.

"병사들은 판관을 더 따르오. 자리를 비우면 그들의 사기는 어찌 되겠소. 의원만 보내세요."

김시민은 차분한 어조로 말했다.

"전라좌수영의 작전 구역은 진주목과 닿아 있습니다. 남해와 사천 일대는 언제든 수륙 양면 연합작전이 가능한 지역입니다. 좌수사와 직접 논의할 필요가 있습니다."

김성일이 나섰다.

"판관이 좌수사를 직접 만나는 것도 나쁘지 않소. 좌수사가 왜군의 약점을 이야기해 준다면 진주성 방어에도 도움이 될 것이오. 산음에 다녀올 때처럼 척후조를 운용한다면 무리는 없을 거요."

김현은 더 이상 고집을 부리지 못했다.

김시민은 평복으로 갈아입고 허윤과 함께 진주성 남문 쪽 암문을 통해 조용히 성을 빠져나왔다. 여수까지는 말을 달리면 해가 지기 전에 도달할 수 있는 거리였다.

말을 타고 가면서, 김시민은 허윤이 지닌 보퉁이를 흘끗 보며 물었다.

"약재는 모두 준비되었는가?"

허윤은 보퉁이를 툭툭 치며 답했다.

"말린 무명천, 화약 기운을 다스리는 약재, 기력을 보충할 보양제도 챙겼습니다. 통증과 염증을 줄일 오가피도 준비했지만, 효과가 더 좋은 우슬이 필요합니다."

"성을 나왔는데 그걸 어디서 구한단 말인가?"

"길가에 흔히 자라는 약초입니다. 가는 길에 쉽게 구할 수 있을 겁니다."

김시민의 얼굴이 밝아짐을 보고, 허윤이 물었다.

"전라 좌수사 영감과는 어떻게 아시는 사이입니까?"

김시민은 이순신 장군 얼굴을 떠올리며 말했다.

"여진족이 2만 병력으로 국경을 넘었을 때, 나라에서 말 잘 타고 무예에 능한 자들을 차출했지. 그때 겸사복이었던 나와 훈련원 무관이던 좌수사가 함께 선발돼 인연을 맺었네."

"피 흘리는 전장에서 맺어진 인연이네요."

"그렇지. 아홉 살 터울로, 나는 그를 형처럼 따랐네."

"그런데, 판관님은 어찌 무인이 되실 생각을 하셨습니까?"

김시민은 잠시 생각하곤 말했다.

"나는 고려조 왜국 정벌에 나섰던 김방경 장군의 후손이라네. 어릴 적부터 몸집이 크고 힘이 세어 김방경 할아버지가 다시 태어났다는 말을 듣고 자랐지. 나는 임금을 호위하는 무인이 되기로 결심했네. 그 꿈을 이루기 위해 겸사복(兼司僕)이 된 거지."

당시의 일이 머릿속을 스쳤다. 무인이 되고 싶다고 선언했을 때 집안이 모두 놀라워했다. 아버지에 이어 형님이 대과에 급제한 문인 집안에서 무인은 생소했다. 훈련원에서 겸사복 시험이 있다는 소식에 망설임 없이 나섰다. 서서 활쏘기와 말을 달리며 활쏘기 과목에서 탁월한 기량을 보여주었다. 서서 활쏘기는 1백 80보 거리에서 화살 3개를 쏘아 2개 이상 과녁을 맞혀야 했는데, 세 발이 다 적중했다. 말을 달리며 활쏘기는 기병으로서의 자질을 보여주기 위해 세 번 쏘아 적어도 한 번 이상은 맞혀야 했는데 세 발을 모두 명중시켜 시험장을 들썩이게 했다.

김시민은 오랜만의 재회에 가슴이 두근거렸다. 9년 전 김시민은 나이 29세, 이순신은 38세에 여진족과의 전투에 출전하게 되었다. 두 사람은 아산과 천안, 이웃하는 고을 동향으로 열 살 가까운 나이 차이는 자연스레 형님과 아우 사이처럼 가까워졌다. 이순신은 무과 급제 직후 함경도에 종9품 권관으로 부임해, 두만강 유역에서 3년 간 여진족과 대치하여 국경의 지형과 적의 습성을 꿰뚫고 있었다. 김시민은 모든 것이 낯설어 이순신에게 많이 의지했다.

이순신은 과거 응시를 권했다.

"여진과의 전쟁이 끝나면 무과가 곧 있을 거야. 놓치지 말고 응시하게. 장수가 되어 군대를 지휘하려면 무과 출신이어야 하네."

이순신의 권유대로 김시민은 이듬해 무과에 응시했고, 당당히 급제하여 종6품 훈련원 주부(主簿)가 되었다. 생각에 잠겨있는 사이, 두 사람은 어느새 전라좌수영(全羅左水營)이 있는 여수에 도착했다.

김시민은 두근거리는 가슴을 안고, 전라좌수영에 들어섰다. 그는 문을 지키는 군관에게 말을 건넸다.

"좌수사 영감에게 진주에서 김시민이 왔다고 전해주게."

잠시 후, 군관이 보낸 병사가 급히 달려오며 외쳤다.

"속히 방으로 모시라 했습니다!"

김시민은 허윤과 함께 군관의 뒤를 따랐다. 문에 들어서자, 방문이 열려있었다. 방 안에선 이순신이 어깨를 싸맨 채 비스듬히 앉아 밖을 내다보며 기다리고 있었다. 김시민을 보자 얼굴에 반가운 빛이 역력했다. 김시민은 장군의 얼굴이 수척해 보여 마음이 아팠다. 그는 두 손을 뻗어 장군의 손을 꼭 잡았다.

"몸도 불편하신데... 누워 계시지 않고, 어찌 이리 맞으십니까."

이순신은 미소를 지으며 답했다.

"반가운 사람이 왔는데, 어찌 누워서 맞겠는가."

김시민의 시선이 장군의 헝겊으로 싸맨 어깨에 머물렀다.

"상처는 좀 어떠십니까?"

"바닷물과 양잿물로 씻고, 독을 빼려고 볏짚을 태운 재를 발라 두고 있네."

김시민은 곁에 선 허윤을 가리켰다.

"이 사람은 총상 치료에 능한 의원입니다. 살펴보게 하십시오."

허윤은 예를 갖추고 말했다.

"상처 부위를 보여주십시오."

이순신은 헝겊으로 싼 어깨를 드러내 주었다. 허윤은 깊게 숨을 들이쉰 뒤, 조심스럽게 헝겊을 풀었다. 상처는 깊고 검게 부어 있었고, 핏물이 배어 나오고 있었다. 총탄이 파고들며 살점을 찢은 자리는 벌겋게 헐어 살이 너덜거렸다. 허윤은 상처를 살피다 말했다.

"어깨뼈를 비껴간 건 천만다행입니다. 그러나 상처가 깊습니다."

이순신은 가볍게 미소 지었다. 허윤은 곧 끓는 물에 무명천을 담가 상처를 닦기 시작했다. 무명천을 몇 차례 바꾸며 상처를 닦은 뒤, 허윤은 말했다.

"탄환 파편이 남아있는 듯합니다. 제거하지 않으면 살이 썩고, 결국 생명이 위험해질 수 있습니다."

이순신은 묵묵히 고개를 끄덕였다. 허윤은 이마에 맺힌 땀을 훔치며 말했다.

"불에 달군 칼을 준비하겠습니다."

허윤은 약통에서 단검을 꺼내 화로의 숯불에 달구기 시작했다. 이순신은 붉게 달구어지는 칼을 무심히 바라보았다. 허윤은 달구어진 칼을 찬물에 식힌 후, 상처 깊숙한 곳을 찔렀다. 이순신은 비명을 삼켰고, 김시민은 눈을 감았다. 이순신은 이마에 땀이 송골송골 맺혔지만, 신음조차 흘리지 않았다. 상처 부위에서 피가 쏟아지듯 흘러내렸다. 허윤은 재빨리 무명천으로 피를 닦아냈다. 마침내, 허윤이 탄환 파편을 뽑아내며 말했다.

"꺼냈습니다."

이순신은 길게 숨을 내쉬었다. 상처에서 피가 흘렀지만, 그의 눈빛은 다시 맑아졌다. 허윤은 오가피와 우슬초를 섞은 약을 상처 부위에 넉넉히 발랐다.

"통증을 줄이고, 살이 썩는 걸 막아줍니다. 주무시기 전마다 새로 붙이십시오."

장군은 고개를 끄덕이며, 희미하게 미소 지었다. 허윤은 장군의 맥을 짚어보았다.

"기혈이 약해졌습니다. 원기를 돋우는 약을 지어드리겠습니다. 열흘간 아침저녁으로 달여 드시면 몸이 빠르게 회복될 것입니다."

이순신의 눈빛에 고요한 감사가 스며들었다.

왜총

 허윤이 치료를 마치고 약을 지으러 밖으로 나가자, 김시민은 천천히 숨을 들이쉬었다. 상처를 치료한 좌수사는 안정을 되찾고 있었다. 김시민은 오랫동안 품고 있던 말을 꺼냈다.
 "정언신 정승께서 살아 계셨더라면, 왜적이 이토록 조선을 짓밟진 못했겠지요."
 이순신의 눈빛이 순간 깊어졌다. 긴 숨을 내쉰 그는 천천히 입을 열었다.
 "그분의 군사적 재능은 실로 군계일학이었지. 여진의 난을 평정한 이가 한낱 역적의 먼 인척이라 하여 죽임을 당한 건... 생각할수록 참담한 일이야."
 그의 목소리에는 슬픔과 분노, 그리고 나라의 비극이 겹겹이 얹혀 있었다.
 "그분이 우리 둘을 주상께 천거했다지. 그래서 전라도엔 나를, 경상도엔 자네를 보낸 것이 아니겠나."

김시민은 고개를 저었다.

"전 도리어 형님과 함께 옥에 계신 정승을 찾아뵌 일로 미움을 샀다는 말을 들었는데요. 그 일로 도성 밖 멀리 정읍 현감과 진주 판관으로 발령 났다고..."

이순신은 잠시 생각에 잠겼다가, 담담하게 말했다.

"그런 말도 있었지. 옥천에서 도성까지 걸어와 머리를 찧으며 상소를 올린 조헌의 글에 자네와 내 이름이 함께 적혔다고 들었네. 비록 주상께서 전쟁 대비를 주장한 조헌은 물리쳤지만, 그가 천거한 무인의 이름은 마음에 담아두셨던 게지."

김시민은 말없이 고개를 끄덕였다. 정치의 파도 속에서 떠밀리던 기억들이, 이순신의 말 한마디에 뭉근하게 피어올랐다.

"김성일 초유사가 지금은 진주성에 머문다지? 어찌 지내시나?"

김시민은 쓴웃음을 지었다.

"형님을 전라 좌수사로 발탁한 건 과분한 인사라며 주상을 말렸지요. 만약 그 말이 받아들여졌다면, 바다는 이미 왜적의 손에 넘어갔을지도 모릅니다."

이순신의 입가에 엷은 웃음이 스쳤다. 김시민은 진중하게 말을 이었다.

"하지만 지금은 누구보다 왜적과 맞서는 일에 헌신하고 계십니다. 과거의 일을 부끄러워하며, 왜놈 하나라도 더 베겠다는 마음으로 진주성에서 열심이지요."

김시민은 잠시 침묵하다, 조심스럽게 마음에 둔 말을 꺼냈다.
"형님은 왜적과 싸우는 법을 아십니다. 왜군을 이겨내신 비결이 있다면 전해주십시오."
이순신은 어깨의 상처를 부드럽게 만져보며 말했다.
"왜총은 무서운 무기일세. 보이지 않는 칼처럼, 눈 깜짝할 사이에 날아오지. 조준사격이 가능하고, 백발백중이야."
그는 잠시 말을 멈추었다가, 이어 조용히 덧붙였다.
"하지만... 왜총에도 약점은 있어."
"사정거리가 짧다는 것 아닙니까?"
이순신은 놀라워하며 물었다.
"자네도 알고 있구먼. 왜놈들과 부딪혀 보았는가?"
"소규모 전투를 벌인 적이 있습니다."
김시민은 오랫동안 궁금한 점을 물었다.
"우리 총통이나 활보다 왜총의 사정거리가 짧다는 건 알겠는데, 정확히 인명을 살상하는 거리는 얼마나 됩니까?"
이순신은 망설임 없이 답했다.
"포획한 조총으로 직접 시험해 보았지. 백 보쯤이 유효 사정거리더군. 칠십 보 안에선 치명적이었고."
김시민은 눈이 밝아지는 느낌이었다.

"백오십 보 이상을 날아가는 화살, 이백 보에 이르는 승자총통보다 훨씬 짧군요. 거리만 잘 유지하면, 우리에게도 승산이 있겠습니다."

이순신은 고개를 끄덕였다.

"제대로 보았네. 왜군에게 왜총이 있다면, 조선에는 승자총통이 있네. 승자총통의 쇠구슬은 여러 적을 한 번에 쓰러뜨리고, 가까운 적의 갑옷과 방패도 뚫을 만큼 강력했네. 조선 수군의 승리에 큰 역할을 했다네."

김시민은 진주성에 있는 승자총통의 숫자를 떠올리며 말했다.

"왜적은 단병접전(短兵接戰)[1]에 능하다고 들었습니다."

"사실이네. 왜군은 실전경험이 풍부한 군대네. 수군 전술도 전함을 우리 배에 부딪혀 배에 올라 육박전으로 결판을 보려는 것이었네. 우리는 그런 접전을 피하고, 멀리서는 화포로, 접근하면 활과 총통으로 제압했네. 진주성에도 통할 걸세."

김시민은 생각난 게 있어 물었다.

"적은 화포를 쓰지 않습니까?"

이순신은 고개를 저었다.

"적은 조총과 활을 주무기로 하고 있네. 적의 배는 빠르지만, 화포를 올리기엔 좋은 조건은 아니네. 화포의 사거리도 우리보다 짧고, 정확성도 떨어졌네."

---

1) 가까운 거리에서 칼이나 창과 같은 무기를 사용하여 벌이는 전투.

"조선 수군은 주로 어떤 화포를 씁니까?"

"먼 거리에 있는 선두 적함을 쏘아 기선을 제압하려고 할 땐, 천자총통이나 지자총통

지도 2: 진주성과 전라좌수영 여수

으로 대장군전을 쏘았고, 보통은 현자총통을 주로 썼다네. 큰 화포는 화약이 많이 들어 함부로 쏠 수 없기도 하고."

이순신은 치료하려고 벗어두었던 윗옷을 입으며 말을 이었다.

"진주성도 방어에 적합한 화포를 찾아야 할 거네. 들판에서 싸울 때 쓰는 화포와 다를 테니까."

김시민은 고개를 끄덕였다. 이순신은 그의 눈을 보며 당부했다.

"진주와 여수는 순망치한(脣亡齒寒)의 관계야. 진주성은 우리 좌수영의 갑옷이네. 진주성이 무너지면 여수도 위험해지고, 여수가 무너지면 바다를 잃게 되네. 진주성을 꼭 지켜야 하네."

밤은 깊어져 갔다. 두 장수는 늦도록 이야기를 나누다, 나란히 잠들었다. 동이 틀 무렵, 김시민은 눈을 떴다. 출발을 앞두고 이순신은 전투에서 포획한 왜총 한 자루를 건넸다.

"이게 도움이 될 거야."

김시민의 가슴 한가운데 뜨거운 기운이 올라왔다. 감히 청하지는

못했지만 정말 갖고 싶었다. 그 마음을 헤아린 것이다. 이순신은 잠시 머뭇거리다가 김시민에게 말했다.

"적의 무리 중에는 장수를 노리는 저격수가 있네. 아우도... 이 점을 조심하게."

김시민이 가볍게 웃으며 넘기려 하자, 이순신은 엄중한 말투로 말했다.

"자네가 왜총을 든 적의 얼굴을 볼 수 있을 만큼 가까워졌다면, 총에 목숨을 잃기 십상이란 말이네. 특히 전투가 끝날 무렵엔 더 조심하게. 우리 장수들 몇몇도, 그놈들의 총에 당했다네."

김시민은 이순신 장군의 충고가 고마웠다.

김시민은 귀로에 오르며, 허윤에게 말했다.

"하루 만에 좌수사 영감이 몰라보게 좋아졌어. 내 눈에는 화약장이 아니라 명의로 보이네."

허윤은 미소를 지으며 말했다.

"이제 바다는 염려하지 않아도 될듯합니다."

김시민도 기분 좋게 웃었다.

승자총통

 진주성 성루 위, 짙은 먹구름이 낮게 깔려 있었다. 김시민은 성루 위에 홀로 서서 오래된 기억 하나를 떠올렸다. 수년 전, 북방의 국경에서 마주한 여진의 기병. 그들은 마치 강풍처럼 달려들었다. 하지만 그들을 무릎 꿇린 것은 칼도 활도 아니었다. 승자총통(勝字銃筒)이었다. 그 쇳덩이에서 터져 나온 불구슬은 말발굽 소리를 멈추게 했다. 수십 명의 기병이 한꺼번에 꺾여 쓰러지던 장면이 그의 뇌리에 선명히 되살아났다.
 '승자총통... 진주성을 지킬 중요한 자산이 되리라.'
 김시민은 화약과 화포의 실무 책임을 맡고 있는 허윤을 불렀다. 김시민은 허윤에게 물었다.
 "전라 좌수사에게 받은 왜군의 화승총, 살펴보았는가?"
 허윤은 고개를 끄덕였다.
 "사거리는 백 보 정도로 짧지만, 명중하면 치명적입니다. 구조는 단순하고 실용적입니다."

"짧은 사거리 말고는 다른 약점은 없는가?"

"있습니다. 빗속에선 심지에 불을 붙이기 어렵고, 재장전 속도가 느려 연속 사격에 취약합니다."

"그렇다면... 조선의 활도 절대로 뒤지지 않는다는 말이군."

"그렇습니다. 활은 사정거리도 길고, 재장전도 빠르며, 날씨에 구애받지도 않습니다. 강궁이라면 이백 보 밖의 적도 꿰뚫을 수 있습니다."

김시민은 고개를 끄덕이며 말했다.

"우리 승자총통의 위력도 대단하지 않으냐? 수군들도 배에 달려드는 일본군의 기세를 승자총통으로 허물었다고 하지 않았는가."

"그렇습니다. 다만 방아쇠가 없고, 도화선이 타는 동안 발사를 기다려야 합니다."

"그렇다면, 승자총통에도 방아쇠를 달 방법은 없겠나?"

허윤은 난감한 표정을 지었다.

"설계부터 주물까지 모두 다시 해야 하니, 단시간 내 제작은 어렵습니다. 대신 조준기와 조작법을 개선해 정확도를 높이겠습니다."

김시민은 허윤의 말이 엄살이 아님을 알고 있었다.

"좋네. 지금 우리에게 가장 시급한 건 최대한 많은 총통을 확보하는 일이야."

허윤은 주저 없이 답했다.

"그러려면 많은 쇠가 필요합니다."

"진주목 관할 모든 가구에서 유기그릇을 수집하고, 사찰의 종까지도 징발해야 하네. 필요하다면 사들여서라도 확보하세."

허윤은 눈빛을 굳히며 말했다.

"하지만 총통만으론 부족합니다. 화약이 문제입니다."

김시민의 시선이 허윤의 눈을 향했다.

"군기시에 근무할 때 보니 화약을 만들려면 엄청난 염초가 소요되던데, 방법이 있는가?"

"염초의 원료가 되는 흙을 충분히 확보해야 합니다. 오래된 집의 아궁이, 온돌, 마루 밑에서 짠맛, 신맛, 매운맛이 나는 흙을 긁어모아야 합니다."

김시민은 고개를 끄덕이며 경청했다.

"흙을 맛본다니 실로 흥미롭군. 염초 구하기가 이처럼 힘든 과정인 줄은 미처 알지 못했네."

"그렇게 모은 흙에 쑥을 태운 재를 섞어야 합니다. 초봄에 채취한 부드러운 쑥이 좋습니다."

김시민은 눈썹을 찌푸렸다.

"낭패가 아닌가. 쑥 캐는 시기는 이미 지났는데."

"민가에 쑥떡을 해 먹으려고 캐놓은 게 있을 겁니다. 관에서 곡식과 바꾸면 될 터이고, 모자라면 볏짚을 태운 재로 대신하면 됩니다."

김시민은 그 말에 안도했다. 허윤은 말을 이었다.

"그다음엔 재를 섞은 흙에, 사람의 소변과 말똥을 덮어 발효시켜야 합니다. 건조 후 불을 지피고, 흘러나온 물을 끓이면 하얀 이끼 같은 염초가 생깁니다. 그 염초 한 근에 적당한 유황 가루를 반죽하면 화약이 됩니다."

김시민은 허윤의 말을 주의 깊게 듣고 말했다.

"이른 시일 내에 충분한 염초를 구하기가 만만하지 않겠구나. 시일을 조금이라도 앞당길 방법은 없겠느냐?"

"가장 어려운 건 염초가 나올 만한 적당한 흙을 찾는 일입니다. 생각보다 귀합니다."

김시민은 결심하듯 말했다.

"진주뿐 아니라 경상우도 전역에서 염초가 나올 흙을 긁어모으게. 장인과 잡역군을 총동원하겠네."

허윤의 얼굴에 긴장과 결의가 교차했다.

"최대한 신속하게 염초를 확보하고, 화약 확보에 최선을 다하겠습니다."

"성을 지키는데, 화약은 우리의 생명줄이네."

선제공격

척후 부대의 긴급한 보고가 연일 이어졌다.

"김해에서 나온 왜군이 창원을 점령했습니다."

"진해와 고성도 함락되었습니다."

"사천성마저 넘어갔습니다."

하루가 멀다고 전해지는 척후 부대의 급보는 진주성의 공기를 바짝 조여 왔다. 김시민은 조용히 문을 닫고 지도를 펼쳤다. 탁자 위에 펼쳐진 지도 위로 그의 손끝이 천천히 움직였다. 진주성을 위협하는 왜군의 포진이 또렷이 보였다.

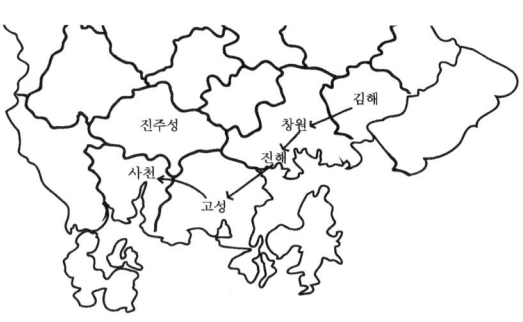

지도 3: 일본군의 진주성 압박도

그는 곧 김현 수성장과 초유사 김성일을 찾았다.

"왜군은 진주성을 포위하려는 의도를 노골적으로 드러내고 있습니다. 창원과 진해, 고성을 차례로 삼켰고, 이제 사천까지 점령했습니다. 진주성의 턱밑까지 접근한 셈입니다."

김현은 굳은 얼굴로 물었다.

"상황이 심상치 않소. 어찌 대응해야 하오? 판관의 생각을 들려주시오."

"사천은 진주에서 불과 오십 리. 지금 왜군의 수는 약 이백이라 합니다. 더 많은 병력이 집결하기 전, 우리가 먼저 움직여 사천성을 되찾아야 합니다."

김현은 고개를 저었다.

"성 밖으로 나가 왜군과 맞선다? 천하의 신립 장군도 패했소. 군자는 실패에서 배워야 하오. 무모한 도전은 피하는 것이 상책이오."

김성일도 동조했다.

"성을 나가 고성을 공격했지만, 별 소득이 없었소. 진주성을 의지하여 왜적과 대항하는 게 나을 듯하오."

김시민은 물러서지 않았다.

"그때와 지금은 다릅니다. 그간 병사들은 훈련에 매진하여, 활과 총통을 꽤 능숙하게 다룹니다. 사천이 더 큰 우환이 되기 전에, 우리가 먼저 쳐야 합니다."

김성일이 따져 물었다.

"위험을 불사할 유익이 얼마나 있는 게요?"

김시민은 망설임 없이 답했다.

"세 가지 이유가 있습니다. 첫째, 왜적이 사천을 거점 삼아 고성, 창원, 진해까지 관할 하면 진주성은 고립무원입니다. 적이 병력을 집중하여 진주성을 공격하게 되면 누구의 지원도 받을 수 없습니다. 둘째, 시간은 적에게 유리합니다. 적이 군사를 늘려 강해지기 전에, 사천성을 도로 찾아야 합니다."

김시민은 두 사람의 눈을 바라보며 말을 이었다.

"셋째, 사천의 적은 비교적 소수입니다. 이번 싸움은 단지 땅을 되찾는 게 아닙니다. 병사들 가슴에 박힌 두려움, 그 공포를 부수는 전투입니다. 왜군을 상대하여 이겨서, 공포심을 다스려야 합니다."

김성일은 무언가 말하려는 김현을 손으로 막았다.

"일리 있는 말이오. 판관의 판단을 믿어봅시다."

김시민은 성수경과 박석무, 그리고 군관들을 불렀다.

"활과 총통은 적의 화승총보다 멀리 나가니, 왜군보다 나은 점으로 대결하겠다. 이번 싸움은 반드시 이겨, 병사들에게 승리를 맛보게 하겠다. 왜적에 대한 공포감을 걷어내고, 자신감을 가지는 계기로 만들 것이다."

김시민은 이눌에게 물었다.

"지금 적의 동향은 어떠한가?"

"군사가 점점 늘고 있습니다. 어제도 창원과 진해 방면에서 병력이 합류했다는 첩보가 있습니다. 특이점이 하나 있습니다. 병력 대부분이 성안이 아닌 십수교(十水橋) 근처에 야영 중이라 합니다."

"십수교라?"

"다리 이름입니다. 바다와 강이 만나는 지점으로, 그 다리를 열물다리로도 부릅니다. 수위가 최고 높아지는 열물(十水)의 날이면, 배가 왕래할 수 있습니다."

박석무가 손뼉을 쳤다.

"성안에 있는 적보다 공격하기 쉬울 듯합니다."

김시민은 고개를 끄덕이고 이눌에게 물었다.

"지금까지 사천에 있는 적은 몇이나 되나?"

"백 명 정도가 늘어, 약 삼백 정도입니다. 왜군이 더위를 피해 대다수의 군사가 십수교 물가에 숙영(宿營)했습니다. 오늘도 아침부터 무더운 날씨입니다. 왜군들이 그곳의 시원한 맛을 보았는데, 한낮의 열기로 가득한 성안으로 다시 들어가기는 어려울 것입니다."

"내 생각도 같다. 왜적은 육전(陸戰)에서 져본 일이 없어 경계도 느슨할 것이다."

성수경이 물었다.

"야습에 병사를 얼마나 동원하시겠습니까?"

"기동력을 위해 기병 삼백 기 전원 출전이다. 오늘 밤 은밀히 움직여 내일 동트기 전 십수교에 도착하려 한다."

김시민은 성수경과 박석무를 보며 당부했다.

"성 주부와 박 참군은 남아서 성을 지키게. 남은 군사들의 훈련을 강화하여 전투역량을 올려주게."

서쪽 하늘에 해가 떨어질 무렵, 김시민은 삼백의 기병 앞에 나서서 출정 연설을 했다.

"왜적은 조선을 짓밟고, 수많은 악행을 저질렀다!"

그의 목소리는 저녁 하늘을 가르며 퍼졌다.

"우리는 저들을 벌하여 처단하기 위해 출정한다!

우리가 마주할 적은 후방에 남겨진, 외로운 적이다."

기병들의 눈빛이 번쩍였다.

"기억하라!

조선의 활과 총통은 왜군의 화승총보다 멀리 나간다.

우린 왜총 사정거리 안으로 들어가지 않는다.

그 거리만 지키면 왜적은 우리를 해할 수 없다.

이것이 우리가 승리를 거머쥘 비결이다."

그의 말 한마디 한마디는 불길처럼 번져 군사들의 가슴에 닿았다.

"나라와 백성을 위해 싸우자!

우리는 이번 전투에서 반드시 승리한다!"

"반드시 승리한다!"

삼백의 기병이 한목소리로 외치며 총통과 활을 높이 들었다. 병사들의 함성에 황혼의 언덕이 진동했다. 어둠은 이미 시작되었고 김시민과 기병들은 빠르게 사천성으로 향했다.

사천성 전투

 김시민은 출전하면서 고성 의병장 최강과 이달에게 진주성 방어를 부탁했다. 두 사람은 형제처럼 가까운 사이로, 고성에 왜군이 침입했을 때, 최강의 형 최균과 함께 의병을 일으켜 매복 공격으로 격퇴한 바 있었다. 결국 왜군이 고성을 점령하자, 그들은 의병들을 이끌고 진주성으로 들어왔다.
 고성의 두 의병장은 진주성 수성장이 된 김현의 지휘를 받는 일이 극도로 싫었다. 은밀히 김성일을 찾아간 그들은 조심스레 목소리를 낮췄다.
 "영공, 저희는 고성에서 김현이 어떤 자인지 누구보다 잘 압니다. 백성들의 원한을 한 몸에 받은 자입니다. 그런 자를 진주성의 수장으로 세워 일이 잘못되면, 그를 임명한 영공에게 원망이 미칠까, 걱정입니다."
 김성일은 그들의 말에 미간을 찌푸리고, 묵묵부답이었다. 최강이 이를 악물고 말했다.

"영공이 왜국에 다녀오면서 전쟁이 일어나지 않을 거라 공언한 건 온 백성이 다 아는 사실입니다. 전쟁은 났고, 지금의 노고는 그 과오를 씻기 위한 것이라 믿습니다. 그런데 또다시 김현을 세워 실수를 반복한다면, 그 책임은 피할 수 없습니다."

김성일의 표정이 굳어졌다.

"사람은 실수를 통해 성장하는 법이오. 김현도 달라질 것이며, 그리 믿고 맡긴 일이오. 이미 정해진 인사에 이러쿵저러쿵하는 건 군기를 해치는 일이오."

진주성 기병 부대가 사천 성을 십 리 앞둔 지점에 당도하자, 척후병이 어둠 속에서 기다리고 있었다. 척후병은 낮은 목소리로 적의 동태를 전했다.

"왜적 이백오십여 명이 십수교 근처 강가에 주둔 중입니다. 사천 성 안에는 소수의 병력만 남아있습니다."

김시민은 즉시 군관들과 머리를 맞대고 작전회의를 열었다.

"이 군관은 좌측, 윤 군관은 우측으로 각기 백 기를 이끌고 접근하라. 나는 정면에서 돌격하겠다."

김시민은 군관들을 돌아보며 명했다.

"적이 반격할 때 화승총의 사정거리를 생각하여, 막사에서 백 보 이상의 간격을 유지하고 대기하라."

이눌이 물었다.

"공격 신호는 무엇으로 하시겠습니까?"

김시민은 허리춤의 피리를 꺼내 보였다.

"피리 소리가 들리면, 모두 동시에 공격한다."

기병들은 말에서 내려 말의 입에 재갈을 물리고, 적진에 접근했다. 병사들은 활과 총통을 들고, 숨죽이며 움직였다. 막사 앞에 접근한 조선군은 어둠 속에서 대기했다. 왜군 초병은 고개를 떨구고 졸고 있었다. 김시민은 피리를 들고 숙영지를 응시했다. 그는 천천히 피리를 들어, 입에 가져갔다. 순간, 고요한 밤하늘을 가르며, 한 줄기 피리 소리가 길고 날카롭게 퍼졌다.

"총통을 발사하라!"

군관들이 소리치자, 병사들은 세 방면에서 공격했다.

"콰앙! 콰앙! 콰앙…!"

조선군은 일제히 총통을 발사하였다. 막사에 불꽃이 튀었다. 일본군은 혼비백산했다. 미처 막사 밖으로 빠져나오지도 못한 채 비명을 질렀다. 일본군 장수의 외침이 들리고, 밖으로 뛰쳐나온 자들은 제대로 대열을 갖추지 못한 채 조총을 들고 허둥댔다. 어둠 속, 사정거리 밖에서 쏘는 그들의 총은 무용지물이었다.

김시민이 다시 외쳤다.

"활을 쏘아라!"

활을 든 병사들은 일제히 활시위를 당겼다. 하늘은 마치 검은 비가 내리듯 화살로 뒤덮였다. 적진은 아수라장이었다. 총을 든 일본군은 피할 새도, 반격할 틈도 없이 쓰러졌다. 모든 방향에서 쏘아대는 화살과 총통 공격에 조총부대는 무너지고, 왜군은 흩어지기 시작했다.

김시민은 칼을 뽑았다.

"지금이다. 모두 돌격하라! 달아나는 적을 짓밟아라!"

김시민이 지휘하는 중군(中軍)의 기병이 적진을 향해 내달렸다. 좌우 기병도 동시에 움직이며 흩어지는 적을 추격했다. 조선군이 눈앞에서 달려드니 왜군은 혼비백산했다. 화약과 탄환을 총구에 밀어 넣을 여유조차 없어 왜군의 조총은 무기력했다. 왜군은 이제 대열도 없고, 명령도 없었다. 말발굽 아래 쓰러진 자들, 화살을 맞고 절명한 자들, 칼날 앞에 무너진 자들... 사천성 방면으로 도망치던 왜군 대부분은 추격에 걸려 목숨을 잃었다.

조선군은 기세를 몰아 사천성 바로 밑까지 추격했다. 성안의 일본군이 조선군이 몰려오는 기세에 급히 성문을 닫았다. 미처 성에 들어가지 못한 일본군은 모조리 조선군에게 희생되었다. 조선군에게 크게 타격을 입은 왜군은 사천성을 버리고 고성 방면으로 도주하였다.

날이 밝아오자, 조선군은 성이 비어 있음을 확인했다.

"승리했다!"

병사들은 말 위에서 활과 총통을 높이 치켜들고 외쳤다. 누군가는 볼을 꼬집으며 웃었고, 누군가는 눈시울을 붉혔다.

"꿈이야, 생시야? 육지에서 왜군을 상대로 대승을 거두다니!"

"그렇지. 바다에서는 이순신 장군이, 육지에서는 김시민 장군이…"

그날 새벽, 성안 곳곳에서 웃음소리와 함성이 터졌다.

"왜놈을 물리치고 먹는 밥맛이 이런 꿀맛일 줄 몰랐소!"

"꿈속에서도 왜놈이 나타나 덤비더니, 십 년 묵은 체증이 내려갔다."

한 병사가 승전고를 북 대신 빈 항아리로 두드리고, 그 곁에서는 젊은 병사들이 선창에 따라 서로의 어깨를 걸고 노래를 불렀다.

"더 이상 왜놈들이 두렵지 않다네~"

"쾌재(快哉)라 칭칭 나네~"

"원수의 왜적보다 우리가 강하다네~"

"쾌재라 칭칭 나네~"

고성, 창원, 진해성 탈환

척후 부대장 이눌이 얼굴에 먼지를 묻힌 채 말에서 내렸다.

"왜적이 고성 쪽으로 퇴각했습니다."

사천성 십수교의 기습 승리 직후, 김시민은 피로와 환희에 젖은 병사들 앞에 당당히 섰다.

"병사들은 들어라!

저 원수 같은 왜적을 한 놈이라도 더 쳐서

백성의 원한을 갚고, 이 나라를 지키자!

진주성 근처에 남은 왜적들을 모두 몰아낸다.

다음 목적지는 고성이다!"

병사들의 사기는 하늘을 찔렀다.

김시민은 혹시 있을 매복을 우려하여 바닷가 길을 따라 고성으로 진군했다. 군사들 틈에서 바다를 바라보던 병사 하나가 소리쳤다.

"함대다! 조선 수군이다!"

먼 수평선 너머로 물결을 가르며 늘어선 조선 수군의 함선들이 모습을 드러냈다. 그 위용은 마치 산처럼 묵직했고, 기세는 파도처럼 거셌다.

"이순신 장군의 함대임이 틀림없다!"

병사들이 고함을 지르며 손을 흔들어 환호했다. 김시민도 함대 속에 이순신이 있음을 직감하고 가슴이 뜨거워졌다.

'몸은 괜찮으신지요? 상처는 좋아졌습니까?'

수군도 육지에 있는 조선 군사들을 보았다. 수군들은 뱃전을 두드리고 깃발을 흔들어 환호했다. 이순신이 물었다.

"어디 군사들이냐?"

"진주성 병력인 듯합니다. 왜군이 점령한 성을 치러가는 것으로 보입니다."

이순신은 주먹을 불끈 쥐고 높이 들어 올리며, 김시민 군대를 응원했다.

고성으로 가는 길에, 사천 현감 정득렬이 수십 명 군사를 거느리고 나타났다. 그는 김시민에게 예를 올리며 치하했다.

"사천성을 되찾아주셔서 깊이 감사드립니다."

김시민은 그에게 사천성을 지키게 하고 고성으로 진군했다. 기병 부대가 성 아래 도착하자 왜적은 기세에 놀라 성문을 굳게 닫고 나오지 않았다. 김시민은 병사들에게 명령했다.

"성을 에워싸서 겁을 주되, 창원 방향 성문 쪽은 열어두어라."

기병 삼백 기는 성에서 이백 보 거리를 유지하며 성을 에워쌌다. 기병들이 흙먼지를 내며 꽹과리와 북을 치고 성을 향해 고함을 쳐 기세를 올렸다. 성안의 일본군은 조총을 쏘았으나 사정거리에 미치지 못했다. 김시민의 의도대로, 왜군은 맞서 싸우지 않고 어둠 속에 창원 방면으로 도주했다.

다음 날 아침, 고성은 다시 조선 땅이 되었다. 김시민은 군사들에게 아침을 든든히 먹이고 퇴각한 일본군을 쫓았다. 창원성에 도달하니 일본군은 이미 창원성도 버리고 진해로 달아났다. 진해에서 수성전을 펼칠 대비를 못 하고 있던 왜군은 다시 김해 본진으로 달아났다. 김시민과 군사들은 사천성 전투의 대승을 기세로 고성과 창원, 진해까지 차례차례 성을 탈환했다.

이 승전은 조선 육군이 일본군을 정면으로 꺾은 최초의 대승이었다. 사상자는 거의 없었고, 수많은 전리품이 남았다. 조선군은 북을 치고 깃발을 휘날리며 의기양양하게 진주성으로 개선했다.

"왜적들, 알고 보니 한주먹거리도 안 되는 놈들이네."

"붙어보지도 않고 마음 졸인 게, 억울하기까지 한기라."

이 소식은 산속에 숨었던 백성들까지 들썩이게 했다. 백성들은 진주성 근처로 몰려와 손을 들어 외쳤다.

"우리 군사가 왜적을 물리쳤다!"

김성일은 성문 밖까지 나와 군사를 맞았다. 그는 감격하여 김시민의 손을 잡고 말했다.

"내가 죽지 않고 살아서 이런 날을 보게 되었구려."

그날 밤, 김성일은 조정에 장계(狀啓)를 올렸다. 조정은 경상우도의 승리를 크게 기뻐했다. 임금은 공을 치하하며 김성일을 경상좌도 감사에, 김시민을 진주목사로 승진시켰다. 의주 행궁의 조정은 이 소식을 전하기 위해 선전관을 진주성에 보냈다.

김시민의 군대가 사상자도 거의 없이 대승을 거두었다는 소문에, 산에 숨었던 장정들이 진주성에 속속 나타나 군사가 되기를 자원했다. 박석무는 이들을 맞아 자신감을 가지고 전투에 임할 수 있도록 훈련했다.

그 무렵, 진주성에 낭보가 날아들었다.

"이순신 장군이 한산도에서 일본 수군을 거의 전멸시켰다는 소식입니다."

김시민은 조선 수군의 쾌거에 자부심을 느끼며 용기백배했다. 이순신의 얼굴이 눈에 선했다.

좋은 소식에 이어 나쁜 소식도 날아들었다. 원주 목사이신 숙부 김제갑의 전사 소식이었다. 원주성이 함락되고 숙모와 사촌 동생까지 참살당했다는 비보였다. 김시민에게 숙부는 특별한 존재였다.

가족들이 모두 무관이 되는 것을 만류했을 때도 숙부는 김시민의 편이었다. 김시민이 처음 말을 갖게 된 일도 숙부 덕분이었다. 무인 기질이 두드러졌던 김시민이 장성하게 되자, 숙부는 준마 한 필을 김시민에게 선물했다. 김시민은 그 말을 타고, 훈련원에서 실시한 겸사복 시험에 응시하여 합격했다.

그는 가슴을 움켜쥐며 중얼거렸다.

"숙부님… 나를 믿어주시던 그 마음, 평생 잊지 않겠습니다."

김시민의 두 눈엔 뜨거운 눈물이 맺혔다. 이내 이글거리는 분노가 그의 안에서 솟구쳤다.

"왜적의 간을 씹어 먹어도 분이 풀리지 않겠다. 반드시, 반드시 갚아주겠다."

거창 전투

일본군은 전쟁을 속전속결로 끝내려 했으나, 도성을 점령한 이후에도 조선의 저항은 사그라지지 않아 당황했다. 전황은 어느새 장기전 양상으로 접어들고 있었고, 가장 큰 걸림돌은 길게 늘어진 전선에 식량을 보급하는 일이었다. 일본군은 조선 땅에서 식량을 현지 조달하기로 했다. 그들의 시선은 자연스레 조선에서 가장 비옥한 곡창지대인 전라도로 향했다.

고바야카와 다카카게(小早川隆景)는 전라도 진출을 위해 병력을 움직였다. 본래는 창원에서 남원으로 향할 생각이었으나, 의령에서 곽재우가 길목을 막아섰다. 그는 부득이하게 진로를 틀어, 김천을 거쳐 거창으로 우회하는 새 길을 모색했다.

고령과 거창에서 의병을 일으킨 김면(金沔)은 일본군이 우두령(牛頭嶺)을 넘어 전라도로 들어가려 한다는 정보를 입수했다. 그는 곧

바로 경상감사 김수에게 이를 알리고, 동시에 진주성에도 구원을 청했다.

김면의 요청을 받고, 김시민은 성수경과 박석무, 군관들을 불렀다.

"김면 의병장이 서신을 보내왔다. 왜군 이천 명이 김천을 거쳐 우두령을 넘으려 한다는 게다. 전라도로 가는 길을 열겠다는 의도이다. 그들을 막기 위해 우리에게 천 명의 군사를 요청했다. 어떻게 생각하는가?"

성수경이 먼저 나섰다.

"김면은 정인홍, 곽재우와 함께 남명 선생의 제자입니다. 만석의 재산을 털어 단숨에 군사 이천을 모았다고 들었습니다."

이눌도 더했다.

"가산을 남김없이 쏟아부어 그의 가족은 지금 문전걸식 중이라 합니다. 나라만 알고, 자기 몸과 가족은 돌보지 않는 분입니다. 그런 분의 요청을 가벼이 여겨선 안 될듯합니다."

김시민은 조용히 고개를 끄덕였다.

"그분의 소문을 듣고, 존경하는 마음을 품은 지 오래다. 무엇보다 중요한 건, 거창이 뚫리면 호남이 위험하다."

김시민은 초유사 김성일이 산음에 출타 중이라, 이 문제를 수성장 김현과 의논했다. 김현은 거창에서 온 밀서를 밀쳐내며 반대했다.

"진주와 거창은 멀리 떨어져 있소. 초유사께서 성을 단단히 지키라 하셨는데, 판관은 어찌 성을 비울 생각을 하시오?"

김시민은 조용히 맞섰다.

"왜적들이 전라도로 가는 길을 열면, 곡창지대를 적의 손에 넘기는 건 물론 전라좌수영이 위험해집니다. 그러면 진주도 더는 안전하지 못합니다. 외면해선 안 될 일입니다."

김현의 굳은 얼굴은 펴지지 않았다.

"성에서 군사 천명을 빼면, 당장 진주성 방어는 어찌하란 말이오."

김시민은 차분하게 설득했다.

"진주성은 고립되어선 안 됩니다. 의병과 힘을 모아야 지킬 수 있습니다. 거창의 김면은 물론, 의령에서 곽재우, 합천에서 정인홍, 모두 남명 선생의 제자들입니다. 그들의 요청을 외면하고 나중에 도움을 바랄 수 있겠습니까?"

"그들을 돕자고 진주성 군사 대부분을 빼면 성이 위험해지는 건 어찌 감당하겠소?"

"군관 이눌이 척후 부대를 가동하여 적이 진주성으로 향하는 조짐이 있으면 바로 알려줄 겁니다. 그러면 제가 즉시 기병을 이끌고 돌아오겠습니다."

김현이 그래도 머뭇거리자, 김시민은 못을 박았다.

"감사께서도 이 사실을 알고 진주성이 힘껏 도우라고 하셨다 합니다. 감사의 명을 어찌 가벼이 여길 수 있겠습니까?"

김현은 감사의 말이 있었다고 하자, 더 이상 반대만 할 수 없었다. 김시민은 출정 계획을 밝혔다.

"천명의 군사를 요구했으나, 우리 사정을 고려하여 기병 삼백, 보병 사백을 이끌고 출전하겠습니다. 성엔 성 주부와 박 참군을 남겨 수성장을 보좌하게 하겠습니다."

김현은 마지못해 고개를 끄덕였다.

"왜적이 진주를 노리는 징조가 보이면… 곧바로 돌아오시오."

김면은 칠백의 군사를 이끌고 거창에 도착한 김시민을 반갑게 맞이했다.

"때맞춰 와주셨소. 천군만마를 얻은 듯하오."

"원수의 왜적을 물리치려 한달음에 달려왔습니다. 적의 동정은 어떻습니까?"

"놈들이 우두령 입구에 당도했다고 하오. 우두령은 산으로 가로막힌 김천과 거창을 잇는 꽤 높고 험한 고개요."

김시민은 고개를 끄덕였다.

"매복하였다가 적이 우두령을 넘을 때 치는 것이 좋겠습니다."

김면은 근심 어린 얼굴로 말했다.

"좋은 매복처가 몇 군데 있긴 하오. 하지만 적이 의심하여 넘지 않고 시간을 끌까 염려되오. 진주성도 오래 비우기가 힘들 테니 말이요."

김시민은 자신 있게 답했다.

"그러지 않을 겁니다. 저들은 한양으로 북상할 때 높은 산이나 험한 고개에서 한 번도 매복을 겪지 않았기에, 경계심이 느슨할 겁니다. 혹시 왜장이 신중하여 정찰을 보낸다면, 본대가 오기를 기다렸다가 치면 됩니다."

김면의 얼굴에 안도의 기색이 떠올랐다.

우두령 아래, 일본군은 숨을 고르며 진을 치고 있었다. 고바야카와는 자줏빛 윤기가 도는 말에 앉아, 길게 이어지는 고갯길을 응시하였다. 높은 능선을 둘러싼 깊은 숲은 그 속에 무언가를 숨기고 있는 듯, 마음을 어지럽게 했다. 그는 고개를 저었다.

"우리 군대만 보면 도망가기 바쁜 조선군이 숨어서 우리를 노릴 리 없다."

그러나 그의 말과는 달리, 마음 한편엔 불안이 있었다. 고바야카와는 선봉장을 불렀다.

"정찰대를 올려보내라. 고개 정상까지 올라, 혹시 토병이 매복하고 있는지 살펴라. 본대는 천천히 뒤따르겠다. 혹시 기습이 있다면, 우리가 그놈들을 쓸어버릴 것이다."

일본군 정찰병은 조용히 고개를 오르기 시작했다. 숲은 조용했고, 바람조차 숨을 죽인 듯 나뭇잎 하나 흔들리지 않았다. 산등성이 숲속, 김시민은 정찰병 열댓 명이 고개를 오르는 모습을 바라보며 조용히 손을 들었다. 고갯길이 보이는 곳에서 약 백오십 보가량 떨어진 숲속 곳곳에 숨어있던 조선군 병사들과 의병들이 몸을 웅크렸다. 활을 든 궁수, 승자총통을 든 총통병, 도끼와 죽창을 든 의병까지... 숨을 죽이며 다음 신호를 기다렸다.

정찰병들은 고갯마루에 올라 잠시 주위를 살핀 뒤, 이렇다 할 낌새를 느끼지 못하고 아래로 내려갔다. 얼마 지나지 않아, 군기를 앞세운 일본군 본대가 모습을 드러냈다. 조총병이 앞장서고, 궁수와 창병이 그 뒤를 이었다. 좁고 험한 산길을 따라 군사들이 어깨를 맞대며, 줄지어 올라왔다.

김시민은 참을성 있게 기다렸다. 조총부대가 고갯마루 중턱에 접근해 오자, 그는 거리를 가늠했다. '백오십 보, 백이십 보... 지금이다.'

"사격 개시!"

그의 명령과 동시에 북이 울리고, 태평소 소리와 함성이 온 산을 뒤덮었다.

"콰앙!"

"슈웅!"

양쪽 산등성이에서 쏟아지는 총통의 탄환과 화살이 장대비처럼 일본군 머리 위로 쏟아졌다. 순간 산길은 아수라장이 되었다. 비명을 지르며 쓰러지거나 고개 아래로 굴러떨어지는 병사들, 허둥대는 지휘관들의 고함이 뒤섞였다.

고바야카와는 칼을 뽑아 조총부대에 명령을 내렸다. 조총수들이 허겁지겁 진형을 갖추고 탄환과 화살이 날아드는 방향으로 사격을 개시했다. 그러나 조선군은 나무와 바위 뒤에 몸을 숨긴 채 피했다.

"계속 쏘아라! 놈들이 반격할 틈을 주지 마라!"

김시민의 외침에 따라, 진주성 군사와 의병들이 더욱 맹렬하게 공격을 퍼부었다. 몸이 노출된 일본군은 속수무책으로 당했고, 좁은 고갯길은 피와 혼란으로 뒤덮였다. 선두의 조총부대가 무너지자, 일본군의 대열은 와해되기 시작했다. 일본군은 더 이상 견디지 못하고 오던 길을 돌아 후퇴하였다. 뒤따르며 올라오던 왜군들도 방향을 바꾸어 고개 아래로 도망치기 시작했다. 올라오던 병사와 도망쳐 내려가는 병사들이 뒤엉켜 아수라장이 되었다.

그 틈을 놓치지 않고, 김면이 말을 몰고 나아갔다.

"추격하라! 한 놈도 살려두지 말라!"

그가 달리는 말 위에서 활을 쏘자, 의병들도 그의 뒤를 따라 달아나는 왜군의 등을 향해 화살을 퍼부었다. 일본군은 공포감에 휩싸여 서로 뒤엉켜 넘어지며 달아났다. 김면은 말을 몰아 도망가는 적을 베었다.

이때 고개 아래쪽에서 적의 기병들이 나타났다. 후퇴하던 왜군들이 그 뒤로 숨었고, 재정비된 조총병이 일제히 사격을 퍼부었다. 추격에 몰두하던 김면 부대가 그대로 당했다. 사방에서 쓰러지는 의병들의 비명이 울렸다. 기회를 놓치지 않고 일본군 기병 부대가 김면 부대를 향해 치달기 시작했다. 거세게 몰려오는 적을 본 김시민은 즉각 명령했다.

"적의 기병이다! 활을 쏘아라!"

김시민이 외치자, 조선군 궁수들이 즉시 활을 들어 의병 너머로 화살을 쏘아 올렸다. 하늘을 뒤덮은 화살은 왜군 기병을 강타하여, 말이 꼬꾸라지고 병사들이 쓰러졌다. 의병들도 일제히 화살을 퍼부었다. 기세가 꺾인 적은 말머리를 돌려 달아났다.

"기병 부대! 공격하라!"

조선 기병은 산을 울리는 함성을 지르며 퇴각하는 왜군들을 추격했다. 김면과 김시민의 칼이 한번 내리칠 때마다 적의 시신이 고갯길에 쌓여갔다.

김시민은 쓰러져 있던 한 왜병이 시체 더미에서 몸을 일으키는 것을 보았다. 피 묻은 얼굴의 그가 왜총을 들고 자신을 향해 총구를 겨냥했다. 칼을 휘둘러 그의 목을 베었지만, 탄환이 그의 발등을 스쳤다.

"판관 나으리!"

허윤이 황급히 달려왔다. 그는 급히 김시민의 군화를 벗기고 피

흐르는 발을 면으로 감쌌다.
"이순신 장군께서 그렇게 조심하라 하셨는데..."
김시민은 담담히 웃으며 몸을 일으켰다.

왜군은 고개 아래로 뿔뿔이 흩어지며 후퇴했다. 승리의 기쁨이 터졌다.
"우리가 이겼다!"
"김면 대장의 공이 크도다!"
"김시민 장군의 위업이로다!"
진주성 군사와 의병들은 총통과 활을 들어 환호했다. 이날 전투에서 왜군 이천 명 중 절반이 넘게 전사했고, 조선군과 의병은 소수의 사상자만 내었다.
김면은 전장의 흙먼지를 털며, 김시민에게 다가왔다. 김시민의 다친 발을 걱정하며 물었다.
"발은 괜찮소?"
"왜총 탄환이 발을 스쳤을 뿐입니다."
김면은 김시민에게 감사했다.
"공의 용기와 병법... 감탄을 금할 수가 없소. 앞으로 우두령을 넘어 전라도로 가겠다는 왜군은 없을 것이오."
김시민은 투구를 벗고 고개 숙여 예를 표했다.

김시민은 김면과 말을 나란히 하여 개선장군의 위용으로 거창 읍성으로 내려왔다. 산음에서 돌아온 김성일이 보낸 급보가 기다리고 있었다.

"진주성이 비었음을 알고, 적이 움직일까 두렵소. 속히 복귀하시오."

김시민은 작별을 아쉬워하는 김면과 헤어져, 서둘러 진주성으로 향했다. 진주성에 거의 다 왔을 즈음에, 임금의 교지를 받들고 오는 선전관과 마주쳤다. 선전관은 성안에서 임금의 교지를 낭독했다.

"경상좌도 감사에 김성일을 제수하고, 진주목 목사에 김시민을 제수한다."

성안은 환호로 뒤덮였다. 김시민은 김성일에게 건의했다.

"판관의 자리를 비워둘 수 없습니다. 성 주부가 그동안 저를 보좌하며 업무를 익혔으니, 판관의 일을 맡게 해주시지요."

김성일은 이를 받아들이며 당부했다.

"경상좌도 감영인 상주까지 가는 길은 왜군의 점령지를 지나야 하니, 정예병을 선발해 호위해 주시오."

김시민은 병사를 선발해 신임 경상좌도 감사의 길을 호위하게 했다. 김성일은 진주성 수성장에서 물러난 김현을 데리고 상주로 떠났다.

수성장 김시민

 김시민은 촉석루에서부터 서장대와 북장대를 거쳐 동문 옹성까지, 성벽 위를 천천히 걸었다. 푸르게 드리운 하늘 아래, 그는 성벽 너머를 응시했다.
 '왜적은 진주성의 전략적 가치를 알고 있다. 준비되는 대로 성을 노릴 것이다.'
 진주성 수성장(守城將)으로 임명된 그에게 더 이상 누구의 허락도, 지시도 필요치 않았다. 판단하고 결단할 책임은 온전히 그에게 있었다.
 성벽 아래를 내려다보며 그는 군세를 가늠했다. 병력은 고작 이천. 확장된 성벽을 방어하려면 적어도 칠천 명은 있어야 했다. 오천 명 정도의 적이라면 이천으로도 막을 수 있지만, 만 명이 몰려온다면 성은 버티지 못할 것이다.
 김시민은 판관 성수경과 박석무를 불렀다.

"지금 우리 병력으로는 대규모 왜군의 공격을 막기 어렵네. 군사 충원이 시급한 데, 방안이 있겠는가?"

성수경이 조심스럽게 입을 열었다.

"활동 중인 의병장 대부분이 남명 선생의 제자들입니다. 이들에게 진주성을 위해 병력을 지원해달라고 설득하면, 뜻을 따를 의병장들이 있을 것입니다."

박석무도 거들었다.

"의병을 움직이는 일은 원래 초유사의 몫이지만, 지금은 목사님께서 직접 나서셔야 할 때입니다."

김시민은 고개를 저었다.

"의병들은 제 고장을 지키기 위해 일어선 자들이네. 진주성 수비를 위해 그들을 불러내는 건 온당치 않네. 그보다는 산속에 숨어있는 장정들을 설득해야 하네. 그들을 병력으로 끌어들이려면, 뭔가 유인이 있어야 할 거네."

잠시 침묵이 흐른 후, 성수경이 말했다.

"급료를 약속하면 어떻겠습니까? 전란 속에서 생계와 명예를 보장받고자 하는 이들이 많을 겁니다."

김시민은 고개를 끄덕였다.

"진주성이 무너지면 그들의 은신처도, 그들의 집도 무사하지 못할 것이야. 가족을 지키는 길은 바로 이 성을 지키는 일이야. 함께 싸워야 모두가 살아남는 길임을 알려야 하네."

박석무가 웃으며 맞장구쳤다.

"방금 말씀하신 그대로 격문을 쓰시면 되겠습니다."

그날 밤, 김시민은 붓을 들었다.

"신분도, 신체 조건도 묻지 않는다.

키 작은 자는 활을 들고, 키가 큰 자는 창을 잡아라.

힘센 자는 깃발을 들고, 힘 약한 자는 북을 쳐라.

누구나 진주성을 지키는 병사가 될 수 있다."

격문이 붙은 지 며칠 지나지 않아, 사람들이 모여들기 시작했다. 왜군의 기세에 흩어졌던 옛 병사들, 산속에서 숨죽이던 장정들이었다. 그들은 진주성 병사들이 연전연승을 거두었다는 소식과, 김시민이라는 이름에 이끌려 자발적으로 싸우기로 결심했다.

김시민은 박석무에게 당부했다.

"군사 훈련은 당분간 성 밖에서 진행하여, 백성들이 볼 수 있도록 하게. 병사가 되겠다는 이들이 더 많이 생길 것이네."

박석무는 성 밖 너른 평지에 총통병과 궁수들을 집합시켰다.

"오늘 훈련은 파도가 밀려오듯 끊임없이 압박하는 적의 공세를 막아내기 위한 연합 전술이다. 목사님께서 훈련원 판관 시절 직접 구상하신 전술이다."

그는 호기심과 기대에 찬 병사들의 눈빛을 보며 말을 이었다.

"성벽으로 달려드는 적을 향해, 총통병 1열과 궁수 2열이 3교대로 연속 공격하는 전술이다. 먼저, 총통병 1열은 승자총통을 발사한다. 재장전하는 사이, 궁수 1열이 장전(長箭)으로 세 발, 이어 궁수 2열은 편전(片箭)으로 세 발을 발사한다. 화살 여섯 발로 적을 막는 사이, 총통병은 재장전을 마치고, 다시 발사한다. 이 전술의 핵심은 끊어짐이 없는 연속 공격이다."

구호가 울렸다.

"총통병, 준비!"

박석무의 외침이 들판에 울려 퍼졌다.

"발사!"

번개 같은 불꽃과 함께 총성이 터졌고, 먼지와 함께 표적이 무너졌다.

"궁수 1열, 준비! 발사!"

긴 화살이 허공을 가르며 날았다.

"궁수 2열, 발사!"

짧고 빠른 편전이 휘몰아치듯 쏟아졌다. 여섯 발의 화살을 쏠 동안 총통병은 점화용 심지를 꽂고, 화약을 총통에 넣었다. 화약을 다진 뒤 열 개 정도의 철환을 넣고, 다시 흙으로 철환을 고정해 재장전을 마쳤다.

"총통병, 준비! 발사!"

총통병들이 승자총통 심지에 불을 붙여 발사하자, 모든 표적이 가루가 되었다. 군사들도 자신들의 공격력에 놀라 감탄과 탄성이 터져 나왔다. 박석무는 만족스러운 눈빛으로 병사들을 둘러보았다.

"이 흐름이 한순간이라도 끊기면, 모두가 위험해진다. 하나의 호흡으로 움직여야 한다. 한 명이 흐트러지면, 전체가 무너진다."

병사들은 위치를 잡으며 엄격하게 훈련에 돌입했다. 승자총통의 굉음과 활의 파공음이 교차로 터질 때마다, 병사들의 움직임은 더 정밀해졌고, 호흡은 하나로 맞춰졌다. 진주성을 품은 하늘은 병사들의 함성으로 울렸다.

김시민은 적이 성벽에 오르는 절박한 순간을 대비해 장창(長槍)부대를 창설했다. 활과 총통은 성 아래의 적에겐 위력적이지만, 성벽을 기어오른 적에게는 무력했다. 혼전의 순간, 한 치의 실수가 전열을 무너뜨릴 수 있다는 것을, 그는 누구보다 잘 알고 있었다.

그는 장창부대 훈련을 박석무에게 맡기며 당부했다.

"성벽은 절대 무너져선 안 되는 방어선이네. 이 점을 명심하게."

박석무는 죽창을 든 병사들을 앞에 섰다. 단단한 나무가 귀했던 탓에, 장창 대신 대부분은 대나무 창에 날을 단 죽창을 들고 있었다. 그럼에도 그들의 자세는 진지했고, 손끝은 결연했다.

박석무는 그들을 훑어보고 입을 열었다.

"너희는 이제부터 궁수이자 장창병이다. 활만으로는 성에 오른 적을 막을 수 없다. 적은 성벽을 기어올라, 칼을 들고 달려들 것이다. 그 순간, 한 번에 막아내지 못하면, 되레 우리가 당할 것이다."

그는 죽창을 앞으로 내밀며 말을 이었다.

"이 무기는 찌르고, 밀고, 버티기 위한 무기다. 적은 근접전에서 강하다. 창을 든 너희는 적과의 거리를 유지하면서 틈을 만들어야 한다. 그 틈을 궁수가 노릴 수 있게 해야 한다."

그는 손짓해 군관 하나를 앞으로 불렀다.

"이 전술은 목사님이 훈련원에 계실 때 고안한 전술이다. 시범을 보이겠다."

군관은 적병처럼 성벽을 넘는 동작을 취했다. 박석무는 활을 내려놓는 시늉을 하며 즉시 죽창을 들었다.

"적이 성 위로 오르면, 이렇게 대응한다!"

박석무는 군관의 머리 위를 정확히 겨누었다. 죽창의 칼날은 군관을 압박하며 한 발짝 밀어냈고, 그 틈을 궁수가 노릴 수 있게 하였다.

"기억하라! 목표는 적을 찌르는 것이 아니라, 접근하지 못하게 막는 것이다. 거리를 지키고, 궁수가 기회를 얻도록 버텨라. 궁수가 적을 맞히면, 그때 창으로 끝장을 내라."

조용히 박석무의 시범을 지켜보던 병사들의 눈빛이 빛나기 시작했다. 그들의 머릿속에서 이미 성벽 위의 전투가 그려지고 있었다. 박석무는 죽창을 내려놓고 소리쳤다.

"활을 내려놓고, 죽창을 들어라!"

박석무의 외침에 병사들은 일제히 자세를 취했다. 박석무와 군관들은 동작 하나하나를 엄격하게 살폈다.

"거리를 확보하라! 성벽을 넘은 적은 바로 성벽 쪽으로 밀어내라! 창으로 밀고, 밀어낸 틈에 화살이 날아든다!"

죽창이 일제히 앞으로 뻗었다. 날 선 긴장감이 훈련장을 가득 메웠다.

훈련이 끝나자, 박석무는 군사들에게 당부했다.

"적이 성을 넘는 그 순간, 그대들이 마지막 방어선임을 잊지 말라."

병사들은 결연한 표정으로 고개를 끄덕였다. 그들은 이번 훈련이 단순한 전술 훈련이 아니라, 성을 지키고 자신들의 생명을 지키기 위한 마지막 필살기임을 느꼈다.

부실한 해자(垓子)

 김시민은 이슬이 아직 채 마르지 않은 성벽 위를 따라 천천히 걸었다. 그는 성 위에 낮게 쌓아 몸을 숨기고 적을 공격할 수 있도록 만든 담장인 성첩(城堞: 성가퀴)의 틈새 하나하나를 손끝으로 더듬듯 살폈다. 그는 동문 쪽 성벽을 내려다보며 낮게 중얼거렸다.
 "이곳 증축은 너무 성급하게 끝냈군…"
 곁에 서 있던 성 판관이 그의 말끝을 놓치지 않았다.
 "동문 쪽이 걱정되십니까?"
 김시민은 고개를 끄덕였다.
 "성벽 마감이 허술해. 큰비라도 쏟아지면, 무너질지도 몰라. 올해 왜적의 공격만 무사히 막아낸다면, 내년 농사철이 오기 전에 반드시 보수 공사를 해야겠어."
 그는 성가퀴 위에 손을 얹고 시선을 성 밖으로 던졌다. 동쪽 성벽을 감싼 해자의 물이 말라 있었다. 김시민은 성 판관에게 지시를 내렸다.

"적은 가장 먼저 이곳을 노릴 걸세. 화포를 쏠 수 있도록 동문에 포루를 설치해야겠네."

그의 시선은 다시 성가퀴의 총안(銃眼)으로 향했다. 성가퀴마다 총안이 세 개씩 뚫려 있었다. 양쪽에는 멀리 있는 적을 겨냥하는 원총안(遠銃眼), 중앙에는 가까이 접근한 적을 노리는 근총안(近銃眼)이 배치되어 있었다.

"북문은 연못이 막아주니 나은 편이지만, 동문은 고작 얕은 해자뿐이니 적들이 순식간에 성벽 아래까지 다다를 수 있네. 근총안은 멀고 가까운 적 모두를 상대할 수 있지만, 원총안은 가까운 적엔 무용지물이지…"

그는 손끝으로 원총안을 짚으며 중얼거렸다.

"더 많은 근총안이 필요해. 새로 구멍을 뚫기 어려우니, 원총안 아래를 깎아내 기울이면, 근총안 겸용으로 쓸 수 있을 거야."

성 판관은 즉시 장인들과 목수들을 불러들였다. 수성장의 명에 따라 포루 설치와 성가퀴 보수 작업이 시작되었다. 돌과 나무를 나르는 백성과 군사들의 손길이 분주하게 성 위를 채웠다.

"이 기둥을 저쪽으로! 원총안 아래를 깎아, 가까운 적도 쏠 수 있도록 하라!"

성 판관은 작업자들 사이를 오가며 목소리를 높였다. 무딘 망치 소리, 돌을 깎는 끌의 마찰음, 통나무를 옮기는 거친 호흡들이 성 위에 가득했다.

하루 종일 성을 돌아본 김시민은 밤이 되자 깊은 잠에 빠졌다. 평온은 오래가지 않았다. 어둠을 가르며 병사의 다급한 외침이 문을 두드렸다.
"적이 쳐들어왔습니다!"
김시민은 흠칫 놀라 자리에서 벌떡 일어났다. 그는 본능처럼 물었다.
"동문 쪽이렷다?"
"예, 동문 쪽 성벽을 공격 중입니다!"
이미 예견했던 일이었다. 급히 갑옷을 걸치고 성벽 위로 달려 올라갔다. 성 밖 해자에는 소나무 가지와 나무들이 던져져 빠르게 메워지고 있었다. 적들은 그 위를 건너 성벽으로 돌진하고 있었다.
"기름단지와 화약단지를 준비하라! 횃불과 불화살도 함께!"
김시민의 명령이 떨어지자, 군사들이 분주히 움직였다. 그는 손에 들린 기름단지와 화약단지를 해자 쪽으로 내던지며 외쳤다.
"횃불을 던져라! 불화살을 쏴라!"
수십 개의 불화살과 횃불이 어둠을 가르며 날아올랐다. 해자에 던져진 불씨는 순식간에 폭발했고, 나뭇더미 위로 불기둥이 솟구쳤다. 불길에 휩싸인 적들은 혼란에 빠져 퇴각하기 시작했으나, 몇몇은 이미 성벽을 기어오르고 있었다.

"성벽에 오르는 적을 막아라!"

김시민의 외침이 성곽에 울려 퍼졌다. 병사들은 활과 총통을 성벽 아래로 쏘며 필사적으로 적들을 막았다. 김시민은 성벽에 거의 다 올라온 적을 향해 화살을 날리며 외쳤다.

"절대 뚫리면 안 된다! 목숨 걸고 막아라!"

그 순간, 갑자기 세상이 조용해졌다. 성벽 위의 고막을 찢던 함성도 멀어졌다. 김시민의 시야가 희미해지더니, 눈을 떴을 때, 낯익은 방 안이었다. 숨이 가쁠 정도로 가슴이 뛰었고, 이마와 등줄기는 땀으로 젖어 있었다.

"해자가 너무 얕아…"

김시민은 나직이 중얼거리며 자리에서 일어났다. 새벽 공기가 차갑게 몸을 감싸왔다.

아침이 되자 김시민은 성 판관을 불렀다.

"해자를 다시 만들어야 하겠네. 적이 쉽게 건너지 못하도록 깊고 넓게 파고, 북문의 연못에서 물을 끌어와, 해자를 채워야 하네."

그날부터 성 아래에서는 곡괭이와 삽이 연신 땅을 파고, 대나무 도관이 북문 연못과 동문 해자를 잇기 시작했다. 연못물이 도관을 타고 흐르기 시작하자, 해자는 서서히 생명을 얻었다. 흙먼지와 땀이 뒤섞인 백성들의 얼굴 위로 환호성이 퍼졌다.

"물이 들어온다!"

성 판관은 물길이 성벽 아래로 점점 차오르는 것을 보며 긴 숨을 토했다.

해가 저물고, 성벽 아래에는 큰 솥에서 김이 모락모락 피어올랐다. 백성들은 긴 노동 끝에 밥 냄새에 이끌려 줄을 섰다. 그때, 성벽 아래로 김시민이 내려왔다. 백성들은 목사를 알아보고, 고개를 숙였다. 김시민은 병사들 옆에 서서 밥솥을 살펴보고, 곡식 자루를 확인했다.

"밥과 곡식은 충분한가?"

곁에 있던 군관이 대답했다.

"예, 백성들 모두에게 돌아갈 만큼 준비되어 있습니다."

김시민은 사람들 앞으로 나섰다.

"여러분 덕에 성이 단단해졌소. 식량이 귀한 시기지만, 여러분의 땀과 헌신을 소중하게 여기고 있소. 오늘은 마음껏 먹고, 내일도 힘을 내주시오."

백성들 사이에서 조용한 감사의 목소리가 퍼졌다. 한 노인이 앞으로 나와 허리를 깊이 숙이며 인사했다.

"목사님, 고맙습니다. 전쟁 중이라 모든 게 부족할 텐데, 이렇게 곡식까지 따로 챙겨주시니..."

김시민은 미소를 지으며 말했다.

"여러분은 이 성을 함께 세운 주역이오. 곡식으로 갚을 수 없는 공을 세웠소."

백성들은 목사의 따뜻한 말에 눈시울이 붉어졌다. 그때 한 장정이 다리를 절며 앞으로 나섰다.

"목사님, 저는 비록 다리가 불편하나, 팔은 튼튼하여 활은 쏠 수 있습니다. 부디 저를 군사로 써주십시오."

김시민은 그의 어깨에 손을 얹고 말했다.

"장하도다. 전쟁이 끝나면 모두가 평안한 삶을 누릴 것이다. 그날이 올 때까지 함께 성을 지켜내자."

김시민이 떠난 후, 백성들은 밥을 나눠 먹으며 소곤거렸다.

"우리 목사님 같은 분은 드물지. 군사들 돌보기도 바쁘실 텐데, 우리 같은 백성들까지 챙기시니…"

"그러게. 성을 수축하는 일이 힘들긴 해도, 식량도 챙겨주시고 고생을 알아주니 기운이 나네, 그려."

"맞아. 다른 분이라고 생각해 봐. 곡식을 따로 챙겨주기는커녕, 밥도 제대로 안 주고 일만 시켰을 게 아닌가."

"왜적과 싸워서 져본 적이 없는 분이야. 목사님이 수성장인 진주성은 깊은 산속보다 안전할 거야."

성벽 위로 달이 떠 올랐다. 그 밤, 진주성은 성곽뿐 아니라, 백성들의 마음까지도 굳건히 다져지고 있었다.

현자총통

　김시민은 허윤을 불렀다. 그는 새로 축조 중인 포루(砲壘)[1] 앞에서 입을 열었다.
　"수많은 왜군이 몰려올 땐 화포 공격이 제일이네. 적이 성보다 높은 산대를 쌓고 성을 노릴 가능성도 있지. 그걸 무너뜨리지 못하면, 우리는 성안에 갇힌 짐승이나 다름없어."
　김시민은 성벽 위에 설치된 화포들을 둘러보며 말했다.
　"우리에게 세 종류의 화포가 있네. 자네 생각엔 포루 위에 어떤 화포를 두는 게 좋겠는가?"
　허윤은 차분하게 각 화포의 장단점을 짚어나갔다.
　"우선 천자총통은 사거리가 무려 천이백 보로, 가장 멀리까지 닿고 포탄의 위력도 막강하여 한 발에 적의 군세를 휩쓸 수 있지요.

---

1) 성벽의 일부를 돌출시켜 대포를 설치하고 쏠 수 있도록 만든 시설

특히 높은 산대를 무너뜨리는 데는 제격입니다."

그는 말끝을 잠시 멈추고, 김시민의 시선을 따라 천자총통을 바라보았다. 쇠로 된 육중한 화포 하나가 성 밖을 향해 침묵을 지키고 있었다.

"하지만…"

허윤은 말을 이었다.

"화약을 많이 먹습니다. 발사 간격도 길고, 기동성도 떨어집니다. 무엇보다 적이 성벽 가까이 붙으면, 무용지물이 됩니다."

"그렇다면 지자총통은 어떠한가?"

"사거리는 팔백 보로 천자총통보다는 짧지만, 중거리 대응엔 쓸 만합니다. 하지만 여전히 화약 소모가 크고, 조작이 어려워 익숙한 병사들이 아니면 다루기 힘듭니다."

"역시…"

김시민은 성 위로 고개를 들었다. 성 위에 소형 화포가 번쩍이는 햇빛 아래 놓여 있었다.

"현자총통이군."

"그렇습니다. 현자총통은 사정거리와 파괴력에선 뒤처지지만, 기동성이 뛰어나고 조작이 간단합니다. 재장전 속도도 빠르고, 화약도 적게 듭니다. 훈련이 부족한 병사들도 빠르게 익힐 수 있습니다."

"화약은 얼마나 드는가?"

"천자총통은 한 발에 오십 냥, 지자총통은 이십오 냥, 현자총통은 고작 다섯 냥입니다."

"그렇다면... 현자총통으로도 적의 산대를 무너뜨릴 수 있는가?"

허윤은 천천히 고개를 끄덕였다.

"정확히 맞춘다면 가능합니다. 위력은 다소 약하지만, 운용상의 이점이 그 단점을 충분히 보완합니다."

김시민은 침묵 끝에 결단을 내렸다.

"천자와 지자총통은 지금의 우리 사정에 맞지 않네. 들판의 전투가 아닌 성을 지키는 전투에서는, 사거리보다는 속도와 정확성이 중요하네. 병사들도 훈련이 부족하고, 화약은 절대적으로 모자라지. 그렇다면..."

그는 조용히 목소리를 낮추었다.

"천자총통과 지자총통을 녹여서, 현자총통을 더 만드는 건 어떻겠나? 너무 과격한 방안인가?"

허윤은 눈을 크게 떴다가, 이내 미소를 지으며 손바닥으로 이마를 쳤다.

"묘책입니다! 그렇게 하면 현자총통이 다섯 문 더 만들어져, 총 아홉 문이 됩니다. 세 문씩 조를 나누어 열을 식히며 번갈아 쏘면, 끊임없이 공격할 수 있습니다."

김시민은 마음이 놓였다.

"그럼, 현자총통으로 통일하세. 나머지 화포는 녹여 새로운 현자총통을 만들고, 포수들은 그 하나에 집중해 훈련토록 하게."

"명을 받들겠습니다."

"적이 곧 진주성에 닥칠 것이네. 서둘러 주게나."

화포들은 빠르게 녹여졌고, 그 쇳물은 새로운 현자총통을 만드는 데 쓰였다. 포수들은 경량화된 하나의 화포에 집중하여, 훈련을 반복하였다.

대장장이 장뚝쇠

화포장(火砲匠) 허윤은 눈코 뜰 새 없었다. 염초를 만들기 위한 흙을 채취하고, 정제해 화약을 만들고, 화포를 녹여 새 총통을 주조하는 일까지, 그의 손길이 닿지 않는 곳이 없었다. 몸이 열이라도 부족할 지경이었다. 그에게는 믿고 맡길 수 있는 뛰어난 장인의 도움이 절실했다.

허윤은 진주성 백 리 안에서 가장 솜씨 좋다는 대장장이를 찾아 장터로 향했다. 장이 서는 날, 사람들로 북적이는 골목 끝에 대장간이 있었다. 그 앞에는 사람들이 길게 줄지어 있었다. 이 마을에서 가장 잘나가는 대장장이, 장뚝쇠의 물건을 얻기 위해 줄을 선 이들이었다. 농기구부터 생활용품, 말발굽까지, 그의 손을 거친 쇠붙이는 무엇이든 단단하고 정교하기로 명성이 자자했다.

대장간 안쪽, 구릿빛 팔을 걷은 장뚝쇠가 망치를 들고 있었다. 불꽃이 튀는 화덕 앞에서, 그는 식은 쇠를 다시 달구고, 땀을 닦고, 쉼 없이 두드렸다. 불길 속에서 방금 꺼낸 가위와 편자, 쇠스랑이 식어 가고 있었고, 그의 망치는 잠시도 쉬지 않고 내려쳤다. 망치 아래의 쇠붙이는 마치 제 몸을 맡긴 듯, 그의 손에 이끌려 모양을 바꾸고 있었다.

그때 줄 앞에서 아이를 업은 여인이 소리쳤다.

"우리 집 문고리가 또 부러졌어! 이번엔 두 개를 만들어줘요. 우리 집 사내는 힘이 좋아, 문을 열면 문짝채로 뽑는 기세라서."

장뚝쇠는 웃으며 대꾸했다.

"아지매, 문고리라 카셨지예? 이번엔 쇠심줄로 단디 걸어놓을 낍니더. 그라몬 아무리 힘 좋은 사내도 이건 못 부술끼라예."

사람들 사이에서 웃음이 터졌다. 그의 물건은 단단할 뿐 아니라, 그의 말은 신뢰를 실었다. 허윤은 말없이 그 풍경을 지켜보았다. 그의 눈은 장뚝쇠의 쇳물을 주물에 붓는 손길에 멈췄다. 정확한 온도, 일정한 속도로 붓는 솜씨, 식어가는 쇳물이 틀 안에서 모양을 잡아가는 장면은 마치 화포 제작 현장을 보는 듯했다. 장뚝쇠는 땀을 닦기 위해 잠시 망치를 내려놓았다. 이때 허윤이 조심스레 말을 걸었다.

"대장장이 양반, 내가 여러 곳을 다녔지만, 이런 솜씨는 오랜만이오. 이 정교한 주물을 만드는 법, 어디서 배웠소?"

장뚝쇠는 놀라 돌아보았다. 한눈에 봐도 평범한 손님이 아니었다.

"어릴 때부터 망치질하다 보니 몸에 밴 솜씨일 뿐입니더."

허윤은 그의 순박하고 겸손한 말이 마음에 들었다. 그의 솜씨는 농기구에만 국한된 것이 아니었다.

"저 편자도 댁의 솜씨요? 말의 발에 딱 맞아 보이는군."

"말의 발굽은 사람의 짚신보다도 중요합니더. 몇 번이고 모양을 잡고, 다시 녹이고, 식히고를 반복하다 보니... 이제는 말의 발만 봐도 감이 옵니더."

허윤은 고개를 끄덕였다.

'바로 이런 사람이지. 쇠의 결을 알고, 불의 성질을 아는 자...'

그는 망설임 없이 말했다.

"나라를 위해 일할 생각은 없소?"

장뚝쇠는 눈을 동그랗게 떴다.

"나라를 위해서라 했십니꺼? 내가 만든 쇠스랑이나 편자가 나랏일에 쓰인다면 기분이 째지겠지만..."

허윤은 그 반응에 미소를 지으며 말했다.

"쇠스랑이나 편자가 아니라 화포 말이오. 나는 진주성에서 화포를 주조하고 있소. 솜씨를 보니, 농기구보다 더 큰 일을 해야 할 사람이라는 생각이 들어서 하는 말이오."

장뚝쇠는 한동안 말없이 허윤을 바라보다가, 천천히 고개를 끄덕였다. 나라를 지키는 무기를 만든다는 것은, 설레는 일이었다.

"내 솜씨가 나라에 보탬이 된다면야... 기꺼이 돕겠십니더."

허윤은 손을 내밀었다.

"자네라면 충분히 해낼 수 있네. 함께 화포를 만들어보세."

그날 이후 장뚝쇠의 망치는 농기구나 편자가 아니라, 진주성을 수호할 화포를 만드는 울림으로 이어지게 되었다.

곤양 군수 이광악

 김해에 주둔한 일본군 총대장 나가오카는 지도를 바라보다 중얼거렸다.
 "전라도를 차지하면 식량 해결은 물론, 조선의 보급기지를 끊을 수 있다. 이순신의 수군도 고립된다. 돌 하나로 세 마리 새를 잡는 셈이다."
 하지만 전라도를 점령하려는 시도는 번번이 좌절되었다. 육로로 시도한 침공은 우두령 등지에서 조선의 관군과 의병들에게 저지되었다. 바닷길은 애당초 이순신의 수군에 의해 막혀 있었다. 나가오카는 지도를 가리키며 외쳤다.
 "이제 남은 길은 하나뿐이다. 진주를 넘어 전라도로 간다. 토병의 근거지이기도 한 진주성을 반드시 함락시켜야 한다!"
 나가오카는 측근 장수인 코헤이타(小平太)를 불러, 진해성을 공격해 진주성을 압박할 교두보로 삼으라고 명했다.

"장마도 끝났으니, 이제 진주성을 쳐야 한다. 즉각 진해를 점령하라. 진해를 차지하면 곧 군사를 보내 인근 고을을 차례로 점령하며 진주로 향하겠다."

며칠 뒤, 진해성에서 간신히 탈출한 만호(萬戶)[1] 최덕량과 가배량(현 거제 지역) 군관 주대청이 진주성에 도착해 성이 무너졌다는 비보를 전했다. 김시민은 최덕량과 성 판관, 박 참군, 군관들을 불렀다.

"진해가 적의 손에 떨어졌소. 이대로 두면 그들은 인근 고을들을 차례로 점령하며 진주를 조여올 것이요. 우리는 화포와 화약을 준비할 시간이 더 필요하니, 이를 두고 볼 수 없소."

성 판관이 조심스럽게 말했다.

"곤양 군수께서도 싸움이 벌어지면 함께 싸우고 싶다고 전갈을 보내셨습니다. 연합하여 대응하면 어떻겠습니까."

이눌도 나섰다.

"사천 현감도 부르는 게 좋겠습니다. 예전부터 왜적과 싸울 기회가 있으면 자신도 함께하고 싶다고 했습니다."

김시민은 고개를 끄덕였다.

"곤양 군수와 사천 현감에게 기별하라. 함께 싸운다."

---

[1] 조선시대 지방 군영의 장수로, 종4품 무관직

진해 출전 준비에 한창이던 중에, 김시민은 성안으로 말을 타고 다가오는 익숙한 인물을 발견했다. 곤양 군수 이광악이었다. 그는 김시민의 무과 후배로, 고향도 충청도 이웃 고을이어서 친하게 지낸 사이였다. 임금을 가까이 모시던 선전관으로 있다가 일본과 전쟁 직전에 종4품 곤양(현 사천시 곤양면 지역) 군수에 제수되었다. 임지인 곤양에 가는 길에 진주성에 들러 김시민에게 부임 인사를 하기도 했다. 김시민은 반가운 목소리로 크게 외쳤다.

"이게 누구인가! 이 군수가 아니신가!"

이광악은 말에서 내리며 답했다.

"형님이 이 성을 지키고 있으니, 적들이 쉽게 넘보지 못 하나 봅니다."

김시민이 그의 손을 반갑게 잡았다.

"자네가 이번 싸움에 나선다는 소식을 들으면 진해의 왜장이 성문을 걸어 잠그고 숨을 걸세. 신궁(神弓)을 만나면 갑옷도 헛일이라는 걸 알고 말이야."

이광악도 농을 받았다.

"형님이 목사로 오르시고 나서야, 제가 두 발 뻗고 잡니다. 무과도 늦었고 나이도 어린 아우가 높은 품계를 받아 내심 불편했는데, 형님이 이렇게 정3품까지 오르시니, 제 마음이 다 편해졌습니다."

두 사람은 손을 맞잡고 웃음을 터뜨렸다. 이 군수는 성벽을 둘러보며 말했다.

"성이 더 단단해진 듯합니다. 왜적이 떼로 몰려와도 걱정할 게 없겠습니다."

김시민은 진지한 눈빛으로 이광악을 바라보았다.

"자네의 활과 함께라면, 어떤 전장이든 두렵지 않네."

이광악도 응수했다.

"저 역시 형님과 함께라면 어떤 전투도 이길 자신이 있습니다. 오늘 밤에는 오랜만에 술 한 잔 기울입시다."

"좋지! 오랜만에 자네와 회포를 풀어보세."

김시민은 군관에게 명했다.

"곤양 군수가 백 명의 군사를 이끌고 왔다. 그들을 쉬게 하고 따뜻한 밥을 내어주게."

왜장 코헤이타

　김시민은 진주성 군사 천 명에 곤양 군수 이광악이 이끄는 백 명, 사천 현감의 병사 백 명을 더해 총 천이백의 병력을 편성했다. 날이 밝자, 그는 직접 그 병력을 진두지휘하여 진해성으로 향해 진군했다.
　척후의 보고에 따르면 성을 점거한 왜군은 약 천 명. 비슷한 숫자의 병력으로 성을 정면으로 공략한다면 승산은 없었다. 김시민은 생각했다.
　"적을 성 밖으로 끌어내야 한다."
　진해성 앞에 당도하자, 김시민은 곤양 군수 이광악을 불렀다.
　"군사 이백을 이끌고 싸움을 걸어보게. 왜총은 백 보 안에 있는 인마를 정확히 맞출 수 있네. 사정거리 안에선 각별히 조심하게."
　이광악은 활을 잡으며 말했다.
　"염려 마십시오. 제 화살이 먼저 적장의 눈을 꿰뚫을 겁니다."

그는 성 앞에서 활을 흔들고, 고함을 지르며 조롱하고, 도발을 하였다. 하지만 성문은 굳게 닫힌 채 요지부동이었다. 성벽 위 왜병들은 마치 조선 장수의 존재 자체를 무시하듯, 전혀 반응하지 않았다.

달리 어떻게 할 도리가 없어, 말고삐를 잡은 채 돌아온 이광악은 김시민에게 말했다.

"적이 꼼짝도 하지 않습니다. 이대로는 아무것도 얻지 못합니다."

김시민은 작전회의를 열었다. 이광악이 의견을 내놓았다.

"적이 우리를 얕잡아 보게 해야 합니다. 군기가 흐트러진 듯 보이게 하고, 공성전을 포기한 것처럼 물러섭시다. 적이 우리를 깔보면, 추격을 위해 반드시 성문을 열고 나올 것입니다. 그때 기습하면 성을 뺏을 수 있습니다."

모두 고개를 끄덕였다. 김시민은 잠시 침묵한 뒤 말했다.

"좋은 계책이오. 하지만 적이 쉽게 움직일지 의문이오. 지금 그들은 지원군을 기다리고 있소. 우리가 마치 그 지원군과 교전을 벌이고 있는 것처럼 보이게 한다면, 어떻겠소?"

그는 장수들의 눈빛이 번뜩이는 걸 보고, 말을 이었다.

"성안의 적은 협공을 위해 성문을 열 것이오. 우리는 바로 그 순간을 노리는 것이오."

작전은 곧 정리되었다.

"적 지원군이 도착했다고 떠들고, 군사들의 움직임을 분주하게 하시오. 성 앞에서 떠나는 시늉을 할 것이오. 성에서 멀리 보이는 벌판에서 말을 달려 먼지를 일으키고, 함성을 높이시오. 성에서는 전투가 벌어진 것처럼 보여야 하오. 그리고…"

김시민의 눈빛이 빛났다.

"성문이 열리는 그 순간, 쇠뇌[1]를 쏘시오. 단숨에 치명타를 입혀야 하오."

군관 윤사복이 물었다.

"어디에 병력을 매복시킬까요?"

"성안에서 보이지 않는 둔덕 뒤가 좋겠네. 쇠뇌를 숨기고, 연속 발사할 수 있게 준비하게. 적장이 성문을 나서는 그 순간을 노리게."

조선군은 곧 작전을 실행에 옮겼다. 조선군은 왁자지껄 소리를 내며 성에서 떨어진 벌판으로 이동했다. 말을 타고 달리며 먼지를 일으켰고, 곳곳에서 함성이 울려 퍼졌다.

벌판은 흙먼지가 피어오르고, 고함과 함성이 가득 찼다. 성벽 위에서 이를 바라보던 일본군은 술렁이기 시작했다.

"저건… 김해에서 지원군이 도착한 건가?"

왜장 코헤이타(小平太)는 망루 위에서 눈을 가늘게 뜨고 먼지에 뒤덮인 벌판을 응시했다.

---

[1] 활의 일종으로 기계 장치를 이용하여 강력한 힘과 긴 사거리를 가지며, 여러 개의 화살을 잇달아 쏠 수 있는 무기이다.

"전투가 벌어지고 있는 게 분명하다!"

그는 망설임 없이 결정을 내렸다.

"성문을 열어라! 적을 궤멸시킬 기회다!"

성문이 천천히 둔중한 소리를 내며 열렸다. 성문에서 왜군이 쏟아져 나오는 그 순간, 이광악이 외쳤다.

"지금이다! 발사하라!"

숨겨져 있던 조선군의 쇠뇌가 연달아 포효했다. 휘파람 같은 날카로운 소리와 함께 수십 개의 화살이 하늘을 가르며 장대비처럼 쏟아졌다. 이어서 승자총통이 굉음을 울리며 불을 뿜었다. 기습은 완벽했다. 성문 앞에 나선 왜군은 혼란에 빠져 대열이 흐트러지며, 속수무책으로 무너졌다.

"돌격하라!"

이광악의 외침에, 조선군은 일제히 성문을 향해 쇄도했다. 성문 앞은 아비규환으로 변했다. 왜장 코헤이타는 칼을 뽑아 들고, 조선군을 베어내며 필사적으로 성문 안으로 후퇴하려 했다. 그 순간, 이광악의 눈매가 번뜩였다. 그는 화살로 말의 눈을 겨냥했다. 화살이 날아가 말의 눈을 정확히 꿰뚫었다. 말이 고꾸라지며 뒷다리를 들어 올렸다. 코헤이타는 중심을 잃고 땅에 나뒹굴었다. 조선 병사들이 순식간에 달려들어 그를 포박했다.

"적장을 생포했다!"

"성은 이제 우리 것이다!"

병사들은 환호성을 질렀다. 조선 군사들은 장수를 잃어 혼란에 빠진 일본군에게 탄환과 화살을 퍼부으며 몰아세웠다. 성 밖으로 물러나 있던 조선군들도 합세하자, 승부는 완전히 결정이 났다.

포박된 왜장 코헤이타는 흙투성이가 된 채, 김시민 앞으로 끌려왔다. 그는 무릎을 꿇고 떨리는 목소리로 외쳤다.

"자결을 허락해 주시오. 아니면 목을 베어 마지막을 깨끗하게 해 주시오. 제발, 자비를 베풀어주시오."

통변이 그의 말을 옮기자, 김시민은 그를 차갑게 내려다보며 냉정하게 입을 열었다.

"자비?"

김시민은 짧게 비웃고 말했다.

"그대들이 우리 땅을 짓밟고 백성을 학살할 때 자비란 걸 베푼 적 있는가? 네가 수치를 면하려 한다만, 그런 말을 할 염치가 있느냐?"

코헤이타는 고개를 떨어뜨렸다.

"왜장은 결박한 채 행궁(行宮)으로 보내라. 주상께서 친히 처결하시리라."

그날, 진해성은 조선군의 품으로 돌아왔다. 그 승리는 일본군의 진주성 공격을 지연시키는 결정적 계기가 되었다. 진주성 북쪽 하늘, 짙은 먹구름이 몰려들기 시작했다. 김시민은 성벽 위에서 몰려오는 먹구름을 올려다보았다.

'왜적은... 언제, 어떤 형상으로 몰려올 것인가...'

김시민은 짐작조차 할 수 없었다. 자비를 구하는 코헤이타의 청을 거절하고, 그를 욕보인 그날의 일이 훗날 어떤 비극으로 되돌아올지.

동생 김시약

김시민은 북장대에 올라 북문과 동문 쪽 성벽을 번갈아 내려다보며 전투태세를 점검하고 있었다. 숨을 헐떡이며 군관 하나가 장대로 뛰어 올라왔다. 그의 얼굴은 흥분으로 달아올라 있었다.

"목사님! 동생, 시약이라는 분이 도착하셨습니다!"

"시약이가?"

김시민은 되물었다.

"지금… 여기에?"

목소리에는 믿기지 않는 떨림이 배어 나왔다. 오래도록 소식을 듣지 못했던 동생. 그가 정말, 이곳에 온 것인가.

김시민은 주저할 틈도 없이 북문으로 달려갔다. 성문 가까이 다가서자, 먼발치에 청년이 보였다. 그는 분명 시약이었다. 김시민은 그 자리에 굳은 듯 멈춰 섰다. 꿈이 아니었다.

"형님!"

청년은 환하게 웃으며 다가왔다. 먼 길을 걸어왔을 터였지만, 그 얼굴에는 피로한 모습이 보이지 않았다. 김시민은 말없이 동생을 끌어안았다. 등을 두드리다가, 억눌렀던 감정이 터져 나왔다.

"정말로... 너구나."

그의 목소리는 떨리고 있었다. 김시약은 형의 어깨를 힘껏 끌어안으며 말했다.

"형님, 전 싸우고 싶어서 왔습니다! 왜적이 이 땅을 짓밟는 걸 두고 볼 수 없습니다. 그래서 형님의 휘하에 들어가 싸우기로 결심했습니다!"

김시민은 말없이 동생의 얼굴을 바라보았다. 혈기와 청년의 풋풋한 자신감이 그 눈동자에 고스란히 담겨 있었다.

"여기 와서 싸우겠다고?"

그는 고개를 절레절레 저었지만, 마음 한편에서는 동생의 용기가 자랑스러웠다. 손으로 동생의 어깨를 어루만지며 물었다.

"어머니는 안녕하시냐?"

표정엔 미소를 머금었지만, 목소리에는 근심이 배어 있었다. 시약은 고개를 끄덕였다.

"어머니께서 형님이 진주 목사가 되신 것을 자랑스러워하십니다."

그는 형의 눈을 바라보며 말했다.

"어머니는 나라를 위해 싸우러 가겠다는 제 결심을 말리지 않으셨습니다."

김시민은 잠시 눈을 감았다. 전쟁 중에 자식을 내보내는 어머니의 심정을 생각하자 가슴이 저렸다.

"너까지 이곳에 오면... 어머니의 걱정은 두 배가 될 게다."

시약은 미소 지으며 답했다.

"어머니도 말씀하셨습니다. '나라가 있어야 부모도 있다'고..."

김시민은 어머니의 강인한 모습이 떠올랐다. 그는 동생의 손을 잡았다.

"내 곁에 있어라. 함께 싸우자."

김시민은 동생을 데리고 성벽을 따라 순찰에 나섰다. 각 지점의 보수가 어떻게 이루어졌는지, 방어 태세는 어떤지 꼼꼼히 확인해 나갔다. 성 판관이 다가와 고개를 숙였다.

"포루는 완성되었습니다. 화포만 설치하면 됩니다."

김시민은 튼튼한 나무 기둥과 단단한 석재로 세운 포루를 찬찬히 둘러보았다. 성벽 위에 늘어선 병사들은 근총안을 겸하게 만든 원총안 구멍에 화살을 잰 활과 총통을 넣어 시험해 보고 있었다. 김시민은 성가퀴에 손을 얹으며 동생에게 말했다.

"왜적이 몰려오기 전에, 할 수 있는 건 대개 한 셈이다."

그의 시선은 멀리 향했다. 언젠가 저 산 너머에서 몰려올 적들을 상상했다. 시약이 말했다.

"군사들의 사기가 높습니다. 성곽도 견고하고…"

김시민은 고개를 끄덕이며, 성벽을 따라 걸었다.

"화약과 화포만 준비되면 된다. 우리는 기필코 지켜낼 것이다."

성벽 위에는 결연한 침묵이 감돌고, 형제는 곧 있을 전투를 생각하며 숨을 골랐다.

도요토미 히데요시

규슈 히젠의 거센 파도 앞, 거대한 성곽이 수평선을 등지고 솟아 있었다. 도요토미 히데요시(豊臣秀吉)는 조선을 향한 야욕을 실현하기 위해 이곳에 직접 나고야성을 쌓았다. 성벽 너머로는 대마도가, 그 너머엔 조선의 부산이 손에 잡힐 듯 가까웠다. 그곳은 단순한 성이 아니었다. 전쟁의 전초기지였다.

나고야성은 20만 명이 주둔할 수 있을 만큼 넓었고, 천수각은 웅장하고 위엄이 넘쳤다. 성 외곽에는 군선이 쉴 새 없이 건조되고 있었고, 항구에는 조총을 짊어진 병사들이 줄지어 오르내렸다. 조선에서 붙잡혀 온 포로들은 목재 더미 위에서 사역에 내몰렸다. 그들의 손발은 피멍이 들어 있었고, 얼굴에는 절망이 서려 있었다.

천수각 높은 창 너머로, 험한 파도가 하얗게 부서지고 있었다. 도요토미 히데요시는 묵직한 붓을 들고, 침묵 속에 편지를 써 내려갔다. 붓끝은 거칠게 종이를 찢을 듯 달렸고, 문장 하나하나엔 분노와 조바심이 깃들었다.

"진주성이 천하의 요새라 하니,

병력을 추가로 보내달라는 요청을 받아들이겠다.

일본에서 만 명, 한양 주둔군 중 만 명,

김해의 군사 만 명을 합쳐, 삼만으로 진주성을 짓밟아라."

그는 잠시 붓을 멈추고, 탁자에 펼쳐진 조선의 전장을 노려보았다. 그는 다시 붓을 들어 명령을 이어갔다.

"조선의 겨울은 매섭게 춥다고 들었다.

우리 군사들의 얇은 옷과 식량이 걱정된다.

명나라 국경과 인접한 조선 북부에 있는 군사들은

보급이 끊겨 전진에 어려움을 겪고 있다.

토병의 거점인 진주성을 쳐서 경상도를 편안하게 하라."

도요토미 히데요시는 전쟁을 시작한 지 이미 반년이 지났으나, 아직도 조선에서 허둥대고 있는 자신의 군대에 분노하고 있었다.

"진주성을 무너뜨리고, 전라도로 진격하라.

전라도의 곡식을 빼앗고, 이순신의 배후인 여수를 쳐서

조선 군함을 불태워라."

도요토미 히데요시는 위협하는 말로 글을 맺었다.

"진주성 공격이 실패하면, 할복을 각오하라."

그 편지는 나가오카의 손에 전해졌다. 그는 일본이 있는 동쪽을 향해 절한 뒤, 한 자씩 곱씹듯 읽었다. 편지를 다 읽은 그는 눈에 불을 뿜었다.

"진주성을 으깨고, 호남으로 진격한다."

한양의 일본군 주둔지. 조선 정벌 총사령관 우키타 히데이에(宇喜多秀家)는 호위무사에게 명했다.

"코신타(小眞太)를 데려오라."

잠시 후, 단단한 갑주를 입은 장수가 나타났다. 그는 김시민에게 동생 코헤이타를 잃은 사내였다. 우키타는 그를 바라보며 말했다.

"일본에서 명령이 왔다. 한양 주둔군 만 명이 김해로 향한다. 진주성을 칠 것이다. 네가 요청한 대로, 동생의 복수를 할 기회를 주겠다. 너도 함께 가라."

코신타는 이를 갈았다. 그는 일본 최고의 저격수를 불러들였다. 그 저격수는 일본 전국시대 닌자인 스기타니 젠쥬보(杉谷善住坊)의 아들이었다. 스기타니 젠쥬보는 오다 노부나가를 저격한 일로 유명해졌으며, 나는 새도 쏘아 떨어뜨린다는 조총의 명수였다. 그는 아버지의 저격술을 고스란히 이어받은 자였다. 그는 코신타의 분노를 느끼며 조용히 말했다.

"그의 목숨은 제 손에 달렸습니다. 전장에서 제 총을 피할 곳은 없을 겁니다."

코신타(小眞太)는 그를 데리고 김해로 출발했다.

전투의 서막

추석 한가위가 지난 지 한 달 반. 아침저녁으로 찬 기운이 옷깃을 파고들며, 늦가을의 기척이 진주성에도 드리웠다. 김성일은 조정의 명에 따라 경상좌도 감사직에서 경상우도 감사로 옮겨와 진주에 머무르고 있었다. 좌도의 땅은 대부분 왜군의 손에 넘어가 감사가 할 수 있는 일이 없었다. 조정은 그가 초유사로서 남긴 공적을 인정하여, 다시 우도의 감사로 임명하였다.

그 무렵, 일본군은 본격적인 진주성 공략에 착수했다. 일본 본토에서 증원군 만 명이 부산에 상륙했고, 한양에서 차출된 정예군 만 명이 김해에 집결했다. 이미 김해에는 만여 병력이 주둔하고 있었으니, 총 삼만의 대군이 모였다.

9월 24일, 마침내 삼만 대군이 김해를 떠나 진주로 향했다. 그 행렬은 앞뒤 백 리에 걸쳐 먼지를 일으키며 진군했다. 척후병이 이 움직임을 진주성에 보고하였다.

"어마어마한 병력이 김해성을 나섰습니다. 백 리를 잇는 행렬입니다."

이 첩보를 들은 김성일은 진주성 인근에 있는 의령의 곽재우, 사천의 정득렬, 곤양의 이광악을 진주성으로 급히 불렀다. 세 사람은 군사를 거느리고 진주성으로 달려왔다.

경상우병마사 유숭인은 왜군의 대병력이 우병영이 있는 창원 쪽으로 접근한다는 첩보를 입수하고, 급히 감사와 진주목사에게 구원을 요청했다.

"왜군의 대군이 창원 쪽으로 몰려오고 있습니다. 이천 병력이 있으나, 적은 삼만이니 지원 없이는 막기 어렵습니다. 진주에서 가능한 병력을 보내주십시오."

김성일은 김시민과 곽재우, 이광악, 정득렬 등을 불러 의논하였다. 김성일이 무겁게 입을 열었다.

"진주성도 군사가 부족한 판에, 병력을 나누는 게 과연 옳겠소?"

곽재우가 걸걸한 목소리로 말했다.

"창원성이건 진주성이건 군사가 부족함은 마찬가지인데, 누가 누구를 도와주겠소이까? 창원이야 내주어도 되지만, 진주성은 죽음으로 지켜야 할 성이외다. 진주가 무너지면 경상우도와 호남은 끝장이오."

사천 현감 정득렬이 조심스럽게 나섰다.

"저에겐 사천에서 데려온 백 명의 병사가 있습니다. 진주성에서 따로 병력을 떼어 보내기보다는, 제가 가는 게 나을 듯합니다. 소수의 군사일지라도 지원군이 도착하면, 창원의 사기도 오를 겁니다."

김시민이 고개를 끄덕이며 말했다.

"우리도 부족하나, 주대청에게 군사 삼백을 붙여 함께 보내겠소. 다만, 창원성에 갇혀 옥쇄하지는 마시오. 전황이 불리하면 성을 빠져나와 병력을 보존하여, 왜군의 본진이 진주로 향한다면 그 후방을 흔들어주시오. 적의 본진과 정면충돌은 피하고, 보급로를 끊으시오. 우리가 초반을 잘 버티면 승산이 없는 것도 아니요."

정득렬은 자리에서 일어나 깊숙이 허리 숙였다.

"감사한 말씀입니다. 주 권관과 군사 삼백을 더해주신다면, 경상 우병영도 기운을 차릴 겁니다."

김성일은 정득렬과 김시민의 의견에 고개를 끄덕였다.

"좋소. 창원에 사천성 군사에 진주성 군사 삼백을 더해 지원합시다. 늦기 전에 출병을 서두르시오."

김시민은 주대청에게 창원 파병을 명하고, 병마절도사 유숭인 앞으로 글을 보냈다.

"적의 목표는 진주성입니다. 창원이 공격당하면 시간을 최대한 지체시키되, 불리하면 성을 벗어나 병력을 보존하십시오. 적의 대군과 충돌을 피하고, 김해에서 출발한 적의 보급부대나, 본진에서 물자를 구하려 이동하는 소규모 부대를 습격해 주십시오. 진주성의 방어를 돕고 경상우도를 지키는 최선의 방책입니다."

주대청은 출정 준비를 마치고, 정득렬과 함께 성문을 빠져나갔다. 가을바람은 점점 더 서늘해지고, 전쟁은 눈앞으로 다가오고 있었다.

김성일은 바람 앞의 등불 같은 진주성을 구하고자, 경상우도는 물론 호남의 의병장들에게도 구원을 요청했다. 합천 삼가의 윤탁, 초계의 정언충, 합천의 임시 수령 김준민, 고성의 최강과 이달, 전라 의병장 최경회 등에게 급히 서신을 띄웠다.

"진주성이 무너지면 경상우도는 물론 호남으로 가는 길이 열릴 것이오. 나라의 운명이 이 싸움에 달려 있소. 부디 속히 진주를 구원해 주시오."

김시민은 곽재우에게 권했다.

"곽 대장의 부대는 의령으로 돌아가시는 게 좋겠소. 그곳은 전라도로 가는 길목이니, 곽 대장이 비운 틈을 왜적이 노릴까 염려되오. 진주성 밖에서 우리를 도와주시오."

곽재우는 고개를 끄덕였다.

이어 김시민은 김성일에게 말했다.

"의병들이 진주에 닿을 즈음엔 이미 성이 포위당해 연락이 끊길 겁니다. 감사께서는 진주성 밖, 산음에 감영을 두시고 각지 의병들을 맞아 지휘하시는 게 어떻겠습니까? 의병들이 왜적의 후방을 괴롭히면, 수성군의 사기도 크게 오를 겁니다."

곽재우도 거들었다.

"그게 좋겠습니다. 감사께서는 산음에 위치하시어, 후방을 교란하고 보급로를 차단하게 하십시오. 진주성은 누란(累卵)의 위기입니다. 경상우도를 책임져야 할 감사께서 목사와 함께 한 성(城)에 머무는 건 병법에 맞지 않은 일입니다."

김성일은 침묵했다. 그들의 말은 옳았지만, 감사가 후방으로 물러나는 일은 사지(死地)를 피하는 모습으로 비칠 수 있었다. 그 마음을 읽은 김시민이 다시 말했다.

"감사께서는 전라도 의병까지 부르셨습니다. 진주성에 갇힌 채 어찌 그들을 지휘하실 수 있겠습니까. 진주성 밖에 임시 감영을 두는 게 옳은 일입니다."

김성일이 선뜻 결정하지 못하자, 곽재우는 거칠게 말을 토했다

"만일의 상황이 닥치더라도, 감사께선 살아남아야 합니다. 진주성이 무너져도, 누군가는 살아남아 다음을 준비해야 합니다."

김성일은 마침내 고개를 끄덕였다.

"공들의 뜻을 따르겠소."

김시민은 산음으로 떠나는 김성일에게 호위 군사 삼백을 붙이려 하자, 곽재우가 펄쩍 뛰었다.

"이미 삼백을 경상 우병영에게 내주었소. 지금 진주성엔 고작 삼천여 병력뿐인데, 여기서 어떻게 더 군사를 뺄 수 있겠소."

김시민이 맞섰다.

"그래도 감사께서 가시려면 최소한의 호위는 필요하오."

곽재우가 단호하게 받아쳤다.

"진주성 병사 한 명이 왜군 열 명을 막아야 하는 판국이오. 어찌 한 명이라도 축낼 수 있겠소. 그 호위는 내가 맡겠소."

결국 김성일은 곽재우 의병부대의 호위를 받으며 산음(현 산청)을 향해 출발했다. 늦가을 바람이 옷자락을 스치고, 산음으로 가는 길은 쓸쓸하고 적막했다. 김성일은 묵직한 불안을 떨치지 못하며 곽재우에게 물었다.

"진주성이 과연 버틸 수 있을까?"

곽재우는 말없이 하늘을 보다, 깊은 한숨을 내쉬었다.

"지금 왜적의 기세는 맹렬한 불길과 같아 천하를 삼킬 듯합니다. 그런 대군을 맞아, 삼 리 남짓한 외로운 성이... 기적을 빌어야겠지요."

최종 점검

 김시민은 다가올 전투를 앞두고, 진주성 방어 태세를 최종 점검하고자 군영을 돌았다. 첫 발걸음은 현자총통 훈련장이었다. 포수들이 일사불란하게 탄환을 장전하고 표적을 겨냥했다. 김시민은 숨을 죽인 채 그 움직임을 지켜보았다.
 '그동안 화약을 아끼느라, 화포 조작 훈련만 하고 실제 포사격은 거의 못 했다고 들었는데...'
 "방포하라!"
 화포장 허윤의 외침과 함께 거대한 폭음이 터지고, 불꽃이 하늘을 찢듯 솟구쳤다. 포탄은 궤적을 그리며 날아가, 멀리 떨어진 표적을 정확히 꿰뚫었다.
 "명중이다!"
 김시민은 손을 번쩍 들며 외쳤다. 그는 기뻐하며 물었다.
 "전투에서도 이 정도 정확도를 유지할 수 있겠나?"

"현자총통으로 통일되어, 포수들 모두 화포 조작에 익숙해졌습니다. 실전에서도 자신 있습니다!"

허윤의 대답은 망설임이 없었다. 김시민은 곁에 서 있는 장뚝쇠를 돌아보며 말했다.

"너도 수고 많았다."

김시민은 화포를 가리키며 포수들을 격려했다.

"이 화포는 성과 백성을 지킬 방패이자, 왜적의 심장을 꿰뚫는 창이 될 것이다."

포수들은 우렁찬 환호로 화답했다. 김시민은 화포부대를 뒤로하고, 총통부대와 궁수부대가 연합 전술을 훈련하는 연무대로 발걸음을 옮겼다.

연무대에서는 박석무의 지휘 아래 총통부대와 궁수부대가 정확히 맞물려 움직였다.

"총통부대, 적의 선두를 제압하라!"

명령이 떨어지자, 폭음이 울리며 탄환이 날아갔다. 곧이어 궁수들이 나섰다. 앞 열의 궁수가 긴 화살을 세 번 연속으로 날렸다. 곧이어 다음 열의 궁수가 짧은 화살(片箭)로 표적을 향해 세 차례 발사하였다. 하늘을 덮은 화살 비는 정확히 표적에 쏟아졌고, 산산조각 난 표적 위로 다시 총통이 불을 뿜었다. 김시민은 탄성을 터뜨렸다.

"훌륭하다! 너희들이 하나 되어 싸운다면, 이 성은 철옹성이나 다름없다."

박석무가 다가와 자신 있게 말했다.

"이 부대는 적의 어떤 공격에도 맞설 준비가 되어 있습니다."

김시민은 병사들을 향해 외쳤다.

"너희 협력 전술이 싸움의 승패를 가를 것이다. 서로를 믿고, 싸워라!"

병사들의 눈빛은 결기로 타오르고 있었다. 김시민은 고개를 끄덕였다.

"너희들의 눈빛에는 두려움이 없다. 이 기세라면, 적의 수가 아무리 많아도 성은 무너지지 않을 것이다."

김시민은 박석무와 함께 성벽 위로 올라갔다. 성 위에서는 궁수들이 장창을 발밑에 두고 일렬로 서 있었다. 적이 성벽을 넘는 상황을 가정한 모의전이 시작되자, 병사들은 활을 내려놓고 장창을 집어 들었다.

"간격을 유지하며 적을 위협하라!"

박석무의 외침에 병사들이 창을 뻗었으나, 동작이 흔들렸다. 창 끝은 흐트러졌고, 공격은 날카롭지 않았다. 김시민의 미간이 찌푸려졌다. 박석무가 재빨리 외쳤다.

"긴장을 풀고, 훈련한 대로 다시 실시한다!"

김시민은 산음 선비 유이영이 떠올랐다.

'익숙함... 그가 하려던 말이 바로 이것이었지. 병사들이 강해지려면, 먼저 무기에 익숙해져야 한다. 익숙함이 바로 강한 군대의 기본이다.'

그는 창술 시범을 중단시키고, 박석무를 불렀다. 박석무는 얼굴이 붉어진 채 다가왔다.

"병사들이 곧잘 했는데... 목사님 앞이라 긴장한 모양입니다."

"그래 보이네. 그래서 말인데, 창술 동작을 서너 가지로 단순화하여, 몸이 기억할 때까지 반복 훈련하여 보게. 그러면 실제 전투 상황에서도 자연스럽게 훈련한 동작이 나오게 될 걸세."

박석무는 장창병들을 다시 훈련했다.

"지금부터 너희는 이제까지 배운 창술 동작 중, 오직 세 가지만 익힌다. 막기, 베기, 찌르기 동작이다."

그는 차례로 시범을 보였다.

"우선, 창으로 적의 공격을 막는다. 다음은 창날로 위에서 아래로 벤다. 그리고 창을 곧게 뻗어 적을 찌른다."

박석무는 창끝을 거두며, 병사들에게 말했다.

"오늘부터 단순하지만 강력한 이 세 동작만 반복하여 훈련한다. 몸에 배어야 한다. 반사적으로 나오고, 본능처럼 익숙해져야 한다. 그것이 성벽 위에서 너희 목숨을 지켜줄 것이다."

병사들은 고개를 끄덕였다. 곧이어 힘찬 기합을 지르며 반복 훈련을 이어갔다. 막기, 베기, 찌르기, 세 동작이 한 몸처럼 이어지고, 창끝은 점점 힘이 실렸다.

김시민은 땀 흘리는 병사들을 격려했다.

"오늘의 땀이 익숙함을 만들고, 그 익숙함이 적 앞에서 너희를 지켜줄 것이다. 잊지 마라. 우리는 반드시 이 성을 지켜낼 것이다!"

그의 말에 화답하는 병사들의 함성이 성벽을 뒤흔들었다. 수십 번, 수백 번의 반복 끝에, 병사들의 창끝은 마치 생명을 얻은 듯 적의 목을 겨누었다. 병사들은 손에서 죽창을 놓지 않은 채, 어스름 속에서도 묵묵히 같은 동작을 되풀이했다. 손에 익은 동작은 마치 몸의 일부처럼 자연스러웠고, 눈빛은 이미 전장을 향하고 있었다.

김시민은 화약장 허윤의 안내를 받아 화약 창고로 향했다. 문을 열자, 강렬한 화약 냄새가 코를 찔렀다. 김시민의 눈길은 벽 한편에 정갈히 쌓인 화약통들을 훑었다.

"화약의 양은 얼마나 되는가?"

"육백팔십 근으로 만 냥 정도 됩니다."

허윤이 대답했다. 김시민은 조심스레 화약통 하나의 덮개를 열었다. 유황 냄새가 스며 나오고, 검고 고운 화약 가루가 수북이 들어 있었다. 손끝으로 살짝 집어 보니, 매끄럽고 묘한 열기가 미세하게 전해졌다.

"승자총통이 백칠십 정, 현자총통이 아홉 문. 이 화약이 그들을 얼마나 뒷받침할 수 있겠나?"

허윤은 허리춤에서 미리 계산한 종이를 꺼내 보며 보고했다.

"승자총통에 구천 냥, 현자총통에 천 냥을 배정할 생각입니다. 백칠십 정 승자총통에 오십 냥 정도씩 배정할 수 있습니다. 한 정당 발사 시 한 냥 반이 소요되니, 서른세 번 발사할 수 있는 양입니다. 현자총통은 한 번에 다섯 냥씩, 아홉 문이 각각 스무 번씩 방포할 수 있습니다."

김시민은 화약통의 덮개를 덮으며 말했다.

"화약이 안전하게 보관되었는지 수시로 점검하라. 한 줌의 화약도 허투루 다룰 수 없다."

그는 화약 창고를 나오며 낮게 탄식했다.

"총통병이 고작 서른세 번, 현자총통은 스무 번... 사흘만 싸워도 모두 소진될 양이 아닌가."

허윤은 그의 우려를 읽었다.

"매일 화약량을 철저히 관리하겠습니다. 하루라도 더 오래 버틸 수 있게 하겠습니다."

대나무숲

 촉석루에 오른 김시민은 천천히 난간으로 다가가 남강을 내려다보았다. 가을빛을 머금은 차가운 물결은 반짝이며 흐르고 있었다. 장마철의 격류만큼 사납지 않지만, 적의 도하를 막기엔 충분해 보였다. 남강 너머 우뚝 선 망진산이 푸른 물결 위에 마치 병풍처럼 솟아있었다.
 그는 하루에도 몇 번씩이나 강과 산을 바라보며 적의 공격 방향을 머릿속에 그렸다.
 '남쪽 성벽은 남강이 가로막고 있어, 적이 강을 건너기 시작한 뒤 대응해도 늦지 않다.'
 김시민은 시약과 함께 성벽 위를 천천히 돌았다. 남쪽 촉석루에서 서장대까지는 강과 절벽이 막아, 그야말로 난공불락의 요새였다.
 "여긴 정예병을 둘 필요가 없다. 예비부대를 두고, 전투가 치열하여 지친 군사와 교대하면 된다."

성의 북쪽으로 향하며 지형이 평지로 바뀌자, 김시민은 낮게 중얼거렸다.

"대사지(大寺池) 연못이 적의 접근을 방해할 것이다."

북문 쪽 성벽을 지나 동문 쪽 성벽에 다다른 그는 성가퀴 너머로 몸을 기울여 해자를 살폈다.

"이곳에 병력을 집중해야 할 것이다. 삼천팔백의 군사 중 팔백을 예비로 두고, 이천을 이곳 방어에 집중하고, 천은 북쪽 성벽을 지키게 해야 하리라. 남쪽과 서쪽 성벽은 예비부대를 배치하면 충분하다."

성의 북쪽에 한 마리 봉황새가 날아가며 날갯짓하는 듯한 비봉산(飛鳳山)을 바라보며 각 성벽의 수성장 배치를 생각했다.

'동쪽 성벽은 군사들이 잘 따르고 책임감이 뛰어난 성 판관이 적격이다. 북쪽은 최덕량에게 수비를 하게 하면 된다. 이광악은 위급한 곳에 투입한다. 남쪽과 서쪽은 복병장에게 맡기면 된다. 복병장으로서 성을 빠져나갈 때는 군관을 배치하면 되리라.'

김시민은 동쪽 성벽을 내려와 동문 밖으로 나서서 걸어보았다. 오십 보, 백 보, 백오십... 따르는 군사들이 그가 멈추는 곳마다 말뚝을 박았다. 성벽 위 북장대에 올라 말뚝의 위치를 확인하며 거리감을 재차 확인했다.

다시 촉석루로 돌아온 김시민의 시선이 남강 건너 대나무숲에 머물렀다. 때맞춰 이광악도 촉석루에 올라왔다. 목사의 시선을 따라가다 눈이 번적 뜨였다.

"저 대숲은 위험합니다. 하마터면 놓칠 뻔했습니다. 적이 저걸로 공성 도구를 만들 겁니다. 지금이라도 모두 태워버려야 합니다."

그의 목소리에는 중요한 걸 발견한 자신에 대한 대견함이 배어 있었다. 김시민은 천천히 고개를 저었다.

"대나무는 백성들이 곡식으로 바꾸는 귀한 재산이네. 불태우는 순간, 그들의 마음을 먼저 잃게 되네."

이광악의 표정이 굳어졌다.

"하지만 성을 빼앗기면, 백성들의 삶도 함께 무너집니다. 적들은 저 대나무를 엮어 방패를 만들고, 사다리를 만들 게 뻔합니다. 지금이라도…"

김시민은 단호하게 말을 잘랐다.

"백성의 신뢰 없이 성은 지킬 수 없네. 백성들은 병사들의 아버지요 어머니네. 그들의 재산을 태우고서야, 어찌 그들이 우리를 따르겠는가."

이광악은 더 말을 잇지 못했다. 김시민은 그의 생각을 읽고 말했다.

"경상우도에 있는 대숲을 다 태우지 않는 한, 대나무는 금방 구할 수 있네. 여기 대나무밭을 다 태운다고, 무슨 소용이 있겠는가."

이광악은 마뜩하지 않았다.

"그래도 시간을 벌 수는 있지 않습니까?"

"진주성 주변 모든 우물에 독을 탄다고 왜군이 물을 못 구하겠는가? 진주성 주변은 물론이고 산음에 있는 대나무밭까지 다 태워도, 적은 하루면 구해올 수 있을 거네."

김시민은 문득 산음의 대숲 소리와 유이영이 건넨 작설차의 향기가 떠올랐다.

경상우병사 유승인

성 밖 멀리, 흙먼지가 피어올랐다. 곧이어 한 군사의 외침이 성벽을 때렸다.

"적이다!"

그 한마디에 성 전체가 숨을 죽였다. 성벽 위에 선 김시민은 눈을 가늘게 뜨고 지평선을 응시했다. 멀리 먼지구름 속에서 검은 물체들이 보였다.

'놈들이... 드디어 오는 건가.'

잠시 후, 또 다른 외침이 울려 퍼졌다.

"조선 군사다!"

성문을 향해 돌진하듯 달려오는 무리는 바로 경상우병사 유승인과 패잔병들이었다. 유승인은 말을 몰고 성문 앞으로 달려와, 성벽 위를 향해 힘껏 외쳤다.

"성문을 열어라! 나는 병마사다!"

그의 목소리는 절박했고, 병사들의 몰골은 초췌했다. 먼지로 뒤덮인 갑옷, 피로와 공포로 얼룩진 얼굴들. 그들을 내려다보던 성안의 군사들 사이로 불안한 속삭임이 퍼졌다.

"한 명이라도 아쉬운 판국이니 들여보내야지."

"아니야, 전투에서 무너진 패잔병이야. 사기가 엉망인 저들을 들이면 우리 병사들도 흔들려."

경상우병사는 성 위에 서 있는 김시민에게 외쳤다.

"적이 곧 도착할 거요. 힘을 합쳐 맞서야 하오!"

성벽 위에서 김시민은 마음이 복잡했다. 경상우병사를 성안으로 들이면 지휘 체계에 혼란이 일어날 게 분명했다. 김시민은 흔들렸다.

'성문을 열지 않으면 상관의 명령을 어기는 일이다. 군법상 참수형에 처할 중죄이다. 하지만, 중요한 건… 성을 지키고 나라와 백성을 지키는 일이다.'

산음에서 만난 유이영의 차분한 목소리가 귓전을 울렸다.

"작은 것에 얽매이면 큰일을 망칠 수 있습니다."

김시민의 눈빛이 결연하게 바뀌었다. 그는 성 아래로 목소리를 높였다.

"우병사 영감, 성문을 열 수 없습니다!"

유숭인은 당혹한 눈으로 성벽을 올려다보았다.

"성문을 열지 않겠다니, 그게 무슨 말이오!"

"경상우도의 모든 군사는 내 지휘권 아래 있소.
전장에서 상관의 명령을 어기면
그 죄가 어떤 건지는 알고 하는 말이오!"
그는 성 위로 고함을 질렀다.
"내게도 아직 천명의 군사가 있소.
힘을 합해 싸워야 하오!"
김시민은 성 아래를 보고 소리쳤다.
"계엄 중에 성문을 열어 변고가 생기면 감당할 수 없습니다!
지금 감사는 산음에 계십니다.
경상우도 의병들과 전라도의 의병까지
진주성 밖에서 지원할 계획입니다.
우병사께서도 산음에 주둔하면서 의병들과 협력하여
적의 보급로를 차단하고 후방을 교란해 주십시오!"
성벽 아래, 유숭인의 얼굴이 굳어졌다. 그는 성을 잃고 달려온 패장이었다. 우병사는 김시민의 결연한 말을 듣고 어금니를 깨물었다. 성문이 열리기만 기다리는 병사들의 시선을 느끼며, 결국 고개를 끄덕였다.
"좋소. 목사의 뜻을 따르겠소!
성 밖에서 의병들과 함께 최대한 왜적들을 괴롭히겠소.
비록 삼만 대군의 적이나, 부디 힘을 다해 성을 지켜주시오!"
그는 병사들을 돌아보며 외쳤다.

"모두 들어라! 우리는 의병들과 함께 적과 싸운다!"

다시 성벽 위의 김시민을 올려다보며 유숭인이 말했다.

"진주성의 위태로움은 백척간두(百尺竿頭)라 할 수 있소. 무운을 빌겠소!"

김시민은 고개 숙여 예를 표했다. 우병사는 그의 병사들과 함께 성을 뒤로하고 떠나갔다. 멀어지는 우병사와 군사들을 바라보는 김시민의 눈빛은 결연하고 비장하였다.

정3품 목사로서 상급 지휘자인 종2품 병마절도사의 명령을 거부한 일은 명백한 하극상이다. 경상우병사를 성안에 들이지 않았다는 소식을 들은 곽재우는 김시민의 배포에 감탄했다.

"아무나 할 수 없는 대단한 결단이다. 이는 족히 성을 온전하게 지킬 수 있는 계책이니, 진주 백성들의 복이다."

전멸

10월 4일, 양력으로는 11월 17일.

어둠이 서서히 물러가는 동트기 전 새벽. 말발굽 소리가 메마른 대지를 울렸다. 척후 부대장 이눌이 이끄는 기병들이 한밤을 쉬지 않고 진주성으로 달려오고 있었다. 그들의 눈에 들어온 것은, 하늘을 물들이며 검게 무리를 지어 도는 까마귀 떼였다. 이눌이 말고삐를 당기고, 고개를 들어 동편 하늘을 응시했다.

"저기서 전투가 있었던 모양이다."

그들이 말을 달려 들판에 가까워질수록 마음이 점점 무거워졌다. 시야를 가득 메운 시체들. 대부분이 조선 군복을 입고 있었다. 왜군의 시신은 드물게 보였다.

"우병영 군사들로 보입니다."

이눌은 말에서 내렸다. 말없이, 피로 물든 깃발 하나를 들어 올렸다. 대장기였다. 부대의 상징이자, 그 마지막을 말해주는 흔적이었다.

"전멸한 건가... 병마사는?"

병사 하나가 나직이 말했다.

"대장기가 땅에 나뒹군 걸로 보아... 전사하신 듯합니다."

진주성은 긴장감이 흘렀다. 김시민은 성 남쪽 장대인 촉석루에 올라 새벽 풍경을 눈에 담았다. 갑옷은 새벽빛을 받아 은은하게 빛났지만, 표정은 엄숙했다. 성과 백성들 안위가 그의 어깨에 짊어져 있었다.

성 위 병사들은 텅 빈 들판을 주시하며 폭풍전야를 느꼈다. 그때, 말을 탄 군사들이 먼지구름을 일으키며 성문 쪽으로 달려오고 있었다. 성문 아래에서 우렁찬 목소리가 울려 퍼졌다.

"척후 부대장이다! 성문을 열어라!"

성문이 열리자, 이눌과 그의 부하들은 성안으로 달려 들어왔다. 숨 돌릴 틈도 없이 이눌이 외쳤다.

"목사님은 어디에 계시느냐?"

"촉석루에 장수들과 계십니다."

다섯 기병은 촉석루로 말을 달렸다. 김시민은 먼지와 땀으로 범벅이 된 그들을 반가이 맞았다.

"밤새 한숨도 못 잤겠구나. 수고가 많았다. 왜적의 동향은 어떤가?"

이눌은 잠시 숨을 고르고 말했다.

"삼만 군사가 함안에 집결해 있습니다. 기병만도 천여 기입니다."

"함안이라... 지척이구나."

"기병이 움직이면 정오 무렵에, 보병은 해 질 무렵이면 성 아래 도착할 것입니다."

이눌이 조심스럽게 말을 이었다.

"오는 길에... 우병영 군과 왜군이 충돌한 전장을 보았습니다."

김시민은 놀라 물었다.

"우병영 천여 군사는 어찌 되었는가?"

"전멸한 것으로 보입니다."

김시민의 얼굴이 한순간에 굳어졌다.

"병마사는?"

"대장기가 꺾인 채 땅에 나뒹구는 것을 보았습니다. 생사는 확인할 수 없으나, 무사하지 못하신 듯합니다."

김시민은 분노와 상심으로 창자가 끊어지는 듯한 고통을 느꼈다. 그는 천천히 눈을 감았다.

'어찌하여 산음 쪽으로 길을 잡지 않고, 동쪽 길을 택했는가. 합천의 정인홍 부대와 합하려고 하였던가...'

김시민은 이눌과 척후군에게 낮은 목소리로 말했다.

"수고 많았다. 너희는 명이 있을 때까지 푹 쉬도록 하라."

그들이 물러나자, 김시민은 무겁게 숨을 내쉬었다. 성 판관이 조심스럽게 말했다.

"대군을 피해 산길로 행군했어야 했는데, 어찌 들판에서 적을 만났을까요..."

김시민은 비통한 마음을 안고 모인 장수들과 군관들에게 결의를 다졌다.

"우병사와 병사들의 죽음을 헛되이 하지 않으려면... 우리가 할 일은 오직 하나. 이 성을 반드시 지켜야 하오!"

3부

진주성 전투

1일 차 전투

말티고개

10월 5일, 양력으로는 11월 18일 새벽.

김시민은 이른 시각에 눈을 떴다. 자리에서 일어난 그는 시약과 함께 성벽 위로 올랐다. 아직 해는 떠오르지 않았지만, 어둠은 서서히 밀려나고 있었다. 하늘과 땅은 안개 속에서 흐릿하게 맞닿아, 새벽의 긴장 속에 잠겨있었다. 성 밖을 감싼 짙은 안개는 마치 그 속에 적이 몸을 낮춘 채 도사리고 있는 듯한 착각을 불러일으켰다. 적은 아직 오지 않았지만, 그 존재감은 성안을 압도하고 있었다. 성벽을 타고 불어오는 바람은 차갑고 날카로웠다. 가을의 흔적은 거의 사라지고, 공기 속에 겨울의 냄새가 짙게 배어 있었다. 성 안팎의 나무들은 거의 모든 잎을 떨어뜨리고, 바스락거리는 낙엽들만이 찬바람에 실려 땅을 스치며 떠돌았다. 성벽을 따라 걷는 군관의 발소리만이 새벽의 정적을 깨트렸다.

김시민은 성 동편, 말티고개(馬峴) 쪽을 응시했다. 함안에서 진주성에 접근하려면 반드시 거쳐야 하는 고개다. 봉우리가 높아, 성을 내려다볼 수 있는 말티고개는 말머리처럼 생겨 붙여진 이름이다. 멀리 동쪽 하늘이 미세하게 붉은 기운을 띠기 시작했다. 다가올 전투의 핏빛을 예고하는 듯하였다.

오후 2시 무렵, 동문 쪽 성벽에서 군관 윤사복이 큰 소리로 외쳤다.
"적이다! 말티고개에 나타났다!"
성 위의 병사들 시선이 일제히 고개로 향했다. 말티고개 북쪽 봉우리에서 흙먼지를 일으키며 수많은 왜군 기병이 모습을 드러냈다. 말발굽 아래서 일어난 흙먼지가 산과 하늘을 배경으로 뿌옇게 피어 올랐고, 창과 칼이 햇빛을 받아 번쩍였다. 성안의 군사들은 가슴이 서늘해졌다.
북장대에서 김시민은 시약과 함께 그 모습을 지켜보았다. 시약이 긴장된 목소리로 말했다.
"왜군 기병입니다!"
김시민은 차분히 물었다.
"얼마의 군세로 보이느냐?"
시약은 눈을 가늘게 뜨고 적의 숫자를 가늠했다.
"기병들이 검광을 번뜩이며 종횡무진 치달리고 있으니, 정확히 셀 수는 없지만... 수백 기는 넘고, 천기는 되어 보입니다."

김시민은 고개를 끄덕였다.

"기병 천 기는 족히 되겠구나."

일본군 기병들은 투구와 깃발, 창과 검을 햇빛에 번쩍이며 무력 시위를 벌이고 있었다. 그들은 진법이라도 펼치듯 열을 맞추어 흩어졌다가 합치고, 합쳤다 흩어지며 위세를 떨쳐 보였다. 김시민은 시약이 긴장하고 있음을 느꼈다.

"저들은 위세를 과시하고 있을 뿐이다. 더 이상 진격하지 않는 것으로 보아, 성을 공격하려는 의도는 없어 보인다."

김시민은 일본군 기병들을 보며 말했다.

"기병으로 우리를 위협하려고 하나 어림도 없는 일이다. 왜군들이 성을 공격하려면 말에서 내려 성벽을 기어올라야 한다. 그 순간, 더 이상 기병이 아니다."

그 말에 시약은 마음이 놓였다.

"그렇습니다. 진주성의 높이는 삼십 척이나 됩니다. 저들이 말에서 내려 성을 기어오르려 한다면… 감나무에 달린 익은 홍시를 따듯 떨어뜨리면 될 입니다."

시약은 밝아진 얼굴로 말했다.

"본대가 뒤따르지 않는 걸 보니, 그들은 위협을 하며 성의 동정을 살피러 온 것이 분명합니다."

일본군 기병들은 성을 향해 몇 차례 더 위세를 과시한 뒤, 말머리를 돌려 물러갔다. 김시민은 척후병을 보내 그들의 동태를 살피게 했다. 척후군은 일본군 기병이 물러가는 행렬을 멀찍이 뒤따랐다. 그들은 남강 상류에서 보병들과 합류해 진을 치고 장막을 세우고 있었다. 척후군은 성으로 돌아와 보고했다.

"왜군 기병들은 성에서 십 리 정도 떨어진 남강 상류에서 본진과 합류했습니다."

김시민은 차분하게 물었다.

"정확하게 어느 지점이더냐?"

"임연대 근처입니다. 그곳에서 숙영하려고 준비 중입니다."

"실제로 삼만 대군이 맞더냐?"

"헤아릴 수 없는 많은 적이... 십 리에 걸쳐 장막을 치고 있습니다. 삼만은 족히 되어 보였습니다."

김시민은 불안한 속내를 내색하지 않고 물었다.

"그들이 당장 공격할 기세는 아니더냐?"

"서두는 기색이 없었습니다. 내일 아침에 공격을 해올 듯합니다. 하지만 오늘 밤 야습이 있을 수도 있습니다."

김시민은 속으로 생각했다.

'그들이 야습을 계획했다면 기병으로 우리를 놀라게 하지는 않았을 터이다.'

그는 성 판관에게 지시했다.

"저들은 자신감이 넘쳐 있어 보이니, 야습은 생각하지 않을 것이다. 다만 방심은 금물이니, 오늘 밤 경계조의 수를 두 배로 늘려라."

김시민은 진주성 상황을 의병장들에게 즉시 알리도록 했다.

"남강에 유등(流燈)을 띄워 의병장들에게 적이 진주성 앞에서 진을 치고 있다고 알려라. 남강 하류 지역인 의령, 함안, 고성, 사천 등지에 보낼 유등에 간단한 전갈을 담아 보내라."

성 판관이 물었다.

"성 밖 친지에게 유등을 띄워 안부를 전하는 백성들도 많습니다. 앞으로는 금해야 할까요?"

김시민은 잠시 생각한 후 고개를 저었다.

"그럴 필요는 없다. 다만 밤에만 띄우게 하라. 혹여 왜적이 어둠을 틈타, 남강을 건너는지 감시할 수 있을 것이다."

적의 삼만 대군이 진주성 근처에 숙영하고 있다는 소식은 빠르게 성안에 퍼졌다. 병사들 사이에 두려움이 파도처럼 번지기 시작했다.

"참말로 삼만 군사가 왔네…"

"한 사람이 열 명을 막아야 해…"

지척에 다가온 전운(戰雲)의 기운에 성안의 공기는 팽팽해졌다. 한 병사는 활줄을 당기다 말고 손에 땀을 문질렀고, 또 다른 병사는 총통을 만지는 손끝을 떨었다.

"우린 고작 삼천인데… 이길 수 있을까?"

작게 내뱉은 말이 옆 병사의 귀에 닿자, 그 병사는 소리쳤다.

"정신 차려! 사기를 떨어뜨리는 소리를 입 밖에 내다니..."

그의 목소리 끝도 떨렸다.

병사들의 두려움은 전염이 되어 이내 성 전체를 감쌌다.

풍물의 북소리

 늦가을의 짧은 해가 떨어지자, 성곽은 서서히 어둠에 잠겼다. 성벽 위에서 김시민은 묵묵히 적이 숙영하고 있는 임연대 방향을 바라보았다. 꽤 차가운 바람이 얼굴을 스쳤으나, 미동도 하지 않았다.
 '삼만이 밀려올 것이다. 삼만...'
 가슴 한가운데가 무겁게 내려앉았다. 만 명 정도의 적이라면 어떻게든 막아낼 자신이 있었다. 허리에 찬 칼집을 꾹 움켜쥐었다. 손에 묵직한 기운이 느껴졌다. 김시민은 일본군을 벌벌 떨게 했던 김방경 할아버지를 떠올렸다.
 '왜적이 눈앞에 있습니다. 저에게 힘과 용기를 주소서!'

 그 순간, 뒤에서 조심스러운 목소리가 그를 불렀다.
 "목사님."
 김시민이 돌아보니, 성 판관이 조심스레 다가서고 있었다. 머뭇거리던 그는 이내 입을 열었다.

"군사들이 동요하고 있습니다. 적의 수가... 우리보다 너무 많습니다. 놈들은 신식 화승총도 가지고 있으니, 병사들은 이 싸움이 가능하겠냐고 서로 묻고 있습니다."

김시민은 곧장 답하지 못했다. 누구보다 먼저 그 질문을 스스로에게 던지지 않았던가.

"무언가 조치가 필요합니다. 병사들은... 목사님의 목소리를 듣고 싶어 합니다."

김시민은 천천히 성곽을 둘러보았다. 어둠 속 진주성은 잠들지 못한 채 숨죽이고 있었다. 성 판관은 마음속에 있는 말을 꺼내었다.

"우리가... 삼만의 적을 막아낼 수 있을까요?"

김시민은 나직하지만, 묵직한 목소리로 말했다.

"병법에 이르길, '일부당경 족구천부(一夫當逕 足懼千夫)'라 했다. 한 사람이 길목을 지키면 천 사람도 두렵게 할 수 있다고 하지 않았느냐. 성가퀴에 몸을 숨긴 우리 병사는 노출된 적보다 훨씬 유리하다. 두려울 게 없다. 우리는 절대로 지지 않는다."

그는 칼집을 잡은 손에 힘을 주었다.

"우병영 부대의 전멸은 병사들에게 큰 충격을 주었다. 전투는 기세다. 지금 당장 병사들의 사기를 올릴 조치가 필요하다. 악공들을 모아라. 장구와 꽹과리, 북을 울리면 병사들의 가슴을 뛰게 할 게다. 태평소와 피리의 선율도 병사들의 기개를 북돋울 것이다."

김시민은 촉석루에 모든 장수와 군관을 소집했다. 그들의 얼굴에는 긴장과 두려움이 서려 있었다.

"우리 앞에 수많은 적이 있소. 숫자가 많다고 해서, 두려워할 이유는 없소."

모두가 그의 입술을 주시했다.

"월나라 왕 구천(句踐)은 겨우 오천의 병력으로 오나라 수만 대군을 꺾었소. 황산벌의 계백 장군도 오천으로 신라의 오만 병력과 맞섰소. 숫자가 전부는 아니오. 우리는 하나로 뭉쳐 이 성을 지킬 것이오."

그의 눈빛은 굳세었고, 장수들과 군관들의 얼굴빛도 서서히 생기가 돌았다.

"적은 북쪽과 동쪽 성벽, 특히 동쪽을 노릴 것이오. 그곳에 정예병을 집중하여 배치하겠소. 사천, 고성, 함안, 진해, 그리고 우두령에서 여러 차례 왜적을 꺾은 용사들이오. 그들은 적을 두려워하지 않을 것이오."

김시민은 천천히 장수와 군관들을 바라보았다.

"그동안 준비해 온 대로 싸운다면, 우리는 패배하지 않을 것이오. 사즉생(死則生)의 각오로, 절대로 물러서지 마시오. 우리가 지키는 것은 단지 성벽이 아니오. 우리의 백성이고, 조선의 마지막 희망이오. 함께 싸우면, 반드시 지켜낼 수 있소!"

"명심, 명심하겠습니다!

그날 밤, 연무대(鍊武臺)에 병사들이 모였다. 곳곳에 횃불이 타올랐고, 병사들 얼굴에 불빛이 일렁였다. 폭풍을 앞두고 작은 배에 탄 사람들처럼, 그들의 표정에는 불안과 공포가 어른거렸다. 김시민은 그들 앞에 서서 잠시 침묵했다. 병사들의 불안한 숨소리, 마른침 삼키는 소리가 들렸다.

"너희도 들었을 것이다.

삼만의 적이 성 앞에 있다."

순간 병사들 사이에서 웅성거림이 일었다. 김시민은 가볍게 손을 들어 고요를 되찾았다.

"놈들은 우리보다 열 배가 많다.

하지만 나는 안다. 싸움에서 숫자가 전부가 아니라는 것을."

김시민의 목소리는 낮았지만, 산을 흔드는 힘이 있었다.

"병법에 이르기를, 하나로 열을 막으려면

좁은 곳이 좋고, 열로 백을 막으려면 험한 곳이 좋으며,

천으로 만을 막으려면 성이 최선이라 했다.

우리는 바로 그 성안에 있다."

그는 손을 들어 성곽을 가리켰다.

"이 성을 보아라!

성벽은 단단하다. 저 성벽을 넘지 못하면,

아무리 많은 적도 우리를 이기지 못한다.

우리는 위에서 싸우고, 적은 아래서 기어오른다.

적의 시체가 성벽보다 높아지기 전에는

결코 이 성을 넘지 못할 것이다."

병사들 사이에서 희미한 동요가 일었다. 두려움의 그림자가 물러가고, 결의의 기운이 조용히 퍼지기 시작했다.

"이 전투는 단순한 싸움이 아니다.

우리가 버틴다면, 백성을 지키고 나라를 살릴 수 있다.

만약 이 성이 무너지면…

우리는 물론, 성안의 수많은 백성이 변을 당할 것이다.

의병들도 기댈 곳을 잃는다.

전라도의 곡식 또한 왜적의 손에 넘어갈 것이다."

병사들의 시선은 김시민의 입술에 고정되었다.

"성과 가족을 지키겠다는 굳은 마음이 있는 한

우리는 지지 않는다!"

군사들은 무기를 두드리며 함성을 질렀다. 김시민은 칼을 뽑아 하늘로 높이 치켜들었다.

"병사들이여!

힘을 모아 함께 싸우자!

성을 지켜내자!"

그 순간, 맨 앞줄에 서 있던 병사들이 외쳤다.

"힘을 모아 함께 싸우자!"

"성을 지켜내자!"

그 외침은 메아리처럼 퍼졌고, 병사들 모두가 한목소리로 외쳤다.

"힘을 모아 함께 싸우자!"

"성을 지켜내자!"

목사의 연설이 끝나자 곧이어 연무대는 환한 횃불 아래 들썩이기 시작했다. 장구, 소고, 징, 꽹과리 소리가 어우러진 풍물놀이가 시작되었다. 북잽이들은 벙거지에 길게 자른 한지를 붙여 만든 상모를 쓰고 나섰다. 전립을 쓴 상쇠가 맨 앞에서 꽹과리를 울리며 흥을 돋우자, 병사들의 어깨가 절로 들썩였다. 북과 장구, 소고가 박자를 맞추고 징이 뒤따르자, 요란하면서도 질서 있는 신명의 장이 펼쳐졌다.

상쇠는 천천히 상모를 돌렸고, 북잽이들은 무릎을 굽혔다가 펴며 장단에 맞춰 천천히, 그러다 갑자기 몸을 회전시키며 상모를 회오리처럼 휘날렸다. 병사들 사이에서 박수와 함성이 터져 나왔다. 이어 피리와 태평소가 가락을 얹자, 연무대는 잔치마당처럼 변해갔다. 전투를 앞둔 긴장과 두려움은 풍물의 울림 속에 녹아들었고, 병사들의 눈빛은 다시금 결연해졌다.

진주 일대에서 유행하던 풍물놀이답게, 북소리와 징 소리는 강하고 전투적이었다. 풍물의 북소리와 태평소 소리는 밤하늘에 울려 퍼지며 군사들의 가슴에 불을 지폈다. 서로의 어깨를 걸고 춤을 추는 병사들은 싸울 각오를 되새겼다.

"조선군의 독한 맛을 보여주자!"

"불쌍한 왜놈들! 죽은 귀신이 되어 바다 건너 섬나라로 돌아가겠네."

풍물놀이는 고조되고, 병사들의 함성은 밤공기를 찢었다.

임연대

 그 시각, 진주성에서 멀지 않은 임연대에 일본군이 진을 치고 있었다. 기병을 이끌고 성을 정찰하고 돌아온 나가오카 오키모토(長岡興元)는 형이자 총대장인 나가오카 다다오키(長岡忠興)에게 보고를 올렸다.
 "말을 달려 진주성이 내려다보이는 고개에 올라 보니, 성이 크지는 않아도 방어력을 갖춘 요새처럼 보였습니다."
 나가오카가 오키모토에게 말했다.
 "자세히 말해보아라."
 "성 남쪽엔 강이 흐르며, 서쪽은 절벽이 둘러싸 접근이 어려워 보였습니다. 북쪽은 늪과 연못이, 동쪽은 인공 해자가 막고 있습니다. 그나마 해자 너머 동쪽 성벽이 취약해 보였습니다. 해자 폭도 넓지 않아 메우거나 나무다리를 놓는다면 공략할 수 있어 보였습니다."
 나가오카는 지난번 기병 100기를 이끌고 진주성을 공격하러 간

이쿠다 우베에(生田右兵衛)에게 물었다.

"성 남쪽의 강은 어떤가? 건너기 쉬운가?"

"여름보단 수량이 줄었겠지만, 강폭이 넓고 물살도 빨랐습니다. 게다가 강을 건넌 뒤 바로 가파른 절벽이 이어져 있어 공략이 쉽지 않아 보였습니다."

그때, 날카로운 눈매에 길게 뻗은 콧날을 가진 사내가 나섰다. 도요토미 히데요시 측근으로 일곱 명의 근위 장수, 칠본창(七本槍)의 일원인 카스야 다케노리(糟屋武則)였다. 한양에서 군사를 이끌고 내려온 그의 눈빛은 사납고, 말투에는 오만이 스며 있었다.

"고작 성 하나를 수중에 넣는데, 무슨 회의가 이리도 길단 말이오? 조선의 모든 성이 우리 손에 떨어졌고, 장수란 것들은 줄행랑치기에 바빴소. 우리 기병이 출동하여 겁을 주었으니, 조선 군사들은 기가 꺾여 지금쯤 야반도주를 위해 짐을 싸고 있을 것이오."

한양에서 함께 내려온 군 감독관 오타 가즈요시(太田一吉)도 거들었다.

"와카자키는 기병 천기로 용인에서 조선군 5만을 유린했소. 진주성의 조선군은 한 줌도 안 될 터이니, 오키모토의 기병만으로도 충분하오."

오키모토는 가늘게 찢어진 눈을 번득이며 경고했다.

"병법에 적을 가볍게 여기면 안 된다고 했습니다."

카스야는 노골적으로 코웃음을 쳤다. 나가오카는 카스야가 보인 무례한 행동을 못 본척하고 오키모토에게 물었다.

"성 높이가 얼마나 되더냐?"

"사람 키 열 배 정도 됩니다."

나가오카는 턱을 쓰다듬으며 말했다.

"그 정도면 조총으로 엄호하고 사다리를 타고 오르는 데 어려움은 없겠군. 작은 성안에 숨은 조선군은 독 안에 든 쥐나 다름없다. 삼만 대군이 포위하고 조총을 쏘아대면, 놈들은 도망치든지 항복하게 될 것이다."

오키모토가 신중하게 제안했다.

"날이 밝는 대로 대나무를 구해 방패와 사다리를 만들고, 오후에 공격을 개시하는 게 어떻겠습니까?"

카스야는 고개를 저으며 나섰다.

"방패와 사다리가 다 무슨 소용이요? 조선군은 조총 소리만 들어도 꽁무니를 뺄 것이오. 지금은 겨울 문턱이니, 해가 짧소. 오후에 공격하면 곧 어두워질 거요."

오키모토는 더 이상 말하지 않았다. 나가오카도 도요토미 히데요시의 측근인 카스야의 기세를 꺾으려 하지 않았다. 카스야는 나가오카를 보고 말했다.

"나에게 선봉을 맡겨주시면, 한 시진 내로 성문을 열게 하겠소."

나가오카는 딱히 카스야 청을 거절할 이유가 없었다.

"좋소. 내일 아침, 카스야 공은 선봉을 맡아 동쪽 성벽을 공략하시오. 모토지마 공은 북문 쪽에 진을 펼쳐 적의 군사를 분산시켜 주시오. 삼만 군사가 성 앞에 진을 펼치고 조총으로 겁을 주면, 조선 군사들은 오줌을 지릴 거요. 한시라도 빨리 진주성을 함락시켜 한양의 우키다 히데이에님과 본국의 태합님을 기쁘게 해드려야 하오."

전운이 짙게 내려앉은 밤, 임연대 아래 무심히 흐르는 강물 소리가 밤하늘에 퍼져나갔다.

2일 차 전투

허허실실

10월 6일, 양력으로는 11월 19일 새벽.

싸늘하고 거친 바람이 성벽을 타고 올라왔다. 성 아래로 펼쳐진 들판은 서리에 덮여 은빛으로 반짝였고, 얕은 안개가 땅 위를 흐르는 강처럼 자욱했다. 병사들은 말없이 성 밖을 응시했다. 눈앞에 펼쳐진 풍경은 고요했으나, 폭풍 전야의 긴장감이 짙게 배어 있었다. 몇 시간 뒤, 이곳은 적의 대군이 몰려들어 피와 함성으로 뒤덮일 터였다. 해가 뜨기엔 아직 이른 시각이었다.

김시민은 눈을 떴다. 새벽의 어스름이 방 안을 희미하게 물들이고 있었다. 그는 천천히 몸을 일으켜 갑옷을 집어 들었다. 방 너머, 시약의 방에서 새어 나오는 희미한 불빛이 그의 눈에 들어왔다.

"잠이 깨었느냐?"

김시약이 문을 열자, 이미 갑옷을 입은 김시민이 그곳에 서 있었다. 그는 놀라 문밖으로 달려 나왔다.

"장수와 군관들은 병사들의 전투태세를 점검한 후, 모두 북장대에 집결하라고 전하라."

김시약은 전령을 불러 지시를 내리고, 곧장 김시민의 뒤를 따랐다. 북장대는 서북쪽 성벽 위에 세워진 지휘소였다. 이곳에 서면 성의 북벽과 서벽은 물론, 동쪽 성벽까지 한눈에 들어왔다. 김시민이 장대에 오르니, 새벽 찬 기운이 얼굴을 스쳤다. 그는 날이 선 새벽 공기 속에서 빈 들판을 응시하며, 곧 밀려올 삼만 대군을 상상했다.

'왜적은 한 번도 패한 적이 없다. 이번에도 엄청난 숫자를 앞세우고 기세 좋게 덤벼들겠지.'

그 순간, 머릿속에 떠오르는 장면이 있었다. 얼마 전, 추석 명절에 열린 씨름 대회였다. 그날, 작은 체구의 사내가 거구의 상대들을 하나하나 쓰러트리는 모습을 지켜본 기억이 생생했다.

김시민은 모래밭을 둘러싼 구경꾼들 함성 속에서 흥미롭게 그 사내를 지켜보았다. 결승전 상대는 산처럼 거대한 사내였다. 그 거인은 마치 들이치는 파도처럼 밀고 들어왔고, 그 거센 힘에 주변 공기마저 떨릴 듯한 위압감이 느껴졌다. 구경꾼들은 작은 사내가 밀려나 무너질 것이라 상상하며 숨을 죽였다.

하지만 뜻밖에도, 작은 사내는 상대의 힘을 정면으로 받으며 잠시 흔들렸을 뿐, 이내 허를 찔러 몸을 비틀고 상대의 중심을 빼앗았다. 되치기 한 방에 거구는 땅바닥에 쓰러졌다. 함성이 터지고, 환호가 성벽 너머까지 울려 퍼졌다.

"허허실실(虛虛實實), 경적필패(輕敵必敗)…"

김시민은 조용히 중얼거렸다.

"적이 우리를 얕보고 강하게 밀어붙일수록, 그 교만함을 역이용해야 한다."

그는 고요한 들판 너머를 바라보며, 결의에 찬 눈빛을 굳혔다.

"한 번도 패한 적 없는 적이다. 그만큼 승리를 확신하고 있을 터…"

잠시 후, 북장대에는 장수들과 군관들이 모여들었다. 모두 긴장으로 굳은 얼굴이었다. 김시민은 차분한 목소리로 말을 꺼냈다.

"왜적이 성벽 가까이 다가올 때까지, 성을 비운 듯 보이게 하시오. 병사들은 성가퀴 너머로 고개도 내밀지 말게 하시오."

장수들은 놀란 눈빛을 주고받았다.

"적이 성을 향해 왜총을 쏘고 화살을 퍼부어도, 내 명령 없이는 절대 응사해서는 안 되오. 이는 엄명이니, 한 치의 어김도 없어야 하오."

웅성이는 소리가 일었다.

"왜군은 연전연승으로 기세가 하늘을 찌르고 있소. 그 자신감과 사기를 꺾어야 하오. 왜군이 지금까지 벌인 전투와 다르다는 생각을 갖게 해주겠소."

김시민은 잠시 말을 멈추고 부하들을 돌아보았다.

"태공망이 육도(六韜)에 이르기를, '맹수가 달려들 때는 약함을 보여 방심하게 한 뒤, 공격할 기회를 노린다.'고 했소. 진주성이 비어 보이면, 적은 우리가 도망쳤거나 군사가 없다고 여기고 달려들 것이오. 그 틈을 노려, 뼈아픈 타격을 주려고 하오"

성 판관이 고개를 끄덕이며 말을 받았다.

"말씀을 듣고 보니, 어릴 때 들은 늑대와 자라 이야기가 떠오릅니다."

박석무가 호기심에 눈을 반짝였다.

"늑대와 자라라니, 어떤 이야기요?"

성수경은 쑥스러운 듯 주춤하다, 입을 열었다.

"늑대가 길에서 자라를 만나, 잡아먹으려 했습니다. 하지만 자라는 껍질 속으로 몸을 숨긴 채 꿈쩍도 하지 않았지요. 늑대는 이리저리 발로 툭툭 건드리며 놀리다가 돌아섰습니다. 그런데 그 순간, 자라가 목을 쑥 내밀어 늑대의 꼬리를 덥석 물었다는 이야기입니다."

말이 끝나자, 장수들 사이에 웃음이 터졌다. 긴장으로 숨죽여 있던 공기가 부드러워졌다. 성수경이 웃으며 말을 덧붙였다.

"우리 작전으로… 왜적은 필시 놀란 늑대 꼴이 될 겁니다."

김시민도 미소를 지었다가, 이내 엄숙히 당부했다.

"전투가 시작되기 전, 병사들의 배를 든든히 채워주시오. 가축을 잡고 고기를 넉넉히 밥에 올려, 종일 기력이 떨어지지 않게 하시오."

 장수들과 군관들은 일제히 고개를 숙였다. 서리가 내린 차가운 늦가을의 새벽, 싸움의 북소리는 아직 울리지 않았지만, 진주성은 뜨겁게 달아오르고 있었다.

삼만 대군

나가오카는 전 장수를 불러 모아 전투 개시를 선언했다.

"진주성은 길어야, 한 시진(時辰)이오. 삼만 대군이 산과 들을 메우면 조선 군사들은 혼비백산할 것이오. 성안에서 승전 잔치를 벌입시다. 투구 끈을 단단히 매고, 출정하시오."

김시민은 북장대 누각에 서 있었다. 햇살이 아침 안개를 밀어내며 성벽 위로 스며들었다. 그는 쏟아져 내릴 듯한 적의 기세를 굽어보았다. 동문 밖 순천당산(順天堂山)을

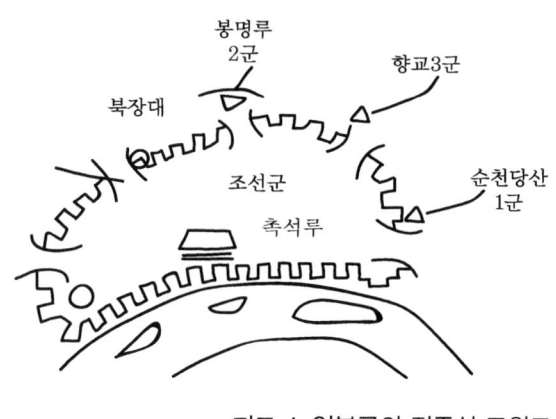

지도 4: 일본군의 진주성 포위도

따라 왜군의 대열이 진을 치기 시작했다. 헤아릴 수 없이 수많은 붉은 깃발이 동쪽 성벽을 압박했다. 시선을 북쪽으로 옮기니, 봉명루 앞 들판에도 검은 깃발의 움직임이 번지고 있었다. 적들이 줄지어 움직이며 진형을 갖추어 북문 쪽 성벽을 견제하고 있었다. 김시민은 눈을 돌려 향교 뒷산을 바라보았다. 산 정상 가까운 언덕 높은 곳에 큰 깃발이 솟아있었다. 동과 북의 두 부대를 내려다보는 듯한 진이 형성되어 있었다.

순식간에 동쪽에서 북쪽까지, 왜군의 기세로 뒤덮여 성을 압박했다. 언덕과 들판을 가득 메운 왜군은 짐승무리들처럼 줄지어 움직였다. 강과 절벽이 가로막고 있는 남쪽과 서쪽을 제외하면, 성은 이제 완전히 포위된 것이나 다름없었다.

그의 곁에 선 김시약이 입을 열었다.

"적이 세 부대로 나뉘어, 일제히 성으로 돌진할 태세입니다."

김시민은 고개를 끄덕였다.

"두 부대가 주공이고, 총대장이 위치한 부대는 예비 병력으로 빠졌다. 이제 본격적인 싸움이 시작되었다. 전령을 보내라. 내 명령이 있기 전엔 화살 하나, 총탄 한 발이라도 허투루 쓰지 말게 하라."

오전 아홉 시 무렵, 마침내 나가오카가 공격 개시를 명했다.

"단숨에 성을 쓸어버려라!"

"둥! 둥! 둥!..."

전장을 울리는 북소리가 땅을 진동시켰다. 짙은 흙먼지가 피어오르고, 산과 들에서 일본군이 일제히 진주성으로 육박해 들어왔다. 수없이 나부끼는 깃발들이 산과 들을 뒤덮고, 창검이 햇살을 받아 번득였다. 일본군 병사들은 간단한 갑옷에 철제 투구를 썼거나, 아예 머리 정수리를 밀어낸 채 맨머리로 달려들었다. 기병들은 고삐를 움켜쥔 채 앞서 나아가고, 보병은 파도처럼 그 뒤를 따랐다.

성벽 위 병사들은 그 거대한 물결에 숨을 삼켰다. 마치 악몽 속에 갇힌 듯, 얼굴이 창백해진 한 젊은 병사가 중얼거렸다.

"오메, 저게 다 왜놈들이가…"

옆의 나이 지긋한 병사가 그의 어깨를 단단히 잡았다.

"겁먹지 말거라. 저놈들, 왜총 하나 믿고 설치는 기다. 백 보까지 오기 전에 우리가 승자총통과 화살로 박살을 내버릴 끼다."

성으로 진군하는 일본군 장수들은 요란한 차림새로 위세를 과시했다. 검은 가면에 기괴한 옷을 걸치고, 둥글고 금빛 나는 부채를 휘두르며 군사를 지휘하는 자. 사슴뿔 투구를 쓴 장수, 초승달 투구를 쓴 장수, 검은 바탕에 금빛 문양을 새긴 투구의 장수가 말을 타고 행렬을 이끌었다. 형형색색의 장식은 햇빛에 번쩍이고, 깃발은 바람에 펄럭이며 눈을 어지럽혔다.

동문을 공격하는 1군 대장 카스야는 화려한 비단옷을 갑옷 위에 걸치고 말 위에 올랐다. 건장한 부하 둘이 고삐를 잡고, 붉은 깃발과 창과 칼을 든 병사들이 앞뒤로 호위했다. 그 뒤로 흰옷을 입은 여인이 말을 탄 채 따랐고, 시중을 드는 여인이 걸어서 뒤를 따랐다.

이 광경을 총안(銃眼: 성가퀴 구멍) 너머로 지켜보던 조선 병사들은 술렁였다.

"전장에 여인이라니, 제정신인가?"

"적장의 첩년들이겠지. 여인 앞에서 힘자랑하려고 데려온 게야."

"성을 쉽게 함락할 줄 알고 설치는 거다, 저놈들…"

군관 윤사복은 이를 갈았다.

"기다려라! 첩들이 보는 앞에서 뜨거운 맛을 보여주마!"

일본군은 기세를 올리며 성벽 앞으로 몰려들었다. 조선군은 대부분 성가퀴 아래 엎드린 채, 천둥 같은 말발굽 소리와 적군의 함성만 들으며 숨죽이고 있었다.

나가오카가 명령을 내렸다.

"전 부대 조총병들은 일제히 사격하여, 조선군을 공포에 빠뜨려라!"

일본군 본진에서 첫 총성이 터졌고, 곧이어 수천의 조총이 동시에 불을 뿜었다. 성을 향해 퍼붓는 탄환은 우박 같았고, 천둥처럼 요란했다. 총소리에 맞추어 삼만 군사가 합세하여 함성을 지르니 하늘과 땅이 울렸다. 총소리와 천지를 뒤집는 함성에도 진주성은 고요했다. 카스야는 여유로운 웃음을 지으며 여인을 돌아보았다.

"빈 성인 게야. 조선군은 겁을 먹고 달아난 게 틀림없어."

그는 황금 부채를 높이 들며 명령했다.

"전군, 전진하라!"

붉은 기를 앞세우고, 군사들은 물밀듯 성문으로 몰려갔다. 성문 백 보 앞, 카스야는 병력을 멈추게 하고 조총부대에 사격을 명했다.

"사격 준비!"

말발굽을 하늘로 올리며 시위를 벌이던 기병 부대가 뒤로 물러나자, 조총병 이천이 일렬로 늘어섰다. 황금 부채가 내려가자, 수천의 총성이 동시에 터졌다. 총탄은 성벽과 성가퀴를 두들기고, 먼지를 일으켰다. 성안은 여전히 반응이 없었다. 조선군은 숨을 죽인 채, 북장대에서 대장기가 오르기만 기다렸다.

두 번째, 세 번째 사격이 이어졌지만, 성안에서는 아무런 반응도 없었다. 일본군은 조총을 쏘아대고 함성을 지르며 성벽 앞 해자까지 달려들었다. 진주성은 군기만 펄럭일 뿐, 고요한 적막감이 돌았다.

"성은 비었어! 모조리 도망갔어!"

기세등등해진 카스야는 다시 황금 부채를 치켜들었다.

"성은 이미 비었다! 전군, 접수하라!"

진주성 함락이라는 공을 탐한 카스야는 선두에 나서 해자 앞까지 말을 몰았다. 군사들은 환호성을 지르며 성을 향해 쏟아져 달려갔다.

진주성의 함성

북장대에 선 김시민은 묵묵히 적의 동태를 주시했다. 그는 왜군이 성벽 가까이 해자를 넘보는 순간을 기다렸다. 순간, 그의 목소리가 성 위에 울려 퍼졌다.

"지금이다. 모두 공격하라!"

우렁찬 명령과 함께 푸른 바탕에 흰빛으로 북두칠성이 새겨진 대장기가 북장대에서 허공을 가르며 나부꼈다.

"대장기다!"

"대장기가 올랐다!"

북장대의 신호를 받아 북문과 동문, 성루 곳곳에 일제히 깃발을 흔들며 북을 쳤다. 북소리가 성안을 진동시키자, 숨죽여 웅크리고 있던 궁수와 총통병이 일제히 근총안(近銃眼)으로 활과 총구를 겨누었다.

"공격 개시 신호다!"

갈무리한 숨결이 터져 나오듯 함성이 솟구쳤다. 승자총통 부대는 탄환을 가득 장전한 채, 총구를 깊숙이 근총안에 밀어 넣고 방아쇠를 당겼다. 불꽃과 함께 굉음이 일었고, 해자 가까이 몰려 있던 적병들이 무더기로 쓰러졌다. 이어 궁수 1열이 일제히 화살 세 발씩 연속으로 퍼부었다. 곧바로 궁수 2열이 뒤따라 화살을 다시 내리꽂았다. 그사이 총통병은 승자총통을 재장전하여 발사했다.

성벽 위에서는 탄환과 화살이 교차하며 끊임없이 쏟아졌고, 성 밑에서는 순식간에 피가 튀고 살점이 터졌다. 예상치 못한 공격에 일본군은 아수라장이 되었다. 해자에 바짝 붙었던 병사들은 비 오듯 쏟아지는 탄환과 화살을 피해 몸을 웅크렸지만, 숨을 곳이 없었다. 공포에 질린 채 땅바닥에 엎드린 병사들의 머리 위로 탄환과 비명이 튀었다.

조선군은 성가퀴 뒤에서 모습을 드러내지 않은 채, 쉼 없이 쏘아댔다. 일본군 조총병들은 허둥지둥 성벽을 향해 보이지 않는 적에게 총을 쏘았으나, 무너진 진형 속에 총성만 허공을 헤맬 뿐이었다.

전장은 아비규환으로 변했고, 김시민은 결연히 외쳤다.

"북을 빠르게 울려라!"

날카롭고 빠른 북소리가 성벽을 타고 울려 퍼졌다.

"멈추지 마라! 계속 공격하라!"

빠르고 힘찬 북소리에 병사들은 더욱 기세를 끌어올렸다. 탄환과 화살이 번갈아 가며 성 아래 혼란에 빠진 적을 향해 무자비하게 날아갔다.

동문 수성장인 성 판관은 옹성(甕城)[1]에서 전장을 조망하며 병사들을 진두지휘했다.

"왜적이 주춤하고 있다! 틈을 주지 말고 밀어붙여라!"

성 판관의 외침과 함께 총통병과 궁수들이 일제히 화살과 탄환을 쏟아부었다. 순식간에 수백 명의 일본 병사들이 꺼꾸러졌다. 카스야는 보이지 않는 조선 군사의 매서운 공격에 속수무책이었다.

"이백 보 뒤로 물러서라! 전열을 재정비 하라!"

카스야의 명령으로 일본군은 깃발을 앞세우고 질서정연하게 후퇴했다. 북장대에서 이를 지켜보던 김시민은 나직이 중얼거렸다.

"왜군은 역시 전투 경험이 많은 강군이군. 하지만... 적에게 재정비를 허락할 생각이 없다."

그는 곧 동문 포루에 명령을 내렸다.

"현자총통을 준비하라!"

즉시 북장대에서 붉은 깃발이 좌우로 흔들렸고, 성 판관은 그 신호를 재차 외쳤다.

"현자총통을 준비하라!"

화포장 허윤은 포수들에게 오른손을 들어 올려 지시를 보냈다.

---

1) 성문을 보호하기 위해 돌출된 이중 성벽으로, 삼면 입체공격이 가능한 전략 요충지.

장뚝쇠와 병사들이 가죽 덮개를 걷어내고, 포신을 성 밖으로 겨눴다. 햇살을 받은 청동빛 포신은 싸늘한 광채를 뿜었다.

"조란탄을 장전하라. 곧 방포한다."

포수들은 일사불란하게 쇠구슬을 집어넣고, 성벽에서 물러나는 일본군을 겨냥하였다. 허윤은 외쳤다.

"방포하라!"

거대한 굉음과 함께 새알만 한 쇠구슬 백여 개가 무더기로 쏟아졌다. 물러나던 일본군을 향해 쇠구슬이 퍼붓자, 병사들은 머리가 터지고 등이 뚫려 비명을 지르며 쓰러졌다.

현자총통 세 문이 한 조를 이루어 연이어 불을 뿜었다. 전체가 하나처럼 후퇴하여, 진형을 재정비하려던 일본군은 기세가 꺾이며 혼란에 빠졌다. 산 위에서 이 광경을 지켜본 나가오카는 이를 갈며 외쳤다.

"징을 울려라! 전군, 후퇴하라!"

본진에서 울려 퍼진 징 소리에 일본군은 허겁지겁 성을 등지고 달아나기 시작했다. 성벽 위 조선군은 환호성을 질렀다.

"적이 달아난다!"

승리의 함성은 성안을 가득 채웠다. 조선군의 사기가 하늘을 찔렀다.

"원수 같은 놈들, 걸음아 날 살리라 하고 달아나는구나!"

성에서 멀어지는 적을 향해 현자총통 아홉 문이 시간차를 두고 차례로 불을 뿜었다. 적 시체가 볏짚처럼 쌓였다. 카스야의 말고삐를 잡고 후퇴하던 호종 병사 하나가 탄환을 맞아 쓰러졌다. 말이 흠칫 놀라며 몸을 일으키는 바람에, 카스야는 그대로 말에서 튕겨져 떨어지고 말았다. 1군 선봉장 마키무라 세겐(牧村政玄)이 급히 달려와 카스야를 구했다. 덩치가 보통 장수 두 배나 되는 마키무라는 지체 없이 말에서 뛰어내렸다. 넘어진 카스야를 번쩍 안아 자신의 말 위에 태우고 함께 성에서 멀어졌다.

이 모습을 지켜본 나가오카는 신음을 토해냈다.

"첫 전투에서... 1군 병력 삼 할을 잃다니..."

그는 본진에 소속된 장수 이쿠다에게 명했다.

"1군은 군사와 진을 재정비케 하고, 다음 공격은 2군이 맡게 하라."

적들이 후퇴하자 김시민은 소리쳤다.

"공격을 멈추어라!"

북장대에서 징이 울렸다. 징의 깊고 묵직한 소리에 맞춰 병사들은 일제히 무기를 높이 치켜들어 승리를 만끽했다.

"적을 물리쳤다!"

"우리가 해냈다!"

성안의 백성들 또한 성벽 위로 울려 퍼지는 함성을 듣고 두 팔을 번쩍 들어 환호했다.

"우리 군대가 이렇게 강할 줄이야!"

"이제는... 성을 지킬 수 있어!"

환호 속에서도 김시민의 얼굴엔 기쁨이 없었다.

'모든 병력을 동쪽 성벽에 집중시켰더라면... 더 치명적인 타격을 줄 수 있었을 텐데.'

그는 못내 아쉬웠지만, 도박 같은 모험은 할 수 없었다. 김시약은 형이 자랑스러웠다.

"목사님 전술이 적중했습니다. 병력을 동쪽 성벽에 집중한 전략이 대승으로 이어졌습니다!"

김시민은 동생의 말에 잔잔한 미소를 지었다.

모쿠소[1]

북쪽 성벽을 압박했던 2군 대장 모토지마 마타사부로(本島又三郞)는 영지를 다스리는 다이묘(大名)답게 신중하고 침착한 인물이었다. 눈앞에서 1군이 괴멸당하는 참혹한 광경을 목도하고도, 그는 차분하게 대응했다.

"조총부대는 성을 향해 시위성 발포를 하라. 북문을 포위한 병력은 천천히 후퇴하라."

그는 총대장이 지시한 동쪽 성벽 공격에 앞서, 군사들을 민가로 보내 방어 장비를 구해오게 했다. 모토지마는 선봉장 요네모치 스케지로(米持助次郞)에게 짧게 명했다.

"군사를 이끌고 가서, 엄폐에 쓸 물건들을 모조리 가져오라."

명령을 받은 2군은 재빠르게 민가로 흩어졌다. 일본군은 집마다

---

[1] 목사(牧使)의 일본식 발음으로, 도요토미 히데요시에 관한 저서인 '태합기'(太閤記, 1626)에 쓰인 일본식 표기는 '木曾'이다.

문짝을 뜯고, 마루판을 뽑아내어 방패로 삼았다.

요네모치는 나무판 방패를 마련한 조총수와 궁수들을 지휘하여, 동문 공격에 나섰다.

"일제히 발사하라!"

요네모치가 명령을 내리자, 조총 탄환이 성벽에 박히고 일본군 궁수가 쏜 긴 화살이 빗발치듯 성안으로 쏟아졌다.

동문 옹성 위에서 성 판관이 병사들에게 외쳤다.

"성가퀴 뒤에 몸을 숨기고, 떨어지는 화살을 방패로 막아라!"

방패에 부딪힌 화살은 후드득, 후드득, 우박처럼 쏟아지는 소리를 냈다.

김시약은 북장대에서 이 광경을 지켜보며, 손에 땀을 쥐었다.

"성벽 위엔 아무도 보이지 않는데... 저리도 쉼 없이 쏘다니, 화살과 탄환이 대체 얼마나 많은 것인가?"

김시민은 낮은 목소리로 중얼거렸다.

"아무리 많다 해도... 언젠가는 바닥이 드러나겠지."

동쪽 성벽 위에서 군관 이눌이 목청껏 외쳤다.

"왜총은 장전에 시간이 걸린다! 놈들이 한 번 쏘고 나면, 그 틈을 노려 활과 총통으로 반격하라! 그리고 성가퀴 뒤에 숨는다!"

조선군은 적의 재장전 틈을 포착해 활과 총통을 퍼부었으나, 두

터운 나무판 뒤에 숨은 일본군에게 상해를 입히기는 어려웠다. 김시민은 화살과 탄환 낭비를 경계하며 명령을 내렸다.

"전군, 응사를 멈추라!"

북장대에서 징이 울렸다. 동쪽 성벽에서도 이를 받아 징을 쳤다. 성벽 위에서 아무 응사도 없자, 일본군도 경계심을 드러낸 채 더 이상 성벽에 접근하지 않았다. 전선은 마치 숨을 고르는 듯 소강상태에 접어들었다.

결국 모토지마는 병력을 이끌고 본진으로 물러났다. 그는 총대장 나가오카에게 보고했다.

"적의 기세가 생각보다 거셉니다."

곁에 있던 오키모토는 비웃듯 입꼬리를 올리며 카스야를 쳐다보았다.

"성안에서 승전 잔치는커녕, 오늘밤 잠자리도 틀렸소."

카스야는 얼굴을 붉힌 채 오키모토를 노려보았다. 나가오카는 손을 들어 두 사람을 제지하고, 장수들에게 명했다.

"밤이 되면 공기가 차니, 각 부대는 서둘러 막사를 지으시오. 3군은 이쿠다가 지휘해 공성 장비를 마련하라. 대나무 사다리며, 해자를 메울 판자와 나뭇가지를 모아라."

그는 모토지마를 보며 말했다.

"내일은 공의 부대가 선봉을 맡아주시오."

그 시각, 북장대에서 김시약이 급히 성 아래를 가리키며 외쳤다.

"말티고개에 군사 수십 명이 출현했다!"

곧이어 성안이 술렁였다.

"의병들이다!"

김시민은 반가운 마음으로 말티고개를 바라보았다. 백색 천에 글씨를 쓴 군기를 든 모습이 멀리서 보아도 의병임이 틀림없었다.

"어디서 온 의병들인가?"

영장 이눌이 답했다.

"합천 삼가로 넘어가는 모습이 정인홍 의병장 부대 같습니다."

정인홍은 곽재우, 김면과 함께 남명 조식의 제자요, 영남의 삼대 의병장 중 한 사람이었다. 김시민의 눈에 들어온 것은, 그들 뒤로 일본군 수백 명이 나타난 장면이었다.

"쫓기고 있군…"

정인홍 휘하 윤탁과 정언충 부대는 진주성 구원을 위해 오는 길에, 대나무와 목재를 구하려는 왜적과 만나게 되었다. 의병부대는 졸지에 일본군과 만나, 뜻하지 않게 전투에 휘말렸다. 중과부적으로 패배하여, 합천 방면으로 물러나는 길이었다. 김시민은 탄식했다.

"의병부대가 왜적 대군을 맞닥뜨려서는 안 되는데… 안타깝다. 그나마 적도 소수이니, 큰 피해는 입지 않기를 바랄 뿐이다."

성 위의 조선 군사들의 시야에, 먼지 자욱한 행렬이 끝도 없이 이어졌다. 도로를 가득 메운 달구지와 가축들로 흙먼지가 자욱하게 일어, 행렬이 잘 보이지 않을 지경이었다. 해가 뉘엿뉘엿 넘어갈 무렵까지도, 소와 말은 짐을 싣고 일본군 진영을 향해 줄지어 들어가고 있었다.

이눌은 김시민에게 적 동정을 종합하여 보고했다.

"왜군이 인근 숲을 뒤져 대나무를 베어 오고, 솔가지를 모으고, 초가집을 허물어 짚과 재목을 긁어모으고 있습니다. 막사를 짓는 준비 같습니다."

시간이 흐르자, 들판에는 일본군의 막사가 길게 늘어섰다. 해가 완전히 저물고 밤의 한기가 내리자, 왜군은 막사 앞마다 불을 피워 추위를 녹이며 사기를 북돋웠다. 한 조총부대가 하늘로 총을 쏘자, 다른 부대들도 일제히 총을 발사하며 함성을 질러댔다.

김시민은 북장대에서 장수들을 소집했다.

"오늘 두 차례 싸움에서 잘 싸워주었소. 모두 하나 되어 힘을 합치니, 이길 수 있다는 믿음이 승리를 만들어냈소."

성 판관이 전투 상황을 종합해 보고했다.

"적의 사상자는 약 삼천 명으로 추정됩니다."

"우리 군사들은 전사자가 없다는 보고는 들었다. 다친 자는 얼마나 되는가?"

"치명상은 없습니다. 경상자 다섯 명만 생겼을 뿐입니다."

김시민은 안도했다.

"적을 죽이면서 우리 군사를 하나도 잃지 않겠다는 건 과욕이나, 한 명 한 명이 아쉽다. 부상한 병사는 예비부대에 편입시켜 치료를 전담하게 하라."

김시민은 이어서 화약과 무기 상황을 물었다.

"화약과 탄환은 비축량 삼 분의 일, 화살은 거의 이 분의 일을 소모했습니다."

이광악이 굳은 표정으로 말했다.

"앞으로 이틀 이상 버티기 어렵다는 말 아니오?"

회의장은 순간, 대승의 환희도 잊은 듯 무거운 침묵에 휩싸였다. 김시민은 냉정하게 지시를 내렸다.

"적이 야습을 시도할 수 있으니. 각 성벽은 경계 태세를 늦추지 마시오."

회의가 끝났음에도 그는 자리를 뜨지 않았다. 홀로 북장대에 남아, 들판 넘어 불빛이 일렁이는 적진을 묵묵히 바라보았다. 차가운 밤공기 속, 깊고 무거운 고요만이 성벽 위를 감쌌다.

진주성 밖 향교는 일본군 장수들의 숙영지가 되었다. 총대장 나가오카는 장수들을 불러 모았다.

"진주성 군사 수가 얼마나 되어 보였소?"

카스야의 선봉장이자 거구의 장수 마키무라가 말했다.

"사방 성벽을 촘촘히 메운 군사를 보면... 족히 만 명은 되어 보입니다."

나가오카는 미간의 검은 사마귀를 꿈틀거리며 호통을 쳤다.

"허튼소리! 경상도에 조선군이 얼마나 남아있다고 그런 소릴 하는가? 첩보에 따르면, 진주성 병력은 많아야 사천 남짓이라 했다."

마키무라는 목을 움츠리며 고개를 숙였다. 나가오카는 조선인 통변을 돌아보며 물었다.

"진주성을 지휘하는 자가 누구냐?"

"목사(牧使)가 수성장입니다"

"모쿠소... 지금까지 상대했던 조선 장수들과는 다르다."

한양에서 내려온 코신타(小眞太)가 나섰다.

"그 모쿠소 놈, 제 동생을 사로잡아 치욕을 안긴 자입니다. 제가 직접 데려온 일본 최고의 저격수가 있습니다. 스기타니 젠쥬보의 아들입니다. 아비의 총포술을 물려받았으니, 반드시 모쿠소의 숨통을 끊어놓겠습니다."

나가오카는 고개를 끄덕였다.

"일본 최고의 닌자 저격수에게 배웠다면... 기대해도 되겠군."

의병 출현

곽재우는 진주성에서 보낸 전갈을 받고 곧바로 움직였다. 심대승과 함께 의병을 이끌고 왜군을 피해 진주성에 조심스럽게 접근했다. 진주 지리에 밝은 의병을 앞세우고, 그들은 성 북쪽, 적진의 배후인 비봉산 산중에 은밀히 자리를 잡았다. 어둡기를 기다리며, 의병들은 숨죽여 성을 바라보았다.

진주성은 왜군에 둘러싸

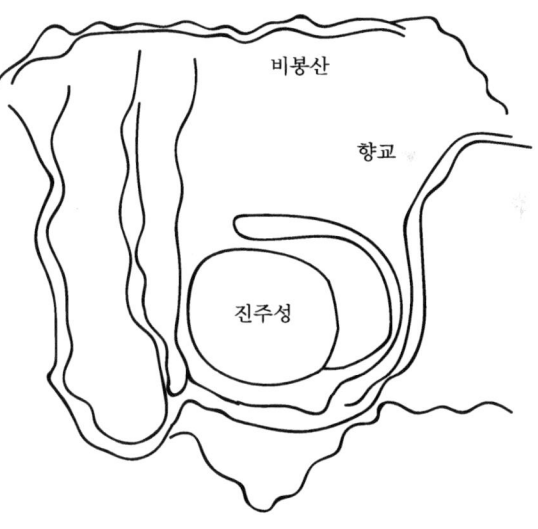

지도 5 곽재우 부대의 출현(비봉산)

여, 바다 한가운데 떠 있는 외로운 섬 같았다. 수만 왜적이 성 동쪽과 북쪽을 에워싸고, 창검이 햇빛에 번득일 때마다 살기가 등등하여 눈을 어지럽게 하였다. 왜적들 함성과 화승총 소리는 천지를 뒤흔들었고, 비봉산에서 이 모습을 지켜보는 의병들의 가슴을 짓눌렀다.

조선군은 왜군 공세에 굴하지 않고 버텼다. 의병들은 조선군이 왜군을 혼내주는 장면을 북받치는 감정으로 관전하였다.

"조선군이... 잘 싸우고 있어!"

시간이 흘러 적군이 물러났고, 조선군 병사들이 성벽 위에서 손을 높이 들어 환호했다. 3천의 병력이 3만의 적을 물리친 것이다. 의병들은 주먹은 불끈 쥐고, 서로를 끌어안았다. 비봉산 산중은 울컥거리는 감격으로 가득했다.

곽재우도 벅찬 감정을 주체하지 못하고 중얼거렸다.

"이 정도로 싸워준다면... 성을 지켜내는 일이 현실이 될지도 모른다!"

드디어 어둠이 내리자, 곽재우는 심대승에게 명을 내렸다. 의병 이백 명이 조심스레 비봉산 능선을 따라 올라갔다. 곽재우는 나머지 백 명을 이끌고 산 중턱에 매복지를 찾아 나섰다. 심대승 부대는 재빠르게 산에 올라, 여러 개 가지가 달린 나뭇가지로 횃불을 만들었다. 태평소를 불고 북과 꽹과리를 치며 왜군 본진과 진주성을 향하여 함성을 질렀다.

향교에 모여 작전회의를 하던 일본군 장수들은 갑작스러운 소리에 깜짝 놀랐다. 밤공기에 울려 퍼지는 북과 꽹과리와 벼락같은 함성에 간담이 서늘했다. 나카오카가 밖을 향해 소리쳤다.

"이게 무슨 소리냐!"

향교 주변을 경계하던 병사가 급히 들어와 보고했다.

"향교 뒤쪽 산에서 헤아릴 수 없이 많은 횃불이 나타났습니다!"

장수들이 모두 밖으로 쏟아져 나갔다. 향교 뒤쪽 산 위에 수없이 많은 불빛이 출렁였다. 북과 악기 소리가 야음을 타고 퍼져나갔다.

"적이 야습을 감행하는 듯합니다."

"적이라니? 진주성을 응원하러 온 조선군인가?"

"확인은 되지 않으나 조선군이거나 토병인 듯합니다."

나가오카가 조선인 통변을 불러 물었다.

"저 산 이름이 무엇이냐!"

"비봉산(飛鳳山)입니다."

나가오카는 측근 장수인 이쿠다에게 지시했다.

"군사 삼천을 이끌고 비봉산으로 올라가라. 저들을 처치하거나 쫓아버려라!"

이쿠다는 병력을 이끌고 캄캄한 산길을 치달았다. 의병들은 지형과 지리에 익숙한 점을 십분 활용하여 일본군과 마주치지 않고 어두운 산속을 종횡무진 뛰어다녔다. 일본군이 횃불을 앞세우고 전진하자, 산 위에서 나팔을 불고 북을 두드리는 소리가 났다. 소리 나는 쪽을 보니 산꼭대기에 횃불이 가득했다. 이쿠다는 곧장 군사를 이끌고 불빛이 보이는 곳을 향해 나아갔다. 산 중턱으로 올라가는 중에 갑자기 굉음이 들렸다. 산 위에서 통나무와 바윗돌이 우르르 굴러 내려왔다.

"나무 뒤로 피하라!"

이쿠다는 외쳤지만, 어둠 속에서 수많은 병사가 비명을 질렀다. 곽재우가 이끈 의병들이 매복해 있다가, 불시에 습격한 것이었다. 산 위에서는 심대승 부대 역시 고함을 터뜨리며 호응했다. 일본군은 방향을 잃고 우왕좌왕했다. 어둠과 낯선 지형, 사방에서 몰아치는 북소리와 함성에 혼이 빠져나갔다.

진주성에서 바라보니 멀리 비봉산에 불빛이 난무하고, 일본군 막사 쪽에서 수많은 그림자가 어지럽게 움직였다. 군사들이 환호성을 울렸다.

"의병이다!"

"응원군이 왔다!"

김시민은 기회를 놓치지 않았다.

"성안에서도 북을 울리고 꽹과리를 쳐라! 함성으로 의병들과 호응하라!"

병사들은 저마다 총통과 활을 잡은 손을 높이 치켜들며 북과 꽹과리 소리에 맞추어 환호성을 질렀다. 함성은 진주성을 울렸고, 성 안과 성 밖 외침이 하나로 어우러져 밤공기를 진동하였다. 성 밖에 진을 치고 있는 일본군들도 성과 산에서 들려오는 함성에 소름이 돋을 정도였다. 이때 산 위에서 갑자기 태평소 소리와 북소리, 꽹과리 소리가 멈추더니 큰 소리가 들려왔다.

"우리는 천강홍의장군 군사다! 전라도 구원병 일만 명이 곧 도착한다! 내일 아침, 합세하여 왜군을 섬멸하리라!"

외침은 세 번 반복되었다. 산 위에서 외치는 목소리는 밤공기를 타고 산 아래로 퍼져갔다. 그 후 다시 태평소와 꽹과리 소리가 비봉산을 휘몰아쳤다. 성안에 있는 조선군도 기세를 올렸다.

"곽재우 의병장이 왔다!"

나가오카는 초조하여 통변에게 물었다.
"산에서 뭐라고 외치더냐?"
"홍의장군 군대라 합니다. 내일 전라도 군사 만 명과 함께 일본군을 친답니다."
"안코쿠지의 군사를 전멸시킨 그 홍의장군 말인가?"
"그렇습니다."
나가오카는 얼굴이 굳어졌다.
"보이지 않는 적과 싸우는 일은 허깨비와 싸우는 것과 같다. 내일 밝거든 적을 소탕하자. 산으로 보낸 군사를 철수시켜라."

나가오카는 장수들에게 명했다.

"성문을 열고 산 위의 군사와 협공할 수 있으니, 장수들은 각각 진영에 돌아가 야습에 대비하시오."

이쿠다 부대는 서둘러 산에서 내려왔다. 향교 주변에는 병력이 증강 배치되었고, 일본군은 한밤 내내 야습에 대비하며 긴장 속에서 뜬눈으로 보냈다.

한밤중에 갑작스러운 출현으로 일본군 간담을 서늘하게 한 뒤, 곽재우는 심대승과 의병들에게 철수를 지시했다.

"삼백으로 수만 병력을 피로하게 했다. 내일 진주성 공격이 무뎌지리라. 날이 밝으면 왜군은 산을 쥐 잡듯이 뒤질 것이다. 일단 의령으로 철수해서 다시 기회를 노리자."

진주성에서 보니 횃불이 비봉산 뒤쪽으로 움직이더니 점차 어둠 속으로 사라졌다.

"곽재우 대장과 의병들이 철수한다!"

김시민은 어둠 속 사라지는 불빛을 향해 칼을 들어 감사를 표했다.

피리 소리

진주성 안에는 눈에 띄는 변화의 기운이 스며들었다. 치열했던 전투가 끝난 뒤, 성안 공기는 달라졌다. 거센 파도처럼 몰려들던 왜군을 상대로 치명타를 입혀 사기가 올랐다. 의병들이 나타나 한바탕 왜군을 혼란에 빠뜨리자 더욱 신이 났다. 군사들은 밥을 먹으며 농담과 웃음이 터졌다. 삼만 대군이 더 이상 공포로 다가오지 않았다.

김시민은 붓을 들어 산음(현 산청)에 머무는 김성일에게 편지를 썼다. 오늘 전투 상황을 알리고, 임시 감영에 비축하고 있을 화살과 탄환 그리고 화약을 지원해달라는 요청도 담았다. 산음은 진주와 백 리나 떨어진 지리산 자락. 길도 험하고 일본군의 포위도 삼엄했다. 김시민은 산음 지리에 밝은 기병 다섯을 선발해, 남강을 면한 남문 암문을 통해 몰래 성을 빠져나가게 했다.

기병들을 산음에 보낸 후, 김시민은 성 판관을 불러 지시했다.

"성루 위에서 피리를 불고, 거문고를 연주하게 하라."

성 판관은 눈을 크게 떴다. 김시민은 조용히 말을 이었다.

"성안의 여유가 적에게는 불안을 심어줄 것이다. 우리 병사들도 승리의 자신감은 이어가되, 너무 들뜨지 않고 마음을 가다듬어야 한다."

성루 위에서 악공들이 대금을 불고 거문고를 연주했다. 중후하고 청량한 소리가 성벽을 타고 번졌다. 병사들은 마음에 와닿는 소리에, 조심스레 귀를 기울였다. 차분하면서도 맑은 선율은 병사들 사이에 다시금 굳은 결의를 다지게 했다. 악공들이 내는 선율은 밤공기를 타고 부드럽게 멀리멀리 퍼졌다.

곽재우 부대의 출현으로 지친 일본군 병사들은 막사에 피곤한 몸뚱이를 눕혔다. 멀리 불빛에 보이는 진주성은 지금까지 만난 조선의 성과는 다르게 느껴졌다. 진주성에서 흐르는 청아한 대금 소리에 병사들은 탄식을 터뜨렸다.

"고향을 떠난 지도 반년... 살아서 돌아갈 수 있을까..."

왜군 장수는 다급히 조총부대에 명령을 내렸다.

"총을 쏴라! 저 성에서 나오는 소리를 지워버려라!"

밤하늘을 찢는 듯한 총성이 울려 퍼졌다. 성벽 위에선 시약이 김시민에게 낮은 목소리로 말했다.

"적의 총소리가 유난히 크게 울립니다."

김시민은 고요히 웃었다.

"병법에 이르기를, 밤에 크게 소리치는 것은 두려움의 징후라 했다. 적도 이제 우리를 두려워하고 있다."

압도적 수적 우위를 바탕으로 공격을 펼친 일본군은 이날, 뼈아픈 타격을 입었다. 나가오카는 머리가 복잡해졌다. 성을 하루아침에 함락하고 승전보를 도요토미 히데요시에게 바치려 했건만, 진주성이 보이는 저항은 만만치 않았다. 밤새 군사들을 잠 못 들게 한 토병 출현도 가죽신에 들어온 모래처럼 성가셨다.

곁에 있던 이쿠다가 조심스레 말했다.

"카스야 공께서 오늘 적을 얕보았습니다. 내일은 반드시 성을 차지할 것입니다."

나가오카는 이쿠다 말에 다소 위로가 되었다.

"장군은 내일 날이 밝는 대로 산에 올라 토병을 소탕하라. 민가를 뒤져 숨어있는 토병을 색출하고, 모두 불태우라."

그는 오키모토에게 공성 준비를 지시했다.

"대나무로 사다리와 죽편을 최대한 많이 만들어라. 내일은 제대로 된 공성전을 벌인다."

진주성 북장대에 장수와 군관들이 모였다. 김시민이 먼저 말을 꺼냈다.

"적도 이제 진주성이 만만치 않음을 알았을 것이오. 내일은 본격적인 공성전을 펼칠 것으로 예상되오. 대나무, 목재를 구한 것으로 미루어, 해자를 메우고 성벽을 타고 오르려는 심산이오."

성 판관이 조심스레 물었다.

"오늘처럼 동쪽 성벽에 병력을 집중하시렵니까?"

김시민은 고개를 끄덕였다.

"동쪽에 집중하되, 북쪽 성벽은 허장성세(虛張聲勢)로 꾸민다. 만호는 허수아비를 세우고, 노인들에게 군복을 입혀 성벽을 가득 메우시오. 깃발도 촘촘히 꽂아 적으로 하여금 북쪽에도 군사가 많은 것처럼 믿게 하시오."

북문 수성대장 만호 최덕량은 큰 소리로 답했다.

"분부대로 시행하겠습니다!"

성 판관이 다시 물었다.

"동쪽 성벽에 군사들을 어떻게 배치할까요?"

"성 판관과 이 군수가 각각 군사 천오백 명씩 거느리고 교대로 방어하시오."

김시민은 말을 이었다.

"적은 해자를 메우려 들 것이오. 기름통과 화약을 갖추어 두고, 질려포와 진천뢰[1]도 준비하시오. 대나무 사다리를 잡아챌 갈고리

---

1) 질려포(蒺藜砲)는 적의 이동을 저지하기 위해 땅에 깔아놓는 방어용 무기인 마름쇠가 든 포탄이며, 진천뢰(震天雷)는 비격진천뢰라고도 불리는 일종의 시한폭탄이다.

창도 배치하시오. 부족하면 자루가 긴 창에 낫을 묶어서 준비하시오."

이눌이 야간 경계에 관해 물었다.

"오늘 밤 야습 가능성은 작겠지요? 곽재우 대장에게 혼쭐이 났을 테니…"

김시민은 고개를 끄덕였다.

"내일부터는 주야 밤낮으로 적을 상대해야 할 터이니, 오늘 밤은 필수 경계 인력만 남기고, 군사들을 푹 재우게. 다만, 천려일실(千慮一失)이 되지 않도록, 성벽 가까이에 마름쇠를 깔아놓게. 야습이 없더라도 내일 적이 성벽으로 접근하는 속도를 줄일 수 있을 것이네."

성안에선 부녀자들이 불빛 아래 모여, 부지런히 손을 움직이고 있었다. 젊은 새댁부터 허리가 굽은 할머니까지 밤새 연잎과 호박잎을 펼치고, 그 위에 밥을 얹었다. 향긋한 나물과 육회를 듬뿍 얹어 정성껏 주먹밥을 만들었다. 매듭을 묶는 손길이 섬세하면서도 단단했다.

날이 채 밝기도 전에 부녀자들이 밤새워 준비한 식량과 표주박이 떠 있는 물통이 성벽 위로 올려졌다. 병사들은 식량과 물통으로 몰려들었다. 군관은 물과 함께 주먹밥을 건네며 부녀자들의 정성을 전했다.

"성안 어머니들께서 정성껏 마련하신 밥이다. 잘 먹고 힘을 내자!"

병사들은 밥을 싼 이파리를 조심스럽게 펼쳤다. 한 병사가 연잎을 펼쳐 밥을 한입 먹고는 눈을 동그랗게 떴다.

"와, 맛이 죽이네예! 완전 어무이 밥입니더."

다른 병사도 연신 감탄했다.

"나물도 실하고, 고기도 듬뿍 들어있네예. 집에서 묵는 밥보다 낫심니더."

병사들은 맛있게 먹으며 말했다.

"아주머니들이 이토록 애써주는데, 어찌 힘을 내지 않을 수 있겠노!"

병사들은 서로 고개를 끄덕이며 더욱 단단해진 결의를 다졌다.

3일 차 전투

연합 전술

10월 7일, 양력으로는 11월 20일 아침.

싸늘한 새벽 공기 속, 먼동과 함께 성벽 너머로 검은 구름처럼 깔린 적진이 아른거렸다. 성 판관이 성벽 위에 올라온 김시민을 발견하고 달려왔다.

"왜군 막사가 십 리에 걸쳐 뻗쳐 있습니다."

김시민은 말없이 적진을 바라보았다.

"적들이 밤새 잠이나 제대로 잤겠나…"

"거의 못 잤을 겁니다. 산을 오르내리며 허둥거렸고… 설사 눈을 붙였더라도 야습 걱정에 깊게 잠들지 못했을 겁니다."

김시민은 고개를 끄덕였다. 그는 장수와 군관들을 소집하여 작전을 지시했다.

"어제는 적이 우리를 얕보아 대승을 거둘 수 있었소. 오늘은 다를 것이오. 왜총의 사정거리를 염두에 두고 싸움에 임해주시오."

장수들과 군관들은 숨을 죽인 채, 그의 말을 가슴 깊이 새겼다.
"적이 성으로 접근하면, 단계적으로 막아야 하오. 이백오십 보 내로 접근하면 현자총통으로 적의 예봉을 꺾고, 백오십 보 안으로 들어오면, 총통병과 궁수가 연합하여 적을 궤멸시켜야 하오. 박 참군이 그토록 매진했던 연합 전술이, 오늘 그 진가를 발휘할 것이오."
김시민은 조용히 말을 이었다.
"힘든 싸움이 될 것이오. 병서에도 이르기를, 한 고을을 지키려면 한 지역을 사수해야 한다고 했소. 성을 지키려면, 성벽 위에 선 한 사람 한 사람이 목숨을 걸어야 하오. 장수와 군관들은 군사들과 함께 맡은 자리를 목숨으로 지켜야 하오. 명심하시오."
장수들과 군관들은 일제히 목소리를 모아 외쳤다.
"명심, 또 명심하겠습니다!"

바람이 다소 거세게 불었다. 진주성 동쪽 성벽에 푸르게 휘날리는 청룡기, 북쪽 성벽에 묵직하게 나부끼는 현무기, 그리고 북장대 위로는 대장기가 드높이 펄럭였다. 색색의 군기들이 성루와 성벽 위를 가득 메우며, 진주성은 마치 깃발에 뒤덮인 하나의 거대한 요새로 변모해 있었다.
왜군들은 밤새 잠을 이루지 못한 채 늦은 아침에서야 허겁지겁 끼니를 때웠다. 나가오카는 향교를 나서며 진주성을 응시했다. 북문과 동문, 성곽 곳곳에 병사들이 어깨를 맞대고 늘어서 있었다. 곁에 선 오키모토가 입을 열었다.

"성 병력이 칠천은 되어 보입니다."

나가오카는 코웃음을 쳤다.

"몇천이 늘어났다 한들, 우리는 삼만 대군이다. 조총병만 해도 육천이다. 저들이 어찌 견디겠는가?"

그는 성을 찬찬히 살펴보았다. 연못과 늪이 방어선을 형성한 북쪽보다는, 동쪽 성벽이 취약해 보였다. 그는 중얼거리듯 말했다.

"조선의 성이 이틀을 버틴 적이 있었던가?"

오키모토가 그의 의도를 눈치채고 답했다.

"이틀은커녕, 대부분 반나절도 못 버티고 무너졌습니다."

"그런데 왜 진주성은...?"

"성주 모쿠소가 독한 놈입니다. 군사들도 군기가 잘 잡혀, 명령에 일사불란하게 움직입니다."

나가오카는 성을 뚫을 방법을 고심한 후, 장수들을 불러 모았다.

"교병필패(驕兵必敗), 어제는 상대를 하찮게 보았소. 개전 이래, 하루에 이토록 많은 병력을 잃은 적은 없었소. 진주성은 사마귀같이 작은 성이오. 성안에 비축한 화살이나 탄환은 금방 소진될 것이오."

장수들은 숨을 죽이고 다음 말을 기다렸다. 나가오카는 누런 이빨을 드러내며 말을 이었다.

"오늘은 군을 여섯 부대로 나누어, 쉼 없이 공격하겠소. 조선군이 지쳐 쓰러질 때까지 공격할 것이오. 병법서에 이르기를, 깃발이 가지런히 나부끼는 군대는 피하고, 기세가 당당한 적은 공격하지 말라고 했소. 북문은 연못에 가로막혀 있고 기세도 강해 보이니, 동쪽 성벽에 집중하겠소."

그는 이어 장수들에게 지시했다.

"2군 모토지마 공은 동쪽 공격을 맡아주시오, 3군은 오키모토가 지휘하여, 북쪽 성벽을 압박하는 척하다가 동쪽 공격을 지원하라. 1군 카스야 공은 본진과 함께하다가 적절한 시점에 2군과 3군을 지원해 주시오."

나가오카는 두 장수를 불러 따로 명령을 내렸다.

"이쿠다와 코신타(小眞太)는 각기 2천 병력을 이끌고, 주변 고을을 수색하라. 숨어있는 토병을 섬멸하거나 내쫓아야 한다."

진주성 주변에서 연기가 솟아오르기 시작했다. 하늘은 연기에 덮였고, 민가가 불타는 냄새가 성벽으로 스며들었다. 김시약은 얼굴이 굳어졌다.

"성 밖 민가들이 모두 잿더미가 되고 있습니다. 왜군들이 민가를 약탈하고 불을 지른 게 틀림없습니다."

김시민은 성벽 너머 하늘을 뒤덮는 연기를 바라보며 탄식했다.

모토지마는 다구치 야스케(田口彌助)를 불러 돌격장의 임무를 맡겼다. 다구치는 열 사람 몫의 힘을 지닌 괴력의 사내였다. 원래는 아프리카 출신으로 포르투갈 상인의 흑인 노예였으나 선교사를 따라 일본으로 건너온 뒤, 오다 노부나가의 눈에 들어 사무라이가 된 자였다. 거대한 몸에서 뿜어져 나오는 기세는 전장을 뒤흔들었고, 승리는 언제나 그를 따랐다. 그는 성벽 위를 노려보며 낮게 중얼거렸다.

"정신이 흐려지고, 숨이 끊어질 때까지 공격해 주마. 견뎌봐라, 모쿠소."

먼지구름 너머에서 함성이 울려왔다. 진주성 성벽 위, 긴장에 찬 병사들의 눈빛이 일제히 소리나는 방향으로 쏠렸다. 검은 갑주를 입은 거인 다구치 야스케가 검은 말을 타고 모습을 드러냈다. 김시민은 북장대에서 적의 움직임을 내려다보았다.

"북을 쳐라! 대비하라!"

곧 묵직한 북소리가 성 전체를 울렸다.

"둥! 둥! 둥…!"

가슴을 두드리는 북소리 속에서 병사들은 손에 든 무기를 더욱 단단히 움켜쥐었다. 일본군은 조총부대를 앞세우고 성벽으로 접근하고 있었다. 쉴 새 없이 울리는 총성은 거대한 파도가 덮치듯 지축을 흔들었다.

김시민은 손을 들어 올렸다. 북장대의 고수(鼓手)와 기수(旗手)는 그의 일거수일투족에 집중했다. 조선군 병사들은 성가퀴 뒤로 몸을 숨기고, 군관들만이 총안(銃眼) 너머로 적의 움직임을 지켜봤다.

일본군이 성벽 이백오십 보까지 접근하자, 김시민은 치켜든 손을 불끈 쥐며 외쳤다.

"현자총통을 준비하라!"

북장대에서 붉은 깃발이 흔들리자, 현자총통은 위용을 드러내었다. 김시민은 칼을 뽑아 소리쳤다.

"현자총통, 방포하라!"

성 판관은 신호에 맞추어 화포장에게 외쳤다.

"현자총통, 방포하라!"

곧 화염이 뿜어지고, 엄청난 굉음과 함께 조란탄이 하늘을 가르며 날아갔다. 폭풍처럼 터져나간 탄환은 적의 진형을 뒤흔들며 순식간에 수십 명을 쓰러뜨렸다. 땅이 울리고, 비명이 들판에 가득했다. 검은 말 위에서 흑인 장수 다구치는 칼을 빼 들고 병사들을 독려했다.

"대열을 정비하라! 계속 전진한다!"

다구치의 외침 아래, 검은 깃발을 앞세운 일본군은 쓰러진 병사들의 주검을 넘고 다시 성벽을 향해 달려들었다. 동문 성벽에서 성 판관이 외쳤다.

"장전 궁수, 준비하라!"

궁수들은 장전(長箭: 긴 화살)을 활에 재며 숨을 골랐다. 적이 백오십 보 정도로 접근하자, 북장대에서 신호가 떨어졌다. 동시에 성 판관이 외쳤다.

"쏘아라!"

성가퀴 위에서 날아간 화살이 하늘을 가르며 쏟아졌다. 화살 비에 조총부대 선두 열이 쓰러졌고, 뒤따르던 병사들도 주춤했다. 궁수들은 쉴 틈 없이 연발로 쏘아대었다. 일본군은 조총으로 맞섰지만, 탄환은 성벽까지 닿지 못했다.

일본군이 진격을 멈추자, 다구치는 말을 몰며 병사들을 다그쳤다.

"멈추지 말라! 조총부대, 사정거리까지 빠르게 접근하라!"

다구치는 칼을 휘두르며 조총부대가 진형을 갖추어 전진하도록 지휘했다.

"조총부대, 삼열 횡대로 전진!"

북장대에서 이를 지켜보던 김시민은 곧바로 시약을 불렀다.

"왜총 부대가 삼열 대형이다. 재장전하는 공백을 없애고 연속사격을 노린 전술이다. 성 판관에게 급히 전령을 보내라. 백 보 이내 접근 시 몸을 드러내지 말고, 총안을 통해서만 공격하게 하라. 한 병사도 헛되이 잃어서는 안 된다!"

일본군은 두려움 없이 계속해서 성으로 다가왔다. 이천여 명의 조총부대가 성벽 백이십 보 거리까지 접근했다.

"총통병과 궁수는 준비하라!"

김시민의 명령이 떨어지자, 북장대에서 대장기가 좌우로 흔들렸다. 이를 신호로 빠른 북소리와 함께 성벽마다 신호기가 휘날렸다. 박 참군이 소리쳤다.

"총통병, 발사하라!"

승자총통에서 일제히 불길이 뿜어져 나왔다. 적 조총부대 선두 열이 탄환에 맞아 줄지어 쓰러졌고, 적진은 크게 흔들렸다. 총통병이 재장전을 위해 뒤로 빠지는 순간, 박석무가 외쳤다.

"궁수 1열, 발사하라!"

긴 화살이 하늘을 덮었다. 총통 공격에 휘청거리던 적진은 혼란에 빠졌다. 궁수가 연속으로 긴 화살을 세 차례 날리자, 박석무는 뒷줄에 있는 궁수에게 외쳤다.

"궁수 2열, 발사하라!"

궁수는 편전을 연속으로 발사했다. 애기살은 가볍고 빨라 방향을 예측하기 어렵고, 갑옷 틈새를 파고들었다. 넘어지는 적병의 비명이 들판을 가득 메웠다. 박석무는 숨 돌릴 틈 없이 외쳤다.

"총통병, 교대하라!"

총통병은 궁수들이 여섯 차례 화살을 발사하는 동안에 빠르게 재장전 작업을 마쳤다. 총통 약실에 심지를 꽂은 후, 화약을 넣고 진흙을 다져 넣었다. 박석무가 소리쳤다.

"총통병, 발사하라!"

총통마다 탄환 십여 발이 한꺼번에 발사되자, 동쪽 성벽에서 굉음이 울렸다. 장전과 편전 화살 공격에 이어 다시 승자총통 산탄 세례를 받은 일본군은 완전 기세가 꺾였다. 혼란이 가득한 채 병사들이 무참히 쓰러지자, 조총부대는 등을 돌려 퇴각하기 시작했다.

흑인 장수 다구치

다구치는 말을 몰아 질풍처럼 전장을 누비며, 후퇴하는 병사들을 돌려세웠다. 그는 칼을 휘두르며 조총부대의 대열을 거칠게 되돌리고, 순식간에 성벽 팔십 보 앞까지 진격했다.

북장대에서 적의 움직임을 주시하던 김시민은 지체 없이 지시했다.

"모두 엎드려라!"

병사들은 성가퀴 뒤로 몸을 바짝 숨겼다. 김시민은 검은 깃발을 올리고 북을 천천히 두드려 기다리라는 신호를 보냈다. 성 판관이 목청껏 외쳤다.

"총안(銃眼)에 배치된 군사만 대응하라! 나머지는 엎드려라!"

삼열 횡대로 늘어선 일본군 조총부대, 첫 번째 열이 성 위를 향해 총구를 들어 올렸다. 심지가 타들어 가자, 곧 굉음이 터졌고, 번쩍이는 화염과 함께 화약 연기가 들판과 성벽을 자욱하게 덮었다. 두 번째, 세 번째 열이 잇달아 발사하면서, 땅이 진동하고 탄환 튀기는 소리에 성벽이 울렸다.

조선군은 몸을 낮춘 채 숨을 죽였다. 다구치는 조선군이 얼굴도 내밀지 않자, 궁수들에게 지시했다.

"성 위로 화살을 쏴라!"

화살이 포물선을 그리며 성안으로 쏟아져 내렸다. 군관들이 외쳤다.

"방패로 몸을 가려라!"

군사들은 방패를 들고 몸을 웅크렸다. 성 위는 거센 비를 만난 듯, 화살이 쏟아지는 소리로 가득 찼다. 다구치 야스케는 거칠게 숨을 몰아쉬며, 성벽 가까이 말을 달리며 군사들을 독려했다.

"성벽으로 돌진하라!"

조총부대가 연이어 사격을 퍼붓는 틈을 타, 일본군은 대나무 사다리 수백 개를 짊어지고 성벽으로 달려들었다. 조총병들은 돌진하는 병사들을 엄호하려, 성 위로 끊임없이 총탄을 퍼부었다.

성벽까지 칠십 보 지점, 돌진하던 일본군은 일제히 비명을 지르며 주저앉았다.

"아악!"

땅에 촘촘히 깔린 철제 마름쇠가 병사들의 발에 박힌 것이다. 병사들은 피를 흘리며, 주저앉거나 비틀거렸다. 기동하기 편한 가벼운 옷차림에 짚신이나 맨발로 달려든 일본군은 날카로운 철 가시에 속수무책으로 쓰러졌다.

다구치가 소리쳤다.

"대나무 사다리와 죽편을 연결해 깔고 넘어라!"

전장을 주시하던 나가오카는 부관에게 지시했다.

"북문 쪽 3군 조총병 이천 명, 곧바로 동문으로 이동하여 2군을 지원하게 하라!"

동문 성벽 앞, 조총병들이 밀집해 일제히 성 위로 사격을 퍼부었다. 총알이 날아와 성벽 여기저기에 박히는 소리가 병사들 귓전을 때렸다. 성 위의 조선 군사들은 성가퀴 뒤에 몸을 바짝 엎드렸다. 그 틈을 타 일본군은 해자 앞까지 쇄도했다. 한 사다리에 보병 오십 명이 달라붙어, 순식간에 동쪽 성벽 해자 앞은 일본군으로 가득 찼다.

다구치는 병사들을 향해 외쳤다.

"해자를 메워라!, 사다리를 걸쳐라! 조총부대는 엄호하라!"

그 외침에 따라 일본군은 해자를 메우기 시작했고, 조총병들은 이들을 엄호하며, 성벽 위로 사격을 퍼부었다. 조선군은 총탄의 비를 뚫고 반격할 엄두도 낼 수 없었다.

북장대에서 상황을 살피던 김시민은 동문 쪽 위기를 직감했다. 대장기는 허공을 가르며 왼쪽으로 크게 움직였다. 그 신호를 본 서쪽 성벽과 남문을 지키던 병사들이 즉각 움직였다.

"전 병력, 동문으로 이동하라!"
병사들의 발소리가 성벽을 울렸다.

왜군은 해자를 메우기 위해 목재와 소나무 가지를 끊임없이 던져 넣었다. 김시민은 동문 쪽 적들의 움직임을 살피면서, 꿈속에서 본 광경이 떠올랐다. 성 판관은 미리 내려진 목사의 지시에 따라 명령을 내렸다.
"기름단지와 화약단지를 던져라! 불화살을 쏴라!"
함성과 함께 기름단지와 화약단지가 해자 위를 덮은 나뭇더미로 날아갔다. 뒤이어 화약을 종이에 싸 풀로 묶은 불화살들이 하늘을 갈랐다. 불화살이 해자 위 솔가지 더미에 떨어지자, 화약과 기름이 불길을 삼키며 폭발했다. 해자는 순식간에 불바다로 변했다. 해자를 건너려던 왜군들은 대나무 사다리로 엮은 가교 위에서 비명을 지르며 뛰어내렸고, 가교는 불길과 폭발에 휩싸여 무너져 내렸다.
조선군은 이 틈을 놓치지 않았다. 총통과 활을 근총안에 끼워 성벽 아래로 탄환과 화살을 소나기처럼 퍼부었다. 불길에 휩싸인 해자 앞에 몰려 있던 왜군들은 화살과 탄환에 맞아 겹겹이 쓰러졌.
요네모치는 모토지마의 눈치를 살피며 말했다.
"다구치가 오랜만에 힘든 상대를 만난 듯합니다."
모토지마는 굳은 얼굴로 말했다.
"병사들이 밤새 제대로 잠을 못 잔 탓인가... 공격이 매섭지 못하다."

향교 뒷산 언덕에서 전투 상황을 지켜보던 나가오카는 탄식했다.

"해자를 건너려다 너무 많은 병사를 잃었다. 해자의 물을 빼고, 흙으로 메워야 한다."

2군 대장 모토지마는 성벽에서 사백 보정도 떨어진 곳에서 전열을 재정비하며 외쳤다.

"적은 지쳤다! 다시 진을 정비하여 돌격한다! 성벽에 가장 먼저 도달한 자, 이치방토리(一番取)에게는 은전 열 냥과 토지를 하사하겠다! 성벽을 가장 먼저 오른 자, 이치방노리(一番乗)에게는 금전 열 냥과 토지와 함께 영원한 명예를 안기겠다! 죽더라도 가족이 상금을 받을 것이다. 반드시 성을 함락하라!"

일본군은 눈빛을 번쩍이며, 함성을 질렀다. 그들이 탐하는 것은 단순한 물질이 아니었다. 이치방토리와 이치방노리는 무사로서 최고 명예였다. 병사들은 우레 같은 함성을 터뜨리며, 앞다퉈 성벽을 향해 달렸다.

돌격장 다구치는 전의에 불타는 군사를 이끌고 다시 공격에 나섰다. 다구치는 대나무 방패를 든 조총부대에게 명령했다.

"성 위로 발사하라!"

맹렬한 사격이 성벽을 뒤흔들자, 조선군은 성가퀴 뒤로 몸을 숨겼다. 곧이어 다구치의 외침이 뒤를 이었다.

"속히 성에 접근하라!"

조총부대가 또다시 성벽을 향해 집중 사격을 퍼붓는 사이, 일본군 선봉대는 대나무 사다리를 들고 해자로 돌진했다. 해자 앞에서도 그들은 멈추지 않았다. 앞장선 사무라이가 외쳤다.

"이치방토리는 내 것이다!"

그는 갑옷을 벗어 던지고, 차가운 물로 뛰어들었다. 물속에서 자맥질하며 성벽을 향해 나아갔다. 탄환이 튀고 화살이 곁을 스쳤지만, 그는 끝내 해자를 건넜다.

"기무라 가즈요시, 이치방토리!"

그는 성벽 앞에 선 채 포효했다. 뒤이어 수십 명의 병사들이 기세를 받아 해자에 몸을 던졌다. 대나무 사다리가 성벽에 걸치자, 일본군은 물밀듯이 성벽으로 기어올랐다. 사다리는 대나무를 조밀히 엮어 멍석을 깔았기에 서너 명이 동시에 오를 수 있었다.

성 밑에서는 조총부대가 성가퀴를 향해 끊임없이 사격을 퍼부으며 성을 오르는 군사를 엄호했다. 성 판관과 군관들은 외쳤다.

"반드시 막아라!"

"사다리를 밀어라!"

성 위의 조선군은 사다리를 밧줄에 걸어 힘껏 옆으로 밀었다. 사다리에 매달린 왜군들은 비명과 함께 나뭇잎처럼 떨어졌다.

"사다리를 고정해라. 조총부대는 엄호하라!"

다구치가 말 위에서 소리쳤다. 일본군은 사다리에 달려들어 조선군이 밀어서 넘어지는 것을 막았다. 조선군은 근총안에 총통과 활을 걸고 사다리를 기어오르는 왜군을 향해 탄환과 화살을 쏘았다. 사다리를 타고 오르는 적들은 양손이 묶여 있어, 방어할 틈이 없었다. 수성군의 치열한 공세로 수많은 일본군이 사다리에서 떨어져 죽어갔다. 하지만 더 많은 일본군이 멍석이 깔린 사다리를 타고 끊임없이 성벽을 기어올랐다. 왜군들은 한 손에 방패를 들고 사다리를 오르며, 쏟아지는 탄환과 화살을 막아냈다.

근총안으로는 성벽에 달라붙은 일본군을 조준하기가 어려웠다. 결국 조선군은 몸을 드러내야 했다. 성가퀴 위로 고개를 내민 순간, 조총병들이 조준사격을 퍼부었다. 성벽 곳곳에서 조선군의 비명이 연이어 터져 나왔다. 성 위의 돌들은 피로 물들었고, 동문 성벽은 삶과 죽음이 뒤엉킨 참혹한 전쟁터로 변해갔다.

장창부대

　북장대에 선 김시민은 적의 공성 전술을 살피고 있었다. 대나무 사다리를 들고 해자를 건너 성벽을 오르는 적병들 뒤로, 왜총 부대가 사격 대형을 갖추고 엄호사격을 준비하고 있었다.
　김시민은 시약을 불렀다.
　"동문에 급히 전령을 보내라. 왜총 부대가 사다리를 타는 병사들을 엄호하고 있다. 적이 성벽 높은 곳까지 오르기 전까지는, 절대로 몸을 드러내지 말게 하라!"
　이때 서쪽과 남쪽 성벽을 지키던 병사들이 동문 성벽을 지원하러 달려왔다. 흩어졌던 조선군 사기가 다시 끓어올랐다. 김시민은 일본군이 성벽 삼 분의 이 지점까지 오르자, 칼을 번쩍 들었다. 북장대에서 대장기가 좌우로 흔들렸고, 빠른 북소리가 성곽 전체에 울려 퍼졌다. 성 판관이 목청껏 외쳤다.
　"지금이다! 공격하라!"

조선군은 성가퀴 아래에서 몸을 일으켜 기어오르는 일본군을 향해 활을 쏘아댔다. 조총병들은 피아가 뒤엉킨 탓에 사격을 감행할 수 없었다. 조선군은 이 틈을 놓치지 않았다. 성벽을 오르던 왜군은 썩은 나뭇가지처럼 순식간에 추락했고, 탄환과 화살이 비처럼 쏟아지자, 비명이 성벽을 타고 메아리쳤다.

다쿠지가 조총부대를 향해 고함쳤다.

"아군이 맞아도 상관없다! 성벽 위에 조선군이 보이는 대로 쏴라!"

해자 건너편에서 조총부대가 성 위를 향해 일제히 발사했다. 성벽 위에 몸을 드러낸 병사들은 총탄에 맞아 차례로 쓰러졌다. 성 위에서 공격이 잠시 뜸해지자, 그 틈을 타 한 병사가 빠르게 성벽을 올라 성가퀴 위 옥개석을 붙들고 올라섰다. 성가퀴를 넘어 성벽에 오른 그는 가슴이 터질 듯한 감격을 느꼈다.

"하세가와 미쓰야스, 내가 이치방노리다!"

그는 손을 번쩍 들고 포효했다. 뒤따르던 일본군도 성 위로 오르기 시작했다. 칼을 뽑아 든 일본군 병사가 조선군을 베었다. 목이 베인 조선군은 피를 뿜으며 엎어졌다. 붉은 피를 뒤집어쓴 적의 모습에 조선군은 움찔했다. 수성군 사이에 공포가 엄습했다. 박석무는 목청을 돋우어 소리쳤다.

"장창부대, 준비하라!"

그는 바닥의 장창을 들며 침착하게 명령했다.

"장창병은 창을 들어라! 적을 성벽으로 몰아라!"

궁수를 겸한 장창병들은 활을 내려놓고 창을 들었다. 장창병들은 긴 창을 겨누어 성 위에 오른 왜군을 성벽 가장자리로 몰았다. 왜군은 칼로 창을 베었으나, 그사이에 다른 장창병이 일본 병사 머리를 내려쳤다. 왜군은 칼로 막으며 뒤로 물러나 조선군을 벨 기회를 노리고 있었다. 박석무는 궁수들에게 소리쳤다.

"지금이다! 활을 쏘아라!"

궁수들은 거리를 두고 떨어져 있는 왜군에게 일제히 화살을 날렸다. 성 위에 오른 왜군은 온몸에 화살을 맞고 비틀거리다 쓰러졌다. 사다리를 타고 뒤따라 오르던 일본군들도 성가퀴를 잡는 순간, 화살을 맞아 성벽 아래로 떨어졌다. 성벽 위로 올라온 왜군은 장창병과 궁수들에 의해 차례차례 쓰러졌다.

일본군은 당황하여 뒷걸음질 쳤다. 장창병은 계속해서 밀어붙였고, 칼을 들고 달려드는 왜적도 창끝에 꿰여 바닥에 쓰러졌다. 뒤로 물러서면, 기다렸다는 듯 화살이 쏟아졌다. 적은 끊임없이 기어올랐지만, 올라오는 족족 창끝과 화살에 피를 흘리며 쓰러졌다.

조선군 장창병은 성벽 아래를 내려다보며 사다리를 기어오르는 적을 향해 찔렀다. 창은 한 번 적의 몸에 박히면 쉽게 빠지지 않아 다음 적을 상대하기가 어려웠다. 박석무가 외쳤다.

"겸창병만 나서라!"

창끝에 낫이 달린 겸창(鎌槍)을 든 병사들이 나섰다. 그들은 사다리를 오르는 적의 머리와 목을 가차 없이 훑어 베었다. 성 판관은 조총부대가 성 위에 오르는 일본군이 맞을까 우려하여 공격을 멈춘 걸 확인하고 외쳤다.

"궁수는 사다리를 기어오르는 적을 물리쳐라."

조선군 궁수는 무방비로 사다리를 기어오르는 일본군을 향해 활을 쏘아댔다. 왜군은 활에 맞아 비명을 지르며 성벽 아래로 떨어졌다.

일본군은 수적 우위를 앞세워 한 부대가 무너지면 곧바로 다음 부대를 투입했다. 그 부대가 물러나면 다시 다음 부대로 교대하여 잠시도 공세의 고삐를 놓지 않았다. 죽이고 떨어뜨려도 계속해서 사다리를 악착같이 기어오르는 적의 공세는 수성군의 혼을 빼놓았다. 병사들은 숨 돌릴 겨를도 없이 달려드는 적을 막느라 목구멍에서 단내가 올라왔다.

"악귀 같은 놈들이다."

박석무는 땀과 피에 젖은 얼굴로 병사들을 독려했다.

"물러서지 말라! 맡은 자리를 지켜내지 못하면 모두가 죽는다. 한 놈이라도 더 죽여라!"

일본군의 공격은 파도처럼 이어졌다. 하나가 덮치면 곧장 다음이 밀려왔다. 성안의 병사들은 지칠 대로 지쳤고, 성벽을 타고 오르는 적의 숫자가 점점 늘어났다. 성벽 위 군사들은 죽을힘을 다해 그들을 막아냈다. 왜군들이 조만간에 성벽 위로 넘쳐 올라와 성이 곧 함락당할 기세로 위태로웠다.

김시민은 지친 동문 쪽 병력을 새 병력으로 교체했다.
"성 판관과 병사들은 물러나 부상자를 돌봐라. 새 병력을 동문 쪽 성벽에 투입한다!"
김시민은 이광악에게 장창병 삼백, 군사 천이백을 맡기고 동문 쪽 방어를 지휘하게 했다. 새로 투입된 장창병들은 조를 이루어 성벽을 기어오르는 왜군에게 창을 거세게 휘둘렀다. 진주성 성벽 위는 그야말로 아비규환, 지옥 그 자체였다. 죽이고, 떨어뜨려도, 일본군은 부대를 교체하며 공격을 멈추지 않았다. 사다리는 끊임없이 세워졌고, 성벽은 위태로웠다. 수성군은 마지막 힘을 짜내며 몰려드는 적을 막았다. 김시민은 군사들을 독려했다.
"북을 더욱 빨리 쳐라!"

강궁

성벽 너머, 거구의 장수가 칠흑 같은 말을 타고 군사들을 독려하고 있었다. 검은 투구에 검은 말을 탄 그 장수는, 일본군을 몰아 거센 파도처럼 성벽으로 밀어붙이고 있었다. 김시민은 그를 노려보았다. 그 장수는 팔과 손을 새까맣게 칠해, 마치 밤을 삼킨 야차(夜叉) 같았다. 강철로 엮은 갑옷이 햇빛에 번뜩였고, 거대한 체구는 전장을 압도했다.

검은 괴물 장수가 이끄는 부대가 기어이 해자를 건너 성으로 오를 때, 섬뜩한 심정이었다. 죽음을 부르는 저승사자처럼 그가 나서면, 전장의 기운이 달라졌다. 병사들은 검은 깃발을 나부끼고 살기(殺氣)를 내뿜으며, 죽음을 두려워하지 않는 듯 그의 지휘를 따랐다. 일본군은 끊임없이 부대를 교대하며 성을 두드렸지만, 이 장수가 선두에 설 때마다 조선군의 피해는 눈에 띄게 늘어났다. 수성군은 점점 지쳐 이대로 기세가 꺾이면 자칫 성이 함락당할 위기에 놓였다.

김시민은 병서 한 구절이 떠올랐다.

'사람을 잡으려면 말을 먼저 쏘고, 적을 잡으려면 우두머리부터 잡아라(射人先射馬, 擒賊先擒王).'

김시민은 강궁을 손에 들고 북장대에서 내려와, 동문 쪽 성벽 위로 몸을 옮겼다. 총안(銃眼) 너머로 검은 투구의 장수가 눈에 들어왔다. 수많은 적 가운데서도, 그 존재는 마치 짙은 먹구름처럼 선명했다. 김시민의 눈은 한 점 흐트러짐 없이 적장의 움직임을 쫓았다. 검은 갑주를 입고 앞장서 성을 향해 달려드는 모습은, 승리에 익숙한 장수처럼 보였다.

김시민은 강철 화살을 시위에 올리고, 팔뚝에 힘을 가득 모았다. 손에 들린 강궁은 무게감이 익숙하였다. 전장 너머의 적장을 향해, 김시민의 시선은 하나의 화살처럼 곧게 뻗어갔다. 그의 시선은 적장 갑옷 틈새를 살폈다. 바람 방향과 속도, 적장 움직임을 가늠하며, 활시위를 한층 더 팽팽히 당겼다.

숨을 고른 순간, 검은 장수가 칼을 높이 쳐들며 돌격을 지휘했다. 김시민은 숨을 멈추고, 손을 놓았다.

"쐐애앵!"

김시민의 손을 떠난 강철 화살이 공기를 가르며 날아갔다. 적장은 어딘가 본능적으로 위험을 느꼈는지 고개를 돌렸지만, 이미 늦었다. 쇠 화살은 번개처럼 적장의 가슴을 꿰뚫었다. 거구의 장수는 충격에 휘청거리며 말을 놓쳤고, 허공을 허우적거리며 땅으로 곤두박질쳤다.

"적장이 쓰러졌다!"

성 위는 환호성으로 들끓었다.

"신궁이시다. 저 갑옷을 뚫다니…"

일본군은 즉시 커다란 동요에 휩싸였다. 군사들이 다급히 거구의 장수를 둘러업고 등을 보이며 달아났고, 그 틈을 조선군은 놓치지 않았다.

"모두 공격하라!"

김시민의 명령에 맞춰 북소리가 하늘을 찢었다. 탄환과 화살이 후퇴하는 일본군을 향해 쏟아졌다. 일본군의 전열은 무너지고, 혼란은 퍼져나갔다. 기세등등하던 일본군은 조선군의 결사적인 저지에 막혀 피해만 늘어났다. 일본군 부대는 피할 공간도 없이 벌판에서 조선군 공격에 그대로 노출되었다.

"현자총통을 방포하라!"

조란탄이 굉음을 내며 날아가 사방으로 퍼지면서, 후퇴하는 왜군 수십 명을 한꺼번에 쓰러뜨렸다. 흙먼지와 함께 벌판은 순식간에 피로 물들었다. 해는 어느덧 서산에 기울고, 벌판은 일본군 시체로 뒤덮였다.

밀고 밀리는 공방전이 멈추고, 전선은 소강상태에 들어갔다. 성벽 위에 선 김시민은 전장의 참혹함을 묵묵히 바라보았다. 매캐한 화약 내음과 피비린내가 스민 바람이 성벽을 감돌았다. 곳곳에서 부상병들이 부축받으며 성안으로 실려 나갔다. 그때, 성가퀴 한편에 기대 신음하는 젊은 병사 하나가 눈에 들어왔다.

김시민은 곧장 병사에게 다가갔다. 어깨를 스친 왜총의 탄환에 살점이 터지고, 피가 옷을 적시고 있었다. 그는 옷자락을 찢어 지혈했다. 병사는 흐릿한 눈으로 그를 바라보며, 힘겹게 말했다.

"목사님... 우리가... 왜적을 물리쳤습니더..."

김시민은 병사의 어깨를 조심스럽게 부축하며 말했다.

"그래, 우리가 지켜냈다. 너의 이름은 무엇이고, 고향은 어디냐?"

"지는... 바우입니더. 함양 개평에서 온..."

병사는 입술을 달싹이며 답했고, 김시민은 고개를 끄덕였다.

"너의 이름과 고향, 모두 기억하겠다. 네 가족 또한 너를 자랑스러워할 것이다."

곧 군사들이 달려와 병사를 부축했다. 김시민은 병사들이 부상병을 성안으로 옮기는 모습을 묵묵히 지켜보았다. 성벽 아래로 붉게 물든 대지 위에 연기가 피어오르고 있었다. 그 너머, 어둠이 조용히 진주성을 향해 다가오고 있었다.

의병장 최강과 이달

 고성에서 진주성을 응원하러 달려온 두 의병장, 최강과 이달. 의병들을 거느리고 진주성 남쪽을 흐르는 남강 근처에 접근하니 총성과 함성으로 전투가 한창이었다. 최강은 이달과 의논했다.
 "일단 밤이 되기를 기다려야 하네. 흩어져서 어두워지기를 기다리세."
 두 의병장은 각기 다른 방향으로 흩어졌다. 최강은 군사를 이끌고 남강 남서쪽의 망진산으로 향했고, 이달은 대숲이 우거진 강변 근처에 군을 숨겼다. 진주성에서 쏟아지는 북소리와 함성에 이달의 병사들은 주먹을 불끈 쥐었다. 그때였다. 백여 명의 일본군이 왁자지껄 떠들며 대나무 숲으로 다가왔다. 이달은 병사들을 대숲 깊숙이 숨겼다.
 "왜놈들이 무장을 풀고, 작업할 때까지 기다려라."
 일본군은 조총과 칼을 내려놓고, 대나무를 베어 넘기기 시작했다. 마디가 꺾이는 날카로운 소리와 함께 대숲은 크게 흔들렸다. 이달은 속삭이듯 명령했다.

"지금이다. 소리 없이 접근하라."

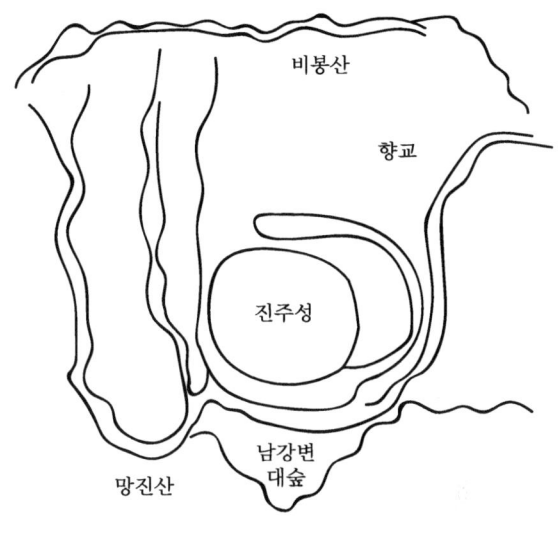

지도6 최강(망진산), 이달(남강변) 부대의 출현

이달과 의병들은 작업에 열중인 일본군을 기습 공격하였다. 대나무 사이에서 튀어나온 칼날이 무장 풀린 왜군들을 무자비하게 베어 넘겼다. 치명적인 기습은 순식간에 끝났다.

땅거미가 지고 서서히 어둠이 밀려오자, 왜군의 공격이 멈추고 전선은 고요해졌다. 망진산에서 밤이 되기를 기다린 최강과 의병들은 움직이기 시작했다. 최강은 의병에게 명령했다.

"횃불을 양손에 들어라. 강 건너 진주성과 왜군 본진을 내려다보며 산등성이를 따라 움직여라. 북을 치고 꽹과리를 울리고 함성을 질러라. 수천 군사가 몰려온 듯 보여야 한다."

의병들은 횃불을 들고 능선을 오르내리며 움직였다. 북과 꽹과리가 울렸고, 산을 따라 함성이 파도처럼 번졌다. 망진산에서 울려 퍼지는 소리는 밤공기를 타고 성안 군사들과 성을 넘어 일본군들에게도 들렸다. 성벽 위 병사들은 기뻐하며 소리쳤다.

"의병이다! 망진산에 의병들이 나타났다!"

"이는 필시 고성이나 사천에서 우릴 응원하러 온 게다!"

망진산에서 횃불이 보이자, 이달도 의병들을 이끌고 대숲에서 벗어나 강변으로 나섰다. 그의 병사들도 횃불을 들고 북과 꽹과리를 치며, 강 건너 진주성을 향해 함성을 질렀다. 북소리와 꽹과리 소리, 함성과 함께 불꽃이 강물에 출렁였다.

판관 성수경이 김시민에게 고했다.

"고성의 의병장들인 듯합니다."

김시민은 깊이 고개를 끄덕이며 감탄했다.

"천군만마로다. 용케 왜적들을 피해 왔구나. 산과 강변에 수많은 불빛이 비치니, 만 명의 군사로 보이는구나."

성벽 위에선 횃불과 북소리를 보며 말들이 오갔다.

"천명도 안 되는 병력일 터인데, 저리도 많아 보이다니…"

"의병장들이 모두 용병술의 대가로세."

김시민은 조용히 중얼거렸다.

"진주성은 외롭지 않다. 군사들도 힘을 얻었을 것이다."

망진산과 강변을 타고 울려 퍼진 의병들의 기세는 성안의 군사들에게 새로운 기운을 북돋웠고, 일본군 진영엔 묵직한 불안을 던졌다. 나가오카는 깊은 고민에 빠졌다.

"비봉산에 이어 망진산이라…"

그는 측근 장수 이쿠다를 불렀다.

"강을 건너 쫓는 건 무리다. 하지만 성안의 군사들이 응원군 덕분에 사기가 오르는 걸 두고만 볼 수는 없다. 네가 제안한 방안을 쓰자."

그날 밤, 일본군은 포로로 잡아 온 조선 아이들을 끌어내 성문 앞으로 보냈다.

포로로 잡힌 아이들

성벽 위에서 경계하던 병사들에게 어디선가 낮고 낯선 소리가 들려왔다.

"저건... 노랫소리 아닌교?"

병장기를 옆에 풀어두고 지친 몸을 쉬고 있던 병사들도 일어나 성 밖을 내려다보았다.

"저기... 아이들 아닙니꺼?"

병사들의 얼굴이 굳어졌다. 아이들이 떨리는 목소리로 노래를 부르며 성을 향해 접근하고 있었다. 열두어 살 남짓, 허기와 공포로 비틀거리며 수십 명이 줄을 맞춰 노래를 부르며 걸어오고 있었다. 아이들 목소리는 점점 가까워지며 성벽을 울렸.

"한양이 함락되고
팔도가 모두 무너졌는데,
새장 같은 작은 성 하나 지켜

무슨 소용이겠어요?
성문을 열고 항복하는 것이 살길이에요.
오늘 밤에 개산아비가 와서
장수 셋 목을 깃대 위에 건대요."
병사들은 노래 가사를 듣는 순간 멈칫했다. 피로에 지쳐 쉬고 있던 그들의 눈빛이 분노와 슬픔으로 변했다. 노예 상인에게 팔기 위해 조선 아이들을 포로로 잡은 왜군의 만행에 피가 거꾸로 솟구쳤다.

"저 아이들... 포로로 잡힌 아이들이야. 왜놈들이 시킨 거야."
"기병을 내보내 재빨리 아이들을 데려와야 해!"
"그건 안 돼! 함정일 수 있어. 왜적이 노리는 건 바로 그거야!"
아이들의 노래는 멈추지 않았다.
"한양이 함락되고 팔도가 모두 무너졌는데,
새장 같은 작은 성 하나 지켜 무슨 소용이겠어요?
성문을 열고 항복하는 것이 살길이예요..."
성벽 위에서 고함이 터졌다.
"야, 이놈들아! 정신 차려! 원수 놈이 시키는 말에 놀아나지 마!"
아이들은 조선 군사들의 외침에 멈칫했으나, 누군가의 재촉으로 계속 노래했다. 노래라기보다 울음에 가까운 외침이었다. 한 병사는 두 손으로 얼굴을 감싸며 흐느꼈다.

"내 아들이 생각나서..."

성안은 참담한 침묵에 휩싸였다. 성안 병사들은 분노와 자책감에 휩싸였다.

김시약은 이를 갈며 씩씩거렸다.

"죽일 놈들! 아이들을 전장에 내세우다니…"

김시민이 다독거렸다.

"우리를 동요케 하여, 사기를 꺾으려는 술책이다."

성 판관은 망루에 있는 김시민을 찾았다. 김시민은 성 밖을 말없이 바라보고 있었다. 성수경이 조심스럽게 말을 꺼냈다.

"병사들이 흔들리고 있습니다. 기세를 끌어올려야 하겠습니다."

김시민이 반응을 보이지 않자, 그는 주저하다가 말을 이었다.

"불을 밝히고 풍물놀이를 여는 것이 어떻겠습니까. 북과 장구, 꽹과리가 울려 퍼지면, 병사들 마음이 다시…"

김시민은 고개를 저었다.

"흥으로 덮을 일이 아니다."

그의 목소리는 낮지만 단호했다.

"우리는 이 아픔을 안고 싸워야 한다."

잠시 무거운 정적이 흘렀다. 그 정적을 가르며, 김시민은 아주 낮은 목소리로 노래를 부르기 시작했다.

"우리는 이 성을 지킨다~ 쾌재(快哉)라 칭칭나네~"

낮게 흐르는 노랫소리는 슬프면서도 놀랍게도 굳세었다. 성 판관은 눈을 크게 떴다. 그는 상상하지 못한 목사의 모습에 멍하니 지켜보았다. 주변에 있던 장수와 군관들도 놀라 김시민의 곁으로 다가왔다. 낯선 광경이었으나, 노랫소리는 그들의 가슴을 때렸다.

"원수의 왜적을 물리친다~ 쾌재라 칭칭나네~"

슬픔과 분노를 머금은 노래 구절이 바람을 타고 진주성을 맴돌았다. 이눌이 조용히 북을 가져왔다. 그가 북을 두드리자, 장수와 군관들은 하나둘, 입을 열었다.

"우리는 이 성을 지킨다~"

"쾌재라 칭칭나네~"

"원수의 왜적을 물리친다~"

"쾌재라 칭칭나네~"

노래는 점점 커지고, 넓게 번졌다. 성벽 구석구석에서 병사들도 노랫소리를 듣고 입을 떼기 시작했다.

"쾌재라 칭칭나네~!"

"쾌재라 칭칭나네~!"

단순한 후렴이 입에서 입으로, 가슴에서 가슴으로 번졌다.

"우리는 이 성을 지킨다~!"

"쾌재라 칭칭나네~!"

"원수의 왜적을 물리친다~!"

"쾌재라 칭칭나네~!"

그들 목소리는 성벽을 넘어 멀리까지 울려 퍼졌다.

김시민은 천천히 망루에서 내려왔다. 그는 성벽을 따라 병사들 사이로 천천히 걸었다. 김시민은 병사들의 눈을 하나하나 맞추며 외쳤다.

"병사들이여! 왜적이 아이들까지 내세워 우릴 흔들려 하고 있다. 그것이 무엇을 의미하는가?"

병사들은 그의 목소리에 귀를 기울였다.

"왜적이 저토록 애써 우리를 흔드는 이유는 단 하나... 우리가 두렵기 때문이다!"

그의 목소리는 성벽을 울렸다.

"우리가 지키고자 하는 건 단지 성이 아니다. 이 나라 땅이요, 백성이다."

"우리가 물러서지 않으면, 결코 왜적이 이 성을 차지할 수 없다."

그는 칼을 뽑아 높이 들었다.

"한 치도 물러서지 말자! 끝까지 싸우자!"

병사들은 함성을 지르며 호응했다.

"한 치도 물러서지 말자!"

"끝까지 싸우자!"

목사의 결의에 찬 호소는 병사들 가슴에 불을 지폈다. 그들 눈빛은 다시 타오르고 있었다.

진주성에서 함께 부르는 노랫소리가 일본군 진영까지 들려왔다.

낮게 깔리는 북소리와 함께, 비장한 음률이 어둠을 타고 스며들었다. 곧이어 함성도 터져 나왔다. 그 소리에 나가오카는 소름이 돋았다.

"모쿠소... 발악을 하는구나. 하지만 여기까지다."

그는 곧바로 장수들을 불러 모았다.

"진주성을 무너뜨리려면 압도적인 공성 장비가 필요하다. 오늘 우리는 거의 성을 점령할 뻔했으나, 성 위에 오른 병사들을 따라 오를 사다리가 부족했다. 내일은 성벽을 뒤덮을 만큼 대나무 사다리를 걸치고 성에 올라야 한다."

그는 카스야에게 눈을 돌렸다.

"카스야 공, 대나무 사다리 백 개를 추가로 준비해 주시오. 성벽에 쉽게 오르기 위해, 바퀴 달린 산대(山臺)도 만들어야 한다. 그 일은 이쿠다에게 맡긴다."

그는 오키모토를 바라보며 물었다.

"적이 허점을 보이는 곳은 어디인가. 험준한 지형만 믿고, 방비가 허술해 보이는 남문과 서문 쪽 공격은 어떤가?"

오키모토가 답하기를 머뭇거리자, 모토지마가 대신 말했다.

"남문 쪽은 강을 건너야 하고, 서쪽 또한 절벽 위에 성벽이 세워져 공략이 쉽지 않습니다. 다만 적은 동문 쪽이 가장 취약하다고 판단하고 방비를 집중하는 듯하니, 오히려 북문 쪽 성벽을 노려볼만 합니다."

나가오카는 고개를 끄덕이며 말했다.

"과연 이십만 석 영주다운 판단이오. 내 생각도 같소. 모토지마 공은 북문 앞 연못의 물을 빼는 방안을 찾으시오. 그러면 동문 앞 해자도 영향을 받을 것이오. 하루빨리, 이 전투를 끝장냅시다."

진주성 북장대, 김시민은 장수와 군관들을 소집했다. 그의 얼굴은 피로가 묻어 있었지만, 눈빛만큼은 여전히 날이 서 있었다.
"오늘 하루에만 일곱 차례 싸워, 일곱 번 모두 물리쳤소. 여러분과 병사들 덕분이오. 오늘 적의 일부가 성에 오르는 데 성공했으니, 내일은 그보다 더 맹렬한 공격이 예상되오."
성 판관이 걱정스럽게 말했다.
"병사들이 이틀을 꼬박 쉬지 않고 싸웠습니다. 기력이 바닥난 자가 많습니다."
김시민은 고개를 끄덕이며 답했다.
"밤새 군사들이 편히 쉬고 기운을 회복하게 하시오. 적 기세를 살피니, 왜적은 대개 아침에 기세가 등등하고, 한낮에는 기운이 빠졌소. 우리도 이에 대응하여, 정예병을 아침에 배치하고 낮에는 휴식을 주되, 현자총통이 그 공백을 메워야 하오."
그는 성 판관에게 화살과 탄환 재고를 확인하고, 산음에 보낸 군사가 아직 돌아오지 않은 것을 안타까워했다.
'오늘 저녁쯤이면 도착할 줄 알았는데...'
성 판관은 장수와 군관들을 돌아보며 당부했다.

"이제부터 화살과 탄환을 더욱 아껴 써야 합니다."

김시민도 거들었다.

"최대 살상력을 낼 수 있는 거리에서만, 활과 총포를 쓰시오. 진천뢰와 질려포는 손으로도 던질 수 있으니, 적이 성벽 가까이 접근했을 때 사용하시오."

김시민은 장수와 군관들을 한 차례 돌아보며, 굳은 어조로 덧붙였다.

"지금까지 우리는 잘 싸웠소. 버티면 승리는 우리 것이니, 끝까지 힘을 냅시다!"

김시민은 장수와 군관들을 보내고 북장대에서 적진을 바라보았다. 초겨울 쌀쌀한 바람이 그의 뺨을 스쳤다.

'남쪽 섬에서 온 왜적들이 잠들기에는 추운 날씨다. 왜장도 조바심을 내리라.'

곤양 군수 이광악이 북장대에 다시 올라와, 김시민을 찾았다.

"이대로는 버틸 수 없습니다. 무기가 턱없이 모자라니, 군사들의 기세가 꺾이고 있습니다."

그는 조심스레 말을 이었다.

"성벽 아래엔, 우리가 날려 보낸 화살이 숱하게 있습니다. 심지어 적의 활과 화승총도 보입니다. 지금은 하나라도 아쉬운 때이니, 그걸 수거해야 합니다."

김시민은 낮은 목소리로 말했다.

"나 역시... 생각한 바다. 하지만 내가 왜장이라도, 그걸 예상하고 매복을 명했을 것이다."

"그럴지도 모릅니다. 허나... 방법이 없습니다. 그냥 죽느니, 시도해 보는 게 좋지 않겠습니까."

김시민은 한참 동안 아무 말이 없었다. 그러다 고개를 들었다.

"좋다. 다만 병력을 최소화해서 내보내라."

"제가 데려온 자 중 날쌘 병사들로 꾸리겠습니다."

잠시 후, 성문이 조용히 열렸다. 검은 옷을 입고 얼굴과 손에 숯을 바른 다섯 명의 병사가 어둠 속으로 스며들었다. 그들은 짐승처럼 낮게 엎드려, 성벽 근처의 시신과 무기들을 향해 기어갔다.

김시민은 성루에서 그들이 사라진 어둠을 응시했다.

'부디...'

얼마 지나지 않아, 날카로운 총성이 어둠을 찢었다.

"탕! 탕! 탕...!"

뒤이어 성루에 오른 이광악이 숨을 거칠게 몰아쉬며 외쳤다.

"왜놈들이 매복하고 있었습니다. 병사들이... 전멸한 듯 보입니다."

김시민은 굳은 표정으로 하늘을 올려다보았다. 하늘엔 달조차 없고, 오직 싸늘한 별빛만이 성 위를 비추고 있었다.

4일 차 전투

항복 권유

10월 8일, 양력으로는 11월 21일 새벽.

늦가을 싸늘한 바람이 성벽을 따라 매섭게 휘몰아쳤다. 칼날처럼 스며든 냉기가 바짝 긴장한 군사들의 옷깃을 파고들었다. 하늘은 아직 어둠에 잠겨있었지만, 동녘 하늘 끝자락에서 희미한 빛이 서서히 모습을 드러내고 있었다. 성벽 아래 펼쳐진 들판도 새벽안개 속에서 차츰 윤곽을 드러냈다. 적막을 깨고 까마귀 떼가 하늘을 가로지르며, 성 위로 날카로운 울음소리를 뿜어냈다.

안개가 걷히자, 일본군이 쳐놓은 대나무 울타리 위로 세 개의 거대한 산대(山臺)가 모습을 드러냈다. 성안 병사들은 그 위용 앞에 숨을 삼켰고, 낯빛이 하얗게 변했다. 산대는 삼 층으로 높게 쌓아, 그 위압감은 성벽을 삼키기도 남을 듯했다.

"산대다! 밤새 만든 건가! 성보다 높아 보여!"

"셋이나 있어… 망루까지 세웠네. 저기서 쏘면 성안이 전부 사정권이겠어."

"앞면엔 판자를 덧대고 총구멍을 내놨어. 숨어서 왜총을 쏘기 위한 구조야!"

조선군은 술렁였고, 불안은 성벽 위로 빠르게 번져갔다.

왜군 총대장 나가오카는 이쿠다를 불렀다.

"밤새 수고 많았다. 조선군은 저 산대를 보고 이미 기가 꺾였을 것이다. 이 편지를 화살에 꿰어 성으로 쏘아라."

잠시 후, 바퀴가 달린 산대들이 육중한 소리와 함께 서서히 전진하더니 성벽 오백 보 앞에 멈췄다. 이어 말을 탄 왜장이 성문 삼백 보 지점까지 달려오더니, 성루를 향해 활시위를 힘껏 당겼다. 바람을 찢는 날카로운 소리와 함께 화살이 성루에 박혔다.

성 위에서 지켜보던 병사들은 감탄했다.

"저 거리서 이곳까지 강하게 날아오다니… 실로 괴력이다."

"화살에 무언가 달려있다. 적이 보내는 편지로 보인다."

병사들이 조심스레 화살을 뽑아 들었다. 편지는 곧 성 판관에게 전달되었고, 그는 급히 북장대로 올라가 김시민에게 건넸다. 김시민은 산대와 적진을 바라보다, 편지를 펼쳤다.

"모쿠소에게,

그대에게 마지막 기회를 주고자,

자비로운 마음으로 이 글을 보낸다.

이제 산대를 앞세워 그대가 버티고 있는
외로운 성을 쓸어버릴 참이다.
조선 대부분은 이미 우리 발아래 놓였고,
백성들은 우리를 반긴다.
심지어 왕자들을 잡아 우리 손에 넘길 정도로
그들 마음이 우리에게 기울고 있다.
그런데도 그대는 하늘의 뜻을 거스르며
무의미한 저항을 지속하고 있다.
달걀로 바위를 치는 격이며, 허망한 발버둥일 뿐이다.
너희는 더 버틸 수 없다. 화살이나 탄환도 바닥이 났을 게고,
병사들은 지쳐 손에 든 무기조차 힘겹게 느낄 것이다.
만약 지금이라도 항복한다면 그대의 목숨은 물론,
성안 백성 모두의 생명은 보장하겠다.
나는 부처님의 가르침을 따르는 자로,
살생(殺生)을 달가워하지 않는다.
나의 자비가 담긴 경고를 외면한다면,
진주성은 불길에 휩싸이고, 군사들은 물론
노인과 아이와 여인의 피가 성안에 가득할 것이다.
그대의 잘못된 판단으로, 병사와 백성들이 함께 도륙당한다면
너무 참혹한 일이 아닌가. 선택은 그대 몫이다.
일본군 총대장 나가오카 다다오키."

김시민의 손이 편지를 쥔 채로 미세하게 떨렸다. 심리전을 위한 글임을 알면서도, 그 안에 담긴 적장의 냉혹한 위협에 치가 떨렸다. 그는 입을 꾹 다물고 눈을 감았다가, 이내 손아귀에 힘을 주어 편지를 구겨버렸다.

"성이 무너져 죽을지언정, 원수들에게 항복은 없다."

김시약이 조심스럽게 물었다.

"항복을 권한 건가요?"

김시민은 씁쓸하게 웃으며 말했다.

"적이 다급하다는 증거다. 장수들을 불러라."

잠시 후, 북장대에 장수들이 모두 모였다. 김시민은 구겨진 편지를 들어 올려 장수들에게 보여주며 말문을 열었다.

"왜적이 항복을 권하는 글을 보냈소. 전란이 일어난 이후, 이렇게 오래 끈 공성전이 없었기에 그들도 당황했을 거요. 적은 아마도 식량이 부족하고 탄환과 화약도 모자랄 거요. 오늘 전투가 진주성의 운명을 가를 것이오."

김시민은 좌중을 둘러보며 말을 이었다.

"몰려오는 적을 막는 일도 중요하지만, 그들의 탄환이나 화살을 많이 소모하게 하는 전술도 써야 하오. 적에게 더 많은 사격 목표를 주도록, 동문과 북문 수성장은 성가퀴 사이에 허수아비를 세우시오. 적 사격이 끝나면 내렸다가 다시 세워 진짜 군사로 믿게 만드시오."

김시민의 목소리는 점차 단단해졌다.

"우리에게는 물러설 곳이 없소. 죽을 각오로 싸웁시다!"

그 말에 장수들은 하나같이 우렁찬 목소리로 답했다.

"목사님과 함께 끝까지 싸우겠습니다!"

성곽 위로 아침 햇살이 번지기 시작했다. 붉게 물든 성벽 위, 결전의 시간이 다가오고 있었다. 곧 들이닥칠 적의 공세에 대비하느라 성안은 분주했다. 병사들은 산대의 위용 앞에 초조한 마음을 감출 수 없었다.

김시민은 성벽 위에 올랐다. 그는 눈앞의 적보다, 병사들의 흔들리는 마음이 더 위태롭게 느껴졌다. 성벽을 따라 천천히 걸으며, 병사들에게 힘을 실어주었다.

"우리가 함께 이 성을 지켜낼 것이다!"

"산대가 우리를 꺾을 수는 없다!"

그의 눈에 한 병사가 들어왔다. 어제 직접 지혈하고 상처를 돌봐주었던 병사였다. 성벽 위에 서 있는 그 병사의 얼굴엔 결연한 의지가 서려 있었지만, 푸석한 안색은 당장 전투에 나서기는 힘든 상태임을 보여주었다. 김시민은 군관 윤사복에게 지시했다.

"이 병사를 당장 쉬게 하라."

병사는 고개를 저으며 말했다.

"저는 목사님과 함께 왜적과 여러 번 싸워, 단 한 번도 지지 않았습니다. 싸울 수 있습니다. 이 성을 지키겠습니다!"

김시민은 병사에게 다가가 어깨에 손을 얹었다.

"네 용기만으로도 성은 이미 지켜지고 있다. 지금 너에게 필요한 건 싸움이 아니라 회복이다. 남문에서 예비부대로 대기하라. 네 몸이 회복되면, 그때 이 자리로 돌아오너라."

김시민은 부상한 병사를 조치한 후에, 다시 성벽 위를 걸으며 병사들을 격려했다. 그의 눈빛은 흔들리는 병사들의 마음을 일일이 붙잡듯 스쳤고, 목소리는 결의가 담겨 있었다.

한 시진(時辰)이 흘러도 아무런 응답이 없자, 나가오카는 장수들을 소집했다.

"도대체 저놈들이 이렇게까지 버틸 힘은 어디서 나오는 건가?"

오키모토가 답했다.

"성주 모쿠소, 그자가 보통 인물이 아닙니다. 게다가 밤마다 토병들이 출몰해 우리 병사들은 잠도 제대로 자지 못하고 있습니다."

나가오카의 눈썹이 치켜 올라갔다.

"모토지마 공은 토병이 성 근처에 얼씬하지 못하게 막고, 민가를 뒤져 부족한 식량을 보충해 주시오. 선봉은 오키모토가 맡아 대나무 사다리로 성을 오르고 조총부대가 이를 엄호한다. 이쿠다는 산대 부대를 이끌며 오키모토를 지원한다. 카스야 공은 후군을 지휘해 주시오."

 일본군이 움직이기 시작했다. 먼저 조총부대가 대오를 맞추어 전진하고, 그 뒤를 대나무 사다리를 든 병사들이 따랐다. 그리고 마침내, 좌우와 중앙에서 산대가 동시에 서서히 전진했다. 그것은 마치 바퀴 달린 산이 밀려오는 듯한 광경이었다.

 김시민은 멀리서 밀려오는 적군을 바라보며, 가슴 깊은 곳에서부터 서늘한 기운이 차오르는 걸 느꼈다. 그것은 두려움이 아니라, 결연한 각오에서 비롯된 냉기였다.

 '왜적이 진주성을 포기할 때까지... 그들이 상상도 못 할 저항을 보여주겠다!'

 그는 마음속으로 여러 번 이 말을 되뇌었다. 김시약은 가슴이 터질 듯한 억눌림을 토하듯 중얼거렸다.

 "전투가... 시작된 것 같습니다."

 김시민은 천천히 고개를 끄덕였다.

산대

 성벽 위 조선군은 다가오는 왜군의 물결을 바라보며 손에 든 무기를 더욱 세게 움켜쥐었다. 병사들은 성을 지켜야 한다는 결의를 다지며, 불안한 마음을 다독였다. 성이 무너지면, 그들의 가족과 사랑하는 이들이 사는 마을이 적의 발아래 짓밟힐 것이다. 그들은 결코 물러설 수 없었다.
 한 병사가 옆의 성 판관에게 외쳤다.
 "사다리가... 셀 수없이 많습니다."
 성 판관도 입을 다물지 못했다.
 "도대체 저 많은 대나무를 어디서 구했단 말인가..."
 일본군은 이번에도 동문 쪽을 노렸다. 사슴뿔처럼 생긴 투구를 쓴 오키모토가 기세등등하게 외쳤다.
 "이제 조선군의 무기는 바닥이 났을 것이다! 진주성이 무너지는 건 시간문제다. 성의 식량창고는 우리가 접수한다. 전군, 공격하라!"

장수는 군사들을 다그쳤지만, 연이은 패배에 일본군은 성에 접근하는 게 두려웠다. 오키모토는 조총부대를 전면에 내세워 3열 횡대로 배치했다.

"조총부대, 성벽을 향해 일제히 사격하라!"

선두에 선 조총부대가 심지에 불을 붙여 성을 향해 발사했다. 선두 열이 뒤로 빠지고 두 번째 열 조총부대가 일제히 발사했다. 다음은 세 번째 열이 발사했다. 총탄은 성벽을 두드렸고, 머리 위로 화약의 냄새와 파편이 휘몰아쳤다. 수천 발의 총성에 성벽 위 병사들은 머리를 들 수조차 없었다.

오키모토는 병사들을 독려했다.

"진주성을 무너뜨리면 모든 재물과 여인은 너희들 것이다. 사다리부대, 돌격하라!"

조총부대의 엄호 아래, 수백 개의 대나무 사다리를 멘 병사들이 해자를 향해 질주했다.

"적이 해자를 넘지 못하게 하라!"

조선군은 근총안(近銃眼)에 활과 총통을 고정한 채, 성벽에 다가오는 적을 향해 집중 사격을 가하였다. 화포장 허윤이 포수들에게 외쳤다.

"질려포를 준비하라!"

포수들은 질려포 통에 화약을 채우고, 마름쇠와 쑥을 넣었다.

"질려포를 던져라!"

허윤이 먼저 소리를 치며, 심지에 불을 붙인 질려포를 성벽에 몰려드는 적을 향해 던졌다.

"콰앙!"

천둥 같은 폭음과 함께 질려포가 터졌다. 뾰족한 마름쇠가 사방으로 퍼져 성벽 아래 모여든 왜군을 덮쳤다. 장뚝쇠와 포수들도 연이어 질려포를 성벽 아래로 투척했다. 질려포는 폭발음을 내며 터지면서 적을 살상하였다. 일본군은 폭발 소리에 혼비백산하여 정신을 차려보면, 마름쇠가 몸에 박혀 쓰러져 있었다.

질려포에 이어 진천뢰가 투척되었다. 포수들은 포탄에 넣어 방포할 때보다 진천뢰 심지를 짧게 하여 빨리 터질 수 있게 하여 던졌다. 성벽 가까이 몰려든 일본군은 순식간에 포탄 세례에 휩쓸렸다. 비명과 파편이 함께 뒤엉켜, 전장을 뒤덮었다.

성 위에서 던지는 포탄에 의해 큰 피해를 입자, 성벽 앞에 몰려든 일본군의 공격이 주춤해졌다. 오키모토는 말 위에서 칼을 휘두르며 명령했다.

"조총부대! 성 위에 몸을 드러낸 자를 조준 사격하라!"

포수들은 포탄을 던지기 위해 몸을 드러내야 했다. 오키모토는 그 약점을 꿰뚫었다. 조총부대의 조준사격이 이어지자, 성벽 위 포수들의 공격은 중단되었다. 그사이에 사다리부대는 해자에 접근하여 다리를 만들어 건너려고 하였다. 허윤이 소리쳤다.

"근총안으로 적을 살펴라! 몸을 드러내지 말고, 성가퀴 위로 던져라!"

시야가 좁아진 포수들의 공격은 점점 둔해졌다. 그사이 끊임없이 밀려오는 왜군은 성에 접근하여, 해자를 메우고 대나무 사다리를 걸쳤다. 곧이어, 대나무 사다리를 밟고 방패로 머리를 보호하며 재빨리 해자를 건넜다. 해자를 건넌 일본군은 기어이 대나무 사다리를 성벽에 걸쳤다. 이곳저곳에서 사다리를 성에 걸치고 성벽을 기어오르기 시작했다. 성 판관이 외쳤다.

"사다리를 넘어뜨려라! 성벽에 오르는 자를 쏘아라!"

총통병과 궁수들은 근총안에 활과 승자총통을 꽂고 사정없이 쏘아댔다. 창병들은 긴 창끝에 낫을 부착한 겸창으로 사다리를 끌어 넘어뜨렸고, 성벽을 타고 오르려는 적병의 머리를 훑어 베었다.

오키모토는 다시 조총부대를 독려했다.

"조총부대! 성 위에 노출된 자를 놓치지 마라!"

동쪽 성벽에서 겸창을 들고 맞서던 조선군들이 조준사격에 연이어 쓰러졌다. 고함과 비명이 사방에서 들렸다. 그 사이 일본군은 빠르게 사다리 위로 기어올랐다. 오키모토가 외쳤다.

"올라가서, 성문을 열어라!"

마침내 일본군 몇이 성 위에 올라섰다. 그들은 양손에 칼을 들고, 망설임 없이 조선군을 베었다. 날카로운 칼날에 피가 튀었다. 조선군은 놀라 물러섰다. 박석무는 병사들에게 소리쳤다.

"장창부대! 성에 오른 적을 제압하라!"

궁수들은 활을 내려놓고 창을 들었다. 왜적들은 칼을 휘두르며 조선 군사를 향해 공격했다. 조선군은 신속하게 뒤로 물러섰다. 그 사이 장창병이 조를 이루어 달려들었다. 그들은 실전경험에서 얻은 자신감으로 왜군과 맞섰다. 장창병이 창끝으로 위협하여 왜군을 성벽 쪽으로 밀어붙이면, 궁수가 화살로 쓰러뜨렸다. 장창병의 활약으로 순식간에 성 위 분위기가 바뀌었다.

조총부대는 아군이 성 위에 올라선 상황에서 더 이상 사격할 수 없었다. 성 판관이 목청껏 외쳤다.

"이때를 놓쳐서는 안 된다! 사다리를 넘어뜨려라!"

병사들이 달려들어 사다리를 밀어내고, 성벽을 기어오르는 적에게 화살을 쏘고, 창으로 찔렀다. 사다리 위에서 추락하는 왜군들의 비명은 전장을 가르며 울려 퍼졌다.

본진에서 전황을 살피던 나가오카가 날카롭게 외쳤다.

"이쿠다! 오키모토를 지원하라!!"

이쿠다는 중앙 산대 망루 꼭대기에 올라 좌우 산대(山臺)를 지휘했다.

"산대 부대, 전진하라!"

일본군 수십 명이 바퀴 달린 산대를 밀고 성벽으로 향했다. 거대한 구조물들이 움직이자, 진주성 안의 병사들은 숨을 삼켰다.

"산대에... 바퀴까지 달렸어..."

세 대의 산대가 동쪽 성벽으로 다가오고 있었다. 망루는 성벽보다도 높았고, 그 꼭대기에서는 조총병들이 진주성 안을 내려다보며 조총을 겨누고 있었다. 보병들은 산대를 밀면서 그 뒤에 몸을 숨긴 채 전진했다. 산대의 망루에 오른 왜군들은 대나무를 엮은 죽편과 판자를 방패 삼아 화살과 탄환을 방어하고 있었다.

성 위 군사들의 얼굴은 긴장으로 굳었다.

"산대가 다가온다!"

김시민은 다가오는 거대한 구조물을 바라보다, 낮은 목소리로 명령했다.

"현자총통을 준비하라!"

화포장 허윤이 가죽 덮개를 벗기자, 청동으로 만들어진 현자총통이 햇빛에 반짝이며 위풍당당하게 드러났다. 포수들이 부지런히 움직여, 차대전(次大箭)을 포신에 장전했다. 길고 두꺼운 목제 화살은 쇠로 감싸고 날카로운 철촉을 달아 위협적인 기세를 뿜었다.

화포장은 침착하게 지시했다.

"가운데 산대를 먼저 노린다."

그는 눈으로 거리를 가늠하며 천천히 외쳤다.

"삼백오십 보... 삼백이십... 삼백..."

산대 위 왜군은 사정거리에 접근하지 않았음에도, 조총을 성 쪽으로 발사하며 기세를 올렸다. 북장대에서 김시민은 적진에 눈을 떼지 않고 외쳤다.

"지금이다!"

허윤은 지체 없이 호령했다.

"가운데 산대를 조준, 방포하라!"

심지에 불이 닿자, 청동 포신이 터질 듯 울부짖으며 차대전을 내뿜었다.

"콰앙!"

굉음과 함께, 철 날개를 단 차대전이 하늘을 가르며 날아갔다. 모두가 숨을 죽였다. 차대전은 산대 삼 층 망루를 살짝 넘겨, 그 뒤에 따라오던 왜군 병사들 사이에 떨어졌다.

"아아…"

병사들의 탄성이 쏟아졌다. 화포장 허윤은 고개를 돌려 장뚝쇠를 찾았다.

"발사 각도를 조정하라!"

장뚝쇠는 발사대기 중인 두 번째 현자총통 포신 각도를 가늠자로 조정해 주었다. 화포장은 다시 명령했다.

"가운데 산대를 조준, 방포하라!"

심지에 불이 붙자, 포신이 굉음을 내며 차대전을 쏘아 올렸다.

"콰앙!"

김시민은 마음을 졸이며 차대전이 날아가는 궤적에 눈을 두었다.

차대전이 정확히 산대의 망루를 꿰뚫었다.

"콰아앙!"

망루가 굉음을 내며 통째로 뒤틀렸다. 망루 위에 있던 왜군들은 비명을 지르며 땅으로 떨어졌다.

"명중이다!"

군사들은 활과 총통을 높이 들며 환호했다. 김시민도 번쩍 칼을 치켜들었다. 산대를 지휘하던 이꾸다와 조총수들은 무너지는 구조물과 함께 함께 땅바닥에 처박혔다. 가운데 산대가 무너지고 지휘하는 장수가 즉사하자, 왜군의 지휘 체계는 혼란에 빠졌다. 좌우 산대는 전진을 멈추었다. 화포장이 소리쳤다.

"좌측 산대 조준, 방포하라!"

차대전이 다시 허공을 가르며 날았다. 이번엔 망루 왼쪽을 강타하며 구조물을 기울게 했고, 위에 있던 왜군들은 망루가 무너지며 마치 바구니에 든 생선처럼 쏟아져 내렸다.

"명중이다!"

김시민은 칼을 든 손에 힘이 들어갔다.

'이제 한 대 남았다.'

"우측 산대 조준, 방포하라!"

화포장이 소리치자, 현자총통은 불을 뿜었다. 차대전은 홀로 남은 오른쪽 산대를 어김없이 명중시켰다. 산대 위 병사들은 비명을 지르며 허공에서 떨어졌다.

조선군은 성벽 위에서 일제히 환호했다. 밤새워 만든 산대가 조선군의 공격에 순식간에 무너지자, 산대를 믿고 기세등등하게 성으로 진군하던 일본군은 우왕좌왕하며 혼란에 빠졌다.

"후퇴하라!"

본진에서 징이 울리자, 일본군은 혼비백산하여 물러났다. 조선군은 함성을 올렸고, 성 위는 승리의 기운으로 들끓었다. 허윤은 달아나는 적을 잡기 위해, 포수들에게 외쳤다.

"조란탄 장전! 방포 준비!"

김시민은 급히 검은 기를 올리며 멈추게 했다.

"멈춰라!"

김시민은 검은 기를 올려다보며 중얼거렸다.

"지금은 적을 많이 죽이는 게 중요한 게 아니다. 포탄과 화약은... 결정적일 때 쓸 수 있게 남겨둬야 한다."

성 위는 승리의 기운으로 가득하였지만, 김시민은 다음 전투를 준비하고 있었다.

저격수

나가오카는 산대 부대가 허망하게 무너지는 모습을 지켜보다, 이내 외마디 고함을 터뜨렸다.

"바보 같은 놈들!"

산대가 무너지자 급히 후퇴한 오키모토에게 그는 곧장 지시를 내렸다.

"오늘 밤 안으로 토성(土城)을 완성하라. 연못과 해자의 물도 모두 빼내라. 포로든 병사든 총동원하여, 내일 아침까지 바닥이 드러나게 하라."

치열한 공방전 속, 저격수 스기타니는 북장대 근처까지 조용히 스며들었다. 그의 시선은 오직 하나로 진주성의 성주, 모쿠소에 향했다. 북장대에 올라 진두지휘하는 그의 모습이 시야에 잡혔다. 하지만, 거리도 멀고, 표적은 가파른 각도에 있었다. 스기타니는 눈을 가늘게 뜨고 망설였다.

'이런 각도에선 빗나갈 가능성이 크다. 하지만, 이 기회를 놓치면 다음이 있을까?'

갈등 끝에 그는 조준된 목표를 향해 방아쇠를 당겼다.

"슝!"

파공음을 내며 날아간 총탄은 김시민의 투구 위를 지나 처마에 맞았다. 부러진 나무 조각이 김시민의 머리 위로 떨어졌다. 김시약이 놀라 소리쳤다.

"적 탄환이 이상한 방향에서 날아왔습니다! 저격수 짓입니다!"

시약은 이를 가볍게 넘기지 않았다. 그는 성 판관에게 북장대에서 일어난 일을 알렸다. 성 판관도 심각함을 느끼고 말했다.

"큰일 날 뻔하셨습니다. 조심하셔야 합니다."

"그렇다고 몸을 숨겨서 지휘하겠느냐? 생사는 하늘에 달렸다. 이 성을 지키기 전엔, 하늘도 날 데려가지 않으실 거다."

김시민은 시약을 데리고 동문 쪽으로 향했다. 성벽을 두른 해자엔 물이 절반가량 빠져 있었다. 시약이 낮게 말했다.

"다리를 놓지 않고도, 해자에 뛰어들면 건널 수 있겠습니다."

김시민의 이마에 엷은 주름이 졌다. 그는 다시 북문 쪽으로 발길을 돌렸다. 북쪽 성벽 앞 연못은 거의 바닥을 드러내고 있었다. 진흙이 드러난 연못을 보며 그는 입이 말라옴을 느꼈다.

코신타(小具太)는 스기타니를 불렀다.

"모쿠소는 어째서 아직 살아있는 건가?"

코신타의 노기에 찬 말에도, 스기타니는 동요 없이 대답했다.

"모쿠소가 북장대에서 지휘하는 한 쉽지 않습니다. 야간공격을 펼치면 어둠 속 공방을 보기 위해 북장대에서 내려올 수밖에 없습니다. 그때가 오면, 그의 목숨은 제 손안에 있습니다."

스기타니의 확신에 찬 말을 듣고, 코신타는 마음을 놓았다.

"좋다. 네 가문의 이름을 걸고 반드시 처단하라."

전투가 소강상태에 들어가자, 김시민은 무기와 화약 재고부터 살폈다. 상황은 생각보다 심각했다.

'화약도, 탄환도, 화살도 거의 바닥이 났다. 적은 아직 물러설 기미가 없다. 산음에 보낸 군사도 아직 소식이 없고… 오늘 밤, 다시 공격해 오면 무엇으로 막는단 말인가.'

성 판관이 보고했다.

"화살은 이제 거의 소진되었습니다. 궁수 한 사람당 세 대쯤 남았습니다."

이어 화약장 허윤이 말했다.

"화약은 이백 냥 남았습니다. 승자총통 백칠십 정과 현자총통 아홉 문이 두 번씩 쏠 수 있는 분량입니다."

김시민은 무겁게 한숨을 내쉬었다.

'화살도 탄환도 없이 맨몸으로 적을 맞아야 한다. 왜군은 하루 종일 조총과 화살을 퍼붓고 있다. 적들은 아직 무기가 넉넉한 건가...'

생각에 잠긴 김시민을 보고 성 판관이 혼잣말처럼 했다.

"산음으로 무기를 구하러 간 군사가 어젯밤이나, 늦어도 오늘 새벽엔 도착해야 했는데..."

김시민은 화살과 탄환 부족만이 아니라, 사상자가 늘어가는 것도 신경이 쓰였다.

'죽은 자와 부상자가 늘었다. 우리 군사는 왜군 십 명 몫을 해야 한다. 더는 죽거나 다쳐서는 안 된다.'

성안엔 묵직한 긴장감이 내려앉았다. 김시민은 멀리 적진을 바라보며 고심에 잠겼다.

'적들의 공세는 더욱 거칠어지리라. 적은 성벽을 오를 것이고, 남은 무기만으로는 버티기 어렵다.'

김시민은 결심을 굳히며 중얼거렸다.

"이가 없으면 잇몸으로라도 싸워야 한다. 성을 지키는 데 화살과 탄환만 무기가 아니다. 뜨거운 물이나 돌덩이도 성벽을 기어오르는 적을 막을 무기가 될 수 있다!"

곁에 있던 시약의 눈이 커졌다.

"그렇군요! 누구에게 그 일을 맡기면 좋겠습니까?"

김시민은 망설임 없이 말했다.

"성안에 백정들이 있다. 그들은 힘이 세고, 뜨거운 물을 다루는 데 익숙하다. 그들에게 맡기겠다."

시약은 눈이 둥그레졌다.

"백정이 성벽 위에 오르면... 군사들이 반발할 겁니다. 천민은 법으로도 군사 충원 대상이 아니지 않습니까."

김시민의 눈빛은 흔들림이 없었다.

"못난 생각이다. 나라를 지키는 일에 귀천이 어디 있느냐?"

열수투하부대와 투석부대

 김시민은 사람을 보내 백정 마을의 상두(上頭: 우두머리 백정)를 불러들였다. 굵은 팔뚝에 고슴도치처럼 뻣뻣한 수염, 마디 굵은 손등엔 오래 묵은 칼자국이 나 있었다. 그는 목사 앞에 서자, 등줄기가 굳어졌다. 김시민이 입을 열었다.
 "진주성은 이제 화살도, 탄환도 거의 바닥이네. 적들이 성벽을 오르면, 끓는 물로라도 막아야 하네. 그 일을 자네 백정들이 맡아줄 수 있겠는가?"
 상두의 눈에 경계와 망설임이 스쳤다. 그러나 곧 그 눈빛엔 사나운 불꽃이 일었다.
 "저흰 소 잡고 짐승을 다루며 살아왔십니더. 군사로서 저희를 받아주지 않았지만, 끓는 물을 다루는 건 자신 있습니더. 활은 한 놈만 죽이지만, 끓는 물은 성벽 기어오르는 놈들 여럿을 단번에 작살낼 수 있습니더. 해보겠십니더!"

김시민은 조용히 고개를 끄덕였다.

상두는 무겁고 결연한 발걸음으로, 마을로 돌아갔다. 백정 마을엔 연기가 자욱했고, 짚불 타는 냄새 속에 상두가 마을 광장에 섰다.

"목사 어른이... 왜놈들이랑 싸우는데, 우리더러 나서달라 캤다."

순식간에 수군거림이 일었다. 한 백정이 입을 삐죽이며 말했다.

"나라가 우릴 사람 취급한 적 있었능교. 왜놈 물리친다고 세상 달라질 게 뭐가 있겠소?"

또 다른 이가 어깃장을 놓았다.

"왜놈이 다스리나 양반이 다스리나, 우리 처지야 달라질 게 없지예."

백정 우두머리가 손을 저으며 나섰다.

"이보게들! 그 마음, 내가 어찌 모르겠나."

그는 백정들의 얼굴을 하나하나 바라보며 말했다.

"적들이 쳐들어온 곳은 바로 이 땅이네. 우리 자식들 뛰노는 마을이고 집이란 말일세."

상두의 목소리는 거칠지만 울림이 있었다.

"목사 말 듣고 싸우자는 게 아니야. 나라를 위한 싸움이 아니네. 이건 우리 가족을 위한 싸움이야. 내 마누라, 내 자식, 내 늙은 어매가 이 성안에 있으니 나서야 한다, 이 말일세!"

백정들의 눈빛이 조금씩 흔들렸다. 상두는 거친 손으로 힘껏 가슴을 쳤다.

"나라가 우릴 외면했어도, 나는 내 고향과 가족을 외면할 수 없네. 이 성이 무너지고, 저들이 마을을 짓밟는 꼴을 볼 수 없다, 이 말일세!"

한동안 침묵이 흘렀다. 그러다 한 백정이 조용히 손을 들었다.

"내 식구와 고향을 위해 나도 뭐라도 해보고 싶소."

다른 이도 고개를 들고 말했다.

"나도요. 아내와 애들을 봐서라도, 어찌 그냥 보고만 있겠습니꺼? 상두따라 나서겠소!"

젊은 백정 하나가 주먹을 불끈 쥐며 외쳤다.

"맞습니더! 상두 어른 말대로 이건 우리 가족이랑 고향을 위해 싸우는 깁니더. 나도 나서겠십니더!"

김시민은 그날 저녁, 군관 정평구를 불렀다. 정평구는 병기 관리를 맡고 있었고, 최근에는 비차(飛車)라 불리는 날틀을 만들고 있었다. 김시민은 비차를 만드는 작업장에 들른 적이 있었다. 비차는 인간 새처럼 사람이 타고 날 수 있게 만든 대문짝만한 날틀이었다. 자세히 살피니 대나무와 광목, 화선지로 만들고 있었다.

"비차는 어느 정도 진척되었는가?"

"사람이 탈 순 있지만, 안전하게 내릴 방법이 아직... 부족합니다."

"아쉽구나. 전투 전에 완성되었으면, 네 말대로 요긴하게 쓰였을 텐데."

잠시 침묵이 흘렀다. 김시민은 이내 본론으로 돌아갔다.

"백정들이 성벽 위에서 끓는 물을 쏟기로 했네. 자네가 열수(熱水) 투하부대를 지휘하게. 손이 모자라면 장창부대원들도 투입하게. 특별히 병사들과 백정들 사이에 마찰이 없도록 하게. 나라를 지키는 일에 귀천은 없네. 우린 모두 힘을 합쳐 싸워야 하네."

그는 마지막으로 덧붙였다.

"열수투하부대는 동문 쪽 성벽에 집중하여 배치할 걸세."

정평구는 고개를 깊이 숙였다. 그날로 백정 우두머리에게 명을 전했다.

"동문 성벽에 가마솥을 설치하고 언제든지 물을 끓일 수 있도록 준비하라."

김시민은 군관 윤사복을 불렀다.

"끓는 물과 함께 돌도 수성전에서 훌륭한 무기가 될 수 있네. 성벽을 오르는 적에게 머리통만 한 돌을 내리치면, 화살이나 탄환보다 더 무서울 걸세. 그 일을 자네가 맡아주게."

윤사복은 눈빛을 번뜩이며 말했다.

"그만한 무기가 또 있겠습니까. 성가퀴 옥개석 위에 돌을 미리 올려두면, 누구든 손쉽게 적을 향해 던질 수 있습니다. 돌에 맞은 자가 아래로 굴러떨어지면, 그 뒤를 따르던 놈들까지 쓰러뜨릴 수 있겠지요."

김시민은 윤사복이 보인 결기를 보고, 기뻐하며 말했다.

"지난 대보름 석전(石戰)에서 승리한 너우니 석전패... 그들처럼 돌을 잘 다루는 자들을 모아 투석부대를 조직하게."

윤사복이 물었다.

"투석부대는 동문 쪽 성벽에 배치합니까?"

"북문 성벽이네. 성벽 앞 연못의 물길을 적들이 강으로 뽑아내고 있네. 동문은 열수투하부대가 맡고 북문은 자네 투석부대가 방어하되, 동문에도 투석부대 병력 일부를 나누어 서로 협력하도록 하게."

윤사복은 곧장 너우니 석전패 대장 팔복이를 불렀다. 그는 진주성 인근에서 가장 유명한 석전 사내로, 단 한 번도 진 적 없는 돌싸움의 명수였다. 평범한 장정의 두 배는 되어 보이는 팔뚝에, 매처럼 날카로운 눈매를 지녔다 하여 '매눈 팔복'이라 불렸다.

윤사복에게 임무를 들은 팔복은 입꼬리를 올리며 팔을 걷어붙였다.

"오랜만에 손맛 좀 보겠심더."

팔복은 즉시 석전에서 이름을 날린 자들을 끌어모았다. 석수장이, 노복, 짐꾼... 돌을 다루거나 힘쓰는 천민들이었다. 거친 손과 다

부진 몸을 지닌 사내들이 그의 눈앞에 줄지어 섰다.

"우린 돌로 싸운다. 왜놈들이 사다리를 타고 오를 땐, 사람 대갈통만 한 돌덩이를 날려 그놈들 통째로 뿌사삘끼다. 그 정도 무게는 돼야, 놈들 숨통을 단박에 끊을 수 있지 않겠나."

그날부터 투석부대는 성 밖 남강 주변을 누비며 크고 단단한 돌을 모았다. 석수장이는 돌을 깎고 다듬어 손에 쥐기 좋게 만들었고, 백성들은 손수레에 돌을 실어 성벽 위로 날랐다. 이윽고 성가퀴 위, 옥개석에는 수백 개의 돌이 산처럼 쌓였다. 진주성은 말 그대로, 돌의 요새로 변모하고 있었다.

저녁 무렵, 잿빛 구름이 하늘을 눌렀다. 해는 서쪽 능선 뒤로 가라앉고, 어둠과 함께 싸늘한 바람이 성안을 휘돌았다. 들판은 숨을 죽인 듯 고요했다. 성벽 위에 오른 김시민은 눈을 가늘게 뜨고 멀리 적진을 바라보았다. 바람 사이로 냉기가 스몄다.

"이상하군... 왜적의 동태가 평소와는 다르다. 움직임이 전혀 없지 않은가... 야간공격을 노리는가?"

그는 곧장 성 판관을 불렀다.

"적이 야습을 하면, 불화살을 쏘며 혼란을 유도할 수 있다. 성벽과 가까운 초가마다 물을 흠뻑 끼얹게 하라. 초가지붕이 젖어 있으면 불이 쉽게 붙지 않을 것이다."

병사들을 곧장 움직였다. 물동이를 든 백성들과 병사들이 성벽 아래 초가집마다 물을 쏟아부었다. 초가지붕이 마치 큰 비를 맞은 듯 흠뻑 젖었다. 진주성은 다가올 전운을 단단하게 맞이하고 있었다.

야습

북문 수성 대장 만호(萬戶) 최덕량이 급히 성루에 올랐다.

"왜군이 성벽 앞 연못의 물을 거의 다 빼내었습니다. 포로로 잡은 조선 백성들을 동원해, 드러난 늪지에 흙을 메워 땅을 다지는 중입니다. 저지해야 합니다."

김시민은 눈을 감았다. 최덕량의 눈빛이 강해졌다.

"결단을 내리셔야 합니다. 포로가 되어 적을 돕는 자들을 살려두고, 우리가 살아남을 수 있겠습니까?"

김시민은 조용히 고개를 저었다.

"그들은 조선인 포로가 얼마든지 있소. 포로가 된 백성을 죽이면, 또 다른 백성을 투입할 거요. 게다가 우린 왜적을 죽일 화살과 탄환도 부족한 실정이오."

최덕량은 더 이상 말하지 못하고 물러났다.

칠흑 같은 밤, 진주성은 숨을 죽인 채 어둠 속에 잠겨있었다. 성 아래 들판은 자욱한 밤안개에 덮여 있었다. 안개 속에서 무언가 거대한 그림자가 서서히 다가오고 있는 것처럼, 무겁고 불길한 기운이 공기를 압도했다. 만일 야습이 감행된다면 북장대에서는 시야 확보가 어려워 전투지휘를 할 수 없었다. 김시민은 동문 북쪽 망루인 북격대(北隔臺)로 옮겼다. 성벽 밖으로 돌출된 작은 망루인 북격대는 동문과 북문, 두 방향의 성벽 상황을 두루 살필 수 있는 자리였다.

김시민은 망루에 올라 어둠 속을 응시했다. 한참을 바라보던 김시민은, 곁에 선 시야에게 조용히 명했다.

"동문과 북문에 전령을 보내라. 성벽을 밝히는 횃불을 모두 끄게 하라. 가마솥 불도 가려라. 병사들의 얼굴에는 숯을 칠해, 달빛에 드러나지 않게 하라. 왜총이 성을 오르는 병사를 엄호하려고 해도, 밤엔 피아 구분이 안 될 게다."

그 시각, 일본군 진영에선 나가오카가 야간공격 선봉장 오키모토를 불렀다.

"성벽 가까이 초가집들이 많다는 정보다. 불을 질러라. 화공(火攻)으로 성안이 불바다가 되면 큰 혼란이 일어날 것이다."

밤 8시경, 일본군 진영에서 붉은 횃불이 치솟고, 북소리가 울리기 시작했다. 북격대에 선 김시민이 외쳤다.

"전군, 대기하라!"

김시민의 명령에 따라 진주성의 북소리가 천천히 울렸다. 차분하고 무겁게 울려 퍼지는 북소리는 밤하늘을 가르고 병사들의 심장을 두드렸다. 성벽을 지키는 병사들은 무기를 움켜쥔 채 긴장 속에 숨을 죽였다. 전투가 곧 시작된다는 긴장감이 성안에 가득했다.

동문 쪽 성벽 위에는 미리 준비한 가마솥에 연기가 피어올랐다. 한쪽엔 기름이, 다른 한쪽엔 물이 끓고 있었다. 백정들은 불을 지피며 성벽 아래를 응시했다. 눈에 보이진 않아도, 느껴졌다. 어둠을 가르며 적이 다가오고 있었다.

"이제 곧 왜놈들에게 뜨거운 맛을 보여주자. 힘내자!"

기름과 물이 끓어오르며 부글부글 용틀임 쳤다. 백정들은 두꺼운 소가죽에 나무 손잡이를 단 용기를 손에 쥐었다. 무게와 열기를 견딜 수 있게 만든 이 국자는, 한 사람이 들고 붓기에 알맞은 크기로 정교하게 제작되었다. 손잡이 역시 긴 나무로 만들어, 성벽 아래 적을 향해 안전하게 부을 수 있게 했다. 백정들은 용기를 손에 쥐고, 왜적이 성벽 가까이 접근하기를 기다렸다.

오키모토는 말을 채찍질하며 선두에 나섰다. 그의 뒤를 따르는 궁수들은 대나무 방패 뒤에 몸을 숨긴 채, 성에서 백 보쯤 떨어진 지점에 바짝 접근했다. 곧이어 화살촉에 불을 붙였다. 오키모토가 칼을 번쩍 들어 올리며 외쳤다.

"성안 민심을 흔들게, 불화살을 퍼부어라! 발사!"

수백 개의 불화살이 어둠을 가르며 일제히 하늘로 솟구쳤다.

"불화살이다! 적이 불화살을 쏜다!"

병사들 외침이 성안을 울렸고, 불길을 머금은 화살들이 성벽 너머 초가지붕을 향해 쏟아졌다. 불화살들은 지붕에 떨어지자마자 '치이익'하고 불길이 꺼져버렸다.

오키모토는 성벽 가까이 민가가 있다는 정보에 뭔가 문제가 있음을 직감했다. 불화살을 성안으로 무수히 퍼부었지만, 성벽 위의 조선군은 미동조차 하지 않았다. 어둠 속 그들의 침묵은 오히려 불길했다.

"궁수는 사격을 멈추고, 조총부대와 함께 전진하라!"

성벽 앞 칠십 보 거리까지 접근하던 중, 일본군 사이에서 비명이 어둠 속에서 터졌다.

"아아악!"

바닥에 뿌려진 마름쇠가 발바닥 살을 파고들었다.

"방패로 몸을 가려라! 화살과 총탄에 대비하라!"

오키모토가 급히 외쳤으나, 성 위에선 아무런 공격이 없었다. 활도, 총포도, 화포 발사도 없었다. 조선군이 결국 성을 버리고 도망쳤나? 아니면, 탄환과 화살이 모두 소진된 걸까? 오키모토는 반신반의하며 조심스럽게 해자 앞까지 전진했다.

그때였다. 김시민의 날카로운 외침이 성 위에서 터졌다.

"불을 밝혀라!"

북격대의 북이 천둥처럼 울렸다. 꽹과리가 잇따라 울리고, 옹성(甕城)에서 성 판관이 호령했다.

"불을 밝혀라!"

성 위의 군사들이 일제히 횃불을 밝혔다. 이내 마른 짚단에 불을 붙여 성 밖으로 내던졌다. 불붙은 짚단들이 불꽃처럼 하늘을 가르며 쏟아졌다. 순식간에 성 주변이 환히 밝아졌다. 어둠에 숨어 접근하던 일본군의 형체가 또렷이 드러났다.

"질려포를 던져라!"

화포장 허윤이 외치자, 폭음과 함께 질려포가 터지며 날카로운 쇳조각이 사방으로 흩어졌다.

"으아악!"

파편은 적의 몸에 박혀, 비명이 연달아 터졌다. 혼란에 빠진 일본군은 주춤했지만, 일부는 여전히 사다리를 들고 성벽으로 돌진했다. 물이 말라버린 해자를 건너 성벽에 바짝 붙은 병사들은 사다리를 세우기 시작했다.

성벽 위에서 군관 정평구가 외쳤다.

"적이 성벽을 기어오른다! 놈들을 막아라!"

우두머리 백정이 외쳤다.

"뜨거운 기름 맛을 보여줘라! 놈들이 성을 넘지 못하게 하라!"

백정들은 끓는 기름이 담긴 용기를 들고 성가퀴 앞으로 나섰다. 그 아래로는 사다리에 매달린 왜군들이 줄지어 올라오고 있었다.

"지금이다! 부어라!"

백정들은 끓는 기름을 사다리 위로 쏟아부었다. 불기운이 일며, 뜨거운 기름이 사다리를 타고 올라오던 적들에게 부챗살처럼 쏟아졌다. 기름 벼락을 맞은 병사들이 비명을 지르며 사다리에서 추락했다.

"으아악! 뜨거워!"

타는 살냄새와 비명, 혼란이 뒤엉켜 성 아래는 지옥으로 변했다. 사다리에 매달린 병사들은 괴성을 지르며 몸부림쳤고, 일부는 이미 숨이 끊겼다. 불에 그슬리고 떨어지는 무게에 눌려 부러진 사다리들이 서로 엉키며 무너져 내렸다.

오키모토가 외쳤다.

"조총부대! 성벽 위에 몸을 드러내는 놈들을 조준 사격하라!"

조총병들이 성 위로 총을 겨누었으나 어둠 속에서 피아식별이 어려웠다.

기회를 놓치지 않고, 투석부대가 성벽 위에서 몸을 일으켰다. 둔중한 돌을 들어 왜군 머리 위로 힘껏 내리꽂았다. 겸창병(鎌槍兵)들이 달려들어 낫이 달린 창으로 사다리를 오르던 적의 머리와 목을 사정없이 훑어 베었다. 장창병들도 가세해 창끝을 적의 머리와 어깨에 힘 주어 찔렀다. 일부 장창병은 창을 내려놓고 투석부대에 가세했다.

"끓는 물을 퍼부어라!"

정평구의 외침이 다시 울렸다. 백정들은 단련된 손놀림으로 펄펄 끓는 물을 퍼내 성 아래로 쏟아부었다.

"아아아악!"

고함과 비명이, 절규가 연달아 터졌다. 끓는 물에 피부가 벗겨지고, 살점이 타들어 가는 고통 속에 왜군들은 몸을 떨며 사다리에서 잇따라 떨어졌다. 일부는 즉사했고, 일부는 불구가 되었다.

장창병은 성가퀴에 매달린 적들을 창으로 찔러 떨어뜨렸고, 궁수들은 성가퀴 위에서 적을 정확히 겨냥해 화살을 날렸다. 성벽 아래의 일본군은 그야말로 속수무책이었다. 뜨거운 물과 돌과 창, 화살이 뒤섞인 지옥 같은 전투 끝에 일본군은 결국 후퇴를 시작했다. 불타는 기름에 검게 그을린 부상자들을 둘러업고 물러나자, 백정들은 두 팔을 번쩍 들고 환호했다.

"왜적이 물러간다!"

"우리가 이겼다!"

돌을 나르고 물을 길어 올리던 백성들도 환호했다. 가슴이 벅차올랐다. 자신들이 지켜낸 성, 자신들이 싸운 전쟁이었다. 정평구가 들뜬 이들을 진정시키며 소리쳤다.

"적은 다시 온다! 물을 채워라! 가마솥 불을 다시 지펴라!"

복병장 정유경

곽재우는 의령에서 진주성이 기적적으로 버티고 있다는 보고를 받았다. 심대승이 찾아와 물었다.

"진주성이 아직 무너지지 않고 있다는 보고가 사실입니까?"

곽재우는 고개를 끄덕였다.

"우리도 움직일 때가 되었네. 비봉산에 올라 다시 한번 왜놈들의 허를 찌르세."

곽재우는 심대승과 300명의 의병과 함께 진주성 십 리 밖까지 접근했다. 전령이 급히 달려왔다.

"척후병이 돌아왔습니다!"

척후병은 숨을 몰아쉬며 보고했다.

"비봉산으로 통하는 길목마다 일본군이 배치되어 있습니다."

심대승이 이맛살을 찌푸렸다.

"대비하고 있었단 말인가…"

곽재우는 잠시 침묵했다가 입을 열었다.

"망진산... 남강 건너 망진산이라면, 진주성 남쪽 하늘을 밝힐 수 있다."

그는 곧바로 지시했다.

"척후대는 망진산으로 향해라. 접근로를 확인하라."

망진산으로 보냈던 척후대가 돌아왔다. 그들 얼굴에는 어두운 그림자가 드리워져 있었다.

"망진산도 막혔습니다."

"뭐라?"

"며칠 전, 고성 의병들이 망진산에 올라 왜군을 놀라게 했다고 합니다. 그 때문에 왜군이 일대를 완전히 봉쇄했습니다."

곽재우는 눈을 감았다. 이대로 더 가까이 가면, 왜군 대군과 정면으로 맞닥뜨릴 것이 뻔했다. 그는 심대승에게 말했다.

"의령으로 돌아간다. 더 나아가면 피만 흘린다."

심대승이 주먹을 쥐었다.

"진주성이... 삼만 왜군 앞에 홀로 남게 됩니다."

곽재우는 말없이 하늘을 바라보았다.

"너무도 안타깝구나..."

그는 무거운 마음으로 말고삐를 돌렸다.

"의령으로 철수한다!"

김시민은 코끝에 스며드는 피 냄새와 땀에 젖은 갑옷의 무게를 느꼈다. 어둠은 깊어져 가고 적의 공격은 잠시 약해졌다. 병사들의 거친 숨소리가 차가운 밤공기에 섞여 들려왔다.

성벽 위, 긴장에 굳은 병사들의 눈에 왜군들이 막사 밖에 나와 공격을 대비하는 듯한 모습이 들어왔다. 병사들은 본능처럼 북쪽 비봉산과 남쪽 망진산을 번갈아 바라보았다. 희망 섞인 눈빛이었지만, 밤이 깊어지도록 아무 기척도 보이지 않았다.

"오늘은 오지 않는 건가. 의병이 적을 묶어두지 않으니... 놈들이 밤에도 저리 당당하게 공격을 준비하는구나."

김시민은 복병장 정유경을 불러, 군사 삼백을 내어주었다.

"남문 옆 암문(暗門)을 통해 성을 빠져나가라. 망진산은 매복이 있을 수 있으니, 강을 건너 진현고개로 가라. 마치 구원병처럼 적을 교란하라."

정유경은 곧장 병사들을 이끌고 성 밖으로 나섰다. 남강을 건너 진현고개로 향하던 중, 조선 관군을 만났다. 깃발을 들고 앞장선 사람이 나서며 물었다.

"진주성에서 나왔소? 우린 고성 관군이오."

한 장수가 관군들 사이에 나와 말했다.

"나는 고성의 임시 현령 조응도요. 진주성에서 나온 장수는 누구신가?"

정유경이 신분을 밝히니 조응도(趙凝道)는 반가움에 얼굴이 환해졌다.

"산음에 계신 감사의 명으로 진주성을 돕기 위해 도착했소. 왜적을 피해 오느라 시간이 걸렸소."

"잘 오셨습니다. 저희는 진현고개에 올라 적을 교란할 작정입니다. 함께 가시지요."

정유경과 조응도 군사들은 진현고개에 올라 간격을 벌려 늘어섰다. 그들은 십자 모양 나뭇가지에 횃불을 붙여 들고, 북을 치고 태평소를 불었다. 성안에서도 북을 치고 꽹과리를 울리며 태평소를 불어 응답하였다. 마치 사방에서 지원군이 몰려오는 듯한 울림이었다.

재공격을 준비하던 나가오카는 성 남쪽에 수천 명의 병력이 나타났다는 보고를 받고 분통을 터뜨렸다.

"뭐라? 또 구원병이란 말인가!"

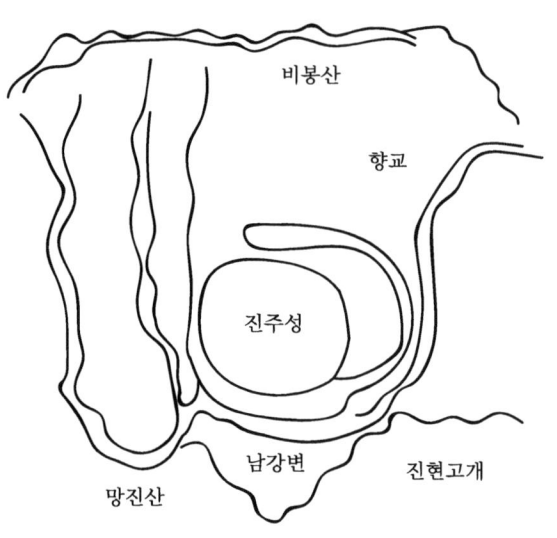

지도7 정유경과 조응도 부대의 출현(진현고개)

382 진주성 승전기

나가오카는 비봉산과 망진산의 매복을 피해, 진주성을 응원하는 군사들이 등장하는 모습에 놀랍고 두렵기까지 했다.

"오늘은 더 공격하지 않는다. 저놈들이 우회하여 본진을 칠지도 모른다."

잠시 뒤, 진주성 안에서 바라본 성 밖은 다시 고요해졌다. 전열을 재정비하던 일본군은 허둥지둥 막사로 돌아갔고, 달빛 아래 성 주변은 숨을 죽인 채 정적을 되찾았다. 이광악은 탄복하여 성 판관에게 말했다.

"응원군이 오지 않으니, 응원군을 직접 내보내시다니…"

성 판관도 웃으며 엄지를 치켜세웠다. 이광악이 돌아서자, 금세 성 판관 얼굴에 그늘이 졌다. '우린 아직 잘 싸우고 있다.'

그는 자신도 모르게 중얼거렸다.

"아직…"

정유경은 고성 관군과 헤어진 뒤, 남문 암문으로 돌아오는 길에 어둠 속에서 한 무장을 만났다. 율포(栗浦: 현 거제 지역) 권관(權管) 이찬종(李纘宗)이었다.

"병마우후 이협 장군을 모시고 진주성에 합류하려 했습니다. 하지만 왜군들이 길을 막아 쉽게 들어갈 수가 없었습니다. 어두워지기를 기다려 남강을 헤엄쳐 들어가려 했는데… 이협 장군이 사라지고 말았습니다. 성에 들어가면 죽는다고 하는 소리를 듣고 도망친 것으로 판단하고, 혼자 성으로 들어가려는 참입니다. 작은 힘이나마 싸우다가 죽겠습니다."

김시민은 이찬종을 반가이 맞았다. 지친 몸을 쉬게 한 뒤, 남문 방비를 맡기며 말했다.

"적진을 뚫고 사지나 다름없는 포위된 성을 찾아온 그대는 참으로 무인의 기개를 가진 자요."

김시민은 밤공기에 차가워진 얼굴을 두 손으로 문질렀다. 거친 손길에 짙은 고뇌가 묻어났다. 그는 장수들을 소집해 무겁고도 비장한 어조로 입을 열었다.

"오늘도 성벽을 오르는 적을 죽기로 싸워 막아내었소. 화약도, 화살도, 탄환도 다 떨어졌소. 내일 한 번 더 싸우면, 우리 손엔 아무것도 남지 않소. 왜놈들 손에 성이 함락되면…"

그는 장수들을 둘러보며 말을 이었다.

"우리는 나라의 녹을 먹었으니, 성을 베개 삼아 죽는 것이 마땅하지만, 백성들은 무슨 이유로 같이 죽겠소? 남문 쪽 암문으로 어린아이와 노인, 부녀자만이라도 내보내는 게 어떻겠소. 내 생각에 반대하는 장수가 있소?"

장수들이 모두 침묵하고 있는 가운데, 이광악이 나섰다.

"아니 될 말씀입니다! 군사들 사기를 생각해야 합니다. 백성을 내보낸다는 건, 결국 우리가 성을 지키지 못한다는 걸 성 안팎에 알리는 일입니다. 그렇게 되면 겨우 버티고 있는 병사들이 무슨 힘으로 왜적을 상대하겠습니까?"

다른 장수들도 고개를 끄덕이며 동조했다. 김시민은 고개를 저었다.

"우리를 믿고 성안에 들어온 백성들이오. 앉은 채로 죽게 할 수는 없소. 그들이 무슨 죄가 있겠소? 죄라면 이 땅에 태어난 죄이고, 무능한 조선 군사를 믿은 죄밖에 더 있겠소."

이광악은 격앙된 목소리 맞섰다.

"진주성이 무너지면 경상우도는 물론, 호남마저 왜놈들 발밑에 놓일 것입니다. 이런 판국에 백성이 나간들, 어디로 가서 목숨을 부지하겠습니까?"

장내는 정적에 잠겼다. 잠시 후, 김시민이 말했다.

"이 군수의 말이 백번 옳은 말이오. 하지만, 지금 우리가 결단하지 않으면, 백성들 모두가 이 성안에서 몰살당할 수도 있소."

김시민은 결정을 뒤로 미루고, 장수들을 모두 물러가게 했다.

그 밤, 김시민은 홀로 망루에 올라 깊은 생각에 잠겨있었다. 그 사이 백성들이 소문을 듣고 소리 내 울며 몰려들었다.

"목사님을 만나야겠습니다! 제발, 목사님을...!"

성 판관이 급히 망루에 올라왔다.

"수많은 백성이 성벽 아래 모였습니다. 목사님을 꼭 뵙겠답니다."

김시민은 망루를 내려가 성 아래로 향했다. 그는 놀라운 광경을 마주하고, 걸음을 멈췄다. 백성들 모두가 품에 무언가를 안고 있었다. 그것은 사람 머리통만 한 돌덩이들이었다. 모두 한목소리로 외쳤다.

"저희도 목사님과 함께 싸우고 싶습니다!"

"성과 운명을 함께 하겠습니다!"

울음 섞인 외침이 번졌고, 김시민은 눈에도 물기가 어렸다.

"그대들이 이토록 생사를 초월한 마음을 보여주니... 이 뜻을 내 어찌 억지로 꺾을 수 있겠소."

성 판관은 목이 멘 채 백성들을 향해 소리쳤다.

"들고 있는 돌, 모두 성벽 위로 옮기시오!"

부녀자부터 노인까지, 하나둘씩 돌을 안고 성루로 향했다. 바람에 흔들리는 등불 아래, 한 덩어리처럼 움직이는 그들의 발걸음이 성벽 위로 이어졌다. 김시민은 그 모습을 바라보며, 가슴 깊숙한 곳에서 뜨거운 기운이 올라옴을 느꼈다.

"이 백성들을 반드시 지켜야 한다...!"

남강 물결은 여전히 어둠 속을 흘렀고, 밤은 끝날 기미가 없었다.

5일 차 전투

도착한 화살

10월 9일, 양력으로는 11월 22일.

아직 밤의 그림자가 완전히 걷히지 않은 새벽, 김시민은 잠이 깼다. 누군가 문밖에서 다급히 소리쳤다.

"감사께서 보낸 화살이 도착했습니다!"

성 판관이 숨을 헐떡이며 침소 앞에서 소리쳤다. 김시민은 자리에서 일어나서, 문밖으로 향했다. 산음에 보냈던 군사들이 마침내 돌아온 것이다. 김시민은 죽은 줄 알았던 자식이 살아 돌아온 것처럼 그들을 맞았다. 한 군사가 앞으로 나섰다.

"장전(長箭) 이천 대를 가지고 왔습니다. 늦어 죄송합니다."

성 판관은 실망한 기색으로 말했다.

"이천 대라면 궁수 천 명에게 두 대씩, 정예 궁수 백 명에게 나누면 스무 대씩 돌아가겠구나. 더는 없더냐? 탄환과 화약은 감영에 없었느냐?"

군사는 기어들어 가는 목소리로 말했다.

"그게 아니오라... 왜적이 대나무나 식량을 구하러 산음까지 들어오는 판에, 감영에 비축한 무기를 모두 보낼 수는 없는 형편이라고..."

실망의 빛이 어른거리는 판관의 낯빛과 달리, 김시민은 조용히 고개를 끄덕였다.

"화살 이천 대도 적지 않다. 결정적 순간에 적 이천 명을 꺾을 힘이다."

그는 군사에게 물었다.

"산음에 왜적이 들어왔다 했느냐? 전투는 없었느냐?"

"감사께서는 진주성이 포위되자 거창으로 미리 옮기셨습니다. 저희가 도착했을 때는 임시 감영을 비우신 후였습니다. 거창까지 다녀오느라 시간이 지체되었습니다. 너무 늦은 것은 아닐까, 오는 내내 가슴이 타들어 가는 듯했습니다."

그는 김성일의 편지를 내밀었다. 김시민은 봉투를 뜯고, 편지를 펼쳤다.

"무기가 부족한 게 한이오.
공은 대대로 충효의 가문에서 태어났고
이미 나라의 은혜를 후히 입었으니,
이제 마땅히 목숨으로써 보답하여야 하오.
경상우도 감사 김성일."

김시민은 편지를 조용히 접고, 군사들을 치하했다.

"왜군이 성을 포위하고 있어 말을 끌고 오기 힘들었을 텐데, 장하구나."

"산음 시천(矢川)에서 화살을 배에 싣고, 남강 물길을 따라서 왔습니다. 왜적 눈을 피해, 어둠을 틈타 도착했습니다."

김시민은 따뜻한 눈길로 말했다.

"푹 쉬도록 하라."

김시민은 장수들과 군관들을 불렀다.

"장수와 군관들, 정예 궁수 백 명은 화살 여섯 대씩, 나머지는 모든 궁수에게 고르게 나누시오."

적이 공격할 때는 성 밖으로 쏟아부어야 할 화살이지만 지금은 하나라도 아쉬웠다. 그는 말을 이었다.

"적이 가까이 왔을 때, 한발로 치명상을 입혀야 하오. 질려포와 진천뢰, 돌과 끓는 물을 총동원하여 적이 성을 넘지 못하게 해야 하오."

박석무가 나직이 탄식했다.

"적이 후퇴할 때 큰 피해를 줘, 공성을 포기하게 해야 하는데... 무기가 부족한 게 아쉽습니다."

김시민은 엷은 미소를 지었다.

"우리에겐 무기보다도 더 강한 것이 있소. 함께 싸우는 마음과 물러서지 않는 용기요."

그는 회의를 끝내면서 장수와 군관들에게 당부했다.

"혼신을 다해 싸웁시다. 우리의 용기와 헌신이 이 성을 지켜 주리라 생각하오. 화살과 함께 내 말을 병사들에게 전해주시오."

장수들은 일제히 답하며 결의를 다졌다.

"명심하겠습니다!"

성안 군사들은 화살을 받고 소중히 가슴에 품었다. 부족하나마 화살통을 채우게 되자, 화살이 다 할 때까지 싸우겠다는 투지가 생겼다. 목사의 말을 장수와 군관들에게 전해 들은 군사들은 각오를 다졌다. 성안 곳곳에서 함성이 터졌다.

밤이 늦도록 부녀자들의 손은 쉴 틈이 없었다. 집마다 모은 솜과 옷감을 펼쳐놓고 촘촘히 손바느질로 누비옷을 만들었다. 한 땀 한 땀 정성을 기울였다.

"날씨가 마이 쌀쌀해졌다. 이제는 참말로 겨울인기라."

"우리 병사들이 추위에 떨면 안 되지. 이거 입으면 그래도 좀 나을끼구먼."

한 할머니는 앙다문 입술로 힘껏 실을 당기며 말했다.

"내 손주 같은 병사들인데... 힘든 줄도 모리겠다."

아랫목에서 손을 녹여가며 밤을 지새운 끝에, 두툼한 누비옷이 하나둘 완성되었다. 날이 채 밝기도 전에, 부녀자들은 완성된 누비옷을 품에 안고 성벽으로 향했다. 야간 경계를 서던 병사들이 누비옷을 건네받았다. 찬 기운에 곧은 손으로 조심스럽게 옷을 만져보았다.

"이렇게 푹신할 수가…"

병사들은 누비옷을 입고 옷깃을 여몄다. 차가운 밤공기에 굳었던 몸이 서서히 풀렸다. 부녀자들이 밤을 지새우며 만든 정성이 고스란히 전해졌다.

"어무이들이 이리 정성을 다해 주셨는데, 끝까지 싸워야 할 각오가 더 생겼습니더. 정말 고맙습니더…"

부녀자들이 정성 어린 손길로 만든 누비옷은 단순한 옷이 아니었다. 병사들에게 성과 백성을 지켜내고야 말겠다는 결의를 다지는 갑옷이 되었다.

토성(土城)

동녘이 희끄무레하게 밝아왔다. 성 밖을 주시하던 조선군은 깜짝 놀랐다. 대나무를 엮은 높은 울타리가 동문 쪽 성벽에서 멀지 않은 곳에 세워져 있었다. 이른 새벽인데도 일본군은 수레에 흙과 나무를 울타리 안쪽으로 끊임없이 날랐다.

"저게... 저게 뭐지?"

"토성(土城)을 쌓고 있는 듯한데..."

"틀림없어. 성안을 내려다보고 공격하려고 하려는 게야."

조선군들은 앞으로 어떤 일이 벌어질지 몰라 불안해했다.

아침 햇살이 떠오르자 마침내 일본군은 울타리를 걷어내었다. 그곳에는 밤새 완성된 흙산과 그 위에 세워진 나무 누대가 모습을 드러냈다. 북장대에서 이를 지켜본 김시약이 탄식했다.

"토성을 무너뜨리지 않으면, 피해는 감당하기 어려울 듯합니다."

김시민도 토성을 바라보았다.

"토성을 더 높이지 않고 누대를 세운 건… 그나마 다행이다. 만일 흙산을 성 높이까지 쌓았다면, 포탄 공격이 무용지물이 될 뻔했다. 누대 없이 토성을 성 높이로 세우려면 하루는 더 걸릴 일이고… 하루를 더 기다릴 여유가 없었던 게다."

토성은 아침 햇빛에 거대한 그림자를 드리우며 성을 압박하고 있었다. 그 꼭대기에 지어진 망루 위, 일본군 조총부대가 분주히 움직이고 있었다.
"조총부대, 준비하라! 목표는 성벽 위 병사들이다!"
일본군 장수의 목소리가 날카롭게 망루 위를 가르자, 조총수들은 심지를 꽂고 화약을 다지며 조심스럽게 방아쇠에 손을 얹었다.
"조준하라! 발사!"
굉음이 울리고, 성벽을 때리는 탄환은 날카로운 파열음을 내며 돌가루를 튀겼다. 성 위 조선 병사들은 놀라 엎드렸고, 성가퀴 뒤로 몸을 급히 숨겼다. 성 판관은 혼란스러웠다.
'토성 망루에서 내려다보며 쏘고 있으니… 반격이 어렵다.'
조총의 탄환은 쉴 새 없이 성벽 위를 두들겼고, 조선 병사들은 고개도 들지 못한 채 몸을 웅크려야 했다. 성 판관도 성가퀴 뒤에 몸을 숨긴 채 소리쳤다.
"머리를 숙여라! 성가퀴 뒤에 몸을 숨겨라!"
"총안(銃眼)을 통해 반격하라!"

병사들은 절망이 섞인 목소리로 외쳤다.

"망루가 높아 총안으로는 조준이 안 됩니다!"

부득이 반격을 위해 성가퀴 위로 고개를 내밀자마자, 왜군의 탄환이 비처럼 쏟아졌다. 반격은커녕 눈조차 뜰 수 없었다. 그 틈을 타 왜군은 사다리를 들고 성벽에 빠르게 접근했다.

김시민은 주먹을 불끈 쥐었다.

"토성의 망루를 부숴야 한다. 화포부대를 믿겠다."

김시민은 화포부대에 지시했다.

"준비하라!"

북장대에서 붉은 기가 좌우로 휘날렸다. 화포장 허윤은 붉은 기를 바라보며 낮게 중얼거렸다.

"명을 받들어, 반드시 성공하겠습니다."

현자총통에 차대전을 장전하는 포수들 손이 분주히 움직였다. 장뚝쇠가 포신 각도를 조절하고, 화포장에게 소리쳤다.

"토성 망루 중앙! 방포 준비 완료!"

화포장이 크게 외쳤다.

"방포하라!"

차대전이 굉음과 함께 망루를 향해 날아갔다. 병사들은 숨을 죽이고 차대전이 날아가는 궤적을 쫓았다. 차대전은 망루에 닿지 못하고 흙산 아래 깊이 박혔다.

"아아…"

병사들 사이에서 실망한 탄식이 흘러나왔다. 허윤은 이를 악물었다.

"화약이 부족했다…"

망루 위 왜군은 화포 진지를 향해 일제히 사격했다. 포수들은 포루의 방어벽 뒤에 몸을 숨겼다. 그러는 사이, 성벽에 접근한 왜군은 사다리를 걸치고 빠르게 기어오르고 있었다. 조선군은 근총안에 총통과 활을 집어넣어 쏘았으나, 망루 위 위협으로 성가퀴 밖으로 몸을 드러내어, 사다리로 오르는 적을 공격할 수는 없었다. 병사들은 포루를 바라보며 간절히 바랐다. '제발, 망루를 무너뜨려야…!'

허윤은 의사로서 환자를 다룰 때처럼 침착하게 포수들에게 지시했다.

"차대전 대신 포탄을 쏜다. 망루 지붕을 노린다. 포수들은 준비하라!"

포수들은 굳은 얼굴로 포탄을 장전하였다. 장뚝쇠는 포신 각도를 점검했다.

"방포 준비, 완료!"

장뚝쇠 말에 화포장은 주먹을 들어 올리며 명령했다.

"방포하라!"

포탄이 귀청을 찢는 굉음을 내며 하늘을 갈랐다. 포탄은 순식간에 망루 상단을 향해 날아들어 직격했다.

"콰아앙!"

귀를 찢는 폭발음과 함께 망루 지붕이 날아갔다. 불꽃을 튀기며 굵은 목재가 산산조각이 나고, 파편들이 비처럼 흩어졌다. 망루는 한순간에 붕괴 직전의 형체로 변해갔다.

"맞췄다! 지붕이 부서졌다!"

병사들의 환호성이 터졌다. 토성 망루에 있던 조총부대는 혼란에 휩싸였다. 조총부대의 공격이 멈추자, 조선군은 그 틈을 놓치지 않고 성벽을 오르던 적을 향해 공격을 퍼부었다. 허윤은 숨을 고르며 중얼거렸다.

"아직이다. 망루는 지붕만 날아가고 그대로 서 있다."

허윤은 장뚝쇠에게 지시했다.

"이번엔 망루 중심 기둥을 노린다. 포신 각도를 조금 낮춰라. 집중하라!"

포수들은 온 신경을 집중해 포탄을 장전하고 화약을 채웠다. 장뚝쇠는 묵묵히 포신을 조정하였다. 주변 모든 소리가 멈춘 듯 긴장감이 감돌았다. 장뚝쇠는 마지막으로 조준선을 확인하며 소리쳤다.

"방포 준비, 완료!"

화포장은 장뚝쇠 눈을 보고 짧게 고개를 끄덕였다.

"방포하라!"

포탄이 하늘을 찢고 날아갔다. 병사들은 숨을 죽이고, 포탄의 궤적을 바라보았다.

"제발...!"

병사들은 두 손을 모았다. 순간, 포탄은 망루 중심 기둥을 정통으로 강타했다. 곧이어 망루 전체가 비틀리며 와르르 무너져 내렸다. 그 위에 있던 조총병들은 비명과 함께 떨어져, 흙산에 처박혔다. 흙산 위에 거대한 먼지구름이 일어나며 망루 잔해가 흩어졌다.

"망루가 무너졌다!"

병사들은 함성을 질렀다. 김시민은 한 손을 높이 들어 외쳤다.

"명중이다! 장하다!"

허윤과 장뚝쇠는 땀에 젖은 이마를 훔치며 깊은숨을 내쉬었다.

토성과 함께 무너져 내린 건 왜군의 사기였다. 나가오카는 산대에 이어 공들여 준비한 토성마저 무너지자 좌절했다. 그는 침통한 얼굴로 외쳤다.

"토성 망루의 조총부대 지원 없이 성을 오르기는 무리다. 성벽에 접근한 군사들... 즉각 철수하라!"

일본군은 망루가 무너졌지만, 공격을 멈추지 않았다. 토성을 만들고자 쌓아 올린 흙과 나무를, 수레를 이용하여 성벽 앞 연못으로 나르기 시작했다. 포로로 잡은 백성들을 끌어다 북문 쪽 성벽 앞 드넓은 연못과 습지를 메우는 속도를 높였다. 북문 수성장 최덕량이 급히 달려와 김시민에게 보고했다.

"적이 연못 진흙 바닥에 흙을 쏟아붓고 있습니다. 성벽까지 길을 내고 있습니다!"

김시민은 한숨을 내쉬며 고개를 끄덕였다.

"토성을 더 쌓지 않는 게 그나마 다행이나, 저들의 집념이 보통은 아니오. 이제 저들은 동쪽 성벽과 동시에 북쪽 성벽도 함께 노릴 것이니, 만호만 믿겠소!"

북문 쪽 성벽 위에는 긴장감이 감돌았다. 적의 거센 공격이 곧 닥쳐올 게 뻔했다.

나가오카는 장수들을 불렀다.

"비록 토성은 실패했지만, 우리가 물러날 때 조선군은 총통도, 활도, 포탄도 쏘지 않았소. 분명 무기가 바닥난 게요. 지금 밀어붙이면 끝을 볼 수 있소. 각 군은 교대로 끊임없이 공격하시오."

일본군은 전열을 재정비하고 동쪽과 북쪽 성벽을 동시에 공격했다. 성벽을 오르기 위해 대나무 사다리를 들고 성벽 가까이 돌진했다. 일본군은 성벽에 접근할 때까지 별다른 저항을 받지 않았다. 사다리들이 성벽에 척척 걸쳐졌고, 셀 수 없이 많은 병사가 그 위를 기어올랐다.

성 위에서 진주성 병사들과 백정 부대, 투석부대는 숨을 고르고 결의를 다졌다. 적이 사다리를 타고 오르자, 그들은 일제히 움직였다.

"끓는 물을 부어라!"

"돌을 내리쳐라!"

펄펄 끓는 물이 적들의 머리 위로 쏟아지고, 둔중한 바윗돌이 사정없이 떨어졌다. 사다리에서 떨어진 일본군 병사들은 비명을 지르며 땅바닥에 나뒹굴었다. 뼈가 으스러지고 피가 사방으로 튀었다. 치열한 공방 속에서도 조선군과 백성들은 버텼고, 적이 밀어붙이면 더욱 분전했다.

전투는 온종일 이어졌다. 지친 몸을 쉴 틈도 없이, 적은 끊임없이 몰려들었다. 동쪽 성벽에서 백정 우두머리의 외침이 성벽을 울렸다.

"솥에 물을 더 끓여라!"

북쪽 성벽에선 매눈 팔복이가 소리쳤다.

"돌을 옥개석 위에 올려라!"

결사적인 저항으로 성벽 아래에는 적의 시체가 쌓이고 또 쌓였다. 짧은 시간 동안 수백, 수천의 일본군이 목숨을 잃었다. 적의 사상자가 언덕을 이루고 쌓이는 만큼, 성안에서도 수많은 조선 병사가 부상을 입고 목숨을 잃었다. 일본군은 3군이 여섯 부대로 교대하며 싸웠지만, 수성군은 교대할 병력이 없었다. 병사들은 모두 지쳐 녹초가 되었고, 입술은 갈라지고 부르텄다.

김시민은 칼자루를 꽉 쥐었다.

"버텨야 한다! 죽기를 각오하고, 맡은 자리는 끝까지 지켜야 한다!"

조선군은 사력을 다해 성벽을 오르는 적을 내리쳤다. 적을 물리쳐 숨을 돌리려 하면, 왜군은 더 많은 병력으로 다시 몰려왔다. 파도가 덮치듯 끊임없는 공격이었다. 열수부대와 투석부대의 맹활약 속에, 조선군은 좀처럼 밀리지 않았다. 해가 뉘엿뉘엿 지는 무렵까지, 성벽을 사이에 둔 치열한 공방은 그칠 줄 몰랐다.

김시민은 적의 공격 양상을 살폈다. 눈에 띄게 왜총 부대의 사격 횟수가 줄어들고 있었다. 3열이 어제부터 2열이 되더니, 오늘 오후부터는 1열만으로 총을 쏘고 있었다.

'왜적도 탄환이 떨어져 가는군. 식량도 바닥이 났을 것이다. 조금만 더 버티면... 성을 지킬 수 있다.'

일본군들은 자신들 공격을 끊임없이 막아내는 조선군을 보고 질러버렸다.

"저놈들, 어떻게 저럴 수가 있지? 지치는 기색이 없어!"

"계속 밀어붙였지만 꿈쩍도 안 해! 탄환과 화살만 소모하는 중이야!"

해가 완전히 서산에 넘어가자, 성 주변은 금세 어두워졌다. 일본군 공세도 서서히 잦아들었다. 성벽 아래, 수천에 달하는 사상자들이 언덕을 이뤘다. 온종일 달려들던 일본군은 마침내 일제히 썰물처럼 물러났다.

김시민은 붉은 천을 두른 화살에 편지를 꿰어, 후퇴하는 적진을 향해 날려 보냈다. 편지는 나가오카에게 전달하였다. 그는 편지를 펼쳤다.

"총대장에게 고(告)하오.

그대가 삼만 군사를 이끌고 진주성에 온 지 벌써 닷새째요.

그대의 군사를 무엇으로 먹이겠소?

삼 분의 일이 죽었으니, 입이 줄어 괜찮소?

날씨가 점점 추워지고 있소. 남방에서 온 병사들이 얇은 옷을 입고 떨고 있는 모습이 가엾소.

조선의 겨울은 그대들의 생각보다 훨씬 혹독하오.

공기가 습한 걸 보니 곧 비가 내릴 조짐이오.

찬비라도 내리면, 많은 병사가 얼어 죽을 것이오.

더 많은 병사를 잃기 전에, 물러가는 게 어떻겠소.

그대와 병사들을 위해 자비를 담아 하는 말이오.

새겨듣기를 바라오. 진주성 수성장."

편지를 읽은 나가오카의 손이 떨렸다.

'이 자가 나의 근심을 조롱하고 있다!'

그는 이를 부드득 갈았다.

"반드시 성을 무너뜨려, 저 오만한 자의 무릎을 꿇리고야 말겠다!"

위장철수

 연일 이어진 격전으로 병사들은 뼛속까지 지쳐 있었다. 땀에 절은 몸을 성 위 아무 데나 눕히고, 거칠게 숨을 몰아쉬었다. 기진한 얼굴에는 핏기 하나 없었고, 축 늘어진 손과 다리는 천근만근 무거웠다. 다시 적이 밀려올 것은 자명했으나, 더는 버틸 힘이 남지 않았다. 침묵 속에 짙은 절망이 내려앉고 있었다. 김시약이 김시민 곁으로 다가와 물었다.
 "적의 대장이... 편지를 보았을까요?"
 "보았을 것이다. 자극하는 편지를 읽고 분기탱천했겠지. 우릴 무너뜨리려고 모든 힘을 다해 공격에 임할 것이다. 마지막 총공세가 되리라. 우리가 이 공격만 막으면, 적은 더 이상 어쩔 도리 없이 철수하리라 본다."
 김시민의 목소리는 가라앉아 있었지만, 결의로 다져 있었다. 그는 병사들을 둘러보며 혼잣말처럼 중얼거렸다.

"모두가 탈진했다. 기력도, 의지도 바닥났다. 희망마저 흔들리고 있다. 적의 최후 공격을 맞을 저들에게 다시 싸울 힘과 용기를 심어 줄 무언가가 필요하다."

그는 곧 성 판관을 불러 조용히 지시했다.

"병사들이 넋을 놓고 있다. 이대로는 싸우기 어렵다. 모두가 함께 기운을 낼 수 있는 자리를 마련해야 한다. 악공들을 불러라. 몸을 함께 움직이면 다시 마음을 모을 수 있을 것이다."

성안에 북과 장구 소리가 울려 퍼졌다. 병사들은 장단에 맞춰 몸을 들썩였고, 그들 입에서는 오랜만에 웃음이 터졌다. 북소리에 맞춰 손뼉을 치고, 꽹과리에 맞춰 어깨춤을 추기 시작했다. 지옥 같았던 전투의 피로가 음악과 함께 허공으로 흩어지는 듯했다.

김시민은 병사들 사이를 돌며 일일이 눈을 맞추고, 손을 잡으며 말했다.

"성을 지키려는 우리의 용기를, 적이 결코 꺾을 수 없다!"

"여러분 눈빛엔 두려움이 없다. 오직 승리를 위한 굳건한 결의만 보인다!"

"온 힘을 다해 이 성과 성안의 생명을 지켜내자!"

"적도 지쳤고, 무기와 식량도 떨어졌다. 마지막에 얻는 승리는 반드시 우리 것이다!"

김시민 말에 병사들은 다시 힘이 솟았다. 북과 장구, 꽹과리와 태평소 소리가 힘차게 울려 퍼지자, 병사들의 기세도 높아졌다. 김시민은 병사들 틈에 끼어 어깨춤을 추며 사기를 북돋웠다. 처음엔 다들 놀랐지만, 이내 하나 되어 환호했고, 밤하늘을 가르는 함성 속에서 전투의 두려움과 절망은 희미해졌다.

김시민은 성 판관을 따로 불러 명했다.

"다음 전투에 모든 걸 쏟아붓는다. 남은 진천뢰와 질려포는 동문과 북문 쪽에 고루 배치하라. 가마솥에 물을 채우고 불을 땔 채비를 해라. 큰 돌은 미리 옥개석 위에 올려두어라. 마지막 전투라고 생각해라. 이번에도 버티면, 우리는 결국 성을 지키게 될 것이다."

진주성 밖 일본군 진영엔 무거운 침묵이 내려앉아 있었다. 한나절 안에 무너질 줄 알았던 성은 어느덧 닷새가 지나도록 버티고 있었다. 나가오카는 입술을 깨물었다. 본국의 도요토미 히데요시에게 진주성 공략을 장담했던 그였지만, 남은 병사 수를 헤아릴 때마다 절망이 깊어졌다. 출정한 군사의 삼 분의 일이 이미 사라졌다. 가장 큰 피해를 당한 부대는 카스야가 이끄는 1군으로, 만 명 중 무려 육 할이 죽거나 다쳤다. 무기와 식량도 바닥이 났다.

'새장 같은 성 하나 무너뜨리는데, 이리도 많은 대가를 치르다니...'

설상가상, 성 주변에서 활동하는 토병들까지 군사들을 괴롭혔다. 식량과 물자를 구하러 멀리 군사를 내보내면, 어김없이 토병들이 출몰하였다. 토벌을 시도했지만, 지형에 익숙한 그들에게 오히려 군사만 잃었다. 나가오카는 더는 시간을 끌 수 없다는 걸 절감했다.

'진주성을 함락시키지 못하면, 우키타님과 태합님께 뭐라 면목을 세우겠는가…'

그의 동생 오키모토가 조심스레 입을 열었다.

"지금의 상황으로는 오직 최후의 일전만이 길입니다. 시마즈 공의 위장철수 작전과 요시츠네 장군의 양동작전을 함께 써보는 건 어떻겠습니까?"

"자세히 말해보아라."

오키모토는 차분히 설명했다.

"스무 해 전, 시마즈 공은 기자키 전투에서 일부러 철군하는 척하여 적을 유인하여, 매복 병력으로 적을 섬멸했습니다. 요시츠네 장군은 이치노타니 전투에서 성 북쪽만 공격해 적의 방비를 집중시킨 뒤, 허를 찔러 남쪽으로 기습해 성을 무너뜨렸지요. 우리는 두 전술을 결합할 수 있습니다."

어둠 속에서 빛을 본 듯, 나가오카의 얼굴이 환해졌다.

"장수들을 모두 불러라."

그는 곧 작전회의를 열었다.

"더는 시간을 끌 수 없소. 전력을 다해 마지막 결전을 벌이겠소. 위장철수로 매복하였다가 적을 노릴 거요."

카스야가 나서서 의문을 제기했다.

"성문을 걸어 잠그고 한 번도 나오지 않는 조선군이 과연 성 밖으로 나오겠소? 무기도 떨어지고 지쳐서 우릴 쫓을 여력도 없을 거요."

나가오카는 여유롭게 웃으며 답했다.

"안심하시오. 적이 성 밖으로 나오지 않는다면, 나에게 두 번째 작전이 있소. 조선군은 취약지인 동문 방어에 집중하고 있소. 그 허점을 찌를 거요. 2군은 계속 동문을 공격해 주시오. 적이 동문 방어에 집중하는 사이, 1군은 3군과 동시에 북문을 급습하여, 성을 무너뜨리는 것이오."

장수들은 모두 고개를 끄덕였다. 나가오카는 장수들에게 명을 내렸다.

"오늘 밤, 자시(子時)에 군막을 모두 철거하시오. 승리하여, 성안에서 자도록 합시다."

진주성의 운명을 가를 결전의 시간이 서서히 다가오고 있었다.

한밤중, 일본군 진영에서 이상한 기운이 감지되었다. 어둠 속을 가르며 횃불이 오갔고, 병사들이 막사 사이로 분주히 움직였다. 김시약이 다급히 김시민의 방을 두드렸다.

"나와 보셔야겠습니다. 적이 철수하는 기색입니다."

김시민은 갑옷을 걸치고 활과 환도를 집으며 생각했다.

'정말 우리가 해낸 것인가? 드디어 끝난 것인가!'

그는 김시약과 함께 동문 성루에 올랐다. 적진은 불빛으로 환히 밝혀져 있었고, 그 안에서 수많은 그림자가 불꽃 사이를 어른거렸다. 병사들은 군막을 해체하며 짐을 수레에 실었고, 소와 말들이 내는 울음소리가 밤공기를 타고 성벽까지 흘러왔다.

"왜놈들이 철수한다!"

"우리가 해냈다!"

성벽 위는 환호와 감격으로 들끓었다. 병사들은 서로를 부둥켜안고 기쁨을 나눴고, 장수들은 하나둘 김시민 주위로 모여들었다.

"적이 마침내 공성을 포기했습니다."

"우리가 버텨냈습니다!"

성 판관이 목소리를 높였다.

"왜적이 물러갑니다! 목사님의 글이 통했나 봅니다!"

곤양 군수 이광악은 걸걸한 목소리로 말했다.

"이럴 때일수록 쫓아야지요. 원수를 한 놈이라도 더 베어야 하지 않겠습니까?"

윤사복도 거들었다.

"맞습니다. 그냥 보내선 안 됩니다. 저들 손에 죽은 병사와 백성들의 원수를 갚아야 합니다. 기병으로 어둠 속에 도주하는 적 꼬리를 치면, 대혼란 속에 큰 전과를 거둘 수 있습니다."

김시민은 묵묵히 적진을 응시하다가 입을 열었다.

"적의 움직임... 노림수가 있는 듯하다. 진짜 물러날 작정이면, 저렇게 환히 불을 밝히고 움직이진 않을 것이다. 우리를 성 밖으로 유인하려는 책략일 수 있다."

성 판관은 고개를 크게 끄덕였다.

"목사님 말씀이 옳습니다. 위장철수일 가능성이 큽니다. 우리가 움직이길 유도하려는 술책입니다."

장수들과 군관들은 한껏 달아오른 병사들을 말리지 못한 채, 망연히 적진을 바라보았다. 시간이 흐르자, 우마차 소리도 잦아들고, 적진에 보이던 불빛도 하나둘 꺼졌다. 마침내 적진은 암흑 속에 잠겼다. 고요한 벌판만이 성벽 아래 펼쳐졌다. 성벽 위 군사들은 또다시 환호성을 질렀다.

"적이 모두 물러났다! 우리가 이겼다!"

김시민은 주변 장수들을 돌아보며 말했다.

"이 철수는 눈속임일 가능성이 높다. 날이 밝고, 적의 자취를 확인하기 전까진 경계를 늦추지 마라. 어쩌면 적의 마지막 총공세가 닥쳐올 수도 있다."

말은 그렇게 했지만, 그의 가슴 한편엔 적이 참으로 철수했기를 바라는 마음이 일었다.

김시민은 고요한 어둠의 벌판을 바라보다, 문득 하늘을 나는 기구를 만들고 있는 군관이 생각났다.

'지금이야말로 그 비차(飛車)가 빛을 발할 때가 아닌가.'

"정평구를 불러라."

정평구가 예를 갖출 새도 없이 김시민은 다그치듯 물었다.

"오늘 밤, 비차를 띄워 적진을 살필 수 있겠느냐?"

정평구는 눈을 동그랗게 뜨더니, 곧 어깨를 축 늘어뜨렸다.

"밤이라 시야가 어둡고… 착륙에 필요한 조작도 완전치 않아… 어렵습니다."

"역시 시기상조인가."

김시민은 혼잣말처럼 중얼거렸다. 정평구는 낯이 붉어졌다.

"배가 바람을 거슬러 가듯, 비차에도 역풍을 견디는 원리를 적용하려 했습니다. 하지만 아직 방향 조절도 착륙장치도 불완전합니다. 결국 아무런 도움이 되지 못하니… 실패한 셈입니다."

김시민은 나무라듯 말했다.

"실패라 하지 말라. 과정일 뿐이다. 전쟁은 아직 끝나지 않았다. 계속 정진하여 나라를 구하자."

그 한마디에 정평구의 눈빛이 다시 빛났다.

"오늘 밤 같은 때야말로 도전이 필요한 순간입니다. 지금은 남강에서 불어오는 강바람이 성벽에 부딪혀 강한 상승풍을 만듭니다. 비차를 타기엔 더없이 좋은 시간입니다. 한 번 해보겠습니다."

김시민은 고개를 저었다.

"아서라! 비차를 띄워 적진을 살피더라도, 돌아오지 못하면 무의미하다. 혹시나 해서 물었을 뿐, 생명을 걸고 무리할 필요는 없다."

정평구는 물러났으나, 곧 자신의 작업장으로 달려갔다.

탈주한 아이

 김시민은 어둠에 묻힌 적진을 응시했다. 차가운 밤공기가 성벽을 타고 올라 얼굴을 스쳤다. 저 너머 어둠 속, 적의 대군이 기습 공격을 위해 웅크리고 있는 듯한 의심이 들었다. 김시민은 마음속으로 다짐했다.
 '왜놈들 계책에 속아서는 안 된다. 날이 밝으면 전쟁이 끝났는지 알 수 있을 터이다.'
 성가퀴 아래, 병사들은 곳곳에 누워 잠들었다. 여기저기 코를 고는 소리가 들려왔다. 김시약이 조심스레 다가와 속삭였다.
 "군사들이 긴장을 놓았습니다. 적이 노리는 바가 아닙니까. 지금이라도 야습에 대비하라 명하셔야 하지 않겠습니까."
 김시민은 여전히 빈 들판에 눈을 떼지 않은 채 조용히 대답했다.
 "아니다. 잠시라도 눈을 붙이면 피로 해소에 도움이 될 게다."
 병사들은 긴장이 풀어져 쏟아지는 잠을 참을 수 없었고, 그동안 지친 몸이 무너져 내려 깊은 잠에 빠져들었다.

    김시민은 갑옷을 입은 채로 눈을 붙이려 했다. 그런데 문을 두드리는 소리가 들렸다. 시약의 목소리였다.
    "왜군 진영에서 한 아이가 도망쳐 왔습니다. 지금 북문 쪽 군사들이 데리고 있습니다."
    "아이를 데려오너라."
    잠시 후, 열너덧 살쯤 되어 보이는 소년이 병사들과 함께 들어왔다. 더벅머리에 얼굴 한쪽엔 짙게 멍이 들어 있었고, 눈빛엔 공포가 남아있었다.
    김시민은 아이를 따뜻한 눈길로 바라보며 조심스레 물었다.
    "집은 어디며, 어찌하여 왜군에게 붙잡혔느냐?"
    "성 밖 문산에 살았심더. 왜군이 온다카는 소문은 들었지만, 어매가 아파서 집을 떠나지 못했심더. 그라다가, 붙잡히고 말았심더."
    소년의 목소리는 곧 울음으로 번졌다.
    "어매는 왜놈들한테 끌려가서... 아무것도 못 드시고 사흘 만에... 죽어버렸심더."
    아이의 어깨가 떨렸다.
    "네 사정이 딱하구나. 그래, 어떻게 도망쳐 나왔느냐?"
    "왜군들 짐 나르는 일을 하다가, 틈을 보아 도망쳐 나왔심더."
    "왜군이 참으로 막사를 걷고, 짐을 싸더냐?"

소년은 고개를 끄덕였다.

"장막을 다 걷고, 짐을 수레에 실었심니더."

"왜군들이 말티고개로 갔느냐?"

"아입니더. 순천당산 쪽으로 갔십니더."

김시민의 눈빛이 반짝였다.

"말티고개 쪽이 아니란 말이지."

김시민은 눈앞이 밝아지는 듯했다.

'순천당산(順天堂山) 쪽은 밤에 대군이 빠져나갈 길목이 아니다.'

김시민은 소년에게 따뜻하게 말했다.

"참으로 많은 일을 겪었구나. 이제 마음 놓고 쉬어라."

김시민은 아이에게 먹을거리를 주고 돌보게 했다. 소년이 나간 뒤, 김시민은 곰곰 생각에 잠겼다.

'역시... 위장 철군이다. 놈들은 순천당산에 집결하여, 최후의 일격을 준비하는 것이 분명하다.'

김시민은 시약에게 말했다.

"정평구에게 전하라. 오늘 그 눈빛을 보니, 미완성 비차를 타고 적진을 정찰할 생각을 하는 것 같았다. 그럴 필요가 없다고 전해라."

얼마 후, 정평구가 급히 달려왔다.

"참말로 적의 움직임과 의도를 알아내신 겁니까?"

"그렇네. 그러니 비차가 최고 병기가 될 수 있도록 더욱 힘쓰게

나."

정평구는 목사의 따뜻한 격려에 울컥하여, 눈물이 핑 돌았다.

김시민은 장수와 군관들을 소집했다.

"왜적이 순천당산 쪽으로 갔소. 이는 위장 철군이 분명하오."

성 판관이 나섰다.

"병사들을 깨워서 야습에 대비할까요?"

김시민은 고개를 저었다.

"체력이 한계에 와서 자는 단잠이니, 깨우지 않는 게 좋겠다. 대신 맡은바 지역의 경계를 강화하라."

김시민은 비장한 목소리로 장수와 군관들에게 말했다.

"마지막 싸움이 다가오고 있소. 역사는 이 성을 지켜내는 우리의 이름을 기억할 것이오. 죽기를 각오하고 적을 맞읍시다!"

장수와 군관들은 울컥한 목소리로 답했다.

"명심, 명심하겠습니다!"

그날 밤, 전라좌수영 여수 바다엔 거센 파도가 밀려들고 있었다. 이순신은 쉽게 잠을 이룰 수가 없어 종사관과 함께 선착장을 둘러보았다. 진주성 상황을 살피러 파견한 군관이 돌아왔다. 이순신은 급히 물었다.

"진주성은 어찌 되었느냐?"

"왜군 삼만이 맹공을 퍼붓고 있으나, 지금까지는 진주목사가 기적같이 버텨내고 있습니다."

이순신은 긴장을 늦추지 못했다.

"진주성이 왜적의 손에 들어가면, 여수 좌수영은 다음이다."

종사관이 조심스럽게 말했다.

"다음 출정은 진주성 전투 결과를 보고 결정해야 하겠습니다."

이순신은 말없이 진주 방향 하늘을 바라보았다. 그 하늘 너머 김시민과 진주성 군사들의 무운을 빌었다.

6일 차 전투

북문의 위기

10월 10일, 양력으로는 11월 23일 새벽 두 시경.

일본군이 막사를 걷고 우마차에 짐을 싣고 철수한 지 꽤 시간이 흘렀다. 달빛조차 구름에 갇혀 어둠은 성 안팎을 완전히 삼켰다. 들판은 숨을 죽인 듯 적막했다. 성 위에 서서 어둠을 응시하던 경계병들도 하나둘 눈꺼풀에 짓눌려 고개를 떨궜다. 사방에 코를 고는 소리가 퍼졌고, 경계를 위해 마지막까지 버티던 병사들조차 눈을 감았다. 긴 싸움과 반복된 긴장 속에서, 모두가 지쳐 있었다.

한 식경(食頃)이 더 지났을까. 성문 근처에서 날카로운 비명이 어둠을 갈랐다.

"아아악!"

위장철수를 한 일본군이 칠흑 같은 어둠을 틈타 몰래 성으로 접근하다, 성벽 칠십 보 앞에 깔아놓은 마름쇠를 밟은 것이다. 그 순간, 어둠 속에서 적장이 고함쳤다.

"조선군이 눈치챘다! 속히 돌진하라!"

성가퀴에 몸을 기댄 채 잠들어 있던 병사들이 군관들의 외침에 번쩍 눈을 떴다.

"적이다! 적이 들이닥쳤다!"

땅을 울리는 말발굽 소리와 귀를 찢는 함성이 밤공기를 갈랐다. 어둠 속에서 성으로 달려드는 수많은 검은 형체들이 보였다. 그들은 짐승 떼처럼 성을 삼킬 듯 몰려왔다. 군관 이놀은 숨을 삼켰다.

동쪽 성벽 위 북격대에서 김시민의 지시가 떨어지자, 꽹과리 소리가 성벽을 타고 요란하게 울려 퍼졌다. 기습을 알리는 신호였다. 백정 부대 상두가 소리쳤다.

"가마솥을 더 달구어라! 물을 끓여라!"

화구마다 불꽃이 일고, 미리 데워놓은 가마솥 물이 다시금 펄펄 끓기 시작했다. 밤하늘을 가르는 탄환과, 진동하듯 퍼지는 왜군의 함성은 성을 뒤흔들었다. 김시민의 목소리가 북격대에서 울려 퍼졌다.

"북을 울려라! 태평소를 불어라!"

북소리와 태평소 소리가 밤하늘에 성벽을 타고 사방으로 퍼졌다.

성안의 백성들은 화들짝 눈을 떴다. 지축을 울리는 총성과 괴성, 진동하는 북소리에 정신이 아찔했다.

"왜적이 돌아왔다! 철수는 속임수였어!"

놀란 백성들이 집 밖으로 쏟아져 나와 성문 쪽으로 몰려나왔다. 성 밖에서 들리는 짐승의 울음 같은 함성과, 성 위에서 울리는 북과 날라리 소리에 가슴이 떨렸다. 전투가 어느 쪽이 유리하게 전개되는지 알 길이 없어 발만 동동 굴렀다. 성안의 화살과 탄환이 이미 소진되었다는 소문에 더욱 마음을 졸였다.

"돌과 뜨거운 물 말고는 변변한 무기가 없다던데."

"이러다 성이 무너지는 건 아닐까..."

누구도 말을 이으려 하지 않았다. 백성들은 떨리는 손을 모아 기도했다.

"천지신명이시여, 목사님을 지켜주이소. 우리 군사들을 지켜주이소."

어린아이도 하늘을 향해 중얼거렸다.

"제발.. 제발 이겨주세요."

손녀의 손을 꼭 쥔 할머니가 말했다.

"겁묵지 말거라. 목사님이 계시는 한, 성은 무너지지 않을끼다."

성벽에 다가오는 적의 함성은 점점 더 가까워졌고, 성벽 위의 북소리는 한밤중에 몰려나온 백성들의 심장을 더욱 세차게 두드렸다.

일본군 2군 대장 모토지마는 선봉장 요네모치에게 명령했다.

"적들은 화살도, 탄환도 다 떨어졌다. 이번 공격으로 끝장을 내야 한다!"

요네모치는 말을 타고 선두에 서서 군사들에게 외쳤다.

"공격하라!"

성벽이 흔들릴 듯한 함성과 함께 일본군은 돌진했다. 성벽 위에서 김시민은 적의 동정을 응시하며 명령했다.

"적이 성벽에 접근하기까지 기다려라!"

북격대에서 낮고 묵직한 북소리가 천천히 울렸다. 동문 옹성에서 성 판관이 외쳤다.

"모두 기다려라!"

김시민은 성으로 몰려오는 검은 형체들을 주시했다. 김시민은 조용히 숫자를 세기 시작했다.

"오십 보..."

검은 형체들이 조금씩 또렷해졌다. 장수로 보이는 자의 투구 끝이 별빛에 잠시 반사되었다.

"삼십 보..."

김시민은 적의 선두가 성벽으로 몰려드는 것을 보았다.

"지금이다, 불을 밝혀라!"

북격대에서 북과 꽹과리 소리가 동시에 울렸다. 동문 옹성에서도 불을 밝히라는 외침이 터졌다. 군사들이 짚단에 불을 붙여 성 밖으로 던졌다. 짙은 어둠 속을 가르며, 불꽃들이 비처럼 쏟아졌다. 그 속에 성벽 아래 몰려든 적들이 또렷이 드러났다. 화포장 허윤이 고함쳤다.

"진천뢰를 투척하라!"

심지를 짧게 한 진천뢰가 땅에 떨어지자마자 폭발했다. 쇳조각이 터지며, 성벽에 접근한 왜군의 살을 찢고 뼈를 부쉈다. 고통의 비명들이 어둠을 찢었다. 요네모치는 말을 달리며 고함쳤다.

"공격하라! 사다리를 걸쳐라!"

그는 어둠 속 시야가 확보되지 않아 조준사격이 어렵다고 판단했다. 요네모치는 조총부대에 명령했다.

"피아 구분이 어렵다. 성에 오르는 군사를 엄호하되, 성벽 위로 넉넉히 쏴라!"

천둥처럼 요란한 조총 소리가 이어졌지만, 성벽에 탄환이 부딪치는 소리는 적었다. 성 판관이 근총안을 들여다보니, 개미 떼처럼 수많은 왜군이 대나무 사다리를 성벽에 걸치고 있었다. 그들은 사다리를 붙잡고 일제히 기어올랐다. 성 판관이 외쳤다.

"오르지 못하게 막아라!"

정평구가 백정들에게 소리쳤다.

"준비한 대로 공격하라!"

백정들은 명령을 듣자마자, 몸이 바로 반응했다. 끓는 물을 담긴 용기를 들고, 사다리를 타고 오르는 적들의 머리 위로 사정없이 쏟아부었다.

"치익!"

사다리를 오르는 왜군들 머리 위로 백정들이 끓는 물을 쏟아붓자, 비명을 지르며 사다리에서 나가떨어졌다.

"왼쪽 사다리! 저놈들 거의 다 올라왔다!"

정평구가 소리치자, 투석부대가 사다리를 빠르게 오르는 왜군을 향해 옥개석 위에 준비한 돌을 사정없이 내려쳤다.

"쿵! 쿵...!"

둔탁한 충격음과 함께 머리에 돌벼락을 맞은 왜군들은 사다리에서 굴러떨어지며 신음을 질렀다. 어둠 속에서 고함과 절규가 성벽 아래에서 뒤엉켰다.

전투가 거듭될수록 열수부대와 투석부대의 움직임은 달라졌다. 이제 그들은 어떤 위치에서 어떤 공격이 필요한지, 몸이 먼저 알고 움직였다.

"오른쪽이 위험하다!"

"내가 처리한다!"

그들은 마치 하나의 몸처럼 유기적으로 맞물려 움직이며 왜군의 공격을 막았다.

새벽 세 시경, 모토지마의 제2군이 동문 성벽에서 격전을 벌이던 그 시각, 카스야의 제1군과 오키모토가 이끄는 제3군은 어둠 속에서 성벽을 따라 우회, 빠르게 북문 쪽으로 움직였다. 1군 선봉장 마키무라는 조총부대 이천 명의 엄호 아래 병사들을 독려하며, 바닥을 드러낸 연못, 대사지(大寺池)을 건넜다. 일본군은 흙탕 속을 들개

떼처럼 달리며 북쪽 성벽으로 돌진했다.

 연못을 건너는 왜군들의 함성은 북문 쪽 성벽 위 병사들의 심장을 얼어붙게 했다. 북격루에서 북문을 살피던 군관이 김시민에게 급히 보고했다.

 "왜적이 북쪽 성벽을 공격하고 있습니다."

 "예상한 바다. 최덕량과 이눌, 윤사복… 그들이 막아내리라 믿는다."

 일본군은 북쪽 성벽에 접근하여 수많은 대나무 사다리를 걸치고, 성벽을 기어올랐다. 석전대장 팔복이 고함쳤다.

 "옥개석에 올려둔 돌을 투척하라!"

 거대한 돌들이 쏟아지며 사다리를 오르던 적의 머리를 박살 냈다. 연못 건너편에 배치된 조총병들은 성벽을 향해 일제사격을 퍼부으며 공성병들을 엄호했다. 군관 이눌이 급히 외쳤다.

 "성가퀴 뒤로 몸을 피하라!"

 이눌은 조총부대가 어둠 속에서 조준사격이 어려울 거라고 판단했다.

 "놈들이 충분히 올라올 때까지 기다려라!"

 왜군이 성벽 절반을 넘어서자, 조총부대도 섣불리 성벽 위로 총을 쏘지 못했다. 그 순간 이눌이 외쳤다.

 "지금이다! 적들에게 뜨거운 물과 돌을 투척하라!"

거대한 솥에서 끓던 물이 성벽 아래로 쏟아졌고, 커다란 돌들이 사정없이 적의 머리 위로 내리쳤다. 투석부대가 돌을 던져도, 백정들이 뜨거운 물을 퍼부어도, 일본군은 꾸역꾸역 사다리를 타고 올랐다. 투석부대와 백정들은 더 이상 공격을 못 하고 발만 동동 굴렀다.

 "무슨 방비를 한 게 틀림없다! 뜨거운 물과 대갈통만 한 돌에도, 거침없이 오르고 있다니..."

 이눌이 가만히 살펴보니 적군이 위장 전술을 쓰고 있었다. 왜군은 탈을 쓴 인형을 앞세우고, 그 밑에서 방패로 머리를 보호하며 기어오르고 있었다.

 "허수아비다! 적들은 허수아비를 앞세우고 올라오고 있다!"
 "적이 거의 다 올라왔습니다!"

 병사가 다급하게 외쳤다. 이눌이 뒤를 살펴보니 한 가마솥에서는 기름이 펄펄 끓고 있었다. 이눌이 급히 소리쳤다.

 "기름을 부어라!"

 끓는 기름이 사다리 위로 쏟아졌다. 비명이 어두운 하늘을 찢었다. 뜨거운 기름에 녹아내린 살갖에서 연기가 피어올랐고, 왜군들은 사다리에서 비명을 지르며 바닥으로 추락했다. 탈을 쓴 인형을 앞세운 적들은 기름을 피해 사다리에 아직 매달려 있었다. 이눌이 백정들에게 지시했다.

 "가마솥 아래 불붙은 장작을 인형에 던져라!"

불붙은 장작이 기름이 잔뜩 묻은 허수아비에게 날아들었다. 불길이 순식간에 짚으로 된 인형을 집어삼키며 타올랐다. 불붙은 짚이 왜군들의 머리와 어깨로 떨어져, 불길이 옷과 머리카락에 옮겨붙은 왜적은 사다리에서 몸부림치다 아래로 떨어졌다. 왜군 몇몇은 방패로 머리를 가리며 기어이 성벽을 향해 오르고 있었다. 이놈의 눈빛이 날카롭게 빛났다.

"통나무를 던져라! 방패를 든 놈도 피할 수는 없을 게다!"

백정 둘이 사람 몸통만 한 통나무를 번쩍 들어 사다리 위로 내던졌다. 방패로 머리를 보호한 채 성벽을 오르는 적들은 묵직한 충격에 사다리에서 튕겨 나갔다. 끔찍한 비명이 연달아 터져 나왔고, 성벽 아래는 피와 시체가 뒤엉킨 아수라장이 되었다. 윤사복이 외쳤다.

"투석부대! 성벽에 붙은 적을 돌로 내리쳐라!"

팔복이와 투석부대원들이 큰 돌을 사다리에 오르는 적을 향해 던졌다. 왜군은 돌에 맞아 머리가 깨지고 비명을 지르며 사다리에서 떨어져 나갔다. 위에서 떨어지는 충격으로 다른 적들도 사다리에서 함께 굴러떨어졌다. 몇몇은 즉사했고, 나머지는 땅에 부딪히며 중상을 입었다. 이어서 뜨거운 물벼락을 얼굴과 머리에 맞은 적들은 한꺼번에 비명을 지르며 사다리에서 추락했다.

일본군 공격은 일순간 주춤했다. 기름에 화상을 입은 자들과 돌에 머리를 깨진 시체들이 성벽 아래 널브러져 있었다. 사다리를 붙잡고 오르려던 자들은 공포에 질려 머뭇거렸다. 1군 선봉장 마키무라는 돌과 뜨거운 물세례에 사다리 오르기를 주저하는 병사들을 가차 없이 베었다.

"물러서지 마라! 물러서는 자는, 내 칼에 죽는다!"

일본군은 다시 사다리에 올랐다. 성벽 위의 조선군은 뜨거운 물에도 큰 돌에도 끊임없이 사다리를 타고 기어오르는 적의 모습에 기가 질렸다.

북문 수성장 최덕량

마침내 일본군이 북문 쪽 성벽 위로 기어오르는 데 성공했다. 날렵한 몸짓으로 성가퀴를 넘은 왜군 장교가 외쳤다.

"이찌방…!"

뒤이어 괴성을 지르며 성벽 위로 올라오는 왜군들. 마치 둑이 무너진 듯하였다.

카스야는 군사들이 성벽 위로 오르는 걸 보며, 성 함락을 눈앞에 두었다고 기세가 등등했다.

"이제야 카스야 가문의 체면이 서는구나!"

일본군이 칼을 번뜩이며 성안으로 쏟아지자, 수성군들은 뒤로 물러서기 시작했다. 어둠 속에서 피아 구분도 쉽지 않았다. 그때였다. 짙은 긴박감을 찢고 한 목소리가 터져 나왔다.

"횃불을 밝혀라!"

윤사복의 외침이었다. 곧이어 북문 성벽에서 불꽃이 치솟았다. 동문 북격대에서 지휘하던 김시민의 눈에 불길이 환히 들어왔다. 김시약이 다급히 외쳤다.

"북쪽 성벽 위, 저 불빛! 적이 성에 올랐다는 뜻입니다!"

김시민이 북문을 향해 크게 소리를 질렀다.

"덕량아! 어디 있느냐?"

김시민이 독려하는 목소리에 응답하듯, 성 위에 올라온 일본군을 칼을 휘두르며 막아서는 장수가 있었다. 북문 수성 대장 최덕량이었다. 북문 전투는 순식간에 백병전으로 번졌다. 왜군의 번뜩이는 칼끝에 병사들이 무너졌고, 일본군은 계속해서 성 위로 밀려들었다. 성 위에 오른 일본군은 조선 군사들을 칼로 위협하면서 진격로를 확보해 나갔다. 최덕량은 가슴이 철렁했다. 그는 적의 가슴팍을 베며, 힘을 다해 고함을 질렀다.

"장창병은 창을 들어라!"

윤사복과 이눌도 그 곁에서 칼을 휘두르며 소리쳤다.

"물러서지 마라! 적을 막아라!"

"장창병! 협공으로, 적을 성벽 쪽으로 몰아라!"

장창병들은 성 위에 올라온 적에게 창끝을 겨눴다.

"이때다! 궁수들! 화살을 날려라!"

최덕량이 외치자, 장창병의 압박으로 성벽 뒤로 물러선 왜군을 향해 궁수들은 화살을 날렸다. 성 위에 먼저 오른 자들은 화살에 쓰러지고, 뒤따라 올라온 왜군은 창끝에 찔러 쓰러졌다. 최덕량은 피투성이가 된 얼굴로 외쳤다.

"성 위로 올라오는 놈은 족족 쳐 죽여라! 이곳이 무너지면 성 전체가 무너진다!"

성 위에 오른 적이 칼로 위협하며 포위를 풀려고 하자, 장창부대는 왜적을 압박하여 뒤로 물러서게 했다. 왜군은 더 이상 물러날 수가 없어지자, 칼로 찌르며 결사적으로 공격했다. 장창부대는 몸을 뒤로 물리면서 왜군이 허점을 보이면 사정없이 찔렀다. 날이 선 창끝이 피를 뿜으며 적의 숨통을 끊어냈고, 성 위에 오른 자들은 하나 둘 허망하게 무너졌다. 최덕량이 소리 질렀다.

"다다익선이다! 올라오는 놈마다 황천으로 보내버려라!"

성벽 위에 오른 왜군을 모두 죽이자, 겸창병(鎌槍兵)은 성가퀴 위로 몸을 기울였다. 낫 달린 창을 휘둘러 사다리를 오르는 적의 머리와 목덜미를 훑었다. 뼈와 살이 한꺼번에 베이며, 왜군은 비명을 내지르며 아래로 굴러떨어졌다. 얼마 전까지만 해도 성이 함락당할 위기였지만, 조선군은 왜군을 밀어내는 데 성공했다. 윤사복이 외쳤다.

"투석부대! 돌을 내리쳐라!"

투석부대는 옥개석 위에 준비된 돌을 들어 사다리를 향해 던졌다. 돌이 사다리에 부딪히며 사다리는 부러지며 흔들렸고, 그 위에 매달려 있던 왜군들은 비명을 지르며 아래로 떨어졌다.

"계속 내리쳐라! 성을 넘지 못하게 막아라!"

윤사복이 외치는 목소리는 성벽 위에 울려 퍼졌고, 투석부대는 일사불란하게 움직였다. 투석부대는 장창부대가 공간을 확보하자 성가퀴에 붙어, 성벽을 기어오르는 적을 향해 두 손으로 돌을 높이 들어 투척하였다. 기세를 올리며 사다리를 오르던 적들이 꽃잎이 지듯 우수수 떨어졌다. 일본군은 계속해서 성벽을 오르려 했지만, 무거운 돌들이 끊임없이 쏟아져 내렸다. 돌을 맞은 왜군은 성벽 아래로 굴러떨어졌고, 사다리도 충격에 못 이기고 연이어 부서졌다. 성벽 아래는 부서진 사다리, 돌무더기, 그리고 떨어져 죽은 자들의 시체로 가득 찼다.

"돌이 부족합니더!"

한 투석부대원의 외침에 팔복이가 소리쳤다.

"남은 돌을 밧줄로 묶어 공격하자!"

팔복이는 머리통만 한 돌을 들어 밧줄로 묶었다. 사다리를 타고 올라오는 적의 머리를 깨트리고, 다시 돌을 끌어올려 적을 내려쳤다.

"죽어라, 이놈들아!"

투석부대원들도 모두 돌을 밧줄로 묶어 왜군을 공격했다. 투석부대의 끊임없는 공격에 왜군들도 기세가 꺾였다.

시간이 지나면서 전세가 순식간에 뒤집히자, 카스야는 발을 굴렸다. 무너질 듯하던 조선군의 방어는 되살아났고, 왜군은 밀리고 있었다. 분노한 카스야는 마키무라에게 불처럼 화를 내며 고함쳤다.

마키무라는 어둠 속에서도 얼굴이 붉게 달아올랐다.

수 시간 동안 결사적인 공격을 하여 지쳐버린 군사들을 다시 독려하기는 사실상 어려웠다. 동녘 하늘부터 서서히 어둠이 걷히자, 우뚝 솟은 진주성은 난공불락의 성처럼 보였다. 카스야는 이를 갈며 마키무라에게 명했다.

"군사들을 뒤로 물려라!"

1군이 물러나자, 오키모토 3군 부대도 뒤따라 철수했다. 북문 성벽은 다시 안도감이 퍼졌다. 성벽 위 병사와 투석부대, 백정들은 바닥에 주저앉아 피와 먼지를 뱉으며 숨을 골랐다. 더는 물러나는 적을 향해 외칠 기력조차 남지 않았다.

진주성 동쪽 성벽에서도 치열한 공방전이 벌어졌다. 터져 나오는 비명과 고함은 밤하늘을 찢었고, 성벽은 뜨거운 피로 물들었다. 조선군은 이를 악물고 버텼고, 일본군은 물러섬 없이 달려들었다. 모두가 알고 있었다. 이 싸움이 마지막이라는 것을. 피를 부르는 죽고 죽이는 전투가 밤을 꼬박 새우며 이어졌다.

"적의 최후 공세다! 이 고비만 넘기면, 우리는 승리한다!"

김시민의 외침이 성벽 위로 퍼지자, 병사들의 눈빛이 다시 불타올랐다.

일본군 제2군 선봉장 요네모치는 말을 몰며 칼을 뽑아 들고 외쳤다.

"성을 함락하는 공은 우리가 차지한다. 전군, 돌격하라!"

성을 오르는 일본군과 이를 막으려는 조선군 사이에 치열한 전투가 벌어졌다. 성벽 위에는 수많은 쇠솥에 끓는 물이 펄펄 끓고 있었다. 정평구가 목이 터지라 외쳤다.

"놈들을 막아라!"

백정 부대와 병사들은 성벽을 타고 오르는 일본군에게 펄펄 끓는 물을 머리 위에 쏟아부었다. 증기가 피어오르고, 비명이 하늘을 찢었다. 뜨거운 물에 덴 왜군이 사다리에서 굴러떨어졌고, 바닥에 머리를 찧으며 그대로 숨이 끊어졌다. 성안 노인과 부녀자도 줄을 지어 돌을 성벽 위로 옮기고 물을 끓였다. 성안에 있는 돌은 모두 무기로 변했다. 지붕의 기와나 담장의 돌도 성벽 위로 날랐다. 화살이 떨어진 궁수는 돌을 들어 사다리를 오르는 적에게 던졌다. 핏물이 튀고, 살점이 밤하늘을 가르며 흩날렸다. 성벽 아래는 떨어져 죽은 시체로 작은 언덕을 이루었고, 그 위로 또다시 일본군이 달려들었다.

물러서고 다시 오르고 하는 처절한 공방전은 끝이 날 줄 몰랐다. 뿌옇게 동녘 하늘이 밝아오기 시작하자, 성벽 위 병사들은 마치 없던 힘이 새로 솟아나는 듯했다.

"어둠이 걷히고 있다! 이제 적이 보인다! 한 놈이라도 더 잡자!"

날이 밝아오자, 일본군 기세는 조금씩 꺾이기 시작했다. 정평구는 목청을 돋우며 외쳤다.

"조금만 더 힘을 내자. 승리가 눈앞에 있다!"

요네모치가 돌아보니, 모토지마가 말을 몰아 그의 곁으로 다가오고 있었다.
"위험합니다!"
요네모치가 외쳤다.
"성벽과 너무 가깝습니다. 뒤로 물러나셔야 합니다!"
모토지마는 요네모치에게 접근하며 말했다.
"너에게 할 말이 있다. 성벽 밑으로 땅굴을 파라. 성벽 아랫부분의 돌을 빼내면, 성벽이 어그러지거나 통로가 생길 것이다."
요네모치는 병사들에게 지시했다.
"삽이나 곡괭이를 가져와라. 없으면 칼이나 창끝으로라도 판다."
왜군 병사들은 방패를 머리에 이고, 성벽 아래로 우르르 몰려들었다. 삽 대신 들고 있던 칼날로 흙을 헤집고, 창끝으로 돌과 돌 사이를 파고들었다.
성벽 위에서 이 광경을 지켜보던 병사들의 얼굴이 굳어졌다.
"저놈들... 뭐 하는 거지?"
"저건... 성벽을 파는 거야! 초석을 노린다!"
정평구가 궁수에게 소리쳤다.
"성벽 아래, 저놈들을 쏴라!"
궁수들은 근총안에 활을 넣고, 성 아래로 화살을 쏘았다. 하지만 화살은 왜군들의 방패에 부딪히며 튕겨나갔다.

그때였다. 화포장 허윤의 눈에 금빛 갑옷을 입은 인물이 눈에 들어왔다.

"대장이다."

그는 몇 개 남지 않은 진천뢰 하나를 들어 장뚝쇠에게 건넸다.

"저 왜장을 잡아라!"

장뚝쇠는 진천뢰 도화선에 불을 붙인 후, 줄을 매단 가죽 포대기에 넣어 빙빙 돌리다가 힘껏 성 밖으로 던졌다. 포탄은 정확히 모토지마 말 앞에 떨어졌다.

"불발탄인가…"

호종 군사가 터지지 않은 진천뢰를 살피고 가슴을 쓸어내렸다.

"큰일날 뻔했습니다. 속히 뒤로 물러나는 게 좋겠…"

그 순간, 포탄이 터져 파편이 사방으로 튀었고, 말과 모토지마, 호종 군사까지 모두 즉사하였다. 살갗을 찢고 뼈를 파고든 피 묻은 파편이 땅 위에 흩어졌다. 놀라 달려온 요네모치는 비명조차 지르지 못한 채 피범벅이 된 모토지마를 부둥켜안았다. 그는 뒤도 돌아보지도 않고 허겁지겁 본진으로 퇴각했다. 성벽 아래 땅굴을 파던 병사들도 혼비백산하여 뒤따라 물러났다.

성벽 아래, 백성들은 두 손을 모은 채 성을 올려다보았다.

"목사님과 군사들이… 꼭 이길 거야…!"

성 위에서 적군과 격렬히 싸우는 소리가 들려왔다. 쇠가 맞부딪히는 소리, 찢어지는 듯한 비명이 밤하늘을 타고 성벽 아래까지 울려 퍼졌다.

"적들이 기어이... 성벽을 넘었나 봐. 저건 성 위에서 싸우는 소리야."

사람들은 숨을 죽인 채 간절히 마음을 모았다. 돌과 물을 나르는 이들에게 전황을 물었지만, 누구도 확실한 답을 주지 못했다.

새벽이 다가오기 전, 다시 한번 적의 함성이 크게 울렸고, 더 거세게 몰아치는 공격이 시작되었다. 성벽 아래 모인 백성들은 숨을 죽이고 귀를 기울여 전투 상황을 짐작해 보았다. 성 밖에서 들리던 적의 고함이 점차 흐트러지기 시작했다.

"우리 군사들이 밀어붙이고 있어!"

성안 백성들은 마치 자신들이 싸우고 있는 듯 가슴을 졸였다. 성벽 위 병사들 함성이 들릴 때마다 손을 맞잡고, 서로 부둥켜안으며 희망을 놓지 않았다. 밤은 길고도 혹독했다. 적 함성은 밤새 이어졌고, 성 아래 백성들은 두 손을 모은 채 뜬눈으로 지새웠다. 갑자기 성문 근처에서 강렬한 폭음이 울렸다. 뒤이어 성벽 위에서 들려오는 함성은 더욱 거세졌다.

"자리를 지켜라! 적을 물리쳐라!"

목사의 우렁찬 목소리가 어둠을 뚫고 울려 퍼지자, 백성들은 숨을 삼켰다. 한 노인이 떨리는 입술로 말했다.

"목사님이시다… 아직 희망이 있어…"

백성들은 비록 성벽 위에서 싸울 수는 없었지만, 마음으로 병사들과 함께 싸웠다. 바로 그때, 성안 병사들 환호성이 터져 나왔다.

"와아아아! 적장이 쓰러졌다!"

백성들은 서로를 끌어안으며 함께 소리를 질렀다.

어둠이 걷히고 동녘 하늘이 서서히 밝아오자, 총성과 함성이 거짓말처럼 멈췄다. 마침내 전투 결과가 드러났다. 성벽 위에서 병사들의 외침이 들려왔다.

"우리가 이겼다!"

"우리가 해냈다!"

백성들도 감격스러운 환호성을 질렀다.

"이겼다! 우리가 이겼다!"

"목사님이 우리를 지켜내셨다!"

성벽에 돌과 물을 나르던 이들이 병사들과 함께 성 위에 올라 얼싸안았다. 성안은 울음과 웃음이 뒤엉킨 환호로 가득 찼다. 아이부터 노인까지, 모두가 서로를 부둥켜안고 눈물을 쏟았다. 밤새 마음을 놓지 못하던 이들은 무릎을 꿇고 주저앉아 목 놓아 울었다. 백성들은 적이 온다는 소문에 울었고, 엄청난 수의 적이 성 앞에 나타났을 때 통곡했으며, 그 적을 물리쳤다는 소식에 또 눈물을 쏟았다.

동녘부터 환해지는 하늘 아래, 성은 여전히 굳건히 그 자리에 서 있었다.

총성

위장철수 작전으로 승부를 보려던 일본군은 날이 서서히 밝아오자, 일제히 물러났다. 전투는 끝난 듯 보였다. 젖 먹던 힘까지 다해 싸운 수성군은 그 자리에서 털썩 주저앉았다. 그 누구도 전투가 끝났다고 말하지 않았다. 모두가 마음속으로만 간절히 바랐다.

'제발... 이제는 참으로 철수하기를...'

야간 전투가 치열하게 전개될 때 저격수 스기타니는 조총부대에 속해 있다가 뒤로 빠지지 않았다. 보병이 성벽으로 달려들 때 그들 틈에 섞였다. 불현듯 포탄이 터졌고, 파편이 눈앞을 덮쳤다. 시야가 하얗게 멀어졌을 때, 그는 순간 장님이 된 줄 알았다. 하지만 피는 눈썹만을 적셨을 뿐, 눈은 멀쩡했다.

성 동문 북쪽 망루 위. 가끔 번쩍이는 불빛에 사람의 형체가 어렴풋이 떠올랐다가 다시 어둠 속으로 사라졌다. 스기타니는 김시민이 성벽 망루에서 내려오는 순간만을 기다렸다.

일본군이 철수하자 그는 조총을 품은 채 성벽 아래 시체 더미 속에 몸을 숨겼다. 차가운 새벽 공기가 피부를 파고들었다. 죽은 병사의 옷을 벗겨 몸을 감쌌다.

동녘 하늘부터 조금씩 어둠을 걷어내었다. 스기타니는 미동도 하지 않고 누운 채로 성벽을 올려다보았다. 청동빛 투구와 갑옷 어깨 부분이 보이는 장수가 동문 북쪽 망루에서 내려오고 있었다. 스기타니의 심장은 빠르게 뛰었다. 그는 숨을 죽이며 조준했다.

김시민은 북격대에서 내려와 적의 공격을 막아낸 군사들을 격려하였다. 밤새 치열한 전투를 치렀음에도, 조선군의 피해는 적었다. 그는 성벽을 따라 몸을 내밀었다. 성벽 아래는 왜적의 시신이 베어낸 볏단처럼 겹겹이 쌓여 있었다.

스기타니는 모쿠소가 성가퀴 위로 모습을 드러내는 순간을 주시하며 방아쇠에 손가락을 얹었다. 김시민은 머리의 열을 식히려 투구의 드림 끈을 풀었다. 시원한 공기가 뺨을 스쳤다. 그가 적이 물러간 적막한 벌판을 바라보는 순간, 스기타니는 호흡을 멈추고 방아쇠를 당겼다. 총탄은 새벽공기를 가르며 날아갔다.

"타앙!"

벼락같은 총성이 울렸다. 김시약은 반사적으로 몸을 숙였다. 김시민은 왼쪽 이마에 뜨거운 기운을 느끼며 주저앉았다.

"형님! 정신 차리세요! 눈을 떠보세요!"

이마에서 흘러내린 피가 김시민의 눈을 적셨다. 김시약은 그를 부축하며 고함쳤다.

"화포장! 아니, 허 의원을 불러라! 어서!"

김시약은 그사이 방패로 김시민을 가렸다. 허윤이 급히 달려와 김시민의 투구와 갑옷을 벗기고 응급처치에 나섰다. 시약은 성벽 아래 몸을 기울여 총탄이 날아온 방향을 살폈다. 무언가 시체 더미 속에서 꿈틀거렸다.

"저, 저놈이다!"

김시약은 그 방향을 가리키며 소리쳤다. 스기타니는 성벽 위에서 외치는 소리에 움직임을 멈추고 땅바닥에 죽은 듯 엎드렸다. 김시약의 고함에 달려온 이광악은 화살을 재빨리 활에 재어 성 밖을 내려다보았다. 성벽 아래는 왜적 시체들이 즐비하게 쓰러져 있었다. 그때, 움푹 파인 골의 가장자리에서 흙더미가 무너져 내렸다. 먼지가 피어오르고, 그 너머로 낮게 몸을 낮춘 왜적의 등이 드러났다.

'저놈이군.'

이광악이 날린 화살은 골짜기 위 언덕에 엎드려 있는 왜적의 등을 깊숙이 파고들었다. 스기타니는 비틀거리며 도망치려 몸을 끌었지만, 곧바로 날아든 두 번째 화살이 그의 목덜미를 꿰뚫었다.

이광악은 허윤에게 다가와 말했다.

"왜적이 눈치채지 못하게 목사님을 안으로 모셔야 한다."

김시민은 겨우 눈꺼풀을 들어 올렸다. 그는 이광악에 눈길을 두었다.

"대장... 기를... 지켜라."

이광악은 김시민의 손을 잡고 부르짖었다.

"정신 차리셔야 합니다!"

"적에게... 틈을... 주어선 안..."

그 말과 함께 김시민은 다시 정신을 잃었다. 일순간 무거운 침묵이 내려앉았다.

그때 성 판관이 나직이 입을 열었다.

"전투는 끝나지 않았습니다. 목사님 부상 소식이 새어나가선 안 됩니다. 목사님께선 곤양 군수님을 임시 수성장으로 지목하셨습니다."

장수들도 조용히 고개를 끄덕였다. 이광악은 주먹을 움켜쥔 채 망설이다가, 마침내 수긍했다.

"좋습니다. 목사님 뜻을 받들어... 끝까지 싸웁시다."

성 판관은 병사들에게 외쳤다.

"의원 말로는 목사님이 어깨에 총상을 입으시고, 피로가 누적되어 당분간 쉬어야 하신다고 했다! 끝까지 성을 지켜, 목사님께 승리를 보여드리자!"

병사들은 일제히 무기를 번쩍 들어 올리며 외쳤다.

"진주성을 사수하자! 목사님께 승리를!"

새벽의 찬 공기 속에, 병사들의 외침은 성벽을 넘어 멀리 퍼져나갔다.

몰려오는 적

코신타(小眞太)는 눈을 가늘게 뜨고 동문 쪽 성벽 위를 주시했다. 저격수 스기타니가 돌아오지 않자, 그는 본능적으로 느꼈다. 모쿠소와 그의 목숨을 바꾸었음을 직감했다.

"가까운 거리에서 노렸을 터이니, 조선군에게 발각되었음이 틀림없다."

코신타는 기병 열기를 거느리고 동문 성벽 가까이 접근했다. 기대한 울음소리나 혼란은 없었다. 성벽 위는 고요했고, 대장기는 여전히 바람에 펄럭이고 있었다.

'죽지 않은 건가? 부상만 입은 건가...'

그 순간, 성안에서 함성이 터졌다.

"모쿠소는 살아있다. 병사들에게 무언가를 외친 것이 틀림없다."

확신을 얻은 코신타(小眞太)는 말머리를 돌려 본진으로 돌아갔다. 나가오카는 초조한 눈빛으로 그를 맞았다.

"스기타니가 귀환하지 않았습니다. 성 근처까지 접근해 보았으나, 모쿠소가 죽은 기색은 보이지 않았습니다. 매복 중에 화살이나 포탄에 당한 것 같습니다."

나가오카는 실망을 감추지 못한 채 손짓으로 그를 물러가게 했다.

그 시각, 북장대에서는 이광악이 김시민을 대신해 전군을 지휘하고 있었다. 그는 적진을 응시하며 중얼거렸다.

"놈들이 포기하고 철수하는 건가? 아니면... 다시 공격해 오는 건가?"

일본군 진영은 철수 결정을 놓고 격론이 벌어졌다. 요네모치는 눈이 충혈된 채 절규하듯 말했다.

"이대로 물러설 수는 없습니다! 주군이 전사하셨습니다. 성도 함락하지 못하고 돌아간다면, 수치입니다. 저에게 2군을 맡겨 주십시오. 마지막 돌격을 감행하겠습니다!"

나가오카는 고개를 저었다.

"식량과 탄환이 바닥났다. 더는 전투를 이어갈 수 없어."

1군 대장 카스야도 요네모치를 거들었다.

"우리는 조선에 상륙한 이후 단 한 번도 패한 적이 없소. 진주성도 새벽에 거의 우리 손에 들어올 뻔했소이다. 이대로 물러나면, 조롱거리가 될 것이오."

잠시 침묵이 흐르자, 오키모토가 나섰다.

"만일 다시 전투를 벌였다가 철수하는 길에 토병의 습격이라도 받으면, 탄환과 화살 없이 그들을 상대해야 합니다."

나가오카는 고개를 끄덕이며, 장수들을 돌아보고 말했다,

"모쿠소와 진주성 군사들은 지금까지 우리가 상대한 조선군과는 다르오."

군 감독관 오타 가즈요시(太田一吉)가 목소리를 높였다.

"이대로 돌아가면 태합께서 진노하실 겁니다."

나가오카도 그게 마음에 걸렸던 터였다. 그는 결국 마음을 바꿨다.

"좋소. 남은 탄환과 화살을 이번 마지막 전투에 쏟아붓겠소."

동문 쪽 성벽 위에 팽팽한 긴장감이 흘렀다.

"왜적이 다시 몰려온다!"

그들 앞에, 눈에 띄는 장수가 있었다. 초승달 모양의 투구를 쓴 장수가 말을 탄 채 성 쪽을 향해 고함을 내지르며 군사들을 독려했다. 요네모치가 선봉에 나서 군사를 이끌자, 일본군은 폭풍처럼 진주성을 향해 돌진해 왔다. 그 기세는 조선군들의 간담을 서늘하게 했다.

이광악은 문득 김시민이 검은 투구의 적장을 쓰러뜨렸던 순간을 떠올렸다. 그는 사정거리가 이백 보가 넘는 거대한 각궁(角弓)을 집어 들고 동문 쪽 성벽에 올랐다. 활시위에 철전(鐵箭)을 재고, 말을

탄 적장을 조준했다. 이광악은 활시위를 힘주어 비틀며 당겼다. 백오십 보 거리에서 적장이 칼을 들어 군사들에게 소리치는 모습이 눈에 들어왔다. 이광악은 숨을 멈추고 쇠 화살을 날려 보냈다.

"슈우웅!"

쇠 화살이 허공을 찢으며 날아가, 요네모치의 눈을 꿰뚫었다.

"명중이다!"

요네모치는 비명을 지르며 말에서 떨어져 즉사했다. 성벽 위 조선군은 환호성을 터뜨렸다.

"와아아아아!"

"장수가 죽었다!"

장수의 시체를 메고 물러가는 일본군을 보며, 병사들은 없던 힘이 나며 눈에 생기가 돌아왔다. 이광악이 성 판관을 향해 외쳤다.

"포탄이 남았는가? 다시는 몰려올 생각이 나지 않게, 혼을 빼놓게!"

성 판관이 화포장과 장뚝쇠에게 소리쳤다.

"현자총통을 준비하라!"

포수들은 남은 포탄을 모조리 적진에 날렸다. 일본군 수십 명이 한꺼번에 살점이 찢기며 쓰러졌다. 장수를 잃은 병사들은 더 이상 성벽에 돌진할 의지를 잃었다. 본진에서 징 소리가 울렸다. 천천히 울리는 징 소리에 맞추어 일본군은 죽은 동료의 시체를 메거나 들고 물러나기 시작했다.

드디어 전투는 끝났다. 새벽 두 시부터 시작된 전투는 오전 열 시가 되어서야 그쳤고, 조선군은 끝나지 않을 듯한 지옥 같은 시간을 버텨내었다.

일본군은 철수하며 전사자의 시신을 민가에 던지고, 마을을 불태워 화장했다. 장수의 시신은 농에 담아 메고 갔으며, 포로였던 백성들과 수레를 끌던 나귀와 소는 그대로 버린 채 황급히 도망하였다. 도망치는 그들을 보고도 조선의 장수들은 뒤쫓을 수 없었다. 목사는 생사의 경계에 있었고, 병사들은 피와 땀에 절어 버티는 것만으로도 기적이었다.

유등(流燈)

진주성 대첩의 소식은 빠르게 임시 감영으로 전해졌다. 김시민이 왜적의 대군을 막아내고, 끝내 성을 지켜냈다는 전갈이었다. 김성일은 이 소식을 듣자마자 곧장 진주성으로 향했다. 성에 당도한 그는, 전운의 냄새가 아직 가시지 않은 성 안팎을 둘러보았다. 김성일은 피로 붉게 물든 성벽에 조심스레 손을 얹었다. 굳어버린 핏자국과 아직 마르지 않은 진홍빛 얼룩 사이로, 수많은 희생이 이뤄낸 승리가 고스란히 남아있었다. 장수들이 묵묵히 그를 에워싼 채 고개를 숙이고 섰다. 무거운 침묵을 가르며, 김성일이 마침내 입을 열었다.

"이 싸움으로 경상우도를 보전했고, 왜적이 호남의 곡창을 넘보지 못하게 되었소. 그런데... 대체 어떻게 이긴 것이오? 그 수많은 적을 상대로... 어찌 싸웠단 말이오?"

말없이 고개를 숙이던 장수들 사이에서 이광악이 나섰다.

"목사께서... 절대 물러서지 말라 하셨습니다. 총상으로 쓰러지신 뒤에도... 그 말씀을 마음에 새겨 끝까지 버텼습니다."

김성일은 눈빛이 흔들렸고, 그 속에는 자책과 경외가 뒤섞여 있었다. 그는 총상을 입고 누워있는 목사를 살피러 발길을 옮겼다. 김성일은 얇은 숨을 이어가며 누워 있는 김시민의 곁에 앉았다. 치열했던 전투 잔해가 고스란히 얼굴과 손끝에 남아있었다. 그는 화살을 당기느라 뼈가 드러날 정도로 갈라지고 터진 손을 조심스럽게 잡았다.

"어떻게든 막아내었구려! 나도 함께해야 했는데... 공은 이 나라의 진정한 방패요."

김성일은 곁에 있는 의원을 향해 물었다.

"목사가 깨어날 가능성은 있는 것인가?"

허윤은 눈빛을 피하며 고개를 숙였다.

"총상 부위가 깊습니다... 최선을 다하고 있습니다."

김성일은 답답한 마음에 허윤의 손을 꽉 붙들었다.

"자네는 총상을 치료하는데 최고 의원이 아닌가. 어떻게든 목사를 회복시키게. 나라를 위해 꼭 필요한 사람이니, 반드시 깨어날 수 있게 해주게."

그는 더 말을 잇지 못하고, 무거운 발걸음으로 방을 나왔다. 김성일은 조정에 올릴 장계를 썼다. 진주성 승리 소식을 상세히 적고, 김시민의 공을 가장 앞세웠다.

시간이 흘렀으나 김시민이 다시 깨어날 가능성은 보이지 않았다. 김성일은 고심 끝에, 전 김해 부사 서예원을 진주 목사로 임명했다. 이 결정은 곧 성안과 의병들 사이에 분노를 일으켰다.

"김해성의 수성장으로 있으면서 부하들을 버리고 도망간 자를, 진주성의 수성장이라니!"

"목사께서도 본디 판관이셨어. 성을 가장 잘 아는 이는 성 판관일 텐데… 왜 하필 서예원이오?"

"공을 세운 이광악 군수도 있지 않소? 군사들도, 백성들도 그를 믿고 따르는데… 이해할 수 없는 처사요!"

의령에 있던 곽재우도 소식을 접하자, 주먹을 부르르 떨었다. 직접 달려올 수 없는 그는 분노를 눌러 담아 김성일에게 서찰을 보냈다.

"서예원은 수령이 되어 군사와 백성을 버리고 야반도주한 자입니다. 참형이 마땅한 자가 어찌 감히 진주성 수성장이 될 수 있단 말입니까? 이는 참으로 있을 수 없는 일입니다. 인사가 철회되지 않는다면, 백성은 그를 믿지 않을 것이며 군사들은 따르지 않을 겁니다."

김성일은 끝내 결정을 굽히지 않았다. 그가 내린 인사는 장차 다가올 비극을 예고하는 서막이 되었다.

방 안은 어둠과 적막에 잠겨있었다. 등잔불만이 조용히 타오르며, 자리에 누운 김시민의 창백한 얼굴을 은은히 비췄다. 숨결은 가늘고 느렸다.

머리맡에 앉은 김시약은 조심스럽게 탕약을 떠서 한 방울씩 그의 입에 흘려 넣었다. 숟가락을 든 손끝은 떨렸고, 탕약이 넘칠까 봐 숨마저 조심스러웠다. 그때였다. 희미하게, 아주 작게 신음을 흘리며, 김시민이 눈을 떴다.

"형님…!"

시약은 숟가락을 놓칠 뻔하며 그의 손을 잡았다. 감격이 벅차오른 목소리로 물었다.

"의식이 돌아오셨습니까…?"

김시민은 천천히 고개를 돌려 동생을 바라보았다. 창백한 얼굴에선 생기가 없었지만, 눈빛만큼은 마지막 불꽃처럼 살아 있었다.

"적은… 어찌 되었느냐…"

그의 목소리는 미약했으나, 조용히 울렸다. 시약은 고개를 떨구며 울컥한 목소리로 답했다.

"형님께서 쓰러지신 뒤에도 적은 한 차례 더 성을 공격했습니다. 이 군수가 적장을 화살로 잡자, 적군은 퇴각했습니다. 그 후로 더는 성을 넘보지 못하고 철수했습니다."

김시민은 그 말을 듣고 조용히 숨을 내쉬었다. 입가에 짧은 미소가 번졌다.

"장하다…"

김시민은 남은 시간이 얼마 없음을 직감했다. 그는 적이 물러갔지만, 성은 다시 공격받을 수 있다는 것을 잘 알고 있었다. 김시민은 힘겹게 시약의 손을 잡았다.

"진주성... 반드시 지켜야 한다... 왜적은 이 성을... 포기하지 않을 것이니... 장마철 전에 성벽을 보강하고... 화약과 화살을 비축해야... 준비만 되어 있다면... 또 오더라도... 반드시... 막을 수..."

그의 목소리는 점점 희미해졌고 숨소리는 가빠졌다. 김시민은 남은 힘을 모아 시약에게 말했다.

"지필묵을... 가져오너... 남겨야 할... 말이..."

시약은 황급히 문방을 챙겨 돌아왔지만, 그가 돌아왔을 땐... 김시민이 숨을 거둔 뒤였다. 시약은 손을 뻗어 그의 콧잔등에 손끝을 대보았다. 그는 김시민의 품에 얼굴을 묻고 오열했다.

"형니임...! 어찌 저와 성을 두고 먼저 가십니까...? 형님이 계시지 않으면... 이 성은 어찌 됩니까...?"

등잔은 서서히 꺼져가고, 밖에선 닭 울음소리가 어둠을 깨웠다. 창밖의 하늘은 서서히 빛을 머금기 시작했다. 시약은 형님의 얼굴을 어루만지다, 조심스럽게 몸을 일으켰다. 그 앞에 무릎을 꿇고 큰절을 올리며 마지막 인사를 드렸다.

1592년 10월 18일, 양력으로 12월 1일.

김시민은 총탄을 맞고 사경을 헤매다가, 끝내 회복하지 못하고 숨을 거두었다. 향년 서른여덟이었다. 그의 죽음은 곧바로 성안에 퍼졌다. 집마다 곡성이 터졌다.

"어찌한단 말이냐, 어찌한단 말이냐! 목사님이 떠나시다니..."

"아이고 목사님! 목사님이 아니었으면... 우린 모두 죽은 목숨이었습니더..."

성안은 마치 온 백성이 부모를 잃은 듯, 깊은 슬픔에 잠겼다.

김시민이 세상을 떠났다는 소식은 의령에도 전해졌다. 곽재우는 눈시울을 붉히며, 진주성으로 말을 몰았다.

'공이 가다니... 우리가 함께할 일이 얼마나 많은데...'

진주성에 당도한 곽재우는 말에서 내리자마자 곧장 빈소를 찾았다. 무겁고 처연한 기운이 방 안을 가득 채우고 있었다. 빈소에는 김시민의 관이 조용히 놓여 있었다. 곽재우는 그 앞에 무릎을 꿇었다. 두 손으로 관을 감싸 쥐자, 그의 어깨는 눈에 띄게 떨렸다.

"김공... 그대는 진주성만이 아니라, 나라를 지켜낸 영웅이오. 백성들이 어찌 그대를 잊겠소. 우리가 오늘 살아서 이 땅을 밟고 있는 것, 모두 공의 덕분이오."

그는 말을 잇지 못하고 관 위에 이마를 댄 채 참았던 울음을 터뜨렸다. 방 안을 메운 장수들과 군관들도 고개를 숙인 채 소리 없이 울음을 삼켰다. 곽재우는 눈물을 훔치고, 조심스레 영전에 술 한 잔을 올렸다. 제문을 읽는 그의 목소리는 울림 속에 떨렸고, 한 자 한

자 슬픔이 번졌다.

"오호라, 진주 목사 김공이시여,

어찌 이리도 젊은 나이에 먼저 가시나이까.

하늘은 어찌 이리도 무정하단 말이오.

이 어지러운 세상에 그대 같은 장수를 잃은

백성들의 슬픔을 누가 위로하리이까…?"

곽재우의 목소리는 목이 메어 잠겼다.

"공은 삼천 병사로 삼만 왜적을 물리치고

경상우도와 호남을 보존하였소.

모든 성이 무너지고 도성까지 함락된 절망의 끝에서,

공만은 끝까지 물러서지 않았소.

몸으로 성을 지키고, 마음으로 백성을 품었소.

공은 이 나라가 결코 무너질 땅이 아니며,

왜적과 대항해 얼마든지 이길 수 있는 전쟁임을 보여주었소.

우리는 공 덕분에 적과 맞설 수 있다는 희망을 품게 되었소."

곽재우는 울음을 삼키며 읽기를 계속했다.

"공이 없으니, 하늘이 어두워지고

군사와 백성들이 통곡하며,

곽모 또한 눈물을 멈출 수가 없소.

비록 공의 생은 서른여덟 해에 멈췄으나,

그 이름과 뜻은 백대(百代)에 전해지리다.

오호통재라, 엎드려 바라오니,

부디 이 술 한 잔 흠향하여 주시오."

그의 통곡은 빈소를 가득 채우며 퍼져나갔다. 빈소에 늘어선 사람들도 눈시울을 붉히며 함께 애통해했다. 슬픔은 성벽을 타고 스며들어, 바람과 함께 성안 구석구석을 메우며 김시민의 넋을 감쌌다.

진주를 지켜낸 목사의 죽음은 백성들의 마음에 깊은 슬픔을 안겼다. 하늘은 회색 구름으로 낮게 내려앉았고, 사람들은 말없이 고개를 떨군 채 눈시울을 적셨다. 목사를 잃은 비통함 속에서 사람들은 오색등을 정성스럽게 만들기 시작했다.

해가 저물고 어둠이 내리자, 남강 강가에는 수많은 사람이 모여들었다. 각자의 손에는 저마다 색색의 등불이 들려 있었다. 사람들은 가슴속에 품은 말을 등불 속에 담은 채, 조용히 강물 위에 등을 띄웠다. 은은한 불빛을 머금은 등이 강 위를 천천히 흘러갔다. 그 불빛은 마치 목사의 마지막 숨결처럼, 조용하고 부드럽게 물결을 따라 나아갔다.

사람들은 유등(流燈)을 지켜보며 그를 떠올렸다. 왜적에 맞서 백성을 지키기 위해 싸우던 용맹한 모습, 백성의 말에 귀 기울이며 웃던 따스한 눈빛, 마치 흐르는 등불 속에 살아 있는 듯했다. 유난히 밝은 등 하나가 앞서 흘러가자, 수많은 등이 그 뒤를 따랐다. 마치 전장에서 함께 싸우다 쓰러진 병사들의 영혼이 목사를 호위하듯, 강물 위에는 별빛 같은 불꽃이 길게 이어졌다.

　강과 하늘이 맞닿은 어둠 속, 등불들은 차례로 멀어져갔다. 빛들이 시야에서 사라지자, 사람들은 두 손을 모았다. 백성들은 하늘로 오르는 목사와 병사들 영혼을 위해 고개를 숙였다. 강은 그 모든 마음을 품은 채 조용히 흘렀다.

에필로그

진주성 승전 소식은 들불처럼 조선 팔도에 퍼졌다. 사람들은 비로소 깨달았다. 아무리 강한 적이라도 죽기를 각오하고 맞선다면 물리칠 수 있다는 것을. 멈출 것 같았던 조선의 심장이 다시 뛰기 시작했다.

일본군은 두 달 전 한산도에서 대패를 당했고, 육지에선 진주성에서 참혹한 패배를 맛보았다. 바다와 육지, 두 전선에서 동시에 울린 승전의 함성은 전쟁의 흐름을 바꾸었다. 왜군 내부에는 조선을 정복할 수 없을지 모른다는 불안이 스며들었고, 조선군은 이제 바다뿐 아니라 육지에서도 싸워 이길 수 있다는 자신감을 얻었다. 후대 역사가는 이순신의 한산도 대첩, 김시민의 진주성 대첩, 그리고 다섯 달 뒤 권율이 이끈 행주 대첩을 임진왜란의 3대 대승(大勝)으로 꼽았다.

일본은 명나라와의 종전 협상 과정에서 진주성 전투에서 "장수급 300명 이상, 병사 1만 명 이상이 죽었다"고 밝혔다. 반면 조선군의 전사자는 800여 명으로 전해진다.

일본군은 김시민 장군이 이미 전사한 사실조차 알지 못했다. 그들은 그를 '모쿠소'라 부르며, 수만 명의 병사를 죽인 괴물 같은 존재로 두려워했다. 도요토미 히데요시는 진주성 참패에 격노하여, 반드시 성을 함락시켜 '모쿠소'의 목을 베어 오라 명했다.

일본군은 조선 침략 이후 가장 큰 패배를 당했던 진주성에 대한 보복으로 10만 대군으로 성을 에워쌌다. 진주는 다시 전쟁의 불 속에 휘말렸다. 폭우에 무너진 성벽 틈으로 적은 성안으로 쏟아져 들어왔고, 끝내 성은 함락되었다. 그날, 성안에 머물던 6만여 명의 백성은 참혹하게 학살당했다. 일본군은 목사 서예원을 김시민으로 착각했고, "모쿠소를 죽였다."는 보고와 함께 그의 목을 도요토미 히데요시에게 바쳤다.

일본에서는 모쿠소가 죽었다는 소식에도 모쿠소에 대한 두려움은 사라지지 않았다. 에도 시대에 일본의 소설과 가부키 무대에는 모쿠소가 일본군을 공격해 곤경에 빠뜨린다는 이야기가 등장한다. 심지어 모쿠소의 아들이 죽은 아버지의 복수를 위해, 일본을 침입한다는 소설까지 나왔다.

김성일은 일본군이 진주성을 재차 공격하기 전에 병을 얻어 세상을 떠났다. 그는 죽기 전, "진주성을 반드시 지켜야 한다"는 유언을 남겼다.

곽재우는 왜란이 끝난 이후 경상좌도 병마사 등 요직에 임명되었다. 임금에게 국정을 비판하며 개혁을 직언했으나 받아들여지지 않자, 미련 없이 벼슬을 내려놓고 고향으로 돌아갔다. 이후 그는 산속에서 거문고를 연주하며 솔잎을 먹고 샘물을 마시며, 속세를 벗어난 삶을 살다가, 66세의 나이로 생을 마감했다.

군관 정평구는 비차(飛車)를 발전시켜, 진주성 2차 전투 당시 피난민 탈출에 활용했다. 성이 함락되기 직전, 사람들을 태워 30여 리 밖으로 피신시켰다는 기록이 실학자 이규경의 『오주연문장전산고』에 전해진다.

김시민은 이순신 장군과 마찬가지로 '충무공(忠武公)'이라는 시호를 받았다. 두 사람은 인접한 아산과 천안이 고향으로, 여진 정벌에서도 함께 싸웠고, 임진왜란 동안 단 한 번도 패하지 않은 명장들이었다. 둘 다 승리를 눈앞에 두고 적의 탄환에 쓰러졌다. 바다의 충무공과 육지의 충무공, 두 사람은 나라가 무너지는 순간, 목숨으로 나라를 지킨 사람들이었다.

오늘날 진주시 본성동(本城洞: 남강로), 진주성 옛 성터를 찾으면 김시민 장군의 전공비와 동상이 서 있다. 그 앞에 서면, 역사는 단지 과거의 기록이 아니라, 지금도 우리의 가슴 속에서 살아 뛰고 있다는 것을 알게 된다.

진주성의 전설은 끝난 것이 아니다. 성을 지킨 이름 없는 사람들, 한 사람 한 사람의 희생이 우리의 오늘을 있게 했다. 그리고 그 이야기를 마음에 품은 당신이, 내일을 지켜낼 새로운 성(城)이다.

인물 색인 (가나다순)

조선

- 곽재우: 의령에서 전국 최초 의병을 일으킴. 음력 4월 22일 의병의 날로 지정
- 김성일: 일본 사신으로 다녀온 후 왜란은 없다고 주장. 경상우도 초유사·감사 활약
- 김시민: 진주성 판관에서 목사(수성장)로 승진, 진주성 전투 주역
- 김시약: 김시민의 동생
- 박석무: 훈련원 7품 참군, 진주성 군사 훈련 담당
- 성수경: 진주성 주부(主簿)에서 판관 승진, 동문 방어 담당
- 유이영: 산음 출신 선비로 김시민과 교유, 남명 조식 선생의 가까운 제자가 부친
- 윤사덕: 장교급 무관인 군관(軍官), 진주성 전투 투석부대 지휘 및 북문 방어
- 이경: 김시민 판관 시절 진주 목사
- 이광악: 고성 군수, 뛰어난 활 솜씨로 여러 전투 활약
- 이눌: 영장(領將), 척후 부대장 겸직
- 장뚝쇠: 진주성 근처 대장장이, 화포장 허윤의 보좌관
- 정평구: 군관으로 비차(飛車) 연구, 열수투하부대 지휘

- 주대청: 가배량 지역방어 임무를 맡은 권관(權管, 종9품), 경상우병영 지원
- 최덕량: 만호(萬戶, 종4품), 진주성 전투 북문 수성 대장
- 허윤: 군기시(軍器寺) 화약장, 진주성 화약장·화포장 겸임, 의술에도 능함

일본

- 나가오카 다다오키(長岡忠興): 일본군 총대장
- 나가오카 오키모토(長岡興元): 다다오키의 동생
- 다구치 야스케(田口弥助): 일본군 2군 돌격장, 흑인 장수
- 모토지마 마타사부로(本島又三郎): 일본군 2군 대장
- 스키타니(杉谷): 일본군 저격수
- 요네모치 스케지로(米持助次郎): 일본군 2군 선봉장
- 이쿠다 우베에(生田右兵衛): 나가오카의 측근 장수
- 카스야 다케노리(糟屋武則): 풍신수길 측근, 일본군 1군 대장
- 코신타(小眞太): 코헤이타의 형, 저격수를 통한 동생 복수 시도
- 코헤이타(小平太): 진해성에서 김시민 군에 포로가 되어 수모를 당함

유복환 지음
진주성 승전기

인쇄 2025년 10월 23일
발행 2025년 10월 30일

지은이 유복환
발행인 서정환
펴낸곳 신아출판사
주소 전북 전주시 완산구 공북1길 16(태평동)
전화 (063) 275-4000
팩스 (063) 274-3131
이메일 sina321@hanmail.net
출판등록 제465-1984-000004호
인쇄·제본 신아문예사

저작권자 ⓒ 2025, 유복환
이 책의 저작권은 저자에게 있습니다. 서면에 의한 저자의 허락없이 내용의 일부를 인용하거나 발췌하는 것을 금합니다.
COPYRIGHT ⓒ 2025, by Yu Bokhwan
All right reserved including the rights of reproduction in whole or in part in any form.
저자와 협의, 인지는 생략합니다.
잘못된 책은 바꿔 드립니다.

ISBN 979-11-24068-09-0 03810
값 18,000원

Printed in KOREA